T0279806

CALLEJONES DE BROOKLYN

SERIE NEGRA

WIL MEDEARIS
CALLEJONES DE BROOKLYN

Traducción de
Ana Herrera Ferrer

RBA

Título original inglés: *Restoration Heights*.
Autor: Wil Medearis.

© Wil Medearis, 2019.
© de la traducción: Ana Herrera Ferrer, 2019.
© de esta edición: RBA Libros, S.A., 2019.
Av. Diagonal, 189 - 08018 Barcelona
rbalibros.com

Primera edición: mayo de 2019.

REF.: OBFI264
ISBN: 978-84-9187-159-0
DEPÓSITO LEGAL: B-9.709-2019

PLECA DIGITAL · PREIMPRESIÓN

Impreso en España - *Printed in Spain*

PARA MI MADRE

1

Ya conoces a Reddick. Es ese tío blanco que va en el metro, que tiene más de treinta y los aparenta, con unos vaqueros y unas botas manchadas por el trabajo que nunca pensó que sería permanente, que era bastante tolerable mientras esperaba la gran ocasión que nunca llegó. La paciencia endurece sus huesos como si fueran de cemento. La resignación se disfraza de estoicismo. Está en la puerta del metro, en la línea G del norte, tercer vagón empezando por delante, con los ojos bajos, los auriculares puestos, aferrado a un ritmo que casi se podría adivinar. Desde Bed-Stuy hasta Long Island City, todas las paradas tienen su salida por el otro lado, así que nadie lo molesta y no se interpone en el camino de nadie, ha cogido un espacio propio, ha encontrado una comodidad que se halla en algún punto entre la costumbre y el ritual. Apenas lo ves. Hay tipos así por toda la ciudad.

También está Harold, intentando que lo dejes pasar con tu MetroCard. De mediana edad, negro y macizo, no resulta obvio por qué espera junto a los torniquetes, mientras tú sales. Por qué no puede pagar el billete. Nada en él explica su confianza en tu caridad. Con la armadura de su sudadera acolchada y su casco de color naranja, los hombres como Harold son habituales en el metro de la tarde, con una nevera portátil de nailon entre los pies separados, el cuerpo caído, agotado por el trabajo diario.

Cogió a Reddick hace unas ocho o diez semanas, antes de las vacaciones. Fue una transacción sin palabras, cada hombre acostumbrado a desempeñar su papel, unos actos muy pulidos y suaves, como perlas, por la práctica incontable, por años y años de viajes en metro. Los dos llevaban las mismas botas. Reddick lo dejó pasar otra vez dos días después, luego tres veces, la semana después de Acción de Gracias, una serie de pequeñas coincidencias, sus calendarios momentáneamente sincronizados. El contacto se fue ampliando en cada ocasión; primero un gesto de reconocimiento, luego algún comentario y, por fin, unas preguntas amables, intrascendentes; dos superficies que se limitaban a rozarse la una contra la otra, sin más expectativas.

Unas semanas más tarde sus caminos se cruzaron en Nostrand Avenue, una coincidencia final que los dos encontraron normal, y hablaron media hora, unidos por su minúsculo plan para defraudar a los Ferrocarriles Metropolitanos, de billete en billete. Fue entonces cuando finalmente se dieron los nombres y se ofrecieron un resumen de su historia. Harold se había criado en Bed-Stuy, pero se trasladó a vivir a casa de su madre en Hunter's Point cuando ella murió. Trabajaba en la construcción, reforzando el ejército de gentrificadores que iban presionando hacia el este en su antiguo barrio, llenando su territorio con insulsos bloques de apartamentos, llamativos reductos de ladrillo sucio y metal barato que se alzaban entre las antiguas casas de piedra. Reddick era autónomo, y trabajaba transportando cajas y colgando obras de arte de otras personas en las paredes de otras personas, y el tiempo pasado en su estudio cada vez se iba encogiendo más, por simple dejadez. Normalmente, en lugar de pintar jugaba al baloncesto. Ya apenas se sentía culpable por eso. La conciencia compartida de sus fracasos salvaba la distancia entre sus edades. Después, sus conversaciones matutinas se convirtieron en algo habitual, incluso cuando era otra persona la que dejaba pasar a Harold, unos pocos momentos robados, breves informes de los hechos más superficiales de sus vidas.

Reddick salió temprano aquel lunes para contarle a Harold lo de la chica del callejón. Era una historia más larga que el tiempo que se dedicaban normalmente. Él la había visto al volver a casa desde el bar, justo después de las once, delante de su edificio destartalado. Ella toqueteaba su teléfono, encorvada encima del capó de un coche oscuro y rodeada de nieve. Las aceras de pizarra, desiguales, estaban cubiertas de blanco, y las entradas de los edificios, envueltas en unas oleadas blanquecinas. Él captó la escena de soslayo, enmarcada por el alto esqueleto de una construcción inacabada que se alzaba en la manzana de al lado, y como la calle estaba vacía, y el coche medio enterrado en nieve, ella parecía la superviviente final de algún apocalipsis climático. Su aliento formaba cintas de condensación, más tenues que el humo de su cigarrillo. Cuando ella levantó la vista, él vio la embriaguez en su cara flácida, una refugiada de una fiesta en alguna casa, que había huido de la multitud para fumarse un cigarrito. Ella lo vio buscar las llaves, luchar con la cerradura congelada. Se le ocurrió que quizá se hubiese quedado atrapada fuera; se volvió para ofrecerse a mantener la puerta abierta, pero ella lo miró sin verlo, sin darse cuenta del gesto. La dejó fuera.

Volvió a salir con la basura, una bolsa pesada en cada mano, el plástico transparente tenso en torno a la enorme masa de cristal abultado, de botellas vacías. La chica estaba absorta en su teléfono otra vez. Él llevó las bolsas hasta el callejón cerrado con una cancela que había a un lado del edificio, las apoyó en una pequeña zanja y buscó las llaves. Había una puerta sin cerradura en la parte posterior del callejón que se abría a la parte de atrás del edificio. No la usaba porque su apartamento estaba más cerca de la escalera delantera. El llavero se había quedado enganchado en el forro de su chaqueta, él tiró fuerte, el hilo se rompió y las llaves se le escaparon entre los dedos entumecidos y cayeron al suelo. Dejó las bolsas y se inclinó a recogerlas.

No oyó los pasos hasta que estaban encima de él. Se dio la vuelta y levantó los brazos, un movimiento amplio, violento. Era la rubia. Ella no hizo caso de su reacción exagerada y se limitó a quedarse allí de pie, jadeando por la pequeña carrera y llenando de niebla el aire entre los dos. Él soltó un taco y se agachó a coger las llaves y soltó otro taco.

—No te acerques a un desconocido así —dijo él—. Y menos estando sola. Y de noche.

—Lo siento —respondió ella, con una voz tan inexpresiva que no estaba claro si sabía por qué se estaba disculpando.

Él se sentía incómodo, y eso lo irritaba.

—Quién sabe lo que podría haberte hecho...

—Eres un buen chico.

—¿Y tú cómo lo sabes?

—Se me da bien la gente. O sea, ver cómo es la gente. —Sus ojos empezaron a concentrarse en la cara de él, lentamente, como si recuperase un hábito perdido—. Es que pensaba que eras otra persona.

Él no le señaló su incoherencia. No importaba, dado el estado actual de la chica. Había caído en un mundo de verdades momentáneas.

—¿Vives aquí? —le preguntó ella.

—Sí.

—Pues es un edificio muy... muy chulo. —Su voz era nasal y aguda, y el final de cada palabra se mezclaba con la siguiente de una forma que interrumpía la integridad de sus bordes, amenazando su sentido. Era la voz que ponen los hombres cuando imitan a un determinado tipo de chicas blancas de veintitantos años, una voz que no casaba demasiado bien con su cara. Él se preguntó si ella hablaría siempre así. Se preguntó si no lo estaría haciendo por él

Abrió la puerta.

—Sí, está bien.

—Voy contigo.

Él la miró, y luego miró el callejón. La oscuridad esperaba para que ellos le dieran forma. Él dio un paso a un lado y la siguió hacia el interior.

—Deberíamos..., no sé, estar un rato juntos —dijo ella.

—Vale. —La puerta se cerró con un chasquido tras ellos, la cerradura encajó en su sitio. El sensor de movimiento se puso en marcha y se encendieron las luces, revelando las paredes estrechas y sucias, las hileras de cubos de basura, de plástico y de latas. Ya se habían clasificado algunas bolsas y estaban amontonadas en un rincón, cubiertas de nieve. Ella siguió hablando sin decir nada. Él abrió un cubo junto a las estrechas caderas de ella.

—Desde luego, deberíamos pasar un rato juntos, entonces —repitió ella.

Su teléfono empezó a relampaguear, no solo el dispositivo, sino también la funda, chillona y empática. Ella se lo acercó vacilante a la cara y empezó a tocar la pantalla. Era menuda, con una cabeza que a él le pareció un poco demasiado grande, la cara estrecha, con los pómulos altos y ojos grandes, como de actriz. Sus labios eran finos y no parecían encontrarse nunca. El pelo rubio y sin vida le sobresalía del gorro de lana. Las puntas le rozaban las clavículas. Llevaba unos *leggings* debajo de la falda, manga larga, pero sin abrigo. No pensaba estar mucho rato al aire libre. Sus dedos brillaban, llenos de anillos absurdos. Él intentó imaginarla sobria, a la luz del día, pero la verdad es que no acababa de tenerlo claro, parecía que ella se deslizaba entre varias posibilidades.

—Tengo que enviar este texto —dijo ella, concentrada—. Pero a lo mejor, no sé..., te gustaría besarme cuando acabe.

Él la miró para ver si estaba bromeando.

Ella se echó a reír con todo el cuerpo, doblándose por la cintura, divertida con su propia audacia.

—O sea, no sé, si quieres... Ya sabes...

—¿Cuánto has bebido esta noche?

—¿Yo? Eres tú el que lleva un montón de botellas...

—Estas son de anoche. Tuvimos a unos amigos en casa, para ver el partido.

Ella arrugó la nariz al oír la palabra «partido»; los deportes le parecían aburridos o repugnantes.

—¿Así que compartes el piso con alguien?

—Sí.

—¿Y está en casa? —La sonrisa de ella reveló su motivación: era precisamente lo temerario de sus actos lo que parecía emocionarla. Él no era más que un elemento de atrezo, el terreno sobre el que ella andaba por su cuerda floja.

—No.

Ella volvió a su teléfono. Las dos bolsas estaban en los cubos correspondientes, y los dos se quedaron de pie, solos, con las puertas cerradas a ambos lados. Habría sido fácil dejar que ella se derrumbara contra él. Más que fácil, un alivio. Él dio un paso hacia ella y le tocó el brazo.

—Creo que deberías irte a casa. —Él no estaba seguro de que iba a decir aquello hasta que oyó las palabras.

—¿A casa?

—Has bebido mucho.

—Sí. —Ella sonrió—. Probablemente demasiado. Pero me lo he ganado.

Su teléfono se iluminó de nuevo y ella volvió a hacerle caso. Él empezó a alejarse de ella.

—Espera. —Ella puso el cuerpo entre él y la cancela—. ¿Ya te vas?

—Sí. —Él miró por encima de la cabeza de ella hacia la acera vacía, la calle vacía—. Y tú deberías irte a casa.

—Entonces, ¿ya está?

Ella llevaba su mal genio sin demasiado rigor, provocado por una decepción que apenas parecía rozarla. No le costaría demasiado caer en cualquier otro impulso loco.

Al cabo de un momento, él suspiró.

—Mira, te voy a pedir un taxi...

—Uf...

—Si lo llamo, ¿lo cogerás?

—A lo mejor debería...

—El caso es que necesitaría el teléfono, que está arriba en mi apartamento. —Él no podía llevarla allí, no confiaba en su propia determinación, si ella decidía que valía la pena intentarlo otra vez—. ¿Por qué no me esperas aquí mientras voy a buscarlo? ¿O puedo usar el tuyo?

—Espera... —Ella se vio interrumpida por más relámpagos llamativos. Esta vez era una llamada. Se apartó de él para responder y fue hacia las profundas sombras de la parte trasera del callejón. Él notó que la atención de ella se había desplazado hacia algún otro propósito ebrio. Si él se alejaba ahora, ella no se daría ni cuenta, quizá ni recordase el encuentro en absoluto, pero se había creado una obligación, por mucho que a él le fastidiase. Si podía hacer que ella volviese a la fiesta, que se reuniera con sus amigos, el problema sería de ellos. Esperó junto a la cancela.

La puerta trasera se abrió, derramando luz ambarina sobre la pálida nieve. Vio un brazo que la sujetaba, una piel blanca, gruesa, masculina. Ella se volvió hacia allí y pareció reconocer al propietario. Colgó y entró. La puerta se cerró tras ella. Él se quedó en el callejón, solo, unos minutos, y la noche continuó como si ella no hubiese existido nunca.

—¿Si me hubiera pasado a mí? —dijo Harold—. ¿A un hermano? Ya estaría en la cárcel.

Reddick había contado aquello para reírse un poco y había exagerado su sorpresa, la borrachera de ella, lo absurdo de la oferta que ella le había hecho sin provocación alguna.

—Yo solo quería sacar la basura...

—¿No sabes quién era ni adónde fue?

—Ni idea. Lo único que pretendía era devolverla con sus amigos.

—Bien hecho. No habría salido nada bueno de seguir hablando con ella.

—Parece que he evitado un desastre.

—Recuerdo que antes una chica nunca habría salido sola a la calle, por la noche. ¿Y ahora se van detrás de los hombres en los callejones?

Negó con la cabeza, enmudecido ante la magnitud de aquella transformación. Sonó el silbato y el tren de Harold entró traqueteando en la estación que estaba por debajo de ellos. Reddick se echó atrás y lo dejó pasar. Chocaron las manos por encima del torniquete.

—Joder, tío —dijo Harold—. Si las cosas que te pasan normalmente son como esta, podrías llevarme contigo alguna vez.

Reddick salió de la estación y, bien abrigado, emprendió el apresurado camino a través de la congelada Long Island City hasta el almacén Lockstone. Entró y se unió al resto de transportistas de obras de arte que se disponían a cargar el camión para el encargo de Seward, todos ellos todavía en el descanso de la mañana, fumando cigarrillos en el muelle de carga abierto, bebiendo café ruidosamente de unos vasos de papel y mordisqueando bollería de la tienda de comestibles. El almacén era enorme y abierto, como una capilla, con las cajas alineadas como bancos de iglesia. Les contó a los transportistas la misma historia que le había relatado a Harold, exagerándola para que tuviera gracia, hasta que llegó al brazo anónimo del final, cuando la puerta se abrió y se la tragó.

—Espera un momento —preguntó uno de ellos—, ¿no viste con quién se fue?

—No. Se fue y yo volví a mi apartamento.

—Tío, qué cosa más rara.

Otro de los transportistas lo interrumpió.

—Espero que esa chica esté bien.

Reddick frunció el ceño.

—¿Qué quieres decir? No la dejé sola. Estoy seguro de que simplemente volvió a la fiesta.

El otro transportista se encogió de hombros. Se llamaba Allen; era bajito y tenía el cuello ancho, un pintor al óleo que hacía abstracciones ondulantes y precisas, recuerdos de una juerga con mescalina que duró tres semanas y que vivió el último verano que pasó en Wisconsin.

—Bueno, tú no conocías a ese tío. Ni siquiera sabías si ella conocía al tío. ¿Recuerdas aquella chica de Coney Island de hace un par de años?

—¿Cuál?

—Deberías recordarla. Salió en las noticias. Se montó una buena, con *hashtag* y todo. Una chica borracha se va de una fiesta con dos tíos, les dice a sus amigos que se va a dar una vuelta por la playa. No conoce a los tíos, pero es una fiesta, así que todo el mundo supone que los demás son todos guais y nadie piensa nada malo cuando ella se va.

Uno de los transportistas tiró la colilla del cigarrillo fuera del muelle.

—Sí, me acuerdo.

Allen continuó.

—Sí, qué cosa más terrible, tío. Intentaron tirarla al puto océano cuando terminaron, como idiotas. Un par de rusos completamente gilipollas. La chica era una estudiante de la Universidad de Nueva York... Creo que una de sus compañeras de habitación era de Coney Island o algo así, y por eso habían ido allí. Su cuerpo apareció a la mañana siguiente, en la playa, un poco más abajo.

Reddick dio un sorbo a su café, volvió a revivir mentalmente la escena del callejón. Acababa de una forma algo extraña, pero no sacó de ello ninguna conclusión lúgubre.

—Pues sí, terrible, tío —insistió Allen.

Se quedaron callados hasta que otro de los chicos gruñó y dio una palmada en el hombro a Reddick.

—Seguro que está bien, tío. Esto es Brooklyn, si te tuvieras que preocupar por cada chica blanca borracha que se tropieza contigo, tendrías que tomar Xanax al cabo de nada. Probablemente la volverás a ver el fin de semana que viene, y no se acordará de nada. —El resto asintió, agradecidos por aquella pequeña muestra de optimismo. Continuó—: Los adultos pueden cuidarse solos.

El grupo se dispersó y empezaron a cargar el camión, subiendo las obras de arte a la parte de atrás en unas cajas y contenedores, y lo aseguraron todo con unos pulpos. Cogieron mantas, herramientas, rollos de aislante y plataformas con ruedas, y trabajaron hasta media mañana. Después de terminar, Reddick se quedó junto a la cabina, ansioso por irse, mientras Allen daba un último repaso al inventario. La semana anterior la habían pasado despejando la nieve en torno al almacén, una cuadrilla de siete, metidos hasta las rodillas en nieve polvo y hielo. Limpiaron dos de los cuatro muelles de carga de Lockstone, el aparcamiento de clientes y la acera en torno a las amplias instalaciones. Quedaron exhaustos por el esfuerzo físico y ansiando salir afuera a hacer su trabajo. Reddick miró los coches aparcados al otro lado de la calle, imaginó que veía a la chica sentada encima de uno de ellos, la vio desaparecer con un extraño. Pilas de nieve paleada se curvaban como olas en torno a los parabrisas, y el tráfico distante latía como si fuera el mar.

—Vamos. —Allen dio una palmada en el lado del camión, sacando a Reddick de su ensoñación. Abrió la puerta del pasajero y luego dio la vuelta hasta el asiento del conductor—. No estarás pensando todavía en esa chica, ¿no? —dijo en la cabina.

Reddick se subió al otro asiento.

—No —mintió.

2

La familia Seward financiaba el mundo del arte de Nueva York. Su nombre estaba situado junto a las mejores obras, y era reverenciado por comisarios y directores y citado en procedencias. Cambiaban las obras que colgaban de las paredes de su casa en Upper East Side regularmente, haciendo ostentación de adquisiciones preciadas o sacando sus favoritas de las profundidades de su sótano en Lockstone, y sucumbían a veces a la gravedad del vecino Met sincronizando una pared o una habitación con una exposición especial, suponiendo que las obras relevantes no estuvieran en préstamo. La amplitud y profundidad de su colección les permitía darse ese capricho. La instalación actual era la mayor en la que había participado Reddick en los seis años que llevaba en Lockstone. Estaba prevista para toda la semana y cubría cinco pisos, una docena de pinturas, un puñado de dibujos pequeños enmarcados y unas cuantas esculturas colgadas en la pared, más el embalaje y almacenaje de todas las obras que se estaban exhibiendo en ese momento. Cinco de los cuadros eran para la galería delantera; dos, para el comedor de abajo; las cinco últimas obras, para las tres habitaciones del segundo piso, entre ellas el salón, que se había dejado aparte para la nueva incorporación de la colección: un pequeño y serio Richter cuya adquisición había impulsado todo aquel nuevo arreglo. El quinto piso no se había planeado, sino que quedaba para la improvisación de los restos.

Lane y Dean ya estaban en la casa. Lane era el director de Lockstone. Espabilado y lleno de optimismo pijo, veinte años más joven que el hombre al que reemplazaba, se lo habían presentado al equipo dos años antes, durante un dificultoso trabajo de empaquetar una colección de esculturas densas y precarias. Apareció en el apartamento del cliente con unos pantalones cortos de algodón y unas alpargatas de lino, y Allen casi se aplasta un dedo porque Lane no pudo meter el pie bajo una caja inclinada y sujetarla. Pero su sonrisa radiante tranquilizaba a sus clientes, y los propietarios de la empresa lo adoraban. Las relaciones entre Lane y el equipo finalmente acabaron estancándose en una tregua cautelosa. Ahora se mantenía apartado de su camino, en lo posible, y a cambio ellos toleraban su supervisión.

Lane había recogido a Dean y lo había llevado hasta la casa de los Seward para que preparase el espacio para la llegada del equipo de instalación. Habían trazado el mapa de los desplazamientos por la casa, quitado las alfombras, colocado unos plásticos para proteger las paredes y la escalera principal, y envuelto la barandilla con mantas, como si fueran pañuelos de cuello. Dean había sido compañero de habitación de Reddick desde su último año en la universidad, hacía una década ya, pero últimamente prefería dormir en su estudio de Bushwick varias noches a la semana. Sus complicadas esculturas de madera de balsa consumían todo su tiempo y hacían que eligiese el raído sofá de su estudio en lugar de coger el metro a última hora para volver a casa. El trabajo duro estaba dando sus frutos, poco a poco; sus ventas habían ido aumentando de año en año, y casi cubría sus gastos con su arte. Solo necesitaba unas veinte horas a la semana en Lockstone para ganar la diferencia. Sus padres le pagaban una parte del alquiler, pero Reddick y él nunca hablaban de eso. Su estudio estaba a unas pocas manzanas del bloque de Lane, cosa que lo convertía en la elección ideal para acompañar al director aquella mañana, pero, además, también toleraba la despreocupada animación de Lane mucho mejor que los demás, de modo que todos se sintieron muy contentos de que fuera.

Los manipuladores se pusieron los botines de plástico y los guantes de nitrilo, y sus botas empapadas por la nieve quedaron en cuarentena, junto con sus abrigos, en el vestíbulo exterior. Dean esperaba en la galería, mirando extasiado un pensativo Rachel Whiteread montado en la pared de atrás.

—La idea de que esta obra esté en una caja durante el próximo año me deprime —dijo, cuando se unieron a él.

—Pues cuélgala en tu estudio. —Allen observó la suave geometría de la escultura, su superficie calcárea—. Estoy seguro de que a ellos no les importará.

Dean no le hizo caso, se quitó las gafas para limpiar los cristales y sus ojos quedaron al descubierto, rosados y tiernos.

—¿Todo bien esta mañana?

Allen se encogió de hombros.

—Tu compañero de habitación casi se tira a una chica encima de un montón de basura; pero, aparte de eso, sí, vaya, una mañana normal.

Dean miró a Reddick, que hizo un gesto de resignación.

—No fue exactamente así —empezó a contar de nuevo la historia, recortando los detalles. Apenas tuvo tiempo de oír la reacción de Dean cuando llegó Lane, los dividió en equipos y empezaron a trabajar.

Dottie, la encargada de la casa, supervisaba el trabajo. Con el pelo oscuro, exhausta pero muy compuesta, se comportaba con una impaciencia autoritaria. Por muy sucintamente que se dirigiese Reddick a ella, siempre daba la sensación de que le estaba quitando demasiado tiempo. Porque al final no dejaba de ser una Seward más, el enorme desierto que la separaba a ella de la familia anulado por la distancia existente entre ambas y el equipo, kilómetros y kilómetros de paisaje social en escorzo. Ella hablaba a menudo con la señora Seward, que era la arquitecta principal de los temas de preparación, estudio de la colocación o espaciado; a veces se oponía a su empleada con una falta de deferencia que Reddick encontraba sorprendente, aunque a menudo había algún momento, una señal en el tono o inflexión que él no era capaz de detectar, que hacían que Dottie acabase por capitular. El señor Seward no estaba implicado en aquello; él podía hablar elocuentemente de la colección de su familia en cenas de caridad o galas de museos, pero le daba igual la disposición de las obras de arte en su hogar.

Su único hijo, Buckley, solo era unos pocos años mayor que la mayoría de los miembros del equipo de Lockstone. Tenía los ojos pesados y la barbilla estrecha, que sobresalía como el tirador de un cajón de su cara compacta. Llevaba un jersey encima de la camisa con cuello, y tenía el pelo castaño ondulado y espeso hasta la base del cráneo. La familia lo llamaba Buckles. Saludó brevemente al equipo cuando llegó, sobre las once, y Reddick no volvió a verlo hasta dos horas más tarde.

Reddick y Allen formaron pareja para colgar unos dibujos en el despacho de la señora Seward, en el tercer piso. Ella misma en persona les había dado las instrucciones, ya que Dottie estaba muy ocupada con la galería de abajo, y luego se quedó a hacer una llamada, mientras ellos trabajaban en silencio. Había un retrato de ella en la pared, detrás del escritorio, un Schnabel bastante grande que Reddick quería mirar un rato más, pero no podía acercarse mientras ella estuviese en la habitación. No formaba parte de aquella instalación. Ella hablaba con un contable o consejero financiero, mientras consultaba una pirámide de archivos abiertos y documentos desparramados, y discutía el regalo de boda que planeaba para Buckley: una de sus villas italianas, una pequeña, junto a Florencia. Le preocupaban las repercusiones fiscales que podía tener la donación; el regalo debía ser un acto de generosidad, decía ella, no un problema financiero. Los transportistas, que la oían, se esforzaban por mantener la cara serena.

Su hijo entró en el despacho. Ella colgó cuando vio su rostro pálido y alterado.

—Ella no me ha llamado aún. —La voz de Buckley era profunda y autoritaria, lo que reforzaba su presencia esbelta. Luchaba para mantenerse sereno, para enmascarar su preocupación.

—Ah, Buckles, lo siento mucho. Estoy segura de que tendrá algún motivo en el que no hemos pensado.

—Esa respuesta valía anoche, cuando era solo una cena. Pero ahora han pasado casi veinticuatro horas.

La señora Seward se quedó pensativa.

—Tienes razón. No es propio de ella.

—He llamado a Tony, y parecía preocupado.

—Podemos enviar a alguien a su apartamento. Podrías ir tú mismo.

Él parecía aterrorizado ante la idea, pero asintió.

—Sí. Sí, claro, debería ir.

La señora Seward vio que Reddick escuchaba y parpadeó en su dirección tan rápido que su hijo no pudo verlo. Reddick apartó la mirada.

—Haré que Dottie te llame al coche —dijo ella.

Cuando Buckley se fue, su ansiedad contagió al personal. Un nombre parecido a una tos quedó flotando en el aire, Hannah, que puso banda sonora a las rutinas del personal. Los manipuladores pararon para comer, y, cuando volvieron, la pandemia de la intranquilidad había saturado la casa.

Se separaron y volvieron al trabajo. Cuando entraron en el salón, Reddick recordó que Dottie había dudado y no sabía si colgar o no el Polke, porque las conexiones con Richter parecían demasiado obvias, y pospuso su veredicto hasta que volvieran del descanso. Subió las escaleras para preguntarle. Había unas zonas de servicio en los tres primeros pisos, salas muy ordenadas con aparadores repletos y austeras mesas de trabajo conectadas por una escalera cerrada. Interrumpió a Dottie y a uno de sus asistentes que estaban comiendo en el tercer piso, en una especie de sala de descanso reformada. Tenían la misma conversación que el resto de la casa, y él llegó a la mitad de una frase. El nombre de Hannah quedó colgando en el aire como un fantasma.

El equipo había elaborado una teoría a partir del fragmento de conversación que oyeron Allen y Reddick. No habría mejor momento de confirmarlo.

—¿Es la novia de Buckley?

La mirada de Dottie le dijo que no era asunto suyo.

—Su prometida.

—Ha desaparecido —dijo el ayudante. Dottie intentó que se callara, pero él protestó—. Lo siento, Dot, pero así es como empiezan los rumores. Se ve a simple vista que algo anda mal. Será mejor que se lo cuentes.

—Mira, yo no intentaba husmear...

—Claro que sí —dijo Dottie—. Pero tiene razón. Es mejor que sepáis la verdad, o si no quién sabe qué historia podría correr por ahí. —Puso el tenedor con pulcritud en su plato, apartó la silla de la mesa y cuadró los hombros hacia Reddick. Su actitud y su tono asumieron la autoridad del director de un colegio echando la bronca a un alumno remolón—. La novia de Buckley, Hannah, no apareció anoche para cenar, y no se ha sabido nada de ella hoy. Estos son los hechos, y espero que sepáis ser discretos.

El ayudante suspiró.

—Dios mío, espero que esté bien. Pobre Buckles.

—Es espantoso —añadió Reddick.

—Todavía no hay nada —saltó Dottie—. No emitamos juicios antes de saber de qué estamos hablando. Y ahora, ¿necesitáis algo?

Él preguntó por el salón, y después de que ella aclarase cuáles eran sus intenciones, se fue a informar al resto del equipo. Él estaba ya casi en la escalera cuando recordó que se había dejado el nivel en el despacho de la señora Seward. Pensó en el Schnabel y retrocedió, tanto para ahorrarse un viaje después como para robar un momento a solas con el cuadro. La habitación estaba vacía; el retrato, descolgado detrás del escritorio. Reddick miró el gran lienzo. La señora Seward parecía al menos veinte años más joven que ahora, y su silueta angulosa estaba esculpida con violentos brochazos de óleo y resina. La superficie era irregular, oscilando entre unas aguadas traslúcidas y un empaste tan grueso que bordeaba casi lo geológico. Reddick pensó cuánto material habría necesitado para construir todas aquellas zonas. Los precios de venta del arte lo dejaban indiferente, pero no los costes infinitamente más pequeños de hacerlo. Atraído por la textura se acercó más, hasta estar casi apoyado en el escritorio.

—¿Le gusta Schnabel?

Dio un salto y se volvió, enfrentándose a la que hablaba, que era la señora Seward. La transición fue vertiginosa, de imagen a carne, de décadas antes al presente. Buscó referencias en los detalles de su aspecto. Su pelo de color castaño estaba salpicado de canas y peinado hacia atrás en un moño suelto y amplio. Tenía una mandíbula dura y de forma bonita, que Buckley debía de lamentar mucho no haber heredado, y los ojos grandes y hundidos entre una red de arrugas tan finas que parecían dibujadas con grafito. Se acercó a él, moviéndose con la comodidad y la soltura de alguien cuya ecuanimidad no se ha visto alterada desde hace años, quizá décadas. Él estaba inexplicablemente nervioso.

—He venido a buscar el nivel y... realmente te atrapa, ¿no?

—Es diferente cuando tú eres el sujeto. —Ella sonrió y cruzó sus largos brazos por las muñecas, un gesto que estaba destinado a relajarlo—. Pero sí, es verdad que te atrapa. ¿Es usted artista?

—Todos lo somos. Bueno, todos menos uno. Que es músico.

—Siempre me ha parecido que la mayoría de ustedes tenían que serlo. Para tratar bien las obras de arte, tienes que tener algún motivo para que te importe. ¿Expone usted?

—No, desde hace mucho.

Ella era demasiado educada para mostrar que se había dado cuenta de su duda.

—Bueno, siga trabajando. Nunca se sabe lo que puede pasar.

—Ah, sí. Gracias. Yo..., es verdad. Nunca se sabe.

Ella sonrió de nuevo. Sabía bien el poder que se hallaba detrás de su sonrisa y cómo utilizarlo.

—Creo que me he dejado el teléfono por aquí. Probablemente en mi escritorio. ¿Le importa?

Ella señaló detrás de él. Él se volvió y vio un trozo del teléfono que sobresalía debajo de una pila de documentos. Lo sacó cuidadosamente para evitar una avalancha, y su pulgar inadvertidamente marcó el botón de inicio. La pantalla se encendió. Él miró la imagen que apareció.

—Gracias. —Ella tendió la mano, pero él no se lo entregó—. Joven... —Su impaciencia estaba contenida por la cortesía. Él captó la inflexión en su voz que significaba que la charla había terminado (es fácil reconocerlo cuando tú eres el blanco), pero, aun así, él no lo soltó.

—Joven, ¿sería tan amable de darme mi teléfono, por favor?

Ella parecía perpleja por su desobediencia, y Reddick por un momento no estuvo seguro de si su autoridad no sería un puro bluf, y pensó que a lo mejor no había consecuencias por no hacerle caso. El caso es que no podía dejar de mirar la imagen de la pantalla: Buckley sonriendo detrás de una mesa, en una cena, cogiendo la mano de una rubia esbelta que la razón insistía en decirle que tenía que ser su novia, pero que, sin embargo, parecía exactamente igual a la chica que le había pedido que la besara la noche anterior, en un callejón, rodeada de basura.

3

—¿Y está usted absolutamente seguro de que era ella?

—Sí. Se lo estoy diciendo. Al cien por cien.

Estaba en el salón, en una butaca cuadrada de la Bauhaus que habían trasladado al centro de la habitación. Otros muebles estaban también apartados de las paredes, y las herramientas colocadas cuidadosamente en rincones estratégicos, el trabajo abandonado hasta que la absurda afirmación de Reddick estuviera resuelta. La señora Seward estaba sentada enfrente de él, inclinada hacia su rostro, con los codos apoyados en las rodillas. Su expresión era preocupada y amable. Su marido estaba reclinado junto a ella con un escepticismo desinteresado, su rostro aburrido igual al de su hijo. No estaba claro si es que no creía a Reddick o sencillamente aquella era una crisis por la que no valía la pena perder nada de tiempo. Dottie iba y venía por detrás de ellos, representando el papel de poli malo con una fidelidad cinematográfica. Lane estaba quieto en su sitio, intentando no sudar.

Reddick solo quería ayudar.

—Estaba oscuro —dijo Lane, ofreciéndole una vía de escape, rogándole con los ojos que la tomara.

—Las luces del callejón se encendieron. Pude verla perfectamente.

—La ropa de invierno. Gorro, bufanda... Todo el mundo va muy tapado en esta época del año.

—Ella no llevaba abrigo. Había estado dentro, obviamente no

pensaba quedarse fuera mucho rato. Solo llevaba un gorro y lo llevaba apartado de la cara.

—Pero ¿por qué estaba sola en Brooklyn? —preguntó la señora Seward—. Es que no lo entiendo, sencillamente.

—No tengo ni idea. O sea, que ella en realidad no me contó nada de sí misma. —Pensó en sus ropas, su voz—. No parecía fuera de lugar allí.

La versión que contó era un poco distinta de la que había contado al equipo y a Harold. Omitió el abrupto ofrecimiento que le hizo ella. No tenía por qué levantar sospechas. Ya las sentía de todos modos, sabía qué aspecto debía de tener él a sus ojos. Solo un poco más de metro ochenta, pero muy delgado, con los hombros inclinados hacia delante de una forma que nunca le habrían permitido a su propio hijo. Un sureño desgarbado con mala piel, pelo rubio y cara rara, con los labios algo gruesos, pero una mandíbula demasiado estrecha, y los ojos demasiado juntos. Una procedencia étnica tan mezclada que resultaba por completo americana, de una forma que lo despojaba absolutamente de contexto, sin éxito de inmigrante, sin linaje colonial, solo suposiciones y pálpitos de lo que alguien podía haber sido, de matrimonios entre personas demasiado pobres y demasiado dispersas para preocuparse por anotar de qué parte del Antiguo o del Nuevo Mundo descendían. Tenía un apellido escocés, que había recibido como herencia de la única persona de su árbol familiar que decididamente no era escocesa, y podía reclamar una herencia étnica que cualquier familia antigua de Nueva York habría comprendido, aunque privadamente la rehuyera. Su abuelo paterno llevaba el nombre de Red porque era la abreviatura de Reddick, pero también porque le pegaba a su piel color arcilla. Red era negro. Reddick no. Esa herencia se había introducido entre las grietas junto con todas las demás, otro factor de ADN indistinguible en su cara de perro callejero blanco.

¿Qué veían los Seward cuando lo miraban? Se imaginaba que

a un don nadie. Él no entraba en su idea de lo que era el mundo, y por lo tanto no era nadie.

Solo podían reaccionar ante sus aseveraciones con sospecha. Sus encuentros con gente como él estaban demasiado circunscritos para que fuera de otro modo. Solo en un callejón oscuro con la prometida de su hijo; el sexo se olía en aquella escena como si fuera éter. No hacía falta que lo mencionara para que pensaran en él, y si lo hacía, aunque fuese para negarlo, la insinuación cuajaría y acabaría convirtiéndose en un hecho. Asegurar que él hizo una elección moral implicaba reconocer que hubo otra opción, y en cuanto esa otra opción se le quedara pegada, no dejarían de ninguna manera que se la sacudiera.

Decidió que la oferta atrevida de ella era irrelevante, de todos modos. Bastaba con saber que estaba borracha, su vulnerabilidad se podía asumir. Lo que importaban eran los hechos, el momento y el lugar, unos datos concretos que se podían usar para encontrarla. Él se mostró muy claro en ese aspecto y dejó a un lado lo demás.

—¿Y estaba muy alterada? —preguntó Dottie—. ¿Parecía que alguien la hubiera drogado?

Reddick negó con la cabeza.

—Pues no lo sé, la verdad. Quiero decir que ella estaba... pues sí, siento decirlo, pero estaba bastante ida. A mí me pareció que simplemente había bebido demasiado, pero la verdad es que no sé mucho cómo es eso; lo de estar drogado, quiero decir. Olía a alcohol, pero hablaba con coherencia. Sabía dónde estaba.

Él dijo que llamaran a la policía. Ellos lo desestimaron, dijeron que primero querían hablar en privado; estaban perplejos por lo improbable que era lo que él estaba afirmando. Aquel encuentro casual, quiso gritarles él, pudo haberle salvado la vida. Aceptad vuestra buena suerte, sin más, y escuchad.

Buckley volvió del apartamento de Hannah. Dottie le había enviado un mensaje cuando estaba de vuelta, pero no le había dado detalles. La preocupación vaga de aquella mañana se había espesado y convertido en terror, algo de lo ocurrido durante aquel viaje le había alterado mucho. Tenía los ojos muy abiertos y estaba sonrojado.

—Mamá, ella no estaba, obviamente, pero...

—Creo que tienes que oír esto primero.

—No habían entrado por la fuerza ni nada parecido. —Su voz profunda había perdido su tono dominante. Él parecía disminuido, acobardado por la crisis que iba en aumento—. ¿Querríais papá y tú...? Me gustaría hablar con los dos sobre lo que podemos hacer ahora. En privado, por supuesto.

—Escucha, hijo.

La orden de su madre lo sacó de su escapismo. Al final pareció darse cuenta: su familia estaba alineada frente al chico que colgaba los cuadros. Era una escena viva de juicio, de acusación. Reddick vio que la cara de Buckley cambiaba y supo que ya había dado el paso: de testigo había pasado a sospechoso. Se preguntó cómo podía haber pensado que las cosas fueran de una manera distinta.

—Reddick —dijo Dottie—, cuéntele lo que nos ha contado a nosotros.

Buckley escuchó, impaciente.

—¿Y dónde fue eso? —preguntó, cuando hubo terminado el relato.

—Brooklyn. Bed-Stuy.

Las mejillas de él palidecieron.

—Eso es imposible. Ella no podía estar allí.

—¿Qué quiere decir con eso? —soltó Reddick.

—Buckles, vosotros dos vais mucho a Brooklyn —dijo su madre.

—A actos del museo. A tomar una copa a Williamsburg.

—Pero ¿no está eso cerca...?

Él la cortó.

—¡Madre!

Ella lo fulminó con los ojos y continuó:

—Cerca del BAM, iba a decir. ¿Dónde estaba exactamente, lo puede repetir?

—Al lado de la línea A, la parada de Nostrand.

—Mamá, eso no está ni remotamente cerca del BAM. —Él parecía impaciente por terminar la conversación, por quedarse a solas con sus padres—. En realidad, no está cerca de nada.

—Excepto de mi apartamento —dijo Reddick.

—Mire. —Buckley se volvió hacia él—. No se lo tome a mal. Sencillamente, quiero decir que conozco a mi prometida, sé adónde va, y sé que ella no iría nunca a una fiesta allí.

Lo rechazó con suficiencia, cortante.

—Pero ahora mismo no sabe dónde está.

—Mire, yo...

—¡Reddick! —ladró Lane.

—Estoy intentando ayudarlo, hombre. Ni siquiera me escucha.

—No creo que esté intentando ayudar en absoluto. Creo que quiere usted meterse en esta situación por algún perverso deseo de formar parte de nuestras vidas.

—¿Lo dice en serio? —dijo Reddick.

—Buckles... —le reprendió su madre.

—Es usted de esa gente horrible que llama a la policía con pistas falsas para llamar la atención.

Reddick se puso en pie de un salto y gritó que él no quería llamar la atención, que Buckley era un maldito esnob y que, si le ocurría algo a su prometida, sería por culpa suya. Lane se metió entre los dos. Los Seward intentaron calmar a su hijo mientras este le lanzaba insultos. Finalmente, Dottie sacó a ambos bandos del vestíbulo, arrastró a Reddick y a Lane a la escalera principal, hacia la galería.

—Tienen trabajo que hacer ahí, ¿no? Y les hemos contratado por... ¿cuánto? ¿Dos horas más, hoy? —Ellos asintieron—. Usted. —Y señaló el pecho de Reddick—. No se vaya de esta habitación, ¿entendido?

—Pero tiene que llamar a la policía...

—Es un asunto privado, y van a discutirlo entre ellos, como familia.

—Tiene que encontrar a ese tipo con el que se fue ella.

—Si no puede respetar su intimidad, voy a tener que pedirle que se vaya ahora mismo. ¿Me comprende? El señor y la señora Seward harán lo que crean que es mejor. ¿Lane? Hablaremos con usted en privado.

El director la siguió escaleras arriba.

Dean se reunió con él en la galería. Reddick le ofreció un sucinto relato del enfrentamiento, y después trabajaron los dos en un silencio incómodo. La hostil incredulidad de Buckley lo había dejado dolido y humillado. Justo antes de las cuatro empezaron a guardar sus herramientas. El resto del equipo bajó y cargaron los suministros y las cajas vacías en el camión, volviendo a dejar en orden todas las habitaciones. Nadie habló con Reddick, aparte de organizar la logística del trabajo. Cuando casi habían terminado, apareció Lane y lo llevó aparte.

—¿Te has calmado ya? —preguntó. Reddick asintió y él continuó—: Los Seward me han pedido que insista en que respetes sus deseos. Pensarán lo que tú les has contado y, si necesitan algo más, contactarán contigo. No debes ponerte en contacto con ellos ni con la policía, ¿entendido?

—Estoy diciendo la verdad, Lane. Esto no es justo.

—Así conseguirás conservar tu empleo, Reddick. Sería mucho más fácil despedirte y ya está. ¿Me entiendes? Yo me he peleado por ti. Es lo mejor que he podido conseguir. Dime que harás lo que ellos dicen. Déjalos en paz. No vayas a la policía. ¿De acuerdo?

—Bien.

—Bien, ¿qué?

—Bien, no los molestaré más. Tampoco iré a la policía.

—Y una cosa más. Buckley no quiere que vuelvas a su casa, de

32

modo que te saco de este contrato. Puedes trabajar en el almacén mañana.

—¿Hay algo que hacer? —Dos trabajadores a tiempo completo llevaban el almacén, unos tipos ya mayores, a los que no les gustaba que anduvieran por allí los autónomos.

—Ya encontrarás algo. Tengo que reunirme con otro cliente en la ciudad esta noche, así que no vuelvo. Acaba y ficha después de descargar. Que lo sepan todos los demás.

Reddick volvió al camión, y se metieron entre el tráfico lento en la Setenta y siete. Las calles y aceras estaban limpias y despejadas, el brutal invierno amaestrado formó unas rayas blancas pintorescas sobre las ramas grises y las fachadas de piedra.

—¿Y bien? —preguntó Dean.

—No me han despedido. —Todo el mundo sonrió y cedió un poco la tensión. Un par de los chicos le ofrecieron apoyo.

—¿La viste de verdad? —preguntó Allen, agachado en el lecho del camión.

—Si no, no lo habría dicho.

El otro meneó la cabeza, incrédulo.

—Estaba pensando que a lo mejor te he asustado esta mañana.

—Quizá, pero no se trata de eso. Sé lo que vi. —Reddick oyó su propia voz con un deje ronco, la indignación rasposa de su credibilidad cuestionada—. Pero me echan de este trabajo. Mañana al almacén.

—Vale. Te vas a aburrir mucho.

—Ya lo sé. Eh, ¿puedo pediros un favor? Lane no va a volver al almacén esta noche, y me vendría muy bien tomar algo. ¿Podría fichar alguno por mí? Quiero ir al centro y coger unas birras.

Era una petición habitual, cuando uno del equipo tenía planes de salir a beber por la ciudad, y todos estuvieron de acuerdo.

—¿Quieres que vaya contigo? —preguntó Dean.

Reddick negó con la cabeza.

—Estoy bien, tío. ¿Te veré esta noche en el apartamento?

—Probablemente. Tengo que ir a ducharme.

Acabaron de empaquetar. En cuanto todo estuvo seguro, Reddick salió a la calle e hizo señas al camión hacia el tráfico enmarañado, y luego dio unos golpecitos en la puerta para despedirse, cuando el camión salía ya.

Volvió a la acera y miró la casa, encajada entre una hilera de mansiones elegantes de piedra caliza. Apenas sobresalía, su grandeza reducida a textura, al ambiente de riqueza vertiginosa, una imagen ofrecida a las tarjetas postales y el asombro de los turistas. Pero era un hogar; dentro había personas, cuyos nombres y rostros conocía, a los que podía ayudar, si lo dejaban. No tenía intención alguna de ir al centro. Había desaparecido una persona. Tenía que obligarlos a escuchar.

—¿Va a intentarlo otra vez?

El hombre que habló era unos diez centímetros más alto que Reddick, el cuerpo alto envuelto en un abrigo de lana negra que se abultaba suavemente por encima de su vientre redondo. Extendió una mano enguantada.

—Thomas —dijo.

—Reddick. —Le estrechó la mano, intentando recordar si había visto a Thomas en el interior—. ¿Trabaja para ellos?

—¿Para los Seward? En realidad no...; trabajo para otra familia, que vive cerca. Los Leland. —Hizo una pausa, esperando a que Reddick reaccionase ante el nombre. Como no fue así, Thomas continuó—. Tengo amigos entre el personal de los Seward. Parece que Dottie estaba furiosa después del incidente que ha causado usted, y uno de mis amigos me ha invitado a tomar un café, esperando discretamente hasta que ella tuviera la oportunidad de serenarse un poco. Él me ha contado lo que ha ocurrido.

—Y a Dottie le preocupaba que «nosotros» hiciéramos correr rumores...

—Sí, bueno..., los Seward, los Leland, su mundo es bastante hermético. Incestuoso, incluso, si no le apetece mostrarse caritativo. En cuanto estás dentro, averiguas rápidamente que no hay drama como el que ocurre a tu alrededor. Acabas viviendo su vida, así como la tuya, y tienes tus favoritos. —El hombre alto se movió, repentinamente incómodo—. Resulta difícil de explicar a la gente de fuera.

—¿Favoritos? ¿Como quién, Buckley?

Thomas asintió.

—Conozco bien a esta familia. Buckley no es tan malo. Hay cosas que...; en realidad no puede ser él mismo, la mayor parte del tiempo.

—Es demasiado orgulloso para dejar que lo ayude.

—No es eso. Puede parecer eso, pero... no es así. Estoy seguro de ello. Me han dicho que estaba muy alterado. Hay algo más que le preocupa.

—¿Algo más, aparte de la desaparición de su prometida?

—¿Parecía asustado? ¿O preocupado?

—Estaba asustado, por supuesto. —Reddick pensó en la chica de la historia de Allen, en el cuerpo gris de la chica tirado en el fango, en la resaca. Mentalmente le había puesto la cara de Hannah—. Pero por eso exactamente debería escucharme.

—Estoy de acuerdo. Solo digo que no lo juzgue tan duramente. Usted no lo sabe todo.

—¿Y por eso está usted aquí? ¿Para defender a Buckley?

—Sí y no, en realidad. La casa de los Leland está doblando la esquina, en la Quinta; he vuelto allí después de tomar café y le he dicho a la señora Leland lo que sé. Ella se ha mostrado muy interesada. Tanto que me ha pedido que lo lleve allí.

—¿Cómo?

—Me preocupaba que se me escapara. Ella quiere oír lo que usted tenga que decir.

—No estoy seguro de que deba contarle esa historia a nadie más.

—Decía usted que quería ayudar. Y así es como lo va a hacer.

La casa de los Leland tenía un guardia en el vestíbulo, un hombre viejo con un traje muy pulido, sentado ante un escritorio victoriano con un montón de ordenadores portátiles. Hizo señas a Thomas y los dos se quitaron las botas y los abrigos. Entraron hasta un salón donde Thomas dijo a otro miembro del personal que hiciese saber a la señora Leland que habían llegado. Reddick examinó la oscura habitación. Había una alfombra floral muy grande encima de la tarima de madera noble, y unos muebles cuidadosamente tallados, de cerezo y caoba, y la tapicería de las sillas se hacía eco de los temas que presentaba la alfombra: flores, parras, arabescos. El contraste con la modernidad total de los Seward parecía intencionado, un debate sobre la forma correcta de vivir. Al cabo de pocos minutos condujeron a Reddick al piso de arriba, a un salón con la misma temática.

La señora Leland lo esperaba en un sillón de orejas de color verde oliva. Era un par de décadas mayor que la señora Seward, que llevaba el pelo espeso y blanco muy tirante y apartado de un rostro formidable, lleno de arrugas. Sonrió con una precisión política y le hizo señas de que se sentase. Él la obedeció y Thomas se fue. Dos miembros del personal, chicas jóvenes, merodeaban por allí cerca.

—¿Le ha ofrecido Thomas una bebida?

Reddick respondió que no quería nada, pero ella insistió en que tomase algo. Él aceptó un café, y una de las chicas salió.

—¿Es ese un Sargent? —Hizo un gesto hacia un pequeño cuadro que tenía ella detrás. Era el retrato de una joven sonriendo maliciosamente, con una cinta de un azul pálido sujetando su pelo de color rubio ceniza. La señora Leland respondió sin volverse.

—Es de William Merritt Chase. Es mi abuela cuando era niña.

—Es precioso.

—Tenemos un Sargent en el salón de atrás —dijo ella—. Puedo hacer que Thomas se lo enseñe cuando hayamos terminado.

—Gracias. Me encantaría. —La chica volvió con el café en una taza y un plato de Wedgwood. Él le dio las gracias. Pensó en su conversación anterior con la señora Seward, después de que ella lo cogiera admirando su Schnabel—. Todos somos artistas. Los que hacemos transportes artísticos, quiero decir. La mayoría somos artistas.

—Supongo que tiene cierta lógica. —La señora Leland hizo una larga pausa, mirándolo con intención. Era más fácil de lo que él había esperado, el encuentro tenía una familiaridad encarrilada que lo tranquilizaba. Cuando le contó su historia a los Seward no era más que un intruso, que se había introducido en su crisis privada. Con la señora Leland las relaciones habían vuelto a su lugar acostumbrado. Ella quería algo de él, un servicio...; quería que le contase su historia. Sabía que ella le ofrecería algo a cambio, ayuda, esperaba, para convencer a los Seward de que lo escuchasen. Aquel encuentro tenía la seguridad y la transparencia de una transacción. A él quizá no le acabase de convencer su papel subordinado, pero lo comprendía, con una claridad que lo tranquilizaba.

Finalmente:

—Bueno, pues oigámoslo, entonces.

Él le contó las dos mitades de la historia, primero el extraño encuentro en el callejón y luego la reacción que habían tenido los Seward al oírlo. Ella escuchó sin interrumpirlo. Reddick le dio la misma versión de los actos de Hannah que había ofrecido a los Seward, por los mismos motivos: lo despojaba de interés sexual para mantenerse bien limpio.

—¿Qué le parece? —preguntó ella, cuando él hubo terminado.

—Creo que quien quiera que abriese la puerta para que entrase ella sabe dónde está. Creo que la policía debería estar en mi edificio de apartamentos ahora mismo interrogando a la gente que dio esa fiesta, elaborando una lista de todos aquellos a los que ella vio aquella noche. Y creo que tienen que entrar también en su apartamento, en busca de pistas. Creo que si no actúan con rapidez, van a perder cualquier oportunidad de encontrarla, y todo porque Buckley está demasiado avergonzado para admitir que su prometida estaba de fiesta en un vecindario negro.

—¿Era un hombre negro el que le abrió la puerta?

—No. Le vi el brazo. Era blanco.

—Pero ¿el barrio...?

—Es... mixto, ahora mismo. Ha cambiado mucho desde que yo me trasladé allí.

—¿Quiere decir que se ha gentrificado?

—Era mucho mejor antes.

—Mejor para quién, me pregunto... —No esperaba respuesta, claro. Él esperó a que continuara—. ¿Echa usted la culpa a los Seward?

Él no lo había pensado hasta aquel momento, no había ido más allá de su frustración al ver que no lo escuchaban. Pero en la superficie, la respuesta parecía obvia. Había culpabilidad suficiente para todo el mundo, una parte para cada uno de los que estaban en aquella fiesta y que la vieron salir, otra para su propia inacción, otra para la intransigencia de Buckley.

—Creo que ella...; si ocurre lo peor, en parte ellos tendrán la culpa. Moralmente, si no legalmente.

—Le importa el aspecto moral de todo esto.

—No veo cómo podría dejar de importarme.

—Un honorable cruzado.

Él sospechó que se burlaba, pero no vio nada de eso en su rostro. Solo una curiosidad objetiva, inquisitiva.

—No. Es que... ¿tan raro es creer en lo que está bien y lo que está mal?

Ella sonrió, indulgente.

—Para mí no.

—¿Puedo preguntarle por qué estoy aquí?

—Puede. Quizá sea una moralista, como usted. Quizá crea en

el bien y el mal, y cuando Thomas me ha relatado los detalles de esta desdichada situación, he querido ayudar.

Él respondió, con precaución:

—¿Así que llamará a la policía?

—No irían muy lejos sin la cooperación de los Seward. Si desea de verdad actuar según sus principios, tendrá que hacerlo directamente.

—Nuestros principios, quiere decir.

Ella mantuvo la cara impasible.

—He visto a Hannah en más de una ocasión. Conozco bien a los Seward. He visto su mal genio de primera mano. Los he visto cerrar filas. Nunca son tan malvados como cuando los importuna la verdad.

Parecía demasiado vago, demasiado abstracto para que resultara de ayuda.

—¿Qué clase de verdad?

—Las versiones que no pueden controlar.

—¿Y dónde me deja eso entonces?

—Aquí. —Ella extendió las manos, elegante—. Conmigo. Donde intentaremos descubrir qué verdad es esta que los ha provocado.

—Yo solo quiero ayudar a Hannah.

—Y yo deseo ayudarlo a usted. ¿Le parece justo este arreglo? —Él asintió, sin saber exactamente a qué había accedido—. Muy bien —dijo ella—. Thomas se encargará de los detalles. Le deseo toda la suerte del mundo.

Dio instrucciones a una de las chicas de que cogiera la taza, y a la otra que buscase a Thomas y le enseñara el cuadro a Reddick. Thomas volvió rápidamente y condujo al manipulador de arte hacia la parte de atrás de la casa, a otro salón. Las ventanas daban a un espacioso patio trasero, con la nieve acordonada en suaves charcos, los bordes agudos en torno a un camino empedrado y una fuente con varios pisos.

—Aquí está el Sargent.

Reddick se apartó de la ventana y miró el cuadro. Era un pequeño retrato de un niño como un querubín, con un brillo rosado en las pálidas y redondas mejillas. Parecía que se movía. Reddick se acercó más y la imagen se disgregó, convirtiéndose en un mapa de pinceladas y pigmento disperso, un registro de gestos: tres para los labios, tres más para la nariz, un punto como ojo, un borrón como pelo. Tan poco bastaba para conjurar la ilusión de individualidad.

—Es fantástico —dijo Reddick.

—Sí. —Sonrió Thomas—. Así que ¿lo ha dejado todo bien claro la señora Leland?

—No exactamente.

—A ella le gustaría que usted investigase la desaparición de Hannah.

No era la ayuda que él esperaba...; no era ninguna ayuda, en absoluto.

—Me despedirán si me meto con los Seward.

—Hay otras líneas de investigación que podría seguir. Haga lo que ha dicho antes que debería hacer la policía. Vaya a su apartamento. Haga preguntas. Usted vive en el edificio donde se la vio por última vez.

—¿Por qué no contrata ella a un investigador privado?

—Porque no quiere un investigador privado. Cubriremos sus gastos. —Dentro de la casa, sin abrigo, había algo delicado en Thomas, en su barba recortada con precisión y sus ojos pálidos. Tenía un cuerpo de obrero, pero cara de ejecutivo. El traje le sentaba como un guante.

—¿Gastos? ¿Qué quiere decir eso?

—Aquí tiene quinientos dólares en efectivo. Guarde los recibos y, si necesita más, le haré una transferencia. —Le dio el dinero a Reddick junto con una pequeña tarjeta de visita, que llevaba impresos su nombre y un número de teléfono—. Mándeme un mensaje a este número y yo le enviaré información sobre Hannah. Su dirección, su foto...

—¿Para qué voy a necesitar todo eso?

—Para enseñársela a la gente y preguntar por ella.

—¿Quiere que vaya puerta por puerta?

—Ella quiere que usted haga lo que crea conveniente. Y me mantenga informado.

—O sea, que quiere informes.

—Lo que quiere es sencillo. —Se acercó más, hasta que Reddick pudo oler la colonia salobre que llevaba en la solapa con ojal. El hombre puso una enorme mano en el hombro del manipulador de arte—. Encuentre a la chica.

4

Había cuatro paradas hasta la línea C, luchando por respirar entre la multitud de la hora punta. Se metió la mano libre en el bolsillo de los vaqueros y acarició los cinco billetes de cien dólares que estaban dentro, doblados. No porque le importara el dinero, sino porque así verificaba su recuerdo. Eran las pruebas de que no se había imaginado aquel día tan extraño.

Se dirigía a casa para cambiarse de ropa y luego ir al Y para jugar al baloncesto. La oferta de la señora Leland exigía una respuesta de su cuerpo. Thomas había insistido en que tomase el dinero, aunque no se había comprometido aún a nada. Fue andando hacia el norte desde la parada de Nostrand y cortó hacia el este por Halsey, uno de los pocos bloques en Bed-Stuy donde las amplias aceras estaban completamente limpias y rociadas de sal, junto a hileras de casas de piedra roja, con sus gruesas barandillas y sus verjas de hierro adornadas de blanco por la nieve. Menos imponente que el Upper East Side, pero igual de bonito. Unas pocas casas mantenían todavía las luces de Navidad, y sus patios albergaban algún que otro Santa Claus o muñeco de nieve sueltos, que habían sobrevivido a las semanas transcurridas desde el año nuevo. Casi en cada casa había un cartel que declaraba su oposición a Restoration Heights. Veía la valla allí delante, las garras en reposo de las excavadoras aparcadas por el invierno, las torres esqueléticas envueltas en plástico, con los andamios, como de alambre, rodeando sus niveles inferiores.

Era fácil imaginar cómo comenzó todo: en un mapa de Brooklyn, en algún despacho enorme, se vio el futuro. Se empezó con el East River, donde la presión creciente del centro de Manhattan enviaba una oleada a la costa opuesta, una marea creciente de blancos jóvenes y ricos que fluía hacia el interior a lo largo de la L y la J, que anegaba y desplazaba a las comunidades negras y morenas, rodeando las islas afianzadas de complejos de viviendas, o criminalidad, o sencillamente gente que amaba demasiado su casa para venderla. Ya ahogó a Williamsburg y Bushwick años atrás, empujando hacia el este y el sur, hacia el único punto final lógico, la convergencia entre las dos líneas de ferrocarril: Broadway Junction. En cuanto se marcaron las fronteras, lo único que quedó fue rellenar los espacios, pintar encima de las vidas y negocios existentes con panaderías de pan sin gluten y carriles bici, montones de bares y cafeterías de comercio justo, tiendas que venden queso a cuarenta y nueve dólares la libra. Delinear y rellenar.

Pero existe otra línea de metro en esa convergencia. Por qué limitar ese terreno de juego a la L y la J, cuando la A forma la frontera natural por el sur. Y ya estaba pasando también, al borde de Clinton Hill, en Bed-Stuy y Crown Heights. Refugiados del superpoblado Bushwick habían establecido allí campamentos base, cuatro o cinco en cada apartamento, maravillándose por el espacio y los detalles arquitectónicos, subvencionados o solo recientemente exsubvencionados por sus padres, con trabajos profesionales y salarios profesionales, pero con valores y aspiraciones bohemios. Niños cuyos deseos pueden hacer ricos a hombres listos. El modelo ya estaba establecido. Hagamos a la A lo que le hicimos a la L. Apartándonos del mapa, tracemos ese nuevo perímetro: desde el agua, a lo largo de la L, hasta el East New York, pero no toquemos la A, sigámosla de vuelta al oeste, hacia el río. ¿Veis lo que hace?, ¿la forma que tiene? ¿Cómo capta y unifica? Qué desfachatez. ¿Cómo se atreve a reclamar el corazón del barrio? Es el golpe maestro de una guerra de tierras, una doble envoltura. Solo permite una respuesta: la rendición más abyecta.

Restoration Heights es el eje conceptual. Dos torres en la propiedad principal, rodeadas por un espacio comercial, un pequeño parque con una zona abierta, acacias de tres espinas y sicómoros, un quince por ciento más de unidades asignadas a alojamientos asequibles de lo que requieren las ordenanzas municipales, un campus que va desde Tompkins hasta Throop. Dos edificios satélite más pequeños que siguen la misma lógica, camuflados por un diseño habilidoso. Extendidos como un gesto de conciliación, una forma de unir el proyecto con el tejido del barrio, de dejar intactas las señas de identidad, a la sombra de las nuevas construcciones. Una rama de olivo, como si la magnanimidad no fuera una marca más del poder.

Los niños blancos se quejarán —otro bloque de pisos, más mierda empresarial destruyendo el barrio—, pero esos mismos niños blancos se irán a vivir allí. «Nunca pensé que viviría en un lugar como este, pero, uf, necesito lavaplatos. Y odio las lavanderías. Todos mis amigos están aquí, y además el diseño encaja en el barrio, no como esos otros edificios, con portero». El caché del barrio, pero ninguno de sus problemas. La emoción culpable de estar rodeado de negritud, sin tener que vivir como ellos. No separados, sino desiguales.

Pero todavía tienes que ganarte a la comunidad: el consejo local, el Distrito Histórico. Por eso has elegido esa manzana, todo en conjunto es un adefesio, excepto la iglesia, y vas a mantener la iglesia. Casas de ladrillo de la época de la posguerra, y un macizo y descuidado edificio de apartamentos. No encajaba con el resto del barrio, representaba precisamente ese tipo de añadidos que pretendía evitar la creación del Distrito Histórico, de modo que lo derribas todo, les das algo que sí encaja, un diseño que respeta la arquitectura del entorno. Véndelo como creación de empleos. Dale un nombre que lo conecte con un hito geográfico de la comunidad, que evoque una falsa historia. Soborna a las personas adecuadas. Avasalla a los que no puedas convencer.

Esperas protestas. Esperas que una coalición de las bases se movilice. Mucho retorcerse las manos, oposición negra, culpabilidad blanca. Esperas que tengan algunos éxitos. Los permisos se retrasan, los concejales votan en tu contra, pero, al menos, tienes al alcalde. Esperas una dura lucha, hasta que se abre la tierra en el primer solar, e incluso después, cuando la batalla está ganada, pero la oposición continúa. Han pasado tres años desde que Corren Capital compró el primer solar. Los antiguos edificios se derribaron, se vertió cemento, se construyó el esqueleto, y todavía el resentimiento erige obstáculos y frenos. No has hecho ningún progreso en los dos solares más pequeños, donde los edificios actuales todavía siguen en pie. Debes confiar en el impulso global para realizar la totalidad de tu visión. A finales del otoño surge algún tecnicismo, una ordenanza que tu grupo de abogados pasó por alto, y tienes que parar. Lo envuelves todo para pasar el invierno y le echas la culpa al clima. Nevaba en Acción de Gracias. Prometía ponerse peor, ser lo bastante duro y lo bastante regular para ofrecer una excusa plausible, el peor invierno desde 1996. Salvas la cara, no les permites siquiera esa victoria menor. Restoration Heights definirá Bedford-Stuyvesant durante las décadas venideras.

La verdad es que parecía un sitio estupendo para ocultar un cuerpo. Quizá por eso había ido. Se quedó mirando entre los paneles de contrachapado verde las láminas de plástico que el tiempo había vuelto opacas, los espacios oscuros que se abrían por debajo. Los niños seguro que se metían por allí. Buscó pruebas: botellas, paquetes de cigarrillos arrugados. No parecía nada difícil meterse dentro. Quizá los vagabundos lo utilizaran como refugio. Montones de material de construcción se encontraban diseminados por la obra, formas enigmáticas de plástico y metal esperando la primavera. Enormes zonas de tierra yerma, enterrada en blanco, rodeaban las torres no terminadas. Definitivamente, se podía esconder un cuerpo.

Era una forma de empezar muy morbosa. Si es que era eso, un principio. ¿Por qué suponer que había un cadáver, una muerte? La chica de Coney Island había unido a Hannah a un destino violento; Reddick no podía olvidar las similitudes. Solo se había propuesto andar junto a la verja y mirar, un objetivo a medio formar que lo ayudase a pensar. No podía admitir que ya había tomado su decisión. Fue hacia el norte, a Monroe, y se volvió hacia el oeste, hacia la Y.

Había cancha libre a las siete, después de que el último grupo de clase de *fitness* dejase libre la sala. La gente era variable, sobre todo a finales del invierno, y se iban congregando juegos informales en torno al cambio de turno de la tarde, media cancha o toda entera, según el humor y la habilidad. Derek esperaba fuera de la pista cuando él llegó, animando al grupo que estaba haciendo la última ronda de carreras y sentadillas con salto. Reddick no comprendía nunca el atractivo de esas clases, una hora sudando y haciendo un simulacro desvaído del entrenamiento que tanto temía cuando jugaba con el equipo del instituto. Chocó los cinco con su amigo y se sentó en el suelo a su lado.

Derek era nativo de Bed-Stuy y parecía que conocía a todo el mundo. Era un año más joven que Reddick, un poco más grueso, musculoso y compacto. Hacía atletismo en la universidad y su aspecto lo demostraba. Ambos eran aleros en el instituto, jugadores rápidos y potentes que desde el principio iban continuamente hacia el aro, de modo que no eran complementarios de manera natural. Pero también les gustaba jugar juntos y encontrar formas de que aquello funcionara. El juego de Derek tenía más repertorio, ya que podía quedarse fuera, pasar el balón a Reddick con cortes hacia dentro, mientras retrocedía y lanzaba tiros en suspensión.

En cuanto la clase despejó la sala, dieron unos saltos y ganchos con una defensa poco entusiasta. Todos los demás se habían quedado en casa por culpa del tiempo. Estuvieron solos casi media hora, y Reddick se lo contó todo a Derek.

—Espera. ¿La vecina de Buckley Seward quiere que tú averigües lo que le ha pasado a la novia?

—No son vecinos exactamente. —Silbido—. Pero sí. Qué raro, ¿eh?

—¿Estamos hablando del mismo Buckley Seward?

—¿Cómo lo conoces?

—Porque trabajo con dinero. Y los Seward tienen muchísimo. La gran pregunta es cómo lo conoces «tú».

—Ya te lo he dicho, son clientes. Nosotros nos ocupamos de su colección.

—Y también, como parece por lo de hoy, de encontrar a sus conocidos perdidos.

Reddick cogió un rebote y se encogió de hombros.

—Pues sí.

—Eres un artista. No estás cualificado para esas mierdas.

—Pues no.

—Esa señora te está utilizando para algo.

El tiro de Derek cayó fuera y Reddick lo dejó rebotar. Estaba tan absorto por lo que debía hacer que apenas había pensado en los motivos de ella.

—¿Cómo?

Derek recogió el balón y lanzó un tiro en suspensión desde la esquina, y luego giró en torno a Reddick para atraparlo de nuevo.

—Que te está utilizando, tío. No sé exactamente qué jueguecito se trae, pero algo trama. Si lo que le preocupase fuera la chica, sin más, habría contratado a alguien que fuera capaz de hacer el trabajo.

—¿Y yo no puedo hacer el trabajo?

—Tú sabes hacer «algún» trabajo. Por ejemplo, no sé, dibujar. Y pintar.

—También jugar al baloncesto.

—Como alero eres una mierda. Pero sí que sabes jugar un poco. Lo que no sabes hacer es encontrar a una chica blanca desaparecida.

Mientras hablaban, dos tíos llegaron al gimnasio y empezaron a quitarse las sudaderas. Reddick no conocía a ninguno de los dos. En cuanto los recién llegados se unieron al calentamiento, la conversación se interrumpió, y su atención se acabó centrando cuando se dirigieron a un inevitable dos por dos. Uno era de piel clara y robusto, con aspecto tímido y un poco de pelo oscuro en el labio superior. Quizá de unos veinte años, pero al menos cinco centímetros más alto que ningún otro en la pista, y movía su estatura con ligereza. Empezó a jugar marcando a Derek. Estaban acostumbrados a que pasara eso, en las raras ocasiones en que sus oponentes no eran habituales del Y, que siempre emparejaban a su mejor jugador con Derek, atraídos por su físico de atleta y los prejuicios inherentes a su piel oscura. El otro era más bajo, unos años mayor, con la cara picada de viruelas, unas trenzas anudadas muy tirantes y la sonrisa astuta. Empezó a hablar inmediatamente, ese tipo de tío cuya boca era la mitad de su juego, que contaba con aturullarte a base de insultos y abrir los agujeros de tu frustración. Era muy divertido, la verdad.

—Joder, pareces Tom Hardy con sida —le dijo a Reddick, cuando se alineó—. Estoy jugando contra Tom Hardy pero delgaducho y enfermo.

Siguió con el tema a medida que progresaba el juego.

—Joder, este Tom Hardy, el Delgaducho, es rápido.

—¿Qué dice en tu camiseta, Tom Hardy el Delgaducho? ¿Qué demonios es Modest Mouse?

—Eh, qué pasa, Tom Delgaducho. ¿Dónde tienes la máscara de Bane?

—Tom, el Delgaducho, hoy está jugando como nunca en su vida, ¿eh? Les vas a hablar a tus nietos de esta noche...

—Este tío juega al baloncesto con una camiseta de un grupo de rock indie...

Hay una cualidad atlética distinta, que no se ve hasta que la persona se mueve. Aceleración, poder, rapidez, ese conjunto de cualidades que hacen a alguien explosivo, y que no está ligado al peso, ni a la fuerza, o la cantidad visible de músculos que tenga. Defensas de fútbol americano que pesan ciento treinta kilos y pueden saltar por encima de sus compañeros de equipo, gimnastas que miden solo metro cincuenta y que se lanzan y hacen dobles saltos mortales hacia atrás. Es la misma adaptación, un porcentaje de gente que tiene una fibra en sus músculos que está encerrada en ellos ya nada más salir del útero. El trabajo duro puede establecer pequeñas diferencias en cada dirección, expandir la cantidad total y mejorar el rendimiento, pero las proporciones básicas siguen intactas, más o menos. Es una adaptación genética, y como cualquier adaptación genética puede estar mucho más representada en unas poblaciones que en otras. Hay tendencias, más hondas y más específicas que la raza. Un velocista jamaicano es más parecido a una levantadora de pesos búlgara que a un corredor de maratones keniano, en la composición y la fuerza de su cuerpo, en la madeja de fibras y neuronas que trazan el mapa de su potencial atlético. Pero estas son verdades específicas y, en cuanto están desvinculadas de su estrecho terreno, dan alas a unas expresiones feas y perezosas. Se convierten en alimento para la intolerancia y el estigma. Crean falsas expectativas. Y cuando aparece alguien atípico, el nivel de sorpresa está más o menos en función de la profundidad a la cual han llegado esas expectativas.

Que es lo mismo que decir que Reddick no siempre estaba seguro de cómo reaccionaría la gente cuando hacía un mate.

El tipo de las trenzas se quedó inmóvil. Haciendo un mohín. No importaba que su compañero de equipo ya hubiese metido una, después de que Reddick y Derek se enzarzaran por un bloqueo; no importaba que hubiera cogido el rebote tras un tiro precipitado de Derek que había pegado en el tablero, sino que el blanquito le había hecho un mate. Estaba cabreado. Había construido su juego sobre las bravatas, pero no se lo tomaba bien, si las cosas le iban en contra.

—¿Has visto?, ese blanquito te ha hecho un mate —era la primera frase completa que habían oído pronunciar al jugador más joven.

El de las trenzas estaba enfurruñado.

—Esa mierda no iba conmigo.

—Eras tú el que estabas ahí.

—Tío, ni siquiera he saltado.

—Porque has visto lo que iba a pasar —lo provocó Derek.

Reddick podía hacer un par de jugadas explosivas como esa en un partido, no solo mates, sino también cortes, saltos y salidas cruzadas, hazañas atléticas, más que de habilidad. A los nueve o diez años, como era el único chico blanco de su calle de North Gastonia, aprendió a jugar así. Sus amigos y él solo querían ser Jordan. Saltaban con las piernas extendidas, sacaban la lengua y hacían mates con pelotas de tenis, o juguetes pequeños de hermanos menores, fingiendo que el borde de la acera era la línea de tiros libres, y volaban hacia la gloria. Ser como Mike. Nadie le dijo que era del color equivocado, que se suponía que tenía que facilitar la defensa o trabajar en ella. Nadie trabajaba en la defensa. O hacían una exhibición o morían en el intento.

En su edificio a veces lo discriminaban, arrebatos que eran recriminaciones de un legado que eran todos demasiado jóvenes para verbalizar, pero nunca en la cancha. Allí podía desaparecer. Las marcas de su diferencia, su cabello rubio, su piel rosada, acababan siendo irrelevantes por la ambición compartida. Solo había un baremo por el cual se juzgaba a un jugador: ¿sabe encestar? Si la respuesta era sí, todo lo demás no importaba.

Acabó el primero en puntos en el segundo año de la universidad, una hazaña conseguida mediante una arrancada tan rápida que bordeaba la arrogancia. Notó que aquello molestaba un poco a sus compañeros de equipo negros, un resentimiento que no era envidia, pero sí algo oscuro, estructural. Él se agobiaba mucho por lo que veía como una injusticia, ¡ni que fuera la vanguardia de otra campaña más para frenar el progreso negro! ¡Ni que estuviera intentando quitarles algo! Él no quería quitar nada a nadie, él quería formar parte de algo. Nunca se le ocurrió pensar que esa diferencia en realidad no importaba.

Tuvo ofertas para jugar en la Segunda División, pero, por el contrario, fue a la Facultad de Bellas Artes.

Ser blanco lo convertía en una minoría en el Y, como cuando estaba en el instituto, pero la incredulidad que despertaba a veces su buen juego raramente se expresaba en términos raciales, o al menos no lo expresaba la nómina habitual de tipos que se reunían para jugar por las noches y los fines de semana. La mayoría de ellos habían jugado al baloncesto en el instituto también y estaban acostumbrados a encontrarse entre atletas de diferentes procedencias. El baloncesto era puro deporte otra vez, liberado de la maraña de la ambición y el estatus. Hasta en noches como aquella, en las que llegaban nuevos jugadores y Derek y él explotaban sus expectativas, y él esperaba aquel punto de resentimiento, esa sensación de que estaba traspasando sus límites. Lo esperaba y lo temía, y le preocupaba estar imaginándoselo, que todo estuviera en su propia cabeza, que fuera una historia que él se había montado, y de nuevo volvía al instituto, y perdía así su única fe.

Pero a quién no le gusta jugar. Sobre todo, con un tipo que ha construido todo su juego con la boca. Reddick consiguió él mismo dieciséis de los veintiún puntos que necesitaba para ganar: Derek apenas sudó, y cuando el Trencitas estuvo dispuesto a admitir la derrota y cambiar, él estaba demasiado cansado para suplir a un antiguo atleta colegiado y diez años más joven que él, además. Derek soltó dos tiros en suspensión indiscutibles y un gancho y salieron de la cancha.

—Buen juego —dijo Reddick, extendiendo el puño. El tipo más alto lo saludó con un golpe. El Trencitas se lo quedó mirando tanto tiempo que todo el mundo se sintió incómodo, y al final extendió también su puño. Entrechocaron los nudillos con suavidad. Los derrotados se fueron primero, dejando la cancha vacía como terreno conquistado.

—Se ha puesto un poco insolente —dijo Reddick.

—El blanquito le ha hecho un mate.

—Ya sabes que mi abuelo...

—Nadie se cree que tu culo blanco proceda de un abuelo negro.

Se dirigieron a las escaleras.

—Creo que era mitad y mitad.

—Sí. Mitad blanco y mitad inventado.

Se echó a reír.

—Voy a tener que traerte una foto.

—Eso es lo que me dices siempre. Pero aún no he visto ninguna.

—¿Quieres ir a la taquería?

—No. Le he prometido a mi madre que veríamos Netflix y compraríamos comida preparada esta noche.

Unieron las manos y entrechocaron los hombros, y Reddick se fue solo hacia el vestuario que había en el sótano.

—Eh —llamó Derek, cuando Reddick estaba ya en el primer rellano—. ¿Y qué vas a hacer con lo de esa chica?

Él soltó el aire y se quitó el sudor de la frente.

—Creo que voy a intentar encontrarla.

Repitió esa afirmación a Dean y a Beth Han. Los tres estaban en el salón de Reddick y Dean bebiendo cerveza. Reddick empezó desde el principio para poner al corriente a Beth, y luego pasó a la enigmática oferta de la señora Leland.

—¿Qué puede esperar de ti una mujer como ella? —Beth Han hacía joyas, y los demás se referían a ella casi siempre por su nombre completo para diferenciarla de su compañera de estudio, que también era diseñadora de joyas y también se llamaba Beth, y que tenía un farragoso apellido polaco que nadie quería aprenderse. Su estudio estaba en la puerta contigua a la de Dean. En el edificio siempre se referían a ellas en plural, las Beths, y cuando había que singularizar a una, siempre era Beth Han la que acababa dignificada con una individualidad humana, y la segunda Beth quedaba reducida a un reflejo o una descripción. La Otra Beth, o la Beth Blanca. La Beth Rubia, hasta que Beth Han se tiñó el pelo con mechas color hueso, lo que complicó también esa distinción. Beth Han vivía en su estudio, sin ducha, y eso significaba que pasaba algunas noches en otros sofás para mantener una higiene aceptable. Durante las últimas semanas, esos otros sofás habían sido allí, en el horario de Dean. Algo estaba floreciendo entre ellos, y Reddick no se metía.

—Como he dicho. Ella espera que yo la encuentre.

—Pero ese no es el auténtico problema —dijo Dean—. Lo que quiero saber es por qué las chicas se te echan encima cuando han bebido.

—Eh, espera, ¿esto ha ocurrido antes?

—Sí, le pasó dos veces nada menos, en Bellas Artes.

—Era totalmente distinto —protestó Reddick—. Yo ya conocía a esas dos chicas.

—Estabas en la misma clase que una de ellas. La otra era de Baltimore. Estábamos en una fiesta, en una casa, y ella lo siguió al baño, en serio.

—Pero yo llevaba toda la noche hablando con ella. Y estaba loca, además.

—¡Reddick! —Los ojos de Beth se abrieron mucho, y se tapó la boca con la mano—. ¿Qué hiciste?

—¿Qué quieres decir? Salí corriendo de allí.

—Ah, ¿sí? Ay, Dios mío...

—Simplemente, me di la vuelta y salí corriendo.

—No puedo creer que la dejaras.

—Estaba en primer curso. Solo con ver una teta me daba un ataque de terror.

—No tenía ni idea de que teníamos semejante poder.

—Promete que solo lo usarás para el bien.

—Nunca. —Todos se rieron y bebieron. Beth continuó—: Bueno, esa fue una. ¿Y la otra?

—Completamente distinto. Yo tonteaba mucho con aquella chica de dibujo de figuras. Estábamos tomando algo en el estudio una noche, y al final parecía que iba a pasar algo, definitivamente, pero fue ella la que hizo el primer movimiento. Estuvimos saliendo unas semanas después de aquello. Solo Dean ha podido conectar eso con el otro incidente.

—Porque tú no tuviste que hacer nada. —Dean se enderezó las gafas, intentando parecer molesto—. Yo, por otra parte, me parece que siempre he estado haciendo el trabajo pesado.

Beth miró de refilón a Dean, tan sutilmente que Reddick casi se lo pierde.

—En serio —dijo ella—. No pensarás hacerlo, ¿verdad? No es problema tuyo.

—Pues no lo sé. A lo mejor...

—¿Y por dónde empezarías? —preguntó Dean.

Él pensó en Restoration Heights, en que su cadáver podía estar allí, azulado y duro bajo la nieve. Era demasiado morboso para decirlo en voz alta, pero no podía quitarse la imagen de encima.

—Buckley parecía realmente sospechoso —dijo.

—Es lo que suele pasar normalmente, ¿verdad? —dijo Dean—. Cuando muere alguien, suele ser el marido, o la compañera.

—El marido —dijo Beth—. El hombre.

—Las mujeres también matan a sus parejas.

—Los hombres normalmente son los que perpetran la violencia, es lo único que digo.

—Bueno, eso está bien, porque solo tengo sospechosos hombres. Estoy analizando todas las posibilidades.

—Entonces, ¿ya tienes sospechosos? —preguntó Dean.

—Solo uno.

—Ah, vale. Buckley. Los Seward son una familia con mucho nivel. Debe de haber una tonelada de información online sobre él.

—No creo que debamos animarlo en esto —dijo Beth.

Dean cogió su teléfono.

—Vamos a buscarlo. —Investigó un momento—. Es graduado de Wharton. Parece que estuvo en Filadelfia más o menos al mismo tiempo que nosotros, y se sacó el MBA. Aquí está en el Instituto de Asuntos Culturales. Supongo que ayudó a montar su exposición. —Volvió el teléfono para que Reddick pudiera ver la pantalla. Buckley estaba de pie en un balcón que daba a la ciudad universitaria, con una copa de vino en la mano. Había posado para la foto, pero parecía despierto y confiado, un joven privilegiado que llega al poder. Reddick pasó muchas más fotos, fotos de las obras de la galería.

—Recuerdo esa exposición —dijo—. Fue la primavera antes de nuestro primer año. Yo había venido para echar un segundo vistazo a Bellas Artes.

—Pues entonces no lo vimos.

—¿No fue a Penn Sarah? —preguntó Beth.

—Sí —respondió Reddick—. Es verdad. —Sarah era una pintora que trabajaba en el mismo edificio que Dean y Beth. Era un poco mayor que Reddick; habían salido unas cuantas veces, pero la cosa no había ido más allá de tomar unas copas—. Seguramente estuvo allí al mismo tiempo que él. Quizá lo conozca.

—Ahora ya tienes un testigo que interrogar.

—No es buena idea. —Beth se rio nada más decirlo.

—Vale, ¿qué más?

—Tengo su dirección. —Thomas le había dado esa información junto con la foto, después de que Reddick volviera del Y—. Quizá vaya a comprobarlo.

—¿A buscar el qué? —preguntó Dean—. ¿Señales de lucha?

—¿Te acuerdas de que Buckley parecía bastante alterado ayer cuando volvió del apartamento? A lo mejor vio algo...

—No lo sé. Dijo que no había entrado nadie a robar, ni nada parecido.

—Pero no lo habría dicho aunque fuera verdad, ¿no? Quiero decir... si es un sospechoso.

—¿Y cómo piensas entrar? —preguntó Beth—. Al apartamento, quiero decir.

—Pues no lo sé. —Reddick toqueteaba el cuello de su cerveza—. Supongo que solo me acercaré por allí y ya improvisaré.

—Haces unos planes muy detallados —dijo Dean—. Siempre es algo que admiro de ti.

—Ja, ja. Ya se me ocurrirá algo.

—Vale, así que tenemos un sospechoso, un testigo, una escena del crimen.

—También está la gente que dio la fiesta —dijo Reddick—. Quizá vieran algo.

—¿Y cómo los encontrarás?

—Pues supongo que llamando a algunas puertas.

Dean hizo una mueca.

—No lo hagas. Yo vivo en este edificio también.

—Tengo que hacer «algo». Puedo empezar mañana, después del trabajo.

—Es muy emocionante —dijo Beth—. Una especie de juego.

La respuesta de Reddick fue mucho más intensa de lo que se proponía.

—No es un juego para Hannah.

La inesperada gravedad de ese hecho apagó su buen humor. Se quedaron bebiendo en silencio. Dean y Beth consultaron sus móviles mientras Reddick se miraba las manos sin ver. Finalmente, Dean habló.

—Reddick, ¿vas a hacer esto de verdad?

—No lo sé. —Se acabó la cerveza—. Sí.

5

Otra mañana temprano, otro viaje en metro. Harold que lo esperaba al otro lado del torniquete.

Chocaron los puños.

—¿Qué tal, hermanito?

—Eh, ¿recuerdas la historia que te conté ayer? ¿Lo de la chica? Pues se ha puesto la cosa muy rara. —Reddick le dijo lo que había pasado en casa de los Seward, la coincidencia con la identidad de Hannah y la inesperada respuesta de la familia.

—¿Ves?, así es como tratan a la gente. Así es como son —dijo Harold—. Si no eres uno de ellos, lo que digas no importa.

—Ya sé cómo me ven, que yo para ellos no soy más que basura. Pero no pensé en ese momento que me estuvieran dejando de lado completamente.

—Tú no lo piensas nunca. Yo sí que lo habría pensado. Me habría dado cuenta de que no se iban a creer ni una sola palabra de lo que les contase. He aprendido que eso es lo que hay que esperar de gente como ellos.

—Bueno, pues habrías tenido razón. Porque Buckley no quería ni escucharme.

¿Y qué pasa entonces con la chica? ¿Ha desaparecido?

—Eso parece.

—Y ahora tú te has obsesionado con ella.

—Fui la última persona que la vio.

—Te sientes responsable de ella, de alguna manera.

—Alguien tiene que serlo. Mira, yo..., esto es un poco tonto, pero no puedo evitar seguir pensándolo... Tú trabajaste en Restoration Heights, ¿verdad?

El otro asintió, sombrío.

—Sí, es verdad. Antes de que lo parasen. No digo que los que protestaban no tuvieran razón, pero también estaba en juego el trabajo de la gente.

—Sí. Siento que pasara eso. Es que yo..., ¿se encuentran alguna vez cuerpos en las obras en construcción?

—Claro que sí. Bueno, no muchas veces, pero sí que pasa, eso lo sé. Cuando dejan un proyecto un poco abandonado, mientras el ayuntamiento manda inspectores a la obra para comprobarlo todo, para asegurarse de que nada se desmanda, ¿sabes? Pues a veces encuentran cosas.

—¿Cuerpos?

—Cuerpos. A veces sí, cuerpos. A veces otras cosas que tampoco deberían estar ahí. Drogas. Campamentos de gente que no tiene ningún sitio adonde ir. ¿Crees que la chica puede estar ahí?

—No sé por qué he pensado en eso.

—Con este tiempo, si está allí, no estará de camping. Siento decirlo.

—Ya lo sé.

—Pero, escucha. Ya sabes que yo me crie por allí alrededor... conozco a unas cuantas personas. O sea, gente que está informada. Si pasa algo chungo, lo saben.

—Creo que esto debe de ser algo doméstico.

—No importa. Te digo que si ha ocurrido algo, yo conozco a algunas personas que pueden averiguarlo. —Parecía acelerado por su propia confianza, como si al insistir en sus afirmaciones él mismo se las fuera creyendo más—. Después del trabajo suelo ir a un sitio junto a Clinton Hill que se llama Ti-Ti's, y allí puedo averiguar lo que tú quieras. Si realmente te interesa, me lo dices.

Reddick se lo pensó. ¿Cómo era posible que algún amigo de

Harold supiera algo de aquello, algo de Buckley Seward? Había muchas capas de Nueva York entre ellos, estratos muy reforzados de clase y raza, diseñados explícitamente para mantener una distancia infranqueable.

—Creo que de momento no.

—Lo veo en tu cara, Reddick. No puedes dejar esto. Mira, te voy a dar mi número. Si cambias de opinión, me mandas un mensaje. —Cogió el teléfono de Reddick para añadirse como contacto.

—Conque Ti-Ti's, ¿eh? A lo mejor puedo ir algún día allí contigo. ¿Qué te parece?

—Cuando quieras. Destacarías un poquito, pero bueno. No te enfades.

—No te preocupes, hombre. No me afectan ese tipo de cosas. Ya sabes que mi abuelo era negro.

Harold levantó la vista desde el teléfono, con la cara inescrutable y solemne. Al cabo de un momento sonrió.

—Venga, Red. Me gustas, hermano. No hace falta que digas eso.

—Es verdad.

—Puede ser. Pero eso no significa nada. Tú eres tan blanco como cualquier otro blanco de Long Island City esta mañana. No te obsesiones con eso.

En el almacén, los empleados a tiempo completo, enfadados, no tenían trabajo para él. Fue vagabundeando por las salas, merodeó entre los sótanos hasta que encontró una caja vacía donde sentarse y se puso a trabajar con el teléfono.

Primero los Seward. Puesto veintiséis en la lista *Forbes* de las familias más ricas, una fortuna amasada con las industrias más antiguas de América, el acero y el petróleo, que les había permitido la extensa filantropía que había etiquetado con su nombre salas de conciertos y espacios especiales de exposiciones, alas y renovaciones en todo el noreste. Dinero viejo que había envejecido bien, vigor juvenil mantenido por un compromiso con la vanguardia cultural. Buckley tenía dos tíos muertos (de cáncer y de accidente de avión) y varios primos, pero ningún hermano. Era el único heredero de la línea de Nueva York.

Y luego estaban los Leland, que ocupaban el puesto número veintitrés de esa misma lista. El artículo que anunciaba su lugar en la lista estaba perdido en la segunda página de los resultados de búsqueda: la primera la ocupaban entera los logros del hijo de la señora Leland, que era político. Reddick leía las páginas de política por encima, al azar de los escándalos y las elecciones, y no había oído hablar nunca del senador del estado Anthony Leland, pero los artículos de prensa lo pintaban como una estrella emergente, una especie de sosias de Christopher Reeve con la mandíbula cuadrada, que se iba poniendo canoso con una precisión estética. Su linaje no hacía juego con su cara. Para las normas de la mayoría de las familias de la lista, era solo un nuevo rico. La familia era pobre hasta que el abuelo de Anthony hizo fortuna. Resultaba difícil de creer la afirmación de la señora Leland de que William Merritt Chase hubiera pintado a su antepasada, de modo que buscó imágenes, encontró el cuadro en concreto y clicó. *Retrato de una niña sirvienta*. La modelo trabajaba en la cocina de la hermana del artista: era hija de inmigrantes irlandeses que americanizaron su apellido y se consideraron muy afortunados al encontrar trabajo en casa de la clase alta anglicana. Pronto hasta esa tenue conexión se perdió, y el cuadro se convirtió solamente en una leyenda familiar, una historia que se contaba en tiempos de la Prohibición con whisky de Hell's Kitchen, hasta que el padre de la señora Leland volvió de la guerra habiendo aprendido algo del dolor: que su ubicuidad era un mercado no explotado aún. Construyó un imperio sobre los opiáceos, y cuando el cuadro salió a subasta, su hija lo compró, reclamando su historia y adoptando una estatura que se les negó a sus antepasados. Construyeron no solo una colección en torno a aquella obra, sino también una forma de vida.

La cuestión era quién estaba celoso de quién. ¿Creía la señora Leland que los Seward habían recibido injustamente el don de un estilo de vida por el que su padre tanto luchó y se mostraban demasiado despreocupados con un premio que ella, en cambio, atesoraba? ¿O bien eran los Seward los que se sentían irritados por haberse visto sobrepasados en la lista de los más ricos por una familia de donnadies, relativamente hablando? ¿Significaba tanto eso para la gente como ellos?

Quizá no significara nada. Y cualquier tensión entre las dos familias fuese un tema secundario para encontrar a Hannah. Lo que importaba era que la señora Leland quería ayudar, y él podía dejar a un lado sus motivos.

A mediodía, los empleados a tiempo completo habían conseguido convencer a Lane de que no había el trabajo suficiente para tenerlo por allí rondando, y el director lo llamó para mandarlo a casa.

—No es que estés despedido, exactamente —dijo Lane—. Esto no es ningún castigo. Pero no te necesitaremos hasta la semana que viene, cuando termine el trabajo de Seward.

Le pareció muy bien tener tiempo, y el dinero de la señora Leland lo compensaría de las horas perdidas. Volvió a su piso, se hizo un bocadillo de pavo e intentó planear por dónde empezar. La dirección de la chica lo atraía, pero la idea de ir lo intimidaba. La confianza que sentía la noche anterior se había evaporado con su agitación. Necesitaba volver al principio. Empezar con algo más fácil.

¿Qué había dicho Thomas? «Haz preguntas. Vives en el edificio».

Llevó el plato al fregadero, cogió el teléfono y miró la foto. Hannah estaba de pie junto a Buckley, y la habían sorprendido riendo. Era difícil creer que aquella fuese la misma chica del callejón. El pelo parecía más espeso; las mejillas, más redondas. No parecía alterada por la suerte que había tenido. Lo que iba a ganar con su matrimonio era inimaginable. Quizá ella ya tuviese riquezas propias, o quizá buscaba a otro, y ya estaba preparada para asimilar su adquisición. Pero si era por accidente, ¿qué presiones podía haber creado aquello? ¿Se sentía ella liberada o atrapada? Recordó su conversación, su ambigüedad; ¿luchaba para permanecer serena? ¿Habría sido suficiente para hacerla huir?

Buckley, a su lado, tenía el aspecto de un hombre pegado a un misterio luminoso. ¿Qué quería un hombre de su posición de una mujer?, ¿qué podía ofrecerle ella? ¿Discreción? En último caso, no arrojarse encima de un desconocido en un callejón. Quizá el domingo por la noche no fuese la primera vez, quizá él hubiera empezado a buscar y hubiese descubierto deseos que no podía tolerar. ¿Podía haberse sentido él tan posesivo como para hacerle daño a ella?

No había motivo para sospechar de él ni de nadie, todavía no. Ella era vulnerable, era una víctima fácil. Podía haber sido cualquiera del edificio.

Reddick cogió una libreta Moleskine pequeña y un lápiz de su estudio. Fue hacia la parte de atrás del edificio, llamó al ascensor y subió hasta el piso de arriba. El vestíbulo del sexto piso era idéntico al suyo, de baldosas desvaídas y puertas color óxido, con los alféizares y las esquinas llenas de polvo gris, abandonadas. Había algo institucional en aquel silencio hueco, en la intrusión de sus pasos resonantes. Fue hasta la primera puerta, contuvo el aliento y llamó.

No ocurrió nada. Esperó y volvió a llamar. Al final escribió una nota, preguntando si los ocupantes habían hecho o asistido a alguna fiesta en aquel edificio el domingo por la noche, explicando que no era ningún vecino quejoso que protestara por el ruido, sino que solo intentaba encontrar a una persona, y que podían enviarle un correo si sabían algo. Pasó al siguiente apartamento. Esta vez le respondió un hombre. Reddick le preguntó por la fiesta, el hombre parpadeó, soñoliento, y dijo que no recordaba haber oído nada. Él le dio las gracias y siguió adelante. Cada vez era más fácil, y había empezado a adaptarse a su nuevo papel. Los dos últimos apartamentos de aquel piso estaban vacíos, y volvió a escribir la nota.

Bajó un piso por las escaleras y repitió el proceso. De los tres inquilinos que le respondieron solo recibió miradas de extrañeza y respuestas que no ayudaban nada. Dejó otra nota en la última puerta. No creía que la fiesta hubiera sido tan arriba, así que todavía no se sentía desanimado. Esperaba tener más suerte en el cuarto piso, pero pasó lo mismo, sobre todo apartamentos vacíos. No era la hora del día más adecuada para hacer aquello, tenía que haber esperado hasta la tarde. Una mujer del 4C recordaba el ruido y dijo que estaba bastante segura de que venía de algún sitio por debajo de ella, quizá justo debajo. Nadie respondió en el 3C ni en los demás apartamentos de aquel piso. Escribió cuatro notas más. En el segundo y primer piso los vecinos que hablaron con él recordaban la fiesta, pero no habían prestado demasiada atención, porque los pasos y las risas se mezclaban con los sonidos típicos de una noche de fin de semana.

—Los domingos eran tranquilos en este edificio, en tiempos —se quejó un hombre.

Reddick volvió a su propio apartamento. No había llegado ni siquiera a enseñar la foto de Hannah. Ya había completado su tarea y no tenía plan alguno para la tarde, aparte de seguir las pistas que generase su búsqueda. Se puso el abrigo y las botas, cogió sus zapatillas y se fue al Y.

Eran más o menos las cinco, demasiado temprano para jugar un partido, la cancha estaba tranquila en el tiempo muerto entre los programas diurnos del instituto adyacente y las clases nocturnas de recuperación. Lanzó unos tiros él solo, dejando vagar la mente. Entre los ecos del rebote del balón podía oír la respiración de un hombre que corría en la pista interior, por encima de él. Al cabo de veinte o veinticinco minutos empezó a llegar gente para la clase siguiente. Él no les prestó atención. Cuando llegó el profesor, cogió su abrigo y sus botas y bajó las escaleras. Derek estaba en el vestíbulo.

—¿Ya te vas? —le preguntó su amigo.

—Hay una clase arriba. Solo intentaba matar un poco el tiempo.

—Ven a levantar pesas conmigo.

Reddick arrugó la nariz.

—Qué cobarde eres —dijo Derek.

—Es que pesan mucho.

—Claro, de eso se trata.

—Pero se parece a mi trabajo.

—El trabajo es bueno para ti. Por cierto... ¿no trabajas hoy?

—He salido temprano. —Le contó que lo habían enviado a casa, y le habló de las notas que había dejado en su edificio.

—Tus vecinos pensarán que estás loco.

—Si puedo ayudar. Aunque sea un poco...

—Tienes que meter a la policía en esto.

—Ya te lo he dicho. Me despedirán.

—Quizá no, si lo mantienes extraoficial. ¿Conoces al policía que trabaja por aquí? —Reddick negó con la cabeza—. Te lo presentaré si quieres. Puedes preguntarle.

—¿Está aquí ahora?

—Tendría que estar. Levanta pesos con Sensei. Están aquí todas las noches.

Sensei tenía sesenta y algo, era más o menos de la misma altura que Reddick, pero pesaba veinte o treinta kilos más, sin un gramo de grasa y robusto como un toro. Había adquirido su sobrenombre por la seriedad de sus seguidores, cinco o seis hombres musculosos de veintitantos años que seguían su régimen de levantamiento de pesas con una devoción que casi parecía un culto. Reddick solo lo conocía por su reputación, hasta que se encontraron en una manifestación contra Restoration Heights, en otoño. Reddick había ido con Dean, que no compartía su interés por el barrio y que solo quería un lugar barato donde vivir mientras se dedicaba a su arte. La multitud era negra en un ochenta por ciento. La incomodidad de Dean era palpable. Sensei estaba de pie ante la Universidad de New Rochelle aquel día, con un traje bien planchado y abrochado y un gorro *kufi* blanco; se reconocieron del Y y se presentaron. Sensei había ayudado a organizar el acto.

Dean habló después favorablemente de la manifestación (él siempre se las arreglaba para estar en el lado correcto de la historia), pero no significó nada para él, simplemente fue una posición más que calibrar. No tenía ninguna implicación emocional con el resultado.

Reddick y Sensei hablaron ocasionalmente después, en la entrada o el vestíbulo del Y. Sus conversaciones eran cordiales pero breves. Reddick había olvidado cuál era el nombre real de Sensei y dudaba de que nadie lo llamase Sensei en su cara.

—Vamos —dijo Derek.

Fueron a la sala de pesas.

Varios tipos estaban reunidos alrededor del aparato de pesas: Sensei, dos amigos suyos y un número indeterminado de acólitos, algunos de los cuales se limitaban a mirar. Sensei acababa de levantar lo que a Reddick le pareció una cantidad imposible de pesos en su espalda. Le temblaban las piernas. Dos de los tipos ayudaron a volver a colocar las pesas en los estantes. En cuanto estuvieron seguros, Derek se introdujo en el grupo; Reddick se limitó a esperar allí cerca.

Admiraba la habilidad social de Derek. Era medio innata y medio aprendida, su inteligencia y encanto fácil bien entrenados por una vida entera cruzando barreras de raza y clase. Su madre había comprado una casa en Bed-Stuy poco después de llegar de St. Thomas. Derek tenía dos años. Él y su madre se quedaron solos tras la muerte de su padre; ella lo sacó adelante con una hipoteca barata y un trabajo tedioso. Durante diez años vivieron en el apartamento del sótano y alquilaron los demás, recortando gastos, haciendo malabarismos con inquilinos negligentes e industriales deshonestos. Luego, ella compró la casa de al lado, y tres años después, aquel edificio de la esquina, donde había cinco apartamentos y una tienda en la que antes ella compraba para hacer la cena, todo latas abolladas y celofán. Su diligencia y su triunfo fueron un mapa de carreteras para su hijo. Después de sacarse el MBA se quedó en el sur de Florida, trabajando en un banco de inversiones pero dedicando su tiempo a otros proyectos, inmobiliarios y de otro tipo, ostensiblemente disfrutando de la playa y los clubes, pero, en realidad, sospechaba Reddick, disfrutando del trabajo. Había vuelto un año antes con unos buenos ahorros y perspectivas en un puñado de bancos del centro, todo lo cual iba posponiendo hasta encontrar y conseguir un apartamento en Manhattan. Mientras buscaba vivía con su madre en una casa de piedra oscura, a un par de manzanas del Y.

Hizo señas a Reddick. Estaba de pie junto a un hombre bajito, de mediana edad y regordete, con el pecho y la barriga grande, la cara amable y el pelo muy corto alrededor de una coronilla desnuda y brillante. Como toda la gente de Sensei, era negro. Sonrió cuando se acercó Reddick. La zona en torno a las pesas era un lodazal de tiza y sudor.

—Así que necesitas un poli, ¿eh? —dijo.

—Reddick, este es Clint.

Reddick le contó su encuentro con Hannah en el callejón y la respuesta de los Seward. Clint lo escuchó, inexpresivo.

—A ver, dejemos las cosas bien claras. Viste a una chica una vez, durante dos o tres minutos y de noche, y ahora estás convencido de que es la novia desaparecida de un tío para el que trabajas, aunque el tío dice que no es ella.

—Es que la vi.

—Viste a alguien. Y quizá le hayas dado vueltas en la cabeza y hayas metido la cara de esa otra chica en tu memoria. No te imaginas la de veces que pasa eso.

—De verdad que era ella.

—¿Y ha desaparecido realmente? O sea, ¿alguien de su familia o ellos mismos han presentado una denuncia por desaparición?

—Esa es una de las cosas con las que pensaba que podrías ayudarme.

—¿Quieres que te lo averigüe?

Reddick asintió.

—Dame tu teléfono.

Se secó las manos y lo cogió.

—¿Así que puedes acceder a los datos policiales online? —preguntó Reddick.

—Sí. Se llama Google. —Le enseñó los resultados de la web y clicó en el primero, la web del ayuntamiento—. Puedes encontrarlo por barrios.

—Joder —dijo Reddick.

—Estamos en el siglo veintiuno. Hay recursos para toda esta mierda. No tienes que darme la lata a mí. —Su tono era jovial, de broma.

Reddick le devolvió su teléfono.

—Su nombre no está aquí.

—Pues ahí lo tienes. —Eso parecía responder la pregunta para él.

—Pero sigue desaparecida. Quiero decir que... yo estuve en casa de esa gente. Los oí decir que ella había desaparecido. ¿No puedes hacer nada por una persona si no hay denuncia por desaparición?

—¿Cómo es posible que una persona haya desaparecido si nadie la echa de menos? ¿Qué sentido tiene eso?

—Pero eso precisamente es lo que te estoy diciendo. Que los oí decirlo.

—Mira. Ha pasado... cuánto, ¿un día y medio? Si no lo han denunciado es porque la habrán encontrado. Quizá a ella se le fue la pinza y se volvió a casa con su familia. ¿Sabes de dónde procede?

—Reddick negó con la cabeza—. ¿Ves?, tendrías que saber eso. Son las primeras personas a las que tendrías que haber llamado. Porque, tengo que decírtelo (no es mi especialidad pero lo sé), estás hablando de un caso doméstico, y, casi siempre, lo que pasa es que la persona en cuestión se ha ido. Nuestros chicos aparecen en su casa, hay una maleta hecha, un montón de perchas vacías colgando del armario, pero el pobre marido está demasiado conmocionado para admitir que su mujer lo ha dejado por su propia voluntad. Que se ha vuelto a casa con su familia, o con un amante, o que simplemente quería algo de tiempo para pensar. A veces es la única manera de tener esa conversación que tanto necesitaban tener. Es privado y no tiene nada que ver contigo.

—Pero es que yo la vi.

—Pero es que tú dices que viste a alguien que se parecía a ella. A oscuras. Esto es Nueva York, tío. ¿No comprendes que tenemos cosas que hacer?

Dejó que asimilara esta última frase y dio unas palmadas en el hombro a Reddick.

—Sin rencores, ¿vale?

—Pero ¿y si averiguo algo? Alguna prueba, algo que demuestre que ha desaparecido. ¿Me ayudarás? Extraoficialmente, para que los Seward no hagan que me despidan...

Clint meneó la cabeza. Estaba claro que creía que ya había hecho todo lo posible.

—Escúchame: no eres policía. Ni siquiera eres investigador privado. No puedes hacer esto.

—Pero ya he empezado. Solo quería saber si puedo acudir a ti si encuentro algo.

—No encontrarás nada porque no hay nada que encontrar.

—Pero ¿puedo acudir a ti o no?

El otro suspiró, ablandado al fin por la persistencia de Reddick.

—Si tienes pruebas de que se ha cometido algún delito, tienes la responsabilidad de entregarnos esas pruebas. Y no te prometo nada. No te estoy encargando nada. No te digo tampoco que te vaya a ayudar. Simplemente, es tu obligación legal.

Reddick sonrió.

—Entonces, volveré.

—Pruebas, he dicho. ¿De acuerdo? «Pruebas».

«Pruebas» significaba algo más de lo que podía averiguar hablando con gente que estuvo en la fiesta. La insistencia de Clint lo dejaba bien claro. Necesitaba algo tangible, algo que probara que ella había desaparecido, que borrase todas las dudas; incluidas las suyas propias. Una ruptura abrupta no explicaba ninguna de las cuestiones que lo atormentaban: por qué había reaccionado Buckley como lo hizo, por qué Hannah estaba sumamente borracha la noche que desapareció...; pero tenía la fuerza de lo corriente, el atractivo de la simplicidad. Tenía que eliminarlo... o sucumbir a aquello si el apartamento de ella estaba vacío, sus armarios desnudos. De cualquier manera, tenía que estar seguro, tenía que tacharlo de la lista. Fue andando hacia el metro.

La hora punta ya estaba decayendo; esperando un tren que fuera hacia el norte, entró en la wifi de tráfico para ahondar en la investigación y leyó los resultados de camino. Quería ver si los hechos respaldaban la negación confiada de Clint. Encontró un artículo en el que se resumían los datos de las personas desaparecidas y que se remontaba a media década, en torno a medio millón de casos registrados en un año, con una lista de unos noventa mil individuos desaparecidos durante ese periodo de tiempo. Le sorprendió mucho ver que incluso estaba separado por géneros y por edades. Como la mayoría de las aflicciones americanas, golpeaba sobre todo a los más pobres. Casi todos los casos acababan resolviéndose. Niños secuestrados por un padre o una madre divorciados, adultos que desaparecían de su hogar, confundidos por las drogas o la locura, persiguiendo fantasmas. Personas que habían tenido tan mala suerte que huían soñando con una vida mejor, escapando de un compañero violento, de un padre o una madre abusivos. En la mayoría de los casos, la causa era explicable, y entraba dentro de los hechos de la historia personal: sus vidas eran un prólogo para su desaparición.

En algunos casos habían sido asesinados.

Cerró el teléfono, salió y fue andando por la noreste hasta la Nonagésima entre York y la Primera. Le costó nada menos que veinte minutos a paso rápido, asaeteado por el frío, llegar al edificio de Hannah. Lo vio desde la acera opuesta, seis pisos de ladrillo pálido en el centro de una calle residencial, no tan nueva ni tan cuidada como los bonitos edificios de pisos de la esquina. Una escalera de incendios de hierro, brillante por la helada, serpenteaba por la fachada. Reddick tachó una posibilidad de su lista: que ella hubiera llegado al matrimonio ya con dinero, que no se hubiera dejado amilanar por la facilidad que daba el estilo de vida de Buckley. Su barrio era lo que en la ciudad pasaba por clase media, los residentes conseguían flotar por encima de unos gastos que podrían ahogar a gran parte del país, pero que alguien como Buckley podría permitirse con la calderilla que se dejaba en el bolsillo de la chaqueta deportiva. Reddick pensó en la ropa de Hannah, en la forma que tenía de hablar... La chica a la que él conoció, ¿podría haber abandonado las comodidades que le prometía el matrimonio con Buckley? Quizá nunca lo hubiese amado, quizá solo se tratara de su dinero, y su desaparición fuera una capitulación a las presiones de su engaño. Quizá estuviese huyendo de las consecuencias de su propia codicia. Quizá hubiese vaciado su apartamento y estuviera por ahí en algún sitio de la carretera, aliviada por verse libre de una mentira.

Su número era el 4B. Todas las ventanas del cuarto piso estaban oscuras, y las cortinas hacían juego por parejas: parecía que había dos apartamentos por planta, que compartían la escalera de incendios. Supuso que el de ella estaría a la izquierda, ya que desde dentro del edificio, dando hacia fuera, los apartamentos ascendían de izquierda a derecha, como el alfabeto. Pero no había forma de estar seguro. Las persianas estaban levantadas en las ventanas de la izquierda. Intentó ver el interior, pero no pudo distinguir nada más allá de un alféizar lleno de cosas: un par de plantas, un cuenco. Había luz en el apartamento de abajo y vagos movimientos detrás de sus finas cortinas. Se preguntó si ella conocería a alguien en el edificio.

El estrecho vestíbulo estaba muy iluminado, y la forma de su interior se transparentaba por la puerta de cristal. Reddick vio que el ascensor estaba abierto y que un hombre salía de él. Atravesó la calle corriendo y cogió la puerta justo cuando salía el hombre.

—¿Va a entrar? —preguntó el hombre. Era blanco, bajo, con los hombros caídos, el pelo ondulado y castaño metido bajo un gorro de lana.

Reddick intentó fingir que era de la casa.

—Sí, gracias.

—¿No tiene llave? —El hombre sonreía, sin parecer suspicaz.

—No, sí que tengo, es que... estoy de Airbnb, y todavía no me he acostumbrado a las llaves. En realidad... ella no dijo si se le permitía subalquilar o no, así que será mejor que se olvide de lo que le he dicho.

El tipo se rio.

—Vale, hombre. ¿En qué apartamento está?

—¿Conoce a Hannah, del cuarto piso?

—El cuarto... ¿la rubia? ¿La que es bastante guapa?

—Sí, ¿la conoce?

—No, solo la he visto fumando en la escalera de incendios.

Reddick tiritó.

—¿Con este frío?

—Supongo que si estás pillado, estás pillado, ¿no? De todos modos, yo estoy arriba, en el sexto. —El tipo extendió la mano y le dijo su nombre, Reddick mintió acerca del suyo, y luego mintió unas cuantas veces más. No sabía adónde podía dirigirse el hombre, pero la verdad es que no parecía que tuviese mucha prisa. Reddick dijo que sí a todo, respondió a lo que se le preguntó y se le empezó a ocurrir un plan mientras escuchaba.

Al cabo de unos minutos lo puso en marcha.

—Bueno, me gustaría preguntarle una cosa... ¿qué pasa con la azotea? Ella tiene una foto de la vista en su anuncio, pero no me ha dicho cómo subir. ¿Tiene acceso todo el mundo o solo los apartamentos del piso superior?

—Es para todo el mundo, desde luego. Hay una escalera aparte que sube desde el sexto. A la izquierda del ascensor. Dios, si fuera solo nuestro no podría pagar el alquiler. Y la vista tampoco es tan especial.

Reddick se encogió de hombros.

—Aun así me gustaría verla; ya sabe, es la primera vez que vengo a Nueva York.

—Claro, hombre. Recuerdo cuando la ciudad era así... nueva y estimulante. —Suspiró, afectando un conocimiento fatigado—. Lo que pasa es que te acaba cansando.

—Supongo que sí. ¿Cuánto tiempo hace que vive aquí?

—Casi dos años en realidad. —Asintió con un aire de cansado orgullo.

Reddick miró al pecho del hombre, manteniendo la cara indiferente.

—¿En este edificio todo el tiempo?

—No. Me vine aquí la primavera pasada. En realidad, justo antes de que viniera la chica a la que le ha alquilado el piso. Recuerdo que la vi entrar con un par de cajas y me pregunté cuándo traerían los de la mudanza el resto de sus cosas. Yo trabajo en casa y lo oigo todo. Ruidos, todo.

—Bueno, escuche, voy a subir, pero me alegro mucho de haberme tropezado con usted.

—Sí, yo también. Si necesita algo, solo tiene que venir al 6A.

Y procure tener a mano la llave la próxima vez. Este barrio es bastante seguro, pero aun así nos gusta tener seguridad.

Reddick sonrió.

—Claro.

El tipo lo dejó solo dentro del brillante vestíbulo. Él cogió el ascensor hasta el cuarto piso. Había adivinado correctamente: el apartamento de ella estaba a la derecha. Llamó a la puerta de metal y esperó. Nada. Volvió a llamar para tener la total seguridad, unos golpecitos que esperaba que no oyera el vecino. Apretó el oído contra la puerta. El apartamento estaba tan silencioso como una tumba.

Volvió al ascensor, subió hasta el sexto piso, subió las escaleras hasta la azotea. El viento le hinchó la chaqueta. Un puñado de sillas de plástico desparejadas estaban desperdigadas en torno a una mesa rajada, y el conjunto, todo cubierto de nieve. Rodeaban el edificio unos rascacielos, llenos de puntos de luz, alzándose hacia el cielo negro como la pez. Si ella fumaba en la escalera de incendios tan a menudo que hasta aquel hombre la había visto, quizá no se preocupase tampoco de cerrar la ventana. Las barandillas de hierro de la escalera de incendios se curvaban por encima del saliente del tejado; las cogió y bajó con mucho cuidado hasta el primer rellano. El metal helado traqueteó bajo su peso. Fue deslizándose junto a ventanas oscuras hasta llegar al cuarto piso.

Probó a abrir la ventana de Hannah, con suavidad... y estaba abierta. Miró a su alrededor abarcando todo el edificio y se aseguró de que nadie lo observaba, y la abrió del todo. El cuenco del alféizar estaba lleno de ceniza y colillas retorcidas. Lo apartó a un lado y se deslizó en el cálido apartamento.

Cuando Reddick tenía trece años tenía un amigo, Alvin, que estaba en la banda del colegio. Era una húmeda tarde de julio y los dos estaban aburridos; Alvin había conseguido muchos fondos el día anterior en la recaudación de verano, vendiendo caramelos, y entregó sus ganancias en la casa del director de la banda, un piso de dos dormitorios junto a Crowders Mountain, en medio de bosques. No había ninguna otra casa a la vista, dijo Alvin. Vio al director de la banda guardar su dinero con el resto y meterlo en una desbordante caja de metal dentro del cajón del escritorio. Tenía que haber al menos trescientos o cuatrocientos dólares, insistía, una cantidad astronómica. Reclutaron al hermano de Alvin, que era mayor y tenía carné de conducir, pero era un ratón de biblioteca, muy tímido, para que los sacara en coche. Lo sobornaron ofreciéndole una parte igual a la suya, le dijeron que podía esperar en el coche mientras ellos hacían todo el trabajo.

Los chicos sacaron el cristal deslizante de la puerta de atrás y lo abrieron, haciéndolo descarrilar con un palo. Nada fue como lo habían planeado: el cajón del escritorio estaba vacío, y la caja de metal había desaparecido. El director de la banda debió de llevársela aquella mañana para depositar el dinero en un banco. Discutieron si saquear el lugar, pero resultó que ninguno de los chicos tenía corazón de ladrón: robar las ganancias de la recaudación les había parecido que no produciría víctimas, cosa que sí ocurriría con las posesiones personales del director de la banda. Pero no se fueron. Estaban atrapados por la emoción de la transgresión. Saquearon el frigorífico, se bebieron el Sundrop de dos litros y arrojaron la botella vacía al suelo, abrieron los cajones de todas las habitaciones, colocaron un ejército de frascos de medicamentos de color naranja con etiquetas rojas en la mesa de la cocina, inventaron absurdas enfermedades para que cada uno recibiera tratamiento. Se rociaron el uno al otro con la colonia del súper. Revolvieron sus videocasetes, rezando para encontrar alguno marcado como X. Fuera, el hermano de Alvin se retorcía de terror en el coche que era como un horno. Los chicos salieron dos horas más tarde, embriagados por su propio atrevimiento: la casa toda desordenada, la puerta deslizante torcida y descarrilada, sus bolsillos vacíos.

No bravuconearon ante sus amigos, porque tenían demasiado

miedo. Un pánico que bullía a fuego lento los invadió mientras esperaban que las noticias de la incursión corrieran por la escuela, porque las sospechas recaerían inevitablemente en ellos, atraídas por algún error, alguna falta de atención en su ejecución. Pero no llegó nunca, una ausencia que Reddick interpretó como una afrenta al orden moral del mundo, al sentido de las consecuencias merecidas, forzosas tanto por la decencia empática de su madre como por su idea adolescente del honor y la retribución. Fue una lección. El castigo no siempre viene solo, no es una ley natural, una consecuencia inevitable. Se puede uno librar de todo si no lo pillan.

Esa lección iba en ambos sentidos.

El apartamento de Hannah estaba bien cuidado y era soso, amueblado con una frugalidad chic: un núcleo de Ikea con algunos toques de florituras hechas a medida. Había media docena de grabados en las paredes, con marcos a juego. Reconoció uno de ellos, un angustiado Paul Klee. Había ayudado a guardar en una caja el original el día anterior, en el comedor de los Seward. En un rincón, debajo de una alfombrilla de yoga caída, había un rodillo para hacer abdominales. Un radiador gorgoteaba debajo de la ventana. Reddick buscó el termostato, pero no encontró nada: probablemente lo controlaba el propietario, y el calor sofocante no decía nada del estatus de Hannah. No podía arriesgarse a encender la luz, así que esperó a que sus ojos se acostumbraran al escaso brillo que venía de la calle. Escuchó su aliento, su propio pecho exhalando júbilo y miedo en igual medida. El aire era tan seco como las hojas caídas.

Una barra corta separaba el salón de la cocina; recorrió con calma ambos espacios, repasando cada objeto con una atención forense. Observó que el control remoto del televisor estaba en el sofá, tirado despreocupadamente después de apagar el televisor. La falta de libros, correo o revistas eran prueba de una vida ordenada. Había vasos sin lavar en el fregadero, cajas de sobras de comida para llevar amontonadas como si fueran bloques de construcción infantiles encima del frigorífico. Cogió una, abrió la tapa y lo invadió el olor carnoso de la lasaña. Estaba algo reseca pero comestible, quizá tuviera una semana. Volvió a dejarla con cuidado, y entonces vio una foto de ella y Buckley pegada a la puerta del frigorífico con un imán en forma de girasol. La foto se había tomado en ángulo por encima de ellos, el hombro levantado de Buckley lo marcaba como el autor de la foto: un selfi sonriente, no inmunizados por la riqueza de Buckley contra los típicos placeres tontos de pareja. Reddick guiñó el ojo, intentó leer los detalles del fondo con aquella luz escasa. Era una foto hecha en un interior anónimo, y no podía saber qué ocasión la había provocado. Fue al dormitorio.

Había ropa oscura tirada en el suelo, junto a una cama mal hecha. Se dirigió a los cajones, tocó los tiradores redondos con los guantes de invierno que llevaba. La infracción tenía diferentes niveles, había matices en las fronteras que traspasaba para llegar a la más pequeña de las muñecas matrioskas de la casa y las propiedades de ella: se preguntaba en qué punto habría pasado el límite, qué grado de delito podría justificar. Abrió el cajón superior. Estaba lleno de telas ligeras, ordenadas y dobladas, con fragmentos de encaje insinuando una intimidad que le repelió. Lo cerró y abrió el armario, un nicho poco hondo, apenas lo suficiente para contener la ropa: vestidos, pantalones y camisas separados por tipos, colgados de cualquier manera en colgadores de plástico. Cerró la puerta del armario, volvió al salón.

Dio la vuelta lentamente en el centro de la habitación, contemplándolo todo desde la distancia, un paso final para ver si había algo que pareciera extraño. No había nada allí que pudiera haber asustado a Buckley, solo el vacío, la negligencia despreocupada que indicaba que ella podía volver en cualquier momento. No había hecho el equipaje, no se había preparado para ningún viaje. Ya había visto suficiente.

Volvió a recorrer el piso para asegurarse de no haber dejado nada fuera de su sitio. La ventana estaba cerrada; el cuenco, bien colocado en el alféizar. Puso el cerrojo de la puerta para que se cerrara después de salir él, miró por la mirilla y escuchó por si oía el ascensor. En cuanto estuvo seguro de que todo estaba tranquilo, abrió la puerta, se dirigió al vestíbulo y se fue.

6

Alimentado por la adrenalina, fue a Bushwick y, mientras se tomaba unas copas para relajarse un poco, contó a Beth Han y Dean todo lo que había pasado.

—No puedo creer que hicieras eso —dijo Dean.

—¿Y si te hubieran cogido? —preguntó Beth—. Te habrían detenido.

—No cogí nada.

—Pero no es solo eso.

—¿Una nota en cada puerta? Todo nuestro edificio lo sabe, vale. A, estás loco, y B, ¡has puesto tu correo electrónico!

—Dean, ¿piensas de verdad que esas cosas importan ahora mismo?

Beth parecía alterada, él no sabía cómo tomarse su reacción. Se volvió hacia Reddick.

—Ese policía no te va a ayudar si sabe que allanaste el apartamento de otra persona.

—Mujer, no ha hecho daño a nadie, y no lo han cogido.

Dean levantó la mano desde el otro lado de la mesa y le frotó el hombro. Ella cogió el vaso, dio un sorbo, suspiró y cerró los ojos.

—Reddick, por favor, dime que te das cuenta de que lo que has hecho es una locura.

—He tenido mucho cuidado.

—No me refiero a eso.

Dean se volvió hacia Reddick e interrumpió a Beth antes de que ella pudiera seguir insistiendo.

—Olvídate de todo esto y pinta. Lane te ha dado tiempo libre, no sé, una semana. Enciérrate en tu estudio y ponte a trabajar. Pide comida a domicilio. Finge que estás de vuelta en el colegio.

Reddick comprobó su correo electrónico mientras escuchaba.

—Tenía que hacer algo —dijo—. Sigo viéndola entrar por aquella puerta abierta. La parte de atrás del callejón estaba oscura, ella era solo una silueta allí de pie, resplandeciendo un poco por la luz de su teléfono. Y luego, ¡pam! se abre la puerta y ella entra y desaparece. Yo tendría que haber..., no sé, haberla seguido. Haber entrado en la fiesta, a ver a sus amigos.

—Pero no sabes lo que pasó —dijo Beth—. Ese brazo podría haber sido de uno de sus amigos. ¿Por qué es responsabilidad tuya ella?

—Porque tenía problemas, y casualmente yo estaba allí. Y eso significa algo.

—Ya lo veo —dijo Dean—. Hay mucha literatura sobre eso, ¿sabes? La ética, la obligación, la causalidad moral...

Beth lo cortó.

—Cosa que a ninguno de nosotros nos importa lo más mínimo.

—Beth al rescate —dijo Reddick.

—Bueno, no sé. Me parecía que venía a cuento.

—Sí, claro que sí. —Le dio unas palmaditas en la mano y se volvió hacia Reddick—. Mira, no es como si hubieras presenciado un delito.

—Pues quizá sí.

—Pero aunque hubiera sido así, no hay manera de saberlo. Es igual de probable que el que abrió la puerta fuera un amigo suyo, alguien en quien confiaba. Si le ocurrió algo a ella, debió de ser horas después.

—Yo estoy de acuerdo con ese policía —intervino Dean—.

¿Puede haber desaparecido realmente la chica si nadie lo ha denunciado?

—No te pongas filosófico.

—No, lo digo literalmente.

Reddick apuñaló un cubito de hielo flotante con su pajita.

—No es solo la forma de desaparecer. Bueno, sí, me extrañó bastante, la verdad, y la imagen fue difícil de olvidar. Pero ¿recuerdas aquella chica que mataron en Coney Island hace un par de años?

Todos asintieron y él continuó.

—Bueno, pues Allen me lo contó ayer.

—¿Te lo contó? —dijo Beth—. ¿Es que no lo habías oído? La noticia estaba por todas partes.

Intentó recordar aquel verano. Sobre todo le venían algunos fogonazos de estar pintando y jugando al baloncesto, indistinguibles de los meses anteriores o posteriores. Recordaba a la chica con la que salía entonces, el bikini color rojo cereza que llevó a Fort Tilden. Su promedio era más o menos de una relación apática por año, ráfagas de interés sexual que se apagaban todas de la misma manera y se iban reduciendo y desaparecían en una disolución amistosa. Restoration Heights estaba en marcha, y rumiar sobre los cambios que representaba había empezado a devorar su tiempo. Quizá hubiera oído lo del crimen.

—Sí, es posible que me enterase —contestó—. Un poco.

—Estoy seguro de que hablamos de ese tema —dijo Beth—, y tú ni siquiera te acuerdas.

—El caso es que ella tenía amigos allí, en aquella fiesta. Y estos la dejaron salir con aquellos dos tíos, con los asesinos, y nadie los paró para preguntar qué pasaba. He estado pensando..., ¿a nadie en aquella fiesta le dio mala impresión que se fuera con ellos? ¿Y si alguien lo notó pero no hizo nada porque en realidad no la conocía, o porque los demás pensaron que no valía la pena preocuparse? Todo el mundo a su alrededor creyó que todo iba bien, de modo que no escucharon a su instinto cuando este les dijo que no era así. Y sí, comprendo perfectamente que nadie en aquella fiesta tenía la «responsabilidad» de intervenir, pero eso no cambia el hecho de que si alguien lo hubiera hecho de todos modos, aunque no fuera responsabilidad suya, la chica seguiría viva. ¿Y cómo vives después con una cosa así? ¿Si tienes un presentimiento y no haces nada y alguien muere por eso?

—Pero aquí no ha muerto nadie —dijo Beth—. Lo entiendo, el apartamento de ella no tenía el aspecto de que hubiese hecho las maletas para un viaje largo (y sigo pensando que lo que has hecho ha estado mal, pero Dean tiene razón, a lo hecho pecho) y, de acuerdo, viste lo que viste. Pero quizá ella tenía prisa, a lo mejor piensa volver para recoger sus cosas. No puedes saber nada con certeza.

—Es todo junto. El estado en el que estaba ella aquella noche, el apoyo de la señora Leland..., y si hubieras visto cómo reaccionó Buckley al verme... Cuéntaselo, Dean, fue una locura, él sencillamente se cerró en banda en cuanto mencioné Bed-Stuy, como si tuviera miedo de algo.

—Fue muy raro, sí, pero, tío... —Cogió a Reddick por el brazo—. Si dedicaras tres cuartas partes de la energía que estás poniendo en esto a pintar...

La respuesta de Reddick se vio interrumpida por el sonido de un nuevo mensaje de correo que entraba. Se soltó de la mano de Dean y comprobó su teléfono.

—Mierda, son ellos.

—¿Quiénes? —preguntó Beth.

—Los vecinos de nuestro edificio. Los que dieron la fiesta. —Miró el resto del mensaje—. Están en casa. Dicen que puedo ir esta noche.

Se puso de pie y arrojó un puñado de monedas en la mesa.

—¿Os veo más tarde?

—Creo que no —respondió Dean—. Estoy de trabajo hasta las cejas ahora mismo.

Por primera vez desde lo que parecía una eternidad, pensó Reddick, él también.

El chico que abrió la puerta en el apartamento 3C tenía unos veinte años, era musculoso y guapo. Invitó a entrar a Reddick, al parecer, inmune a la extrañeza de las circunstancias. La distribución del apartamento era completamente simétrica a la del suyo y de Dean, y Reddick lo encontró desconcertante, casi como si fuera un sueño. Las paredes estaban llenas de dibujos al azar y carteles enmarcados, una mezcla de ironía y alta cultura. Había otros cuatro jóvenes en el interior, dos chicos y dos chicas, con camisas de cuadros y vaqueros desgastados. Desbordaban seguridad en sí mismos y confianza.

Una de las chicas, con la cabeza enmarcada por una mata de pelo rizado y castaño, encendió un porro.

—¿Así que buscas a alguien que estuvo en nuestra fiesta?

De camino hacia el piso, Reddick había decidido qué partes de la verdad contar. No mencionaría ni a los Seward ni a Buckley por su nombre, solo que Hannah era la prometida de un amigo, y que pensaba que podría haber estado en su fiesta y que ahora había desaparecido.

Les enseñó la foto en el móvil.

—Sí, desde luego, estuvo aquí —dijo la chica.

—¿Estuvo? —preguntó uno de sus compañeros de piso.

—Sí. Con esos chicos del barrio.

—Ah, sí, mierda. ¿Es ella? No la había reconocido.

—Estuvo hablando con aquel tipo... ¿Frank?

—¿Quién es Frank? —preguntó Reddick.

—Pues en realidad no lo sé, tío. —La chica había pasado el porro, y uno de los chicos se lo ofreció a Reddick. Él hizo una seña, desdeñándolo. El chico continuó—: No estoy seguro de quién lo invitó. Es un tipo mayor, lo he visto en algunas fiestas.

—¿Un tipo del barrio?

La chica del pelo rizado negó con la cabeza.

—No, ni hablar. Ese tío no. Los otros dos sí. Así como... que destacaban, ¿sabes lo que quiero decir?

Reddick miró a su alrededor las caras angelicales, la piel pálida.

—O sea, ¿que eran negros?

—No, no quería decir eso. Bueno, sí, sí que lo eran, pero nosotros tenemos amigos negros...

—Saul es negro. Está por aquí todo el tiempo. Y también su novio.

—El novio de Saul es dominicano.

—Sí, pero es un dominicano «negro». Eso cuenta, ¿no?

La chica del pelo rizado los interrumpió.

—Bueno, el caso es que lo que quería decir es que esos chicos parecían que eran de por aquí, a lo mejor. Originalmente. Chicos del barrio, ya sabes.

—Vale. Así que estuvo aquí con tres tíos. Dos chicos negros y un tío mayor blanco. ¿Parecía que ella era pareja de alguno de ellos?

Todos negaron con la cabeza. El otro chico habló.

—Yo quería decir que no somos nosotros los que hemos sacado el tema de la raza. Bueno, el caso es que no creo que Frank conociera a esos otros dos. Parecía un poco..., no sé, como cabreado de que vinieran con ella.

—¿Discutieron?

—No. Solo que estaba un poco enfurruñado. Estaba en la cocina, hablando con otras chicas, cuando apareció ella con esos dos. Yo me estaba tomando una cerveza y recuerdo que parecía bastante molesto.

—¿Se fueron juntos Frank y esta chica?

Los chicos se miraron los unos a los otros en busca de respuesta. Finalmente, la chica del pelo rizado dijo:

—Pues se fueron, sin más, ¿sabes? Era una fiesta. Nadie se fija en quién sale con cada quién.

—Con cada cual —corrigió el chico fibroso. Las dos chicas hicieron una mueca.

—Vale. ¿Así que nadie más que vosotros conocierais habló con ellos? ¿Sabéis sus nombres, al menos?

—Ah, sí. Trisha tonteó con uno de ellos toda la noche.

—Creo que ella ya conocía a uno de ellos...

—¿A quién? —Reddick intentó seguir la conversación—. ¿A Frank? ¿O a uno de los otros?

—Ahora que lo dices, no estoy seguro de que se llame Frank en realidad.

—Sí, claro que sí.

—¿De verdad? Yo pensaba que su nombre tenía dos sílabas.

—Bueno, una de esas sílabas es Frank. Se me presentó. No el domingo pasado, quiero decir, hace unos meses. En otra fiesta.

—¿Franklin, quizá?

—A lo mejor. Pero bueno, el caso —dijo, volviéndose hacia Reddick— es que no fue con ese con quien tonteó Trisha.

—Vale, por favor, chicos, ¿podríais ponerme en contacto con Trisha? ¿Darme su correo electrónico?

La chica del pelo rizado le sonrió.

—Tengo su número. Pero no sé si me parece bien dártelo a ti...

—No voy a acosar a tu amiga. Además, soy tu vecino.

—¿Te hemos visto alguna vez en el edificio? Conocemos a la gente de por aquí.

—Vivo en el segundo piso desde hace ocho años.

Ella parecía escéptica ante la afirmación de él.

—Te diré lo que vamos a hacer. Ella trabaja en el barrio. ¿Conoces esa tienda de alimentación especial, a unas manzanas de aquí, en Bedford? Está allí casi todas las mañanas. Ve si quieres hablar con ella, así no tengo que dar información personal suya a nadie para que corra por todo Brooklyn.

Reddick les dio las gracias y se fue.

Se levantó temprano, se envolvió en su ropa invernal y salió por la puerta al cabo de quince minutos. Unas garras de hielo duro resistían al sol de la mañana. Después de dar un corto paseo, Reddick sacudió sus botas para quitarles la nieve y entró en el local.

La tienda era cuadrada, atestada de cosas. Unas pálidas luces fluorescentes colgaban sobre hileras de estanterías metálicas, se reflejaban suavemente en los acabados satinados y hacían resaltar las vetas del papel reciclado. Los envoltorios, como la misma tienda, se posicionaban en el extremo contrario del brillo de las tiendas de alimentación de cadenas. Los productos anunciaban cierta ética, señalaban sus virtudes tan claramente que la gente se desesperaba por pagar un precio más elevado por ellos. Había una tienda de delicatessen en la parte de atrás y un mostrador de madera donde servían cafés delante. Unas pocas mesas estaban apiñadas junto a la ventana. Reddick se acercó al mostrador, tripulado por una chica somnolienta de veintitantos años, y pidió un café largo.

—¿Trisha? —preguntó, cuando ella le devolvió el cambio. La chica lo miró inexpresiva un momento y luego preguntó si quería hablar con ella. Cuando dijo que sí, chilló hacia la tienda de delicatessen.

Llegó Trisha con un delantal, una camiseta térmica gris y un gorro que hacía juego, sobre unas espesas ondas de pelo rojo. Era casi de su misma edad, alta y robusta, con la cara redonda y afable. Ella le estrechó la mano con suspicacia y se cogió un café. Se sentaron a una de las mesas. Él le contó la misma versión que había dado en el 3C.

—Quizá ella quiera apartarse de tu amigo. Tiene derecho a irse, ¿sabes?

—Por supuesto que sí. No estoy aquí por eso. No intento que vuelva con él ni nada por el estilo. Solo quiero saber si está bien.

—¿Lo quieres saber tú o tu amigo?

—Quiero saberlo yo por mi amigo.

—Parece un poco raro todo...; no quiero ayudar a algún acosador o algo...

Al oír eso, él se quedó parado. Le vinieron recuerdos de la noche anterior: abrir los cajones de Hannah, su armario... Pero pensó en la señora Leland, que tenía información privilegiada y sabía que algo iba mal, y reprimió sus dudas. Levantó la barbilla hacia Trisha, intentando transmitirle la bondad de su resolución.

—Solo quiero ayudar.

—A lo mejor ella no necesita tu ayuda.

—Pero ¿y si la necesita? —Él le enseñó la foto—. ¿La reconoces?

Ella la miró un momento, luchando con sus sospechas, y luego miró de reojo la imagen, de mala gana.

—Pues sí. Está muy distinta, pero desde luego es ella.

—Dijeron que tú pasaste algo de tiempo con uno de los chicos que la acompañaban.

—Tyler. Pero él no la conocía. Lo dijo en la fiesta. Era amigo de un amigo de ella, que estaba también allí.

—¿Y cómo se llamaba el amigo? —Él abrió la libreta, y ella pareció asustarse.

—Ju'waun. Todo esto es muy raro, de verdad...

—¿Se fueron juntos?

—No estoy segura. Me fui antes que todos ellos.

—¿Y tienes el número de teléfono de Tyler?

—Sí que lo tengo. Es un chico majo. El lunes tuve el día libre y pasamos un rato juntos.

—¿Se quedó el domingo por la noche?

—No es asunto tuyo. Realmente, nada de esto es asunto tuyo.

—Esa chica ha desaparecido. Sin dejar rastro.

—¿Y por qué no la busca la policía?

—He hecho lo que he podido para convencer a su novio de que los llame. Pero es complicado. Pero si puedo adelantar algo, si me echas una mano, entonces la policía tendrá que intervenir.

No les quedará más remedio. Pero tu ayuda me vendría muy bien. Me gustaría hablar con Tyler.

Ella lo sopesó un momento.

—No veo que haya nada malo en ello; pero tiene que elegir él, no yo. Dame tu número y le preguntaré si quiere hablar contigo. ¿De acuerdo?

Era lo mejor que había podido conseguir.

—De acuerdo.

Ya de vuelta en su apartamento mandó un mensaje de texto a Harold y le dijo que preguntara por ahí por Tyler y Ju'waun. «Chicos del barrio». No esperaba demasiado, porque lo único que tenía eran sus nombres de pila, y dudaba mucho de que lo que había dicho Harold fuese algo más que puras bravatas. Pero Harold le respondió de inmediato y dijo que consultaría a sus fuentes en cuanto saliera del trabajo.

Reddick necesitaba más datos sobre Buckley, saber cómo era cuando no estaba su familia alrededor. Pensó en Sarah, que estaba en Penn cuando Buckley obtuvo su MBA, y mandó un mensaje a Dean para que comprobase si estaba en casa. Sí que estaba. Reddick se abrigó bien y partió para Bushwick.

Encontró a Dean en su estrecho estudio, tirado en el sofá, tomándose un café y hojeando una revista. Un par de ventanas altas dejaban pasar una pálida luz a la habitación. En una mesa central se encontraba la esbelta armazón de una escultura a medio hacer, enmarcada por trozos diseminados de madera de balsa. Las paredes estaban empapeladas con bocetos y llenas de estantes repletos.

—He ido a ver a Sarah y le he dicho que venías. No le he contado por qué. —Dejó la revista en su regazo, se ajustó las gafas—. Mira, lo he estado pensando toda la mañana y creo que Beth tiene razón. Tendrías que dejar esto.

—Pero si acabo de empezar.

—Eso significa que aún no has perdido demasiado tiempo. No sé qué piensas que vas a sacar de todo esto, pero estás equivocado. No hay nada.

—No lo estoy haciendo por mí.

—Ah, ¿no? Porque no parece que le preocupe a nadie más.

Cogió de nuevo la revista y Reddick se fue. Disolventes y barnices, pigmentos y adhesivos, con vapores dulces como la madreselva, tóxicos como el veneno, permeaban los pasillos abovedados. Una sierra circular gemía en algún lugar, por encima de él. El edificio era una bestia enorme de cinco pisos, uno de los grandes espacios industriales de Bushwick que se renovaron de una manera barata, colocando en sus tripas hilera tras hilera de espacios para artistas de elevado alquiler. Estaban situados por todo el barrio como búnkeres, como depósitos de las ambiciones, rivalidades y dramas de los estudiantes de Bellas Artes que trabajaban dentro. La cerveza artesanal y el café prensado en frío habían brotado en las aceras entre ellos, un ecosistema de negocios jóvenes que medraban con el endeble caché de la nueva población, con el alcohol y la cafeína como combustibles de las esperanzas más atrevidas de los jóvenes artistas. Captar la atención de algún marchante, una vez. No importaba que la misma existencia de esos edificios fuera un argumento en contra de la posibilidad del éxito; que hicieras como hicieras las cuentas, sencillamente no había suficiente dinero para que se construyese una carrera la enorme cantidad de gente que trabajaba dentro. Los sueños son inmunes a las bajas probabilidades. Y egoístas, porque cada artista cree que es la gran excepción, aunque esa perspectiva condene a sus amigos al anonimato. Se deleitaban en el apoyo y la camaradería, pero estaban llenos de envidias privadas.

Reddick siempre había trabajado en casa.

—¿Sarah?

La puerta estaba abierta, llamó a la pared y entró. Ella levantó la mirada y le sonrió. Astuta y de ingenio rápido, con pecas rojizas y el pelo color caramelo, Sarah era una de las mejores amigas que tenía en el edificio. Habían salido a tomar copas poco después de que Dean cogiera un estudio allí. Ella estaba entre las pocas personas que Reddick conocía que se había trasladado a Bushwick antes que los bares y restaurantes, cuando los vagones de la línea L mostraban sus últimas caras blancas pasando por Morgan Avenue. Disfrutaba de las historias que contaba ella del antiguo barrio. Una chica negra, con la piel color cobre, anónima para los jóvenes pálidos que pasaban junto a ella hacia las salidas, su práctica artística parecía a veces un secreto emocionante. Su carrera había florecido junto con el barrio; ahora exponía mucho más a menudo que nadie que conociera Reddick. Sus cuadros eran grandes y rebeldes, caballos al estilo de Kooning con penes enormes, follando y corriéndose en orgías de colores incandescentes.

Ella se levantó y lo abrazó, y estuvieron hablando un buen rato, poniéndose al día de los meses transcurridos desde que se vieron por última vez. Él recordaba que ella había empezado a salir con alguien, y esa era, sospechaba, una de las razones por las cuales hacía tanto tiempo que no se veían. Las exigencias del tiempo de ella siempre habían sido muy elevadas; el celoso horario de pintura, el trabajo a tiempo parcial que la ayudaba a mantenerse a flote. Añadir un compañero romántico no dejaba demasiado espacio para mantener unas amistades ya de por sí tenues.

—Bueno, tu compañero de piso no me ha dicho claramente por qué querías hablar conmigo...

—Eso parece. Creo que no le gusta nada. —Se sentaron y él le contó un poco lo que estaba haciendo y por qué—. Buckley se puso en mi contra, y yo me preguntaba si tú lo habías conocido en el colegio. Creo que estaba conectado con el programa de arte de alguna manera, ¿no?

—Todo el mundo lo llamaba Buckles. ¿Quieres un té? Estoy haciendo té. Estaba en Wharton, pero siempre remoloneaba con los de Bellas Artes. Estaba en nuestras fiestas, aparecía en nuestros estudios... Ya sabes, a veces tenemos relación con esos chicos de Administración de Empresas o de Derecho que buscan chicas del mundo del arte o intentan dárselas de modernos o intelectuales o vete a saber el qué. Quieren demostrar al mundo que son muy interesantes, aunque lleven traje. Por ejemplo, saliendo con una estudiante de arte, o haciéndose algunos tatuajes, lo que prefieras.

—Chicos que compran libros de David Foster Wallace pero no los leen.

—Ja, ja, veo que lo has entendido bien. Pero Buckles no era de esos. Nosotros éramos su negocio. O sea, ya has trabajado para esa familia, ¿verdad? Se dedican al arte. Las otras cosas les dan dinero, pero el nombre se lo da el arte. Así que para Buckles visitar nuestros estudios era aprender el negocio familiar.

—¿Y compraba arte de estudiantes?

—Un poco. No necesariamente porque pensara que el artista luego iba a florecer. No parecía nada demasiado serio. Más bien era una práctica. Como coger los ritmos de las transacciones. Sinceramente, no parecía mal tipo. Un poco nervioso, serio y desesperado. Siempre parecía que estaba bajo una presión tremenda.

—Entonces a la gente le caía bien él, ¿no?

—Tenía mucha chulería de esa de macho blanco, ¿sabes? Del uno por ciento, otorgándonos su generosidad a nosotros, desgraciados bohemios. Pero también había otros muchos tipos blancos que eran así, tíos que intentaban esconder su origen de clase media alta detrás de las camisas de leñador y las barbas y la teoría crítica. Ibas a Bellas Artes, y eso lo era todo. Por mi parte, Buckles no me molestaba en absoluto. Era considerado y amable. No le hago responsable como persona de las estructuras de poder de las que se beneficia. Ser gilipollas con los ricos no te convierte en revolucionario, solo en gilipollas. De todos modos, era mejor él que su amigo Franky.

—Espera, ¿Frank?

Ella se encogió de hombros.

—Nosotros lo conocíamos como Franky. Franky Dutton. ¿Recuerdas que te he dicho que había un resentimiento reflejo hacia Buckles por su origen? Bueno, pues es curioso porque también hay tipos como Franky a los que tendría que ir unido todo eso y, no se sabe por qué, no pasa. Él tenía los mismos privilegios que Buckles, pero además era un gilipollas total, a quien no le interesaba nada excepto él mismo, pero estaba muy bueno, y a veces con eso basta. La gente se lo perdonaba todo, al menos las chicas, y cuantas más cosas hacía que necesitaban perdón, más dispuestos estaban todos a absolverlo.

Él sonrió.

—Tú no, claro...

—Ya me conoces. Tonteé un poco con él; todas lo hicimos. Pero no podía haber pasado nunca nada, porque yo conocía muy bien su reputación.

—Porque él iba allí solo por el arte, por las chicas.

—Por los coñitos de artistas, Reddick. No seas mojigato. En cuanto te dan poder para dictar el lenguaje, ya estás sometido. ¿Te caliento el té? Bueno, el caso es que sí, Franky era uno de esos chicos que mencionaba, que solo van persiguiendo el ambiente, pero no hablaba de esa reputación. Había rumores de que era un poco... siniestro, ¿sabes? De que le gustaba hacer daño a la gente.

—¿Y aun así soportabais a ese tío?

—Ser sexi es muy importante cuando tienes veintitrés años. Y solo eran rumores. La mayor parte de las otras chicas hicieron lo mismo que yo: solo tontear un poco. Era tan guapo y resultaba tan halagador que se interesase por ti... No digo que no fuera todo un poco chungo, pero así es como iban las cosas. Algunas chicas se lo follaron, pero nunca dijeron que cruzara ningún límite que ellas no quisieran cruzar. Ya sabrás que ese tío sigue haciendo básicamente lo mismo, ¿no?

—¿Qué quieres decir?

—Pues que ahora es una especie de pez gordo inmobiliario. Aquí, en Bushwick. Ha construido unos cuantos edificios, los vende a empresas de gestión cuando termina. ¿No has visto sus anuncios? FDP. Franky Dutton Properties. Nunca tuvo que preocuparse por la creatividad.

—¿Y está aquí en Nueva York? —El pulso de Reddick se aceleró un poco.

—Haciendo la misma vida. Va a fiestas en Bushwick, hace presas en la clase creativa. Lo vi recientemente, hace apenas un año, probablemente. Con una chica rubia guapísima. Creo que era europea o algo. Al menos, parecía más cercana a su edad que las que suelen gustarle, quizá la competencia está empezando a joderle. Bushwick está repleto de tíos como él ahora mismo: chicos blancos guapísimos que se agarran al mundo del arte para demostrar qué distintos son de sus padres. No te lo tomes a mal.

—No me lo tomo a mal.

—Ya no llama tanto la atención como antes, eso quería decir. Pero sigue por aquí.

—¿Todavía se cuentan los mismos rumores? ¿Eso de que le gusta hacer daño a la gente?

—Ya no se oye nada de eso. A lo mejor se ha reformado, o quizá se haya vuelto más discreto. Ahora parece más sórdido que espeluznante... siempre exhibiendo su dinero, sin importarle que quizá la mitad de las chicas con las que sale es probable que dependen económicamente de algún fondo fiduciario. Por lo que he oído, le gusta llevar a las chicas a sus propiedades: siempre procura que haya una o dos amuebladas, para presumir.

Reddick cogió su teléfono y sacó la foto de Hannah.

—¿Lo has visto alguna vez con esta chica?

Ella negó con la cabeza.

—Lo siento, no. Es mona, pero no creo que sea su tipo. Demasiado americana. ¿Quién te ha dado esa foto?

—La encontré online —mintió él.

—Pensaba que quizá te la hubiese dado Aliana. La conoces, ¿verdad?

—Creo que no.

—Pelo corto. Un poco hombruna. En realidad, hace CrossFit. Bueno, es su galería lo que se ve en la foto. Heinrich. Fue preparadora allí durante un par de años.

Él se incorporó.

—Sarah, me has ayudado muchísimo.

—Ya no te veo a menudo. Ven alguna vez y podemos hablar del trabajo. Todavía pintas, ¿no?

Él pensó en el último día productivo que había pasado en su estudio, que había sido, ¿cuándo? ¿Dos semanas antes? ¿Tres?

—Cuando tenga tiempo.

—¿Entre el baloncesto y buscar a chicas perdidas?

—El baloncesto me ayuda a pensar.

—¿Y pintar no?

Empezó a responder pero se calló, intentó recordar la claridad, el vacío brillante que antes seguía tras un día entero de pintar y dibujar.

—Tienes que trabajar —continuó ella—. Tienes que dedicarle tiempo si quieres sacar algo de esto.

—Necesito hablar con Aliana. ¿Podrías preparar un encuentro conmigo? ¿Decirle que voy a verla?

—Son casi las cinco. Cuando llegues allí ya se habrá ido.

—Entonces, mañana.

—Mañana por la mañana tengo que trabajar —dijo ella—. En la panadería.

—Bueno, no, no me refería a... ¿no podrías enviarle un mensaje, sencillamente?

Ella respondió con una sonrisa tímida.

—Podría. Pero no la veo desde hace siglos. Vamos a hacer lo siguiente: hago planes con ella mañana por la tarde, justo cuando salga del trabajo. Puedes venir conmigo, vamos un poco más temprano y vosotros dos podéis charlar un rato antes de que ella y yo salgamos.

Él tenía sus dudas acercar de tener a Sarah por allí alrededor mientras él hacía preguntas, preocupado de que pudiera revelar algún matiz de su investigación que la repeliera. La acusación de Trisha («acosador») le molestaba aún.

Pero valía la pena correr el riesgo.

—Vale. Pero sabes que no me importa ir allí solo. Ya sé que estás ocupada.

—Un poco menos que hace un par de semanas, realmente. Pero no hay problema. —Él inclinó la cabeza mirándola inquisitivo, pero ella hizo un gesto de desdén—. Te lo puedo contar más tarde. Te mando un mensaje con los detalles después de contactar con Aliana.

—Sarah, ya has sido de gran ayuda para mí. Te lo agradezco muchísimo.

Ella se inclinó y lo besó en la mejilla.

—Te veré mañana.

Si no iba a ver a Aliana hasta el día siguiente por la tarde, necesitaría trabajar en algo hasta entonces. Se fue a casa para repasar la información que le había dado Sarah. Tomaría notas durante el viaje.

Estaba empezando a coger forma una historia. Franky, egoísta y mujeriego, seduce a la novia de su amigo y se divierte con la crueldad que eso supone. Están juntos en la fiesta y ella acaba muerta. Quizá fuese un accidente (sexo duro que ha ido demasiado lejos) o quizá los oscuros rumores habían acabado madurando en algo peor.

No era suficiente para llevárselo a Clint, pero orientaba su búsqueda. Podía colocar a Franky en la fiesta si los chicos eran capaces de identificarlo, pero eso solo no significaba gran cosa. Necesitaba saber más del entorno de Franky, si había habido alguna advertencia, brotes de mal carácter que fueran más allá de los rumores de Sarah. Y era muy importante que pudiese hablar con Ju'waun o Tyler, porque ellos sabrían si ella se fue con Franky aquella noche, cosa que probaría que fue la última persona en verla.

Ese brazo sujetando la puerta. Era Franky. Tenía que ser él.

Cuando bajó del tren vio que se le había pasado por alto un mensaje de Trisha.

«Tyler dice que no».

Se detuvo en la acera a responder, apartándose del paso del tráfico a pie que salía desde la entrada del metro. El sol se había ocultado ya y la temperatura bajaba imprudentemente. Envió dos mensajes seguidos, primero para preguntar por qué, luego para suplicarle a ella que intentara convencer a Tyler de que cambiara de opinión. Un hombre que pasaba resbaló en el hielo, consiguió no caerse e hizo una mueca de dolor. Reddick esperó la respuesta diez o quince minutos, hasta que empezó a tiritar audiblemente y de forma constante, como un ronroneo. Su teléfono seguía silencioso.

Decidió ir a verla a la mañana siguiente para defender su caso en persona.

Se fue a casa, se calentó bien y repasó sus notas. Las páginas estaban inconexas y saturadas, desordenadas y llenas de acotaciones entre paréntesis y conjeturas. Necesitaba algo más importante, alguna forma de diseñar el caso y establecer las conexiones. Necesitaba verlo todo en conjunto, de inmediato.

Fue a su dormitorio, a la pared que había dejado como zona de trabajo. Había una pequeña mesa a un lado, con cajones y cajas llenas de materiales. Quitó el cuadro sin terminar que colgaba allí, intacto, desde hacía semanas. Lo puso en el suelo, de cara a una de las paredes, sacó los clavos de los que colgaba, quitó los esbozos y las fotografías de inspiración y lo metió todo en una caja. En cuanto la pared estuvo vacía, desenrolló una pieza grande de papel grueso blanco y lo clavó en el centro. Escribió el nombre de

Hannah, lo rodeó con un círculo. Junto a él escribió el de Buckley Seward y el de Franky Dutton, y luego Ju'waun y Tyler a un lado, todos con sus círculos, con unas líneas de lápiz trazando sus posibles conexiones. En el espacio en torno a ellos copió notas de su Moleskine. La fiesta en el 3C, el callejón, la puerta..., observaciones y conjeturas espinosas, cualquier cosa que pudiera encender una chispa de inspiración. Puso música, el rock indie y asexuado que tanto le gustaba en el instituto, la más blanca de todas las melodías blancas, que confundía a sus compañeros de equipo. Su pie fue marcando el ritmo. Era un alivio verlo todo allí expuesto, de una sola vez: había una claridad atractiva en el arreglo visual. Un mapa de lo que estaba allí para revelar lo que faltaba.

Cuando hubo terminado casi del todo, oyó que sonaba su teléfono. Pensó que podía ser Trisha y corrió a responder. Era Harold.

—Eh, escucha, hermano. ¿Qué piensas que estás haciendo? —La voz de Harold sonaba un poco pastosa, alterada por el alcohol.

—¿Qué quieres decir?

—Pues que vi a mi conocido anoche y le pregunté por ti, por lo que tú querías. Trabaja para... bueno, en realidad no puedo decirte su nombre, pero trabaja para alguien que sabe de qué va. Así que se lo pregunté, y no se puso nada contento.

—¿Y qué te dijo?

—¿Cómo conoces a Tyler y a Ju'waun?

—No los conozco. Ya te lo he dicho. Por eso quería que preguntaras por ellos. Pero escucha, ahora tengo más información.

—No quiero tener nada que ver con tu información. Y tú tampoco. ¿Me oyes?

—No, ahora tengo un sospechoso. Ese promotor inmobiliario que estaba en la fiesta con ella. Y creo que Tyler o Ju'waun quizá la vieran con él y podrían situarlos juntos; quizá él se fue con ella. Podrían ser de gran ayuda, de verdad.

Hubo una pausa.

—Ese sospechoso... ¿es blanco?

—Sí.

—Pero, tío, tú estás como una cabra. Una chica rica blanca desaparece de una fiesta en Bed-Stuy, y la última persona que la ha visto es una persona blanca y dos hermanos, ¿y crees que alguien va a creerlos cuando localicen al blanco? Ya sabes cómo funciona este mundo.

—Si ellos me ayudan, podemos encontrar pruebas. Conozco a un poli.

—¿Y quién te imaginas que te va a creer?

—El poli es negro, no sé si eso supone alguna diferencia.

—A veces sí. Pero muchas veces no. Así es como está montado todo el sistema.

—Lo entiendo perfectamente. Pero estoy intentando averiguar la verdad.

—La verdad no tiene nada que ver con esto. Mira, ni siquiera tendría que estar hablando contigo sobre toda esta mierda. Te he dicho que el hombre se ha puesto como loco. Loco de verdad.

—No lo entiendo. ¿Por qué loco?

—Estoy en Ti-Ti's. Veo entrar al tío y me acerco a él. Empezamos a hablar un rato, ya sabes, y yo le digo que tengo un amigo que tiene un problema y que quiere saber algo de esos dos tíos. Le digo que sabe sus nombres de pila, Tyler y Ju'waun. Al momento me mira de una manera rara, y yo sé que tendría que echarme atrás, pero no puedo. Ya he empezado, y creo que resultaría muy raro que de repente parase. De modo que le digo que tú conoces a una gente que los vio con esa rubia, y me hace callar al momento. No puedo decir nada más. Me dice que soy un maldito borracho, como si se hubiera enfadado conmigo solo por «preguntar». Conozco al tipo desde hace mucho tiempo y nunca se había enfadado conmigo de esa manera. Dice que lo que pasó con esa chica no es asunto mío, ni tampoco tuyo, y que quién eres tú para ella, y ese tipo de cosas.

—¿Qué le contaste de mí?

—Que eras un amigo de un amigo de la dama en cuestión y que estabas preocupado. Bueno, en realidad eso es lo único que sé. Le dije lo que sabía.

—Harold, oye, siento haberte metido en problemas con tu amigo.

—He intentado hacérmelo bien contigo, tío. Pero estás metiendo la nariz en mierdas que no te conciernen. El tipo tenía miedo de algo, ¿por qué si no iba a actuar así?

—¿De qué tenía miedo?

—Quizá sepa de qué va o quizá no, pero no importa, sea de una manera u otra. Tienes que dejar ese rollo. ¿Me oyes? No te metas en esa mierda.

Reddick echó una mirada al nuevo mapa que tenía en la pared.

—No sé si podré.

—Entonces es tu culo lo que está en juego. Pero no me pidas más mierdas. Yo quería ayudarte porque eres un tipo majo y eso. Pero ya no quiero saber nada. ¿Me oyes? Se acabó.

Colgó y Reddick se quedó mirando el teléfono. Entonces se levantó y escribió el nombre de Harold en la pared, junto a Tyler y Ju'waun.

7

Tenía que hablar con ellos. Quizá pudiera saltarse a Trisha. Pasó el resto de la noche en internet, una búsqueda estéril de información. «Ju'waun Brooklyn, Ju'waun Tyler, Tyler y Ju'waun Bed-Stuy», en todas las redes sociales, esperando que hubiera alguna etiqueta, algún comentario, buscando en páginas y páginas alguna indicación de ese barrio, de esa fiesta, de algo. No era lo suficientemente específico. Había demasiadas páginas que examinar. Perdió muchas horas y pasó a Franky. Siguiendo su intuición, buscó su nombre en el registro de delincuentes sexuales: quizá su mala conducta lo hubiese llevado por allí. Nada. Fue a Franky Dutton Properties. Una página muy bien diseñada, con detalles sobre la empresa, fotografías de su cuartel general en Williamsburg y listas de proyectos. La empresa hacía promociones inmobiliarias y ventas, y estaba especializada en trabajar con las estructuras existentes en lugar de la construcción desde cero. Residencial y comercial, pero nada a gran escala. Todo en Brooklyn, sobre todo en Bushwick y Williamsburg, pero también unas cuantas allí. En un apartado donde se subrayaban los proyectos futuros, reconoció una casa pareada que estaba apenas a una manzana de distancia, al otro lado de Restoration Heights.

Se fue a la cama, preparándose para acudir a la mañana siguiente otra vez a la tienda de comestibles de Trisha, pero apenas pudo dormir. Se quedó echado en la oscuridad y ensayó su actuación, representándose interiormente distintas escenas en las que ella accedía a cooperar, en las que Tyler identificaba a Franky como el tipo que estaba con ella y abría el caso. Se imaginaba a sí mismo de distintas maneras: más duro, más blando, exigente, suplicante. Apelaba a la moral de ella o a su interés propio, apelaba a la solidaridad por una hermana victimizada. Más tarde, a las dos o las tres de la madrugada, tal vez incluso las cuatro, oyó a Dean llegar a casa y el ronco gemido de las tuberías cuando abrió la ducha. Reddick se despertó antes de que sonara el despertador, y ya estaba vestido y saliendo de casa cuando abrió la tienda.

Ella no estaba.

—No viene hasta mediodía —dijo la camarera.

Pidió un café y se fue a casa. Dean seguía durmiendo. Él tenía cuatro horas por delante para matar el tiempo. Se quedó mirando la pared con las anotaciones en el mapa. Había enormes trozos de blanco cruzados por leves líneas a lápiz. Parecía algo frágil, apenas más que un esbozo. Podía borrarlo o seguir construyéndolo, enterrarlo bajo nuevos hechos o abandonarlo. No podía añadir nada más, por el momento, ni podía hacer ningún movimiento que no empañase su propósito.

Volvió al salón, miró impotente el televisor, el sofá. Solo conocía una forma de pasar el tiempo; se puso el abrigo, cogió su balón y salió. Se dirigió a un pequeño parque situado cerca de su apartamento, porque los días entre semana, por la mañana, las canchas del Y las usaba la Academia Bedford, que estaba al lado. Reddick jugaba en el parque de vez en cuando si hacía buen tiempo. La gente que se encontraba allí eran sobre todo adolescentes, casi todos negros. Las prácticas en el Y conseguían hacer aflorar su mejor forma de jugar; el estruendo de la habilidad por debajo de las bromas rompe pelotas, la amenaza de perder, de ser derrotado, revivían su aletargada concentración. Allá fuera, las cosas eran diferentes. Él acudía a las canchas de los parques a reafirmar su historia, a centrarse. Jugar fuera recordaba la idílica repetición de sus veranos adolescentes, cociéndose en el calor pantanoso de Carolina del Norte, cargado con sus dos artículos indispensables: un balón y una libreta para dibujar. Sentándose a un lado de la cancha entre juego y juego, compartiendo la Gatorade que compraban él y sus amigos con las monedas sueltas que juntaban entre todos, llenando páginas y páginas con sus héroes —Magic, Jordan, Lobezno—, gotas de sudor emborronando el grafito, aceptando sugerencias, consejos. Su trabajo admirado por su brío, por su precisión. Y luego se levantaba para jugar otra vez, entusiasta, la emoción del momento y el cese de la soledad que existe solo en el esfuerzo compartido. Era demasiado joven para creer que había algo más en todo aquello, que su pasión rozaba el nervio vivo de la división que cortaba en dos el país. Demasiado joven para darse cuenta de que era una excepción. La conciencia racial le iba llegando a ráfagas, a brotes, en episodios aislados. Que lo llamaran *cracker* en tercer curso, una vez que se le acercó un grupo de chicas negras mayores que él, burlándose, pero sin amenazarlo, y él no tenía ni idea de lo que querían decir, qué aspecto de él era objeto de aquellas bromas, hasta que su madre se mordió el labio y le explicó que con esa palabra se referían a un blanquito pobre. En el punto álgido del instituto, un programa de verano de cuatro semanas en la Escuela de Bellas Artes, entró por primera vez en una clase donde todos eran blancos y nunca había sentido una soledad más aplastante, nunca se había sentido más desplazado.

En una sala llena de chicos que se parecían mucho a él, retoños de clase media que él no podía comprender, que parecían haber descendido de otro planeta. Bromas cuyas referencias no conocía, comida que nunca había probado, ropa que su madre no podía permitirse. Televisión que jamás había visto. El abusón que lo vio tan claro como él, que empezó a susurrar «soy pooobre, soy pooobre» cuando el profesor se volvía de espaldas, hasta que la chica que estaba sentada entre los dos saltó y salió en su defensa, más porque estaba aburrida ya de la letanía, la extraña onomatopeya que formaba, que por compasión. Y lo sabía porque ella no le habló nunca más. «Hablas como un negro», decían. La primera vez que oía decir algo semejante a un blanco, una transgresión que le parecía casi bíblica, una profanación. Sabía dibujar mejor que nadie, de todos modos, así que no importaba. Suspiraba por la meritocracia de las canchas. Hizo un amigo, que le regaló una cinta de mezclas de un rock discordante que odió durante dos años, y luego empezó a adorar, y que todavía guardaba en alguna caja de zapatos. Aprendió que el arte no eran solo cómics y atletas. Y aprendió que era blanco.

Entró en las canchas del parque, unos aros sin red, un asfalto estropeado. Habían pasado el quitanieves una sola vez pero luego las dejaron de lado, y estaban enterradas bajo una capa de hielo sucio. Un surco corría en diagonal entre ellas, conectando dos puertas. Apenas pudo distinguir la línea de tiro libre, fue hacia allí y tiró, y vio que el balón chocaba con un ruido sordo en el hielo. Lo recogió y lo hizo de nuevo, consciente de lo ridículo que era estar allí fuera, pero no se le ocurría ningún otro sitio adonde ir. El balón estaba tenso entre sus manos enguantadas y pesaba mucho, como el plomo. Falló tantas canastas como las que acertó. Al cabo de una hora, la manta de nubes blancas se abrió y la nieve que caía empezó a emborronar la canasta.

Se había esforzado por aprender la lección de sus torturadores. Trabajó su acento, practicó las conjugaciones ortodoxas con sus profesores. Se puso a mirar películas que había visto reseñadas, hizo que su madre las alquilara. Miraba las comedias de situación hasta que entendía las bromas. Sus amigos lo acusaron de cambiar, pero él se rio, porque tenía miedo de decir en voz alta lo que había aprendido, lo que ya sabía: que no podía ocultar su piel blanca, su pelo rubio, y que en cuanto «sales» y te alejas de esos edificios herméticos te inundan a expectativas de una forma de actuar, de ser, algo que lo asustaba. Si no se preparaba bien, estaba condenado a que esas cuatro semanas que pasaba lejos, en el programa de verano, se le hicieran eternas.

Pero, claro, no funcionó. Le daba la sensación de que Dean, Beth, los amigos que había hecho en la Facultad de Bellas Artes, sospechaban que era un fraude. Nunca estaba a gusto entre ellos, nunca se mostraba natural. Actuar todo el rato lo dejaba agotado; dañaba sus ambiciones. No le echaba la culpa a eso de su fracasada carrera en el mundo del arte, pero no podía absolverlo del todo tampoco. Los mínimos requisitos para triunfar en el mundo del arte, antes que el talento, antes que las relaciones, antes que una suerte increíble, solo el punto de partida, el precio de la admisión, era un deseo fanático de estar allí. Era algo imposible de fingir. Lo intentó, pero se encontró buscando oportunidades para escapar de ese esfuerzo. El baloncesto era su refugio, que siempre lo esperaba cuando lo necesitaba.

Dejó la cancha cuando ya le fue imposible ver el tablero. Solo sabía que su tiro había entrado por la dirección y camino del balón cuando caía en la nieve polvo.

Cuando llegó a casa, Dean se había ido. Se lavó las manos con agua caliente, y con el calor sus dedos fueron recuperando la sensibilidad. Las horas que quedaban las pasó sin hacer nada. Estaba vestido y de vuelta en la acera un cuarto de hora antes de las doce.

La nevada había empeorado terriblemente. El aire arremolinado era blanco y espeso, como de crema. Se ajustó bien la capucha y enterró el cuello en el abrigo. No podía levantar la vista sin guiñar los ojos. Fue caminando hacia el oeste, hacia la esquina del edificio donde estaba la tienda de Trisha. A medio camino vio dos figuras: una mujer con una parka que le llegaba hasta los tobillos y un hombre alto con un abrigo acolchado con capucha. La mujer le daba la espalda, pero reconoció su pelo como de fuego. El hombre era negro. Se quedaron junto a la pizarra que anunciaba las especialidades de la tienda.

Reddick cruzó hasta el lado contrario de la calle y fue andando despacio, intentando actuar con naturalidad, contemplarlos con los ojos y no con la cabeza. Se arregló la capucha para despejar los lados. Trisha no lo había visto aún. Era una figura bastante corriente, una más de las docenas de sombras encapuchadas en la niebla producida por la nieve. La pareja se abrazó y, cuando se separaron, el hombre se inclinó buscando la mejilla de ella, mientras ella levantaba los labios. Sonrieron juguetonamente ante la extraña situación, la discordancia de intenciones. No debía de ser Tyler. Ella nunca dijo que se hubiera puesto en contacto..., podía estar saliendo con alguna otra persona. Pero la verdad era que estaba sola en aquella fiesta. Y la verdad era que se había mostrado muy protectora.

Se le ocurrió entonces que quizá ella habría cambiado de idea y no hubiese llamado a Tyler en absoluto. Había buenos motivos para que ella pudiera querer protegerlo. Pero si Reddick tenía paciencia, podía soslayar su escepticismo ahora y llegar hasta él directamente. Se paró en seco, se arrodilló para desatarse la bota y volvérsela a atar. Trisha estaba un poco en ángulo hacia la entrada de la tienda, de espaldas a Reddick. Tyler no lo había visto. La pareja se abrazó una vez más y ella entró. Tyler metió las manos en los bolsillos del abrigo, se volvió y se dirigió hacia el sur. Reddick se incorporó y lo siguió.

Tyler andaba deprisa. Parecía ansioso por meterse en algún sitio. Reddick se quedó atrás, llevando al límite la visibilidad, pero teniendo también mucho cuidado de no perderlo. Una manzana más allá, Tyler giró a la derecha y fueron andando hacia Clinton Hill. Reddick esperaba que se estuviera dirigiendo a algún sitio público, un café, un restaurante. Se tuvieron que parar ante múltiples semáforos, y Reddick siempre encontraba alguna excusa para quedarse atrás en el cruce, deteniéndose para ajustarse los guantes, o el gorro, o para comprobar el teléfono.

Pensó en la advertencia de Harold. ¿Estarían implicados Tyler o Ju'waun en la desaparición de Hannah? ¿Y si no estuviera siguiendo a un testigo, sino a un sospechoso... y Franky no tuviera nada que ver con aquello, y su historia canalla con las mujeres simplemente fuera una coincidencia? O quizá Franky la mató y Tyler de alguna manera era cómplice suyo. En cualquier caso, Reddick tendría que estar preparado por si él se le resistía.

Tyler entró en la consulta de un dentista, con la entrada metida bajo el portal de una casa de piedra rojiza. Reddick se detuvo fuera. Podía ser un lugar perfectamente adecuado para enfrentarse con él, cogerlo sentado, esperando para una cita con el dentista. Necesitaría un par de minutos para comprobarlo. Reddick contó hasta sesenta tres veces y luego entró.

El vestíbulo era pequeño, quizá con una docena de sillas. Dos pacientes esperaban en paredes opuestas, ambos mirando su teléfono. Había una puerta corredera abierta a la izquierda, y no se veía a nadie en el mostrador que allí se encontraba. Tyler esperaba delante de este. Reddick no le había dado el tiempo suficiente. Establecieron contacto ocular, brevemente. Era un hombre de piel oscura, guapo, de la altura de Reddick y su misma envergadura, con el pelo formando unos rizos largos que bailaban por encima de unas pestañas muy espesas. Reddick se dio cuenta de que llevaban un abrigo idéntico. Tyler no lo miró el tiempo suficiente para notarlo. Reddick se puso en fila tras él.

Apareció una auxiliar en el mostrador, una mujer de mediana edad que llevaba en la mano un sobre de color marrón. Sonrió a Reddick y luego se dirigió a Tyler.

—Toma, cariño.

Él cogió el sobre, se lo metió en el bolsillo interior y se fue.

Entonces, ella se volvió hacia Reddick.

—¿Puedo ayudarle? —Él pensó una respuesta, dio un paso hacia delante.

—Solo..., perdón, no me acordaba de que tengo que irme.

—¿Cómo dice?

—Tengo que irme ahora.

Notó que los ojos de ella se clavaban en su espalda al salir corriendo de la consulta. No le importaba. Ella no importaba. Miró a ambos lados, en la acera. Al final, la nieve iba parando; vio a los peatones que iban avanzando despacio, buscó a alguno de su misma altura, que llevara su mismo abrigo... y se dio cuenta de que seguramente era el abrigo el que podía haber empezado todo aquello. Inclinado, con la cara tapada, Hannah había visto solo el abrigo acolchado y lo había confundido con Tyler, aquella noche; por eso se había acercado a él tan rápido, por eso estaba juguetona, borracha, intentando darle un susto. Un error sin importancia, que lo confundieran con otra persona, lo había llevado a aquello, fuera lo que fuese. Se quedó pensando cómo podía girar la vida entera sobre algo tan pequeño.

Y eso significaba también que Tyler mentía cuando le dijo a Trisha que no conocía a Hannah.

Allí estaba, al otro lado de la calle, dirigiéndose al sur. Reddick corrió a perseguirlo, y luego volvió a situarse detrás de él.

¿Qué era lo que había recogido Tyler? ¿Trabajaba en la consulta del dentista?, ¿era aquello algún documento, algún pago? La auxiliar le había llamado «cariño», no se había dirigido a él como a un colega. Un paciente entonces; pero ¿qué tipo de paciente recibe un sobre? ¿Resultados de alguna prueba, rayos X? Había ocurrido demasiado rápido para eso; no hubo comentario alguno, ni explicaciones, ni pago.

Tyler cruzó la calle y entró en una tienda de comestibles. Reddick dejó que el semáforo se pusiera en rojo intencionadamente y se quedó en la acera en un sitio donde podía ver el interior. Un latino fibroso, con el pelo plateado, que trabajaba detrás del mostrador, le pasó a Tyler un sobre exactamente igual que el que había recogido en la consulta del dentista. Él se lo metió en el bolsillo con el otro y se fue. El semáforo cambió y Reddick lo siguió.

En Fulton había un edificio de pisos grande, con una hilera de espacios comerciales en la planta baja: un café, un estudio de yoga, una tienda de licores de alta gama. Cuando Tyler entró en el café,

Reddick no lo siguió; fue andando hasta la esquina y esperó allí. Al cabo de cinco minutos salió Tyler con un vaso, con el vapor saliendo de debajo de la tapa. Se metió en el estudio de yoga, volvió a salir casi de inmediato y luego entró en la licorería.

Cinco minutos se convirtieron en diez, y luego, en veinte; demasiado tiempo para estar comprando. Reddick examinó la fachada de aquella tienda: Cask, especialidad en vinos y licores. La neblina de mediodía había dejado el cristal del escaparate delantero casi opaco. El frío le penetraba en el cuerpo, le dolían los pies y le goteaba la nariz. Observó el cálido interior del café, los clientes con sus portátiles o sus móviles, sus capas de ropa invernal apiladas a su lado en las sillas vacías.

Había asientos libres junto a la ventana. Podría ver a Tyler salir desde allí. Hacía tanto frío que tenía que arriesgarse. Entró, mantuvo los ojos clavados fuera mientras pedía su café, y encontró un taburete desde el cual podía vigilar la acera.

Había dinero en aquel sobre, tenía que ser eso, y en el que recogió en la tienda de comestibles, y en otro probablemente del estudio de yoga, quizá incluso de ese café también. Era lo único que tenía sentido. Tyler era un recaudador y estaba haciendo recados, pero ¿para qué? Aquello era Clinton Hill. Quizá en unos pocos sitios todavía se hicieran apuestas ilegales, pero el barrio había cambiado hacía ya treinta años. Pero ¿qué otra cosa podía ser? Y mucho más importante: ¿para quién recogía todo aquello?

La advertencia de Harold era: «Estás metiendo la nariz en una mierda que no te corresponde».

Treinta minutos más tarde, Tyler no había salido aún de la licorería y Reddick empezó a preguntarse si no se le habría escapado mientras estaba haciendo cola. El café había ido directo a su vejiga, pero no podía permitirse un viaje al baño. Al cabo de veinte minutos más salió Tyler finalmente, con un amigo, sonriendo. El otro tío era de la misma edad, más alto, pero con el mismo tipo ágil, con la cara envuelta en la capucha con piel de su parka.

Reddick se dio la vuelta cuando ambos pasaron por delante del ventanal, y luego se levantó y los siguió.

Los dos volvieron por la misma ruta que había hecho Tyler, dirigiéndose de nuevo hacia Bed-Stuy. La presión en la vejiga de Reddick se había vuelto tan urgente que le daba picotazos; si no hubieran ido acercándose tanto a su propio apartamento, habría abandonado. En la frontera entre los dos barrios se dirigieron a una tintorería que se llamaba Clean City. Reddick esperó en la esquina, apretando los muslos. No podía esperar mucho más y empezaba ya a buscar un rincón discreto. Se sentía traicionado por su cuerpo, porque quizá no volviera a encontrar nunca más a Tyler. Podía darles quince minutos. No, diez. Duró casi ocho, se dio cuenta de que si no se iba de inmediato sería tarde, lanzó un taco y se dirigió a casa.

Entró en el edificio a toda prisa y subió las escaleras corriendo, manchó todo el apartamento de nieve fangosa y sal, y apenas se había desabrochado cuando su vejiga se liberó por fin. Cuando la hubo vaciado, se quitó el abrigo y fue a consultar el mapa. Anotó allí la licorería, la consulta del dentista, la tintorería. La oficina, la tienda de comestibles, el estudio de yoga y posiblemente la cafetería también eran lugares de recogida, pero Tyler estuvo más rato en Cask y en la tintorería, así que esos dos ocultaban algo más. Los subrayó. Necesitaba entrar, comprobarlo. Pensó en la reunión que había organizado Sarah con Aliana y miró el reloj. Eran casi las dos. Sarah había enviado un mensaje diciendo que se reunirían en el Upper East Side a las cinco, de modo que tenía un par de horas antes de tener que salir para Brooklyn, el tiempo suficiente para hacer las dos visitas si iba rápido.

Primero fue a la tintorería. Estaba en el piso inferior de un edificio de dos pisos en la esquina, en una hilera de altas casas pareadas. El escaparate estaba empapelado con folletos: música, danza africana, salones de peluquería y manicura, reuniones del grupo en contra de Restoration Heights. Dentro había un mostrador de madera muy desgastado, con hileras de ropa envuelta en plástico detrás. Más folletos cubrían el interior del escaparate, muchos de ellos ya pasados. Una sola silla estaba situada al azar nada más entrar, junto a una pila de revistas caídas. Detrás del mostrador no había nadie. El aire era denso por algún producto de limpieza industrial, olía dulce, a clavo y ligeramente metálico. Se adelantó y tocó la campanilla deslustrada. Al cabo de un momento, un joven salió arrastrando los pies desde una puerta en la parte de atrás, detrás de los percheros. Era negro y joven, y más o menos de la misma edad que Tyler y su amigo. Iba pulcramente vestido y parecía cansado. Miró a Reddick como si fuera la última tarea de una larga lista.

—¿Qué desea?

Reddick se dio cuenta entonces de que no había pensado lo que iba a decir y vaciló.

—Sí, yo quería... ¿limpian abrigos como este? —Y abrió los brazos, señalando su chaqueta acolchada.

El chico lo miró, indiferente.

—Sí. Rellene un formulario.

—No. O sea, que no lo voy a dejar ahora. Luego... cuando acabe la temporada. En primavera. Ya sabe, limpiarlo para guardarlo y eso.

—Es usted un tío optimista, ¿sabe?

—¿Cómo?

—Pensar en la primavera un día como este.

—Es que pasaba por aquí y..., bueno, ya sabe. He pensado que este sitio estaría bien.

—¿El abrigo lleva una etiqueta o algo? Así podría mirarlo y ver si se puede limpiar en seco, en lugar de venir hasta aquí...

—Ah. Sí. A lo mejor sí, claro. —Reddick se dirigió a la puerta y la abrió—. Volveré cuando haga buen tiempo.

—Sí, claro, hombre.

Se detuvo en el umbral y se apoyó en la puerta.

—Ya que estoy aquí... ¿No conocerá a un tío que se llama Tyler?

—¿Tyler qué más?

—Pues no sé su apellido. Lo conocí en una fiesta. Hablamos de jugar al baloncesto juntos, pero no me quedé con su número. Recuerdo que dijo que un amigo suyo trabajaba aquí.

—Pues no.

—¿No lo conoce?

—No puedo ayudarlo.

Ya había estropeado el encuentro. Ahora era como tirar desde media cancha y rezar.

—¿Y otro tipo que se llamaba Ju'waun?

—¿También estaba en la fiesta?

—Sí.

—¿Y hablaron de jugar al baloncesto?

—Sí.

—No lo he oído nombrar en la vida. Y está dejando que entre el aire frío.

—Vale. —Salió y cerró la puerta. El chico era de la edad de Tyler. Si eran amigos, eso explicaría por qué se había quedado más rato allí dentro. Pero, entonces, ¿por qué mentir y decir que no lo conocía? ¿Solo para librarse de un desconocido metomentodo? Esperaba que el nombre de Ju'waun desencadenara algo (incluso podía ser él mismo el que estuviera detrás del mostrador), pero la falta de reacción no indicaba nada. Reddick era un desconocido que hurgaba en vidas ajenas; tenía que esperar respuestas precavidas.

Corrió al sur, hacia Cask. Entrar dentro era como entrar en un barril de whisky vacío: estantes de madera con cobre y un aura como de malta dulce. Las paredes estaban repletas de licores caros; los vinos, alineados en dos pasillos en el centro de la tienda. Todo ello dispuesto en estrechas categorías por especialidades: whisky, escocés, malta, isley... Catalogar aquellas botellas exigía unos conocimientos que Reddick no estaba seguro de cómo se podían adquirir.

—¿Qué tal? —La mujer que estaba detrás del mostrador atendía a su ordenador y no levantó la vista al hablar; su espeso pelo rubio le colgaba por encima de un lado de la cara, como una cascada viva. Tenía unos treinta y tantos años, todavía en su mejor momento, delgada y con pecho, con un jersey de ochos que se le había resbalado de los hombros y descansaba en la larga pendiente de sus pechos. Tenía los labios gruesos, la mandíbula dura y los ojos suaves; era como un compendio de lo que seduce a los americanos. Pero su voz sonaba paciente y serena, acostumbrada a la reacción que provocaba su aspecto, dispuesta a tolerar el tiempo que a uno le costaba hacerse a la idea.

—Si puedo ayudarle a encontrar algo, dígamelo.

Levantó la vista y sonrió; se apartó el pelo y Reddick vio que tenía un hematoma moteado debajo de un ojo.

—Así lo haré, gracias. —Le devolvió la sonrisa sin mirar el ojo morado, ni reaccionar ante él. Fue paseando por entre las botellas poco familiares. Ella volvió a atender su ordenador y se balanceó de mala gana al sonido de la música electrónica que sonaba en la tienda. Quizá Tyler solo hubiese parado allí para charlar con ella un rato.

Pero ¿y lo del ojo? ¿Y las otras paradas?, ¿y los sobres?

Él dio otro paseíto por la tienda y se acercó al mostrador.

Ella notó que llevaba las manos vacías.

—¿Quiere que lo ayude?

Hacerse el tímido en Clean City no le había funcionado. Avanzó, botando el balón.

—Usted conoce a Tyler y a Ju'waun, ¿verdad?

Era un palo de ciego, pero dio en el blanco. Ella pareció confusa, pero respondió directamente.

—Sí.

—Ya me había parecido ver entrar aquí a Tyler antes.

—Pues sí, claro que sí. Él y Ju'waun se han pasado. ¿Y de qué los conoce?

—Pues del barrio, por ahí. ¿Han venido solo a charlar?

—¿Qué es lo que quiere? —Ella se estaba poniendo nerviosa. Seguía mirando debajo del mostrador, quizá un botón de alarma, pero él no estaba seguro de qué parte de lo que había dicho la había asustado. Si ya estaba en falta, quizá de todos modos debiera insistir más.

—O a lo mejor tienen mejor gusto para los licores que yo.

—¿Por qué está usted aquí?

—¿Cómo se ha hecho lo del ojo?

—Eso no es asunto suyo, joder. —Era una reacción más dura de lo que él había esperado, suponía que debido al miedo. Él lanzó otro disparo al azar.

—¿Le ha pegado Tyler?

—He dicho que no es asunto suyo, gilipollas. —Una verdadera dama. La mano de ella siguió a sus ojos, debajo del mostrador. Quizá no fuera una alarma sino un arma.

De repente, él se puso tan nervioso como ella e intentó remontar la conversación.

—Solo quería saber qué estaban haciendo el pasado domingo por la noche.

Ella dijo un nombre, preguntó si aquella persona lo había enviado, pero su voz temblaba y estaba ronca por la emoción, de modo que él no entendió el nombre.

—¿Cómo? —preguntó—. ¿Eugene?

La confusión de él lo traicionó: en cuanto ella vio que no reconocía el nombre, su talante cambió. De repente se sentía confiada, irritada y displicente.

—Salga de mi tienda, joder.

—Estoy intentando averiguar qué pasó el pasado fin de semana.

Vago, esperando todavía encontrar algún detalle aislado.

Pero ella no lo toleró. Salió de detrás del mostrador y cargó contra él, empezó a empujarlo hacia la puerta, un poco más dura a cada frase.

—¡Imbécil! ¡Gilipollas!

—Si tiene problemas yo podría ayudarla.

—Usted no puede ayudarme. Usted no tiene ni puta idea de lo que dice. —Los dos sabían que eso era verdad, pero solo ella parecía aliviada.

Él abrió la puerta.

—Podría contármelo.

—Salga de mi tienda cagando leches.

8

Tardó más de una hora en llegar al Upper East Side. Viajó muy apretujado, hombro con hombro entre la multitud de la tarde. El suelo del metro estaba resbaloso y sucio debido a la nieve pisoteada, los viajeros se desabrochaban los abrigos y se quitaban del cuello los pañuelos en aquel ambiente viciado por el calor corporal. Cuando al final consiguió subir a la superficie, el aire fresco fue un verdadero alivio.

Sarah lo esperaba dentro del café donde habían accedido a reunirse. La vio a través del ventanal, con un abrigo color camel hasta media pantorrilla, con sus trenzas como cuerdas enroscadas en torno a un gran cuello de piel. Ella le hizo señas y salió, e hizo gestos hacia su enorme copa.

—¿Quieres algo?

Él todavía se sentía nervioso por sus aventuras de aquella mañana y dijo que no. La galería estaba a pocas manzanas de distancia, y se pusieron a andar.

—Gracias de nuevo por hacer esto —le dijo él—. Yo solo ya me las habría arreglado.

—Ya te lo dije, quería ver a mi amiga. Tú eres una excusa conveniente.

—Me siento halagado.

—Ja, ja. Me olvidaba de lo sensible que eres. Te estoy ayudando, ¿recuerdas? —En el cruce, dieron un amplio rodeo para evitar un charco helado de agua sucia, y se volvieron a unir en la acera de enfrente—. ¿Así que todo este lío es por la novia de Buckley?

—La prometida. Como te dije ayer, definitivamente, la vi delante de mi casa la noche que desapareció, y Buckley fue tan gilipollas que me hizo sospechar.

—Y basándote solo en eso, ¿vas por toda la ciudad haciendo preguntas?

—Sí, suena raro, ya lo sé. Al principio solo quería..., pensaba en localizar a las personas con las que ella estaba, y que con eso se acabaría todo.

—¿Y piensas que fue Franky?

—Tuvo que ser él. Pero ya no estoy seguro de nada, la verdad. —Pensó en la ruta de Tyler por Brooklyn, el extraño miedo de la mujer de la tienda de licores; unos descubrimientos que aún no habían tomado forma y que, por tanto, no podía compartir—. Pensaba que si podía dar con algo yo mismo, sin la policía... no sé, que ellos tendrían que creerme. ¿Por qué iban a enfadarse los Seward si los ayudaba? Pero si resulta que ella se fue con un amigo de Buckley... —Negó con la cabeza—. Necesito más información.

—¿Quieres saber lo que pienso?

—Claro.

—Creo que te aburres.

No era lo que esperaba oír.

—¿Cómo?

—¿Qué has hecho toda la mañana?

—¿Hoy? He ido al parque, he jugado un poco al baloncesto...

—¿Todo el día? ¿Con la nevada que había?

—Bueno, no.

—Has estado trabajando en esta mierda, ¿no? Lo noté cuando viniste a mi estudio ayer, como si por fin hubieras encontrado algo que te interesara. Te vi intrigado. Pensé: «Mira, querrá hablar de arte. Tengo el estudio lleno de pollas de caballo, ¿qué podría ser más interesante que esto?». Pero no, no era eso.

—Sarah, ya sabes que me gusta tu trabajo.

—No busco cumplidos ahora.

—Ya lo sé.

—Aunque probablemente no haría ningún daño que me dijeras, por ejemplo, que te gusta mi abrigo.

—Espera. Sí que me había dado cuenta.

Ella cortó su respuesta con una risa.

—Me estoy burlando de ti, Reddick. Déjame terminar. Sabes que tengo un hermano pequeño, ¿no? Bueno, pues cuando era pequeño lo probó todo: deportes, música, las aficiones habituales. Yo tenía el arte, ¿sabes?, así que pensaba que él tenía que tener «algo». Le iba bien con todas las cosas, pero no había nada que le gustara de verdad, nada lo atrapó, y simplemente acabó arrastrando los pies por la casa como Largo de la familia Addams, más o menos. Sabes quién es, ¿no?

—No nos llevamos tantos años.

—Solo quería comprobarlo. Bueno, el caso es que cuando tenía diecisiete o dieciocho años empezó a jugar con ese videojuego, ¿cómo se llama? *Warcraft. World of Warcraft.* Y fue como si algo se despertara en su interior. Se metió en foros online, empezó a hablar del juego, tenía montones de libretas con notas sobre el juego, estrategias, tácticas, yo qué sé, montones de cosas. Y al principio mis padres y yo pensábamos: «Fíjate, es un chico guapo, tiene amigos, ¿por qué pierde todo su tiempo libre ante un ordenador, con gente a la que nunca conocerá en la vida real?». Estaba ahí online con un grupo de treinta desconocidos y era el único chico negro, ¿sabes? Era muy excéntrico, y nunca habíamos pensado en él de esa manera. Pero eso lo cambió, lo de tener una pasión. A mejor. Le dio un impulso, un objetivo, que se veía en la forma en que se comportaba, y le dio una buena base. Y, al final, no importó que no entendiéramos por qué le gustaba aquello, por qué quería hacerlo; nos hacía felices sencillamente que hiciera algo, estábamos felices de verlo despierto del todo, y no solo a medias.

Reddick meditó en todo aquello media manzana, y luego dijo:

—Averiguar lo que le ocurrió a Hannah no es como un juego de ordenador.

—No sabes cómo hacerlo para malinterpretar lo que te estoy diciendo, ¿eh?

—Pues sí, eso es. —Ambos sonrieron y ella le dio un empujoncito con el codo.

—Ahora hablando en serio —dijo él—, si no creyera que esto es importante, que hay una vida en juego, no estaríamos aquí ahora mismo. Pero comprendo también lo que estás intentando decirme. Y gracias.

—De nada. Y es aquí, por cierto. —Se detuvieron ante una puerta de cristal con el marco de latón—. Ah, me olvidé de mencionarte una cosa ayer, sobre Franky y Buckley. Había otros rumores también. Que quizá Buckles quisiera más de aquella relación de lo que estaba obteniendo.

A Reddick le costó un segundo entenderlo.

—¿Estás diciendo que Buckley está en el armario?

—No exactamente, y si fuera solo eso ni siquiera te lo mencionaría. Lo que creo, y el motivo de que saque este tema, es que estaba muy encaprichado de su amigo, y Franky se aprovechaba de ello. Buckles sacaba su vena más cruel.

—¿Qué quieres decir?

—Pues que Franky parecía disfrutar de tener tanto poder sobre su amigo. Disfrutaba de la desigualdad, del poder.

—¿De verdad Buckley deja que Franky lo maltrate?

—Al menos entonces sí que lo hacía. Ya fuera porque estaba enamorado de él o no, eso no sabría decirlo. Pero esos eran los rumores, y la verdad es que tiene bastante lógica.

Cogieron el ascensor hasta la galería. Heinrich era una franquicia de primera, con una identidad dividida. Un espacio en Chelsea dirigido a la gente de menos de treinta, que exhibía nuevas perspectivas y un puñado de artistas algo mayores que iban marcando las tendencias, y otro espacio allí, en Upper East Side, de alto nivel, que satisfacía las necesidades de un gusto más seguro. Artistas contemporáneos inspirados por la abstracción moderna, la neofiguración. Fotógrafos con un par de imágenes que conocía como la palma de la mano.

Preguntaron en la recepción por Aliana, que salió de unas oficinas que había detrás. Tenía el pelo castaño y los ojos color verde oliva, la cara tan juvenil como si fuera de una preuniversitaria. Le resultaba familiar, de fiestas quizá, o de inauguraciones, pero nunca los habían presentado. Ella y Sarah se abrazaron, intercambiaron cortesías y luego Aliana se volvió hacia él.

—Tú debes de ser Reddick —dijo, extendiendo una mano callosa—. Vamos, salgamos de la recepción y busquemos algún sitio tranquilo.

El espacio estaba subdividido, era como un laberinto. Entraron en una galería más pequeña que había detrás. En las paredes estaban colgados unos desnudos chillones, lascivia disfrazada como crítica social. Sarah arrugó la nariz.

—Mirar estos cuadros es como si te gritase una persona muy sosa —dijo. Aliana y Reddick se echaron a reír—. ¿No? Una idea superficial no mejora por el aumento de volumen.

A Aliana no parecían importarle las críticas. Estaba obligada a colgar aquellas obras, no a que le gustaran.

—Hay una exposición de fotografía en la galería delantera que creo que te podría gustar. Podemos ir allí, si quieres...

—¿Sabes qué? Voy yo sola. Estoy segura de que Reddick preferirá tenerte para él solo, de todos modos. Venid a recogerme cuando hayáis terminado.

—No, a mí me va bien de todas maneras —dijo él, pero ella ya casi se había ido.

Aliana la vio marchar.

—Me alegro mucho de verla. Ya sé que las rupturas son una mierda, pero me siento muy feliz de ver que tiene tiempo libre otra vez.

—¿Rupturas?

—¿No te lo ha contado? Su novio…, bueno, su ex, supongo, se volvió a casa hace un par de semanas. Odiaba su trabajo, no encontraba los encargos suficientes como escritor *free lance*, estaba harto de pagar un alquiler desorbitado. No llevaba aquí ni siquiera un año. Esta ciudad, amigo, tiene un caparazón muy duro, y algunos rebotan y no penetran jamás.

—Supongo que tienes razón. —Pensó en Gastonia, su antiguo barrio, con las fábricas con su revestimiento todo deteriorado, custodiadas por verjas metálicas tan desgastadas que ondulaban como si fueran redes. La forma de vida que había allí se veía reducida a trabajar, conseguir trabajo, mantenerlo o perderlo. El estatus y las esperanzas se medían en dólares por hora, en céntimos incluso. Los sueños eran indulgencias de la niñez, que se descartaban ya antes de la pubertad. Perseguirlos significaba exiliarse—. No creo que pudiera volver a casa ya.

Aliana pareció entender lo que había tras su declaración, compartirla.

—Yo a veces me pregunto ¿y otra ciudad, quizá? No existe solo esto o volverse a casa. Hay otros lugares, otras ciudades progresistas, donde podría ser feliz. Pero en cuanto has estado aquí un tiempo, si te vas, parece que te rindes. Y yo soy demasiado tozuda para eso.

—Y yo también —dijo él.

—Bueno, ¿de qué va todo esto?

Él le contó más o menos lo mismo que le había contado a Sarah, por si comparaban después sus notas, y luego sacó la foto.

—¿Se tomó aquí?

Ella la miró y respondió de inmediato.

—Ah, sí, por supuesto. Es la inauguración de nuestra exposición de Richter en noviembre. Buckley y Hannah.

—¿Los conoces?

—Bueno, Buckley es un Seward. Así que claro. Su madre conoce a Jan, Jan Heinrich, el propietario, desde hace mucho tiempo. El padre de Jan ayudó a la señora Seward a reunir parte de la colección de la familia. No nos compran demasiado, porque no somos de su estilo en realidad, pero sí que vienen mucho. Jan les aconseja. A veces le dan algún cheque a cambio. ¿Ha desaparecido Hannah?

Él no había esperado que conociera a los Seward de primera mano. Debía tener cuidado.

—Parece que sí. Pero, escucha, ¿te importa no decir que he estado aquí? La empresa para la que trabajo hace muchos negocios con ellos.

—Claro, claro. Son amigos de mis jefes, no míos. Si te llevas bien con Sarah, para mí ya está bien.

—¿Puedes contarme algo de la relación de Hannah y Buckley? ¿Son celosos, se pelean, algo así?

—No he pasado mucho tiempo con ellos, la verdad. Así que no soy la más indicada para darte ese tipo de información. Pero en nuestros eventos siempre me han parecido estupendos. Ella era un poco estirada. Pero es una pareja totalmente normal.

—¿Cómo estirada?

—Yo no trato con los clientes, normalmente. Yo procuro que se cuelguen los cuadros, que las obras entren y salgan con toda seguridad, ya sabes, que la galería funcione, en el sentido literal, físico. Pero llevo un tiempo ya aquí, así que tenemos algunos clientes a los que sí conozco bien, y son todos megarricos. Quizá no tanto como los Seward, pero ricos. Y pueden tener un rollo muy distinto, ¿sabes?, que va desde estar cómodos con la diferencia entre nosotros hasta no estar nada cómodos.

—Y Hannah no estaba cómoda.

—Exacto. Ella era una de esas personas que parece que creen que deben mantener cierta distancia, como si tuvieran que demostrarse algo a sí mismas. Es un poco duro trabajar con ellas. Es más fácil tratar con alguien que está seguro de que es mejor que tú que trabajar con alguien que siente que debería serlo, pero tiene sus dudas. Hannah es de las que dudan. No quería ser demasiado amistosa, por si averiguábamos que en realidad era de los nuestros, y no de ellos. Cuando alguien hace esas tonterías, normalmente es porque se siente inseguro, ¿no? Bueno, pues Hannah era así.

—¿Parecía una falsa?

—«Falsa» es demasiado negativo, como si fuera muy superficial. Yo diría más bien que no parecía sincera del todo; como si estuviera disimulando. Cosa que, pensando en esa familia, es comprensible. No estoy segura de que muchas personas estén preparadas para esa vida.

—¿Y era muy obvio?

—Cuando estaba aquí, sí que resultaba obvio. No son perfectos, y yo no soy demasiado fan del uno por ciento, aunque mi trabajo depende de ellos, pero una cosa que no tienen es inseguridad sobre su estatus.

—Supongo que no tienes ni idea de cómo se conocieron, ¿no? —preguntó Reddick.

Ella rio.

—No. Como he dicho, es que en realidad no los conozco.

—Ya. Así que no sabrás tampoco a qué se dedicaba ella, entonces.

—Ni idea. Pero no me sorprendería que su único trabajo fuese Buckley.

—¿Qué quieres decir? ¿Qué estaba con él por su dinero?

—No lo sé, la verdad. Pero imagínate casarte con alguien de una familia como esa. Tendrías que adorar tu trabajo para querer conservarlo. —Miró hacia la galería, como preguntándose si su propia carrera habría valido la pena—. Bueno, ¿cuándo estuvo en tu edificio, entonces?

—El domingo por la noche.

—Vale. Porque la última vez que la vi quizá fue hace... ¿tres semanas? Justo después de Año Nuevo, en una gala que daba otro marchante. Jan podía lleva a un acompañante, y me llevó a mí. Suena raro, ya lo sé, pero esa vieja reinona me adora, y todos los demás tienen familia con la que prefieren pasar esos momentos. Bueno, el caso es que estuve allí, con mi vestido, el maquillaje y todo el rollo femenino, pero, aun así, me sentía realmente fuera de lugar, porque, sobre todo, lo que había allí era gente como los Seward. Dinero potente del mundo del arte. Y Buckley se metió en una pelea terrible con otro tío aquella noche.

—Ah, ¿sí?

—Era una fiesta formal, de modo que todo fue muy silencioso y furtivo. Pero Buckley parecía muy cabreado. Tenía la cara muy roja. Yo me imaginé que el tío sería algún amigo suyo.

Reddick hizo una búsqueda rápida de la imagen de Franky Dutton y se la enseñó a ella.

—No sería este hombre, ¿verdad?

—Pues sí. Seguro.

—¿Sabes por qué discutían?

—Ni idea. Pero el otro tío se fue pronto. La cosa parecía grave.

—¿Y todo el mundo lo vio?

—No diría que todo el mundo, pero unas cuantas personas sí.

—Vale. —Él le tendió la mano—. No quiero robarte más tiempo.

Ella se la estrechó pero desdeñó las preocupaciones de él.

—No pasa nada. Sarah es una de las personas a las que más quiero en la vida y me encanta hacerle un favor. Además, faltan un par de semanas todavía para que vaya llegando la primavera, así que la distracción me vendrá bien.

Él le dio las gracias de nuevo y se dirigieron al mostrador de recepción. Sarah estaba hablando con la ayudante que estaba sentada a su lado.

—Bueno —dijo cuando entraron—. Vosotros dos, ¿habéis resuelto ya el caso?

Reddick notó que se sonrojaba.

—Sí, ha ayudado mucho. Gracias por traerme aquí.

—Ahora me debes una.

—Qué miedo... —dijo Aliana.

—Ya verás, no le gustará ni pizca. —Se volvió hacia Reddick—. Te obligaré a venir a mi estudio y hablar de arte conmigo. Hay un pintor todavía dentro de ti, y yo pienso encontrarlo.

Él la abrazó para despedirse, estrechó la mano de Aliana de nuevo y se fue.

Se fue a casa y pasó las notas al mapa. Se había convertido en una maraña de nombres y flechas y anotaciones, sus primeras intuiciones esbozadas reforzadas con los hechos. Se preparó la comida, se la llevó a la habitación e intentó ver qué podía relacionar al chico de Clean City con la mujer de la tienda de licores, con Buckley y Franky. Se quedó allí sentado media hora. Había algo allí.

Se cambió de ropa y se fue al Y.

Un partido empezaba a tomar forma, todo caras familiares, compañeros de equipo y oponentes, todos conocidos. Chocó los cinco y los hombros. Derek no estaba. Le mandó un mensaje y él le respondió que aquella noche había salido, que tenía una cita. Con una chica, añadió, tú también deberías intentarlo alguna vez. Son como los chicos, pero huelen mejor. Reddick respondió con una sarta de emojis, amistosos pero evasivos, porque todavía persistía en él el recuerdo de la breve tarde pasada con Sarah.

Él jugó bien, pero su equipo perdió por poco, una derrota de buen talante que no contaminó el buen humor de nadie. Después se quedó un rato por allí, lanzando unos tiros libres sin mucha convicción y hablando de los Knicks y los Nets y sus escasas posibilidades de llegar a la final. Steph y LeBron, cotilleos de gimnasio, chicas. Empezó a crearse el ambiente para otro partido. Reddick se fue antes de que alguien empezara a contar con su presencia.

Bajó las escaleras y fue a la sala de pesas; Clint estaba de pie en medio de un círculo de otros levantadores, junto al banco. Reddick se quedó allí cerca.

—¿Me necesitas? —le preguntó Clint.

Reddick asintió.

—Está bien, espera un minuto. —El policía se tumbó y descolgó la barra con un gruñido. Un par de chicos lo animaron intensamente. Bajó las pesas hasta su pecho, seguido de cerca por sus observadores, y las levantó con fuerza. La gente empezó a cambiar las pesas mientras Clint se levantaba y se dirigía hacia Reddick.

—Madre mía, es impresionante.

—Me estoy recuperando de una operación del hombro del año pasado. No levanto tanto como antes.

—¿Y cuánto era eso?

—Cuatro de veinticinco. —Respiraba con fuerza—. Esto va de lo que creo que va, ¿no?

Reddick asintió.

—Si estás aquí supongo que es porque tienes pruebas de que se ha cometido un delito. Pruebas —repitió la palabra, poniendo énfasis en cada sílaba.

Reddick pensó en el apartamento de Hannah, en su armario lleno de ropa. No podía decirle al policía lo que había visto sin reconocer que había cometido un allanamiento de morada.

—Pues todavía no. Pero necesito tu ayuda.

Clint miró al techo, exasperado, y salió de la sala de pesas. Reddick lo siguió.

—Mira, no estaría aquí si no hubiera averiguado algo, ¿vale?

El policía pasó de él, fue a la fuente de agua y bebió. Reddick esperó detrás de él. Cuando Clint acabó, se volvió en redondo.

—Ah, ¿todavía estás aquí? Hemos terminado.

—Solo necesito un favor.

—Ya te escuché el otro día. Ese era el único favor.

—Dos favores, entonces.

—Ya te he dicho lo que tenías que hacer. Si no tienes pruebas no puedo ayudarte.

—Tengo un sospechoso. No tengo pruebas aún, pero sí que tengo una persona concreta que estoy observando y sé cosas de él. Cosas que parecen muy sospechosas. Puede que haya dado con un motivo.

—Con eso no basta.

—Solo quiero una comprobación.

—¿No te enseñé a usar internet la última vez que estuviste aquí?

—Necesito algo más. Ya busqué en la lista de delincuentes sexuales, y ahí no está. Hay algunas webs de pago, pero no sé en cuáles confiar, o si me pueden decir lo que yo quiero saber. Necesito una comprobación de perfiles criminales auténticos. He intentado entrar en la web del estado, pero no se me permite hacer ninguna pregunta. Por eso te necesito a ti.

—¿Sabes por qué no puedes preguntar nada? Porque estás invadiendo la intimidad de ese hombre. Y quieres que yo te ayude...

—Sé que ese tío está pringado, ¿vale? Eso no se cuestiona. Lo que necesito saber es si su mala conducta de mierda ha ido a más y ha cruzado la línea. ¿Ha hecho daño a alguien alguna vez? ¿Es una amenaza? Si es una amenaza, querremos apartarlo de las calles, ¿no?

—Has dicho «de las calles». Ay, Dios mío, acaba de decir «de las calles».

—Mira, es solo un promotor inmobiliario, un desgraciado que construye edificios muy feos en Brooklyn. Él tiene la culpa de lo malo que pasa aquí. No vale la pena protegerlo.

—¿Porque no te gusta lo que hace, eso te autoriza a invadir su intimidad?

—Yo no tengo por qué verlo. ¿Quieres proteger la intimidad de ese hombre? Pues muy bien.

—Entonces ¿te rindes? ¿Puedo irme? Tengo que seguir con mis ejercicios.

—Míralo tú. Míralo solo tú. Si está limpio, dímelo. Pero si no es así, si hay algo violento, sobre todo violencia contra las mujeres... dímelo también. No tienes que decirme de qué se trata, guárdate los detalles. Simplemente, dime si ese tío tiene un historial o no. Me han llegado rumores; tengo que saber si la realidad encaja con eso. Lo único que quiero es confirmación.

Por primera vez, Clint no respondió, solo se lo quedó mirando, reflexionando.

—Por favor. Necesito ayuda. Solo esta ayuda.

—No hago esto por ninguna mierda de solidaridad contra «el sistema», ¿vale?

Reddick asintió.

—«El sistema» es el que firma mi paga. Trabajo en un grupo operativo que intenta sacar las drogas de los barrios. Es un problema muy grave. Son las drogas y las malditas bandas lo que está destruyendo los barrios. No el promotor ese. ¿Entendido? Lucho contra problemas de verdad, que hacen daño a personas de verdad.

Reddick volvió a asentir.

—Vale. Dame el puto nombre.

Se paró en el vestíbulo para quitarse las zapatillas y ponerse las botas. Mandó un mensaje a Derek diciendo que Clint lo iba a ayudar y le dio las gracias por presentárselo. Mientras esperaba la respuesta llegó Sensei con su equipo de invierno. Dejó su bolsa en el asiento junto a Reddick y empezó a abrocharse la cremallera.

—¿Clinton te va a ayudar?

Reddick asintió.

—Creo que sí. Espero no haberos interrumpido, chicos.

Sensei se encogió de hombros.

—¿Has oído lo de Restoration Heights? Lo han cerrado durante el invierno.

—Sí. Pasé por allí hace unos pocos días. Está cerrado y clausurado.

—Tenemos que aprovechar nuestras victorias como vienen. No te he visto en ninguna concentración últimamente.

—He estado muy ocupado. Trabajo. Ya sabes.

—Sí. Clint me ha dicho lo que quieres que haga. ¿Realmente piensas que ese promotor cogió a la chica, o solo lo atacas porque no te gusta lo que él representa?

Reddick sonrió.

—¿No pueden ser las dos cosas?

—Normalmente no.

—Él no es de aquí.

—¿Eso crees? Para mucha gente, tú tampoco pareces muy distinto.

—Ya sé lo que parezco. Pero yo me vine a vivir aquí y no a Williamsburg o Bushwick porque me siento a gusto aquí.

—¿Cuánto tiempo hace de eso?

—Llevo ocho años en mi edificio.

—Eso es lo que estoy diciendo. Eras un chico muy joven cuando viniste a vivir aquí, como todos esos jóvenes que se ven por ahí ahora. Y quizá no te guste que los promotores como ese al que estás persiguiendo hagan de las suyas aquí, pero le has ayudado. Simplemente por estar aquí, tú y todos tus amigos.

—Derek es amigo mío, y él se crio aquí.

—Vale. ¿Y tus otros amigos, entonces? A esa manifestación, ¿con quién ibas?

—Con mi compañero de piso.

—Pelo rubio. Bien vestido. Eso es lo que buscan los promotores. A esa gente es a la que siguen. O sea, que si estás aquí, les has ayudado a que pase. Ya estás en el lado negativo. Tienes que oponerte activamente a la situación si quieres llegar al cero. Solo para compensar.

—No he ayudado a que pase esto. No me trasladé aquí por eso.

—Lo que intentabas hacer no importa, son los efectos.

—Bien. Pero me opongo a esto.

—Y sin embargo no te he visto en ninguna concentración hace tiempo. No basta con oponerte a algo mentalmente.

—Hago lo que puedo. Quiero evitar que las cosas cambien.

—¿Que las cosas cambien? Mira a tu alrededor. ¿Cuántos bloques se han hecho en los ocho años que llevas aquí? ¿Cuántos restaurantes y bares nuevos han abierto? ¿Y cuántos de los viejos han cerrado? ¿Qué tipo de gente ves en las aceras? No es que las cosas cambien. Es que ya han cambiado. Ya ha ocurrido.

—Pero aún me sigue gustando vivir aquí. Quiero decir que me quejo de los hípsteres, aunque probablemente puedo parecer uno de ellos a mucha gente. Pero yo sé la verdad sobre mí mismo, y sé que soy feliz aquí. Me gustan estas pistas. Me gustan mis amigos. Me gusta la gente a la que he conocido. Me siento bienvenido aquí, y en otros sitios no. Me recuerda a mi casa. Quizá sea algo concreto mío, de una manera que no se aplica igual de bien a otras personas, o que no resulta fácil de explicar. Pero por eso me he opuesto a Restoration Heights, porque amenaza todo lo que soy.

—Pero no se trata de ti. No me estás entendiendo. Los sitios evolucionan. El cambio va a ocurrir siempre. No puedes preservar un tiempo o un lugar como si fuera algo que compras y pones en un estante y miras para que te haga feliz. Para amar un sitio tienes que crecer con ese sitio. Tienes que dejar que se mueva en el tiempo contigo. No estamos luchando contra Restoration Heights porque queramos preservar un momento. Eso sería también conservadurismo, mirar hacia atrás, y nosotros no podemos mirar hacia atrás, hay demasiada fealdad en nuestra historia. Demasiada desesperación. Estamos luchando porque queremos controlar nuestros propios cambios. Queremos «dirigirlos». Así es como nos apropiamos del lugar de una comunidad. No es nuevo que se traslade gente aquí, que se construyan determinados tipos de edificios. Se le quita su lugar a la gente no dejándola que opine nada sobre la dirección en la que vamos. Mira a Derek, por ejemplo.

—¿Qué pasa con él?

—Sabe cómo funciona el dinero. Podría reunir a la gente adecuada y juntos podrían comprar un edificio hecho polvo en la esquina de ahí, y levantar otro bloque de pisos gris igual que los otros bloques grises. Y a mí a lo mejor no me gustaría nada. Pero le dejaría que lo hiciera. ¿Sabes por qué?

Reddick pensó antes de responder.

—¿Por su madre?

—Exacto. Veo que lo entiendes. Lo educaron aquí. Esta comunidad le pertenece a él, y tiene derecho a decir en qué dirección va, aunque esté en desacuerdo con él. Él se crio aquí, se ganó ese derecho. Todos nosotros lo hicimos. Ahora, toma a alguien como tú. Que viene y le gusta esto y se siente como en casa... pues le doy la bienvenida como aliado. Pero tu papel no es dirigir nada. Solo ayudarnos. Darnos apoyo. Tú no te has ganado el derecho de señalarnos a nosotros la dirección. Y no se trata de una cosa de blancos y negros. Es la comunidad.

Reddick se quedó muy parado al oír aquello; él no estaba tratando de dirigir nada. Simplemente veía amenazadas ciertas cosas, algo que lo había recibido muy bien y quería preservarlo.

Clint salió al vestíbulo y oyó las últimas frases.

—¿Lo ves?, eso es lo que pasa —dijo—. Viene aquí buscando mi ayuda y acaba recibiendo un sermón.

—No es un sermón —dijo Sensei—. Simplemente lo estaba orientando un poco.

Clint llevaba el abrigo puesto y la capucha subida.

—Ya basta por hoy. Vámonos antes de que empiece a sudar.

Reddick los vio salir.

9

Hannah se estaba acostando con Franky, y Buckley lo sabía. Fueron juntos a la fiesta: la negativa de Buckley a aceptar que ella estaba en Brooklyn era una manera de cubrir su celosa certeza de que estaba allí con su mejor amigo. Sabía que Franky tenía vínculos de negocios en el barrio, quizá con la casa que estaba cerca, y Franky tenía la costumbre de llevar a las chicas con las que salía a sus propiedades. La aventura llevaba un tiempo en marcha, quizá desde Año Nuevo, porque entonces fue cuando Buckley se enfrentó a Franky por el tema: la disputa que había presenciado Aliana. Todo esto apuntaba con bastante certeza a Buckley como sospechoso, un heredero mimado lleno de rabia y frustración. Pero su personalidad no encajaba. El contraste entre su voz arrogante y su conducta amable y casi tímida le hacía resultar sorprendentemente cordial. Parecía que sus privilegios eran una carga, y no un derecho, y que se encontraba agotado por sus persistentes exigencias.

Pero no estaba siendo totalmente sincero con la desaparición de Hannah. De modo que no se podía descartar nada en absoluto.

Por otro lado estaba Franky. Su motivo era menos obvio, pero su carácter parecía que sí encajaba. Un tipo cuyo éxito con las mujeres enmascaraba lo mucho que las odiaba; quizá temía que el afecto que ellas le entregaban tan libremente, del que tanto dependía para su autoestima, pudiera desaparecer. Su sadismo habitual revelaba ese odio. Quizá ella intentó dejarlo y él perdió los papeles, por lo que estalló ante la presión del rechazo de ella. O quizá uno de sus jueguecitos fue demasiado lejos.

Reddick estaba haciendo juicios de valor sobre personas cuyo carácter no estaba en posición de juzgar. A uno de ellos ni siquiera lo conocía. Tenía que atenerse a lo que sabía de verdad.

Franky estaba con ella la noche que desapareció. También estaban Ju'waun y Tyler.

A alguien no le gustaba que Harold hiciera preguntas.

La presencia de Hannah en Bed-Stuy había alterado mucho a Buckley.

¿De quién tenía miedo la mujer del Cask? ¿Gene, Eugene... había oído el nombre correctamente?

Si Hannah había sido asesinada, ¿dónde estaba el cuerpo?

Reddick se quedó mirando el mapa que tenía en la pared. Al cabo de unos minutos se rindió, miró el reloj. Eran casi las once. Mandó un mensaje al encargado de la casa Leland y al cabo de dos minutos sonó su teléfono.

—¿Tiene información sobre la señora Granger? —preguntó Thomas.

—Lo que tengo es solo un esbozo. —Reddick echó un vistazo al mapa—. Todavía estoy intentando rellenar los huecos.

—¿Y para qué me necesita?

—Primero, quiero saber algo de la familia de ella. ¿Por qué no se han implicado?

—Porque están en la costa oeste. Oregón.

—¿Tiene sus nombres? ¿Los ha rastreado?

—No teníamos planes de hacer nada, aparte de contratarlo a usted.

—Pensaba que su jefa decía que quería ayudar...

—Le ayudaremos proporcionándole todo lo que usted necesite, dentro de lo razonable.

—Entonces, ¿pueden averiguar algo de la familia de ella? Y también cómo se conocieron ella y Buckley. Parece que no estaba acostumbrada al aire enrarecido que ustedes respiran.

—Le averiguaré lo que pueda.

—Vale. Y hay algo más. —Le hizo un breve resumen de lo que tenía—. Necesito saber más cosas sobre Franky Dutton.

—Con quien usted cree que Hannah estaba engañando a Buckley.

—Sí. Eran antiguos amigos del colegio, que siguieron siendo amigos. Pero parece que hubo una pelea hace unas semanas. En una fiesta a la que asistía gente como ustedes. Creo que Hannah podía estar en el origen de esa discusión.

—¿Sospecha usted de una aventura?

—Sí. Quizá fue esa noche cuando él lo averiguó, y luego lo que ocurrió el domingo pasado fue la gota que colmó el vaso.

—¿Y Buckley perdió la cabeza por celos y la asesinó?

—No necesariamente. Cuando le conté lo que pensaba, él debió de conectar al instante el barrio con Franky... y por eso reaccionó como lo hizo. Estaba avergonzado, quizá hasta temiese que Franky le hubiera hecho daño a ella. Estoy pensando... ¿y si él se enfrentó a Hannah para intentar convencerla de que no lo dejara? Después de la pelea, quiero decir. Digamos que él se entera de su aventura, discute con Franky sobre ella, y entonces le da un ultimátum a Hannah: o él o yo. Si la riqueza y el estilo de vida hubieran sido algo nuevo para ella, probablemente se habría quedado... ¿quién dejaría todo eso por una aventura? Pero al intentar romper con Franky, él reacciona mal. Salta y acaba matándola. —Se detuvo para coger aire y para meditar sobre ello—. Otra posibilidad es que nada de todo esto sea cierto, que Frank tuviera una veta masoquista y finalmente lo llevara todo demasiado lejos. Sean cuales sean los detalles, todavía me inclino por Franky; es muy difícil imaginar que Buckley pueda hacerle daño a alguien.

—¿Y cree usted que ocurrió cerca de su edificio, donde la vio?

—La empresa de Franky está remodelando una casa cerca.

Tengo que comprobarlo, pero sería un lugar muy adecuado para una fiesta. Al parecer, a él le gusta tener un sitio donde pavonearse ante las chicas que conoce. Y está justo enfrente de una enorme obra en construcción, para su nueva promoción inmobiliaria, Restoration Heights.

—¿Por qué tiene importancia esto?

—La obra se ha cerrado durante el invierno. Sería un lugar ideal para ocultar el cuerpo.

—¿Tan cerca?

—¿Por qué arriesgarse a ir más lejos? Y podría contar otras cosas que he averiguado.

—¿Como qué?

Reddick dudó. Quizá Tyler y Ju'waun estuvieran evitando que Reddick llegase a ellos porque temían que se les pudiera echar la culpa de algo. Harold ya lo dijo: una chica blanca de Manhattan desaparecida después de pasar la noche con dos hombres negros en Brooklyn, era un escenario que podía remover los posos de la ansiedad racial blanca, que era pasto para los medios de comunicación de Estados Unidos. La verdad dejaría de importar; se desvanecería sumida en un pozo de incontables facetas y todo el mundo discutiría sobre los mismos sistemas y ciclos fallidos, las mismas instituciones corruptas. El caso de dos hombres negros acusados injustamente por la policía porque había desaparecido una chica blanca, y lo que eso dice sobre el país. Cayendo en generalizaciones, una injusticia tragándose a la otra, y mientras Hannah desaparecida.

Pero la reacción, el miedo que desencadenó en Harold cuando él le preguntó por ellos, eso tenía que significar algo.

—Están esos dos tipos con los que ella hallaba la noche que desapareció. Creo que podrían estar relacionados de alguna manera. —Le contó que había seguido a Tyler, lo de los sobres y la resistencia que se encontró Harold cuando preguntó por su relación con Hannah—. Hay un par de maneras de que ellos encajen en todo esto —dijo—. La más fácil es que el día de trabajo de Tyler no tenga nada que ver con todo esto. Él y Ju'waun entonces no serían más que testigos y les preocuparía que les echaran la culpa por algo que no hicieron.

—¿Y la otra manera?

—Ellos o la persona para la que trabajan están implicados. No tengo ninguna prueba de que Franky sea deshonesto, pero no sería el primer promotor inmobiliario que tiene ese tipo de relaciones. Quizá le haya entregado un sobre o dos a Tyler, en su momento. Así que... ocurriera lo que ocurriese en esa casa, Franky estaba allí con un cadáver y necesitaba ayuda. ¿A quién recurrir? Pues a alguien cercano, alguien a quien ya conoce y que ya actúa fuera de la ley.

—Parece convencido de que ella está muerta.

—No quiero que sea verdad, pero en este momento... ¿qué otra cosa podría ser? Los Seward no han sabido nada de ella, ¿no?

—Pues no, que yo sepa.

—Así que ella ha desaparecido, sin más, y parece que Franky o Buckley no tenían motivo alguno para secuestrarla. Quiero que intente comprobar si en la fiesta ellos realmente se peleaban por Hannah. Estoy seguro de que alguno de sus amigos debió de oír algo. Haga eso y averigüe si alguien conoce a la familia de ella.

—La señora Leland quizá pueda ayudar. Hablaré con ella y volveremos a ponernos en contacto mañana.

—Perfecto. Gracias, Thomas.

Tenía ya al policía buscando en sus bases de datos y a Thomas con las noticias de sociedad. Debía reunirse con él. Tenía que ver la cara de Franky, leer las posibilidades que ofrecía.

A la mañana siguiente encontró la dirección de Franky Dutton Properties, desayunó y cogió la línea G hasta Williamsburg. La Metropolitan Avenue estaba llena de vida a pesar del mal tiempo.

El núcleo más punzante del barrio había desaparecido hacía años, pero a su base acomodada todavía se aferraba una periferia llamativa. Ropajes invernales que eran variados y extravagantes, lana teñida, borreguillo, botas de muchos colores y juguetones gorros de lana tejida con pompones u orejas de osito. Un hombre con una capa de lana que le llegaba a media pierna. Reddick fue andando entre ellos, al oeste, bajo la autopista, luego al sur, por Havermeyer, luego al oeste otra vez por la Segunda, hasta un bloque de cemento de seis pisos, una monstruosidad entre dos edificios de apartamentos de ladrillo rojo. Entró y le dijo al portero que iba a FDP y le dirigieron hacia un par de ascensores de acero y cristal en la parte de atrás. Quinto piso.

Había puertas de cristal enfrente del ascensor, una zona de espera cuadrada dentro de ellos, y un gran mostrador de recepción, donde se encontraba un joven con un peinado muy complicado. Sus dientes eran tan precisos como una maquinaria suiza, tan blancos que atraían toda la atención cuando sonreía.

—Hola. ¿Qué desea?

Reddick le dijo que había ido a ver a Franky Dutton, pero que no tenía cita. Que quería hablarle de Hannah Granger. Que le dijera eso. El administrativo desapareció y regresó.

—Si puede usted sentarse un momento, está ocupado ahora mismo pero intentará hablar con usted pronto.

Reddick se desabrochó el abrigo y se sentó en el banco de cuero negro que salía de la pared, en la sala de espera. Pasaron diez minutos; luego, veinte; luego, media hora. Se levantó y se dirigió al recepcionista.

—¿Va a venir pronto?

El recepcionista lo miró con sorpresa: era como si volviera a aflorar un problema que ya consideraba resuelto.

—Sabe que está usted esperando. —Se lo dijo despacio, como si fuera un niño—. Me lo hará saber en cuanto tenga tiempo.

Reddick se quitó el abrigo y el gorro, y fue ojeando sus notas del caso para sofocar su impaciencia. Pasaron otros quince minutos.

La oficina estaba en una planta abierta, con pulcros grupitos de escritorios separados por amplios pasillos y altas plantas de interior. Una pared entera era un ventanal, que daba al terrado del edificio adyacente. El resto era todo ladrillo rojo, envejecido para recordar el chic del centro de la ciudad. Grabados enmarcados de obras ya construidas: fachadas de edificios rectas, sosas. Frente a la ventana se encontraba un par de puertas, presumiblemente cada una de ellas conducía a una oficina privada. Los baños estaban detrás. Reddick buscó a Franky. Tenía que estar en uno de los dos despachos; podía dar con él si conseguía pasar más allá del recepcionista. Se levantó, colgó el abrigo en un perchero que había junto a la puerta y se acercó al mostrador de recepción por tercera vez.

—Siento volver a molestarlo. ¿Podría ir un momento al baño?

El recepcionista le señaló la parte de atrás, con una sonrisa que no acababa de cubrir su impaciencia. Reddick examinó los despachos a su paso, buscando una indicación de cuál era el de Franky. No vio nombre alguno en ninguna puerta, no vio ni una sola cara. Se volvió para evitar atraer sospechas.

Por el otro lado, a través de las altas ventanas, tres hombres paleaban nieve del tejado adyacente. Habían excavado un camino a través de la superficie e iban trabajando en forma radial, con las narices morenas y las mejillas al aire entre las rendijas de sus hondas capuchas. La altura del tejado y el suelo de FDP no estaban alineados, y sus rostros oscilaban a la altura de la cintura del personal que estaba sentado. Ninguno de los dos lados prestaba atención al otro.

Fue hasta el baño: más brillo empresarial. Larga extensión de espejo por encima de un mostrador de piedra; unos grifos esbeltos como cisnes. Cubículos que iban del suelo al techo. Cuatro urinarios separados por unas divisiones que llegaban hasta el pecho. Todo resplandeciente. Se dio cuenta de que podía usar uno de los urinarios, ya que estaba allí. Se desabrochó, notó que el calor de su cuerpo se liberaba de las capas de tela invernal e intentó imaginar cómo hacer una incursión en los despachos. Entonces oyó que la puerta se abría tras él.

El recién llegado dejó dos urinarios libres entre ellos. Reddick lo miró a la cara. Era Franky. Tenía una mano sujetándose la polla y con la otra sostenía el teléfono, leyendo. Reddick intentó disminuir el flujo, hacer que durase, para coincidir en el tiempo. Aun así acabó antes que el otro y se dirigió poco a poco hacia el lavabo, y se lavó metódicamente. Al cabo de un minuto, Franky se unió a él, dejó su teléfono en el mostrador y puso las manos bajo el grifo. Se miraron a los ojos a través del espejo, asintieron y sonrieron. El pelo lo tenía más escaso que en las imágenes que había encontrado online, y pesaba diez o doce kilos más, pero seguía siendo muy guapo, quizá más aún, porque su belleza juvenil se veía reforzada por la gravedad de la madurez. Muy bronceado, con los ojos azules y el pelo oscuro, con una amplia sonrisa y los labios finos. Al menos cinco centímetros más alto que Reddick. El secador de manos estaba entre el lavabo y la puerta. Reddick se acercó a él mientras Franky todavía se aclaraba las manos.

—Franky Dutton, ¿verdad?

Su sonrisa era toda adulación.

—El mismo. ¿Con quién trabaja hoy?

—No estoy aquí como cliente.

—Ah ¿no? —Su rostro mostró una confusión que no pareció alterar al otro, como si algunas respuestas (empatía, preocupación) las hubiera delegado en su cuerpo para acciones rutinarias. Apartó sus manos goteantes del lavabo y señaló hacia el secador. Reddick se apartó de él; los dos intercambiaron sus lugares, de modo que Franky quedó de espaldas a la puerta.

—Hannah Granger.

Franky no reaccionó.

—La prometida de Buckley Seward.

—Ya sé quién es.

—Sabrá que ha desaparecido.

—Aquí lo que hay que preguntarse es ¿cómo sabe usted que ha desaparecido? Es privado.

—Es la vida de una persona. No es un asunto que no implique a nadie más. —La voz de Reddick sonaba tensa. Quería ver si la palabra «asunto» alteraba a Franky. Pero este siguió sereno.

—¿Quién es usted exactamente? —Con las manos secas, se cruzó de brazos y se apoyó de espaldas en la puerta, relajado y lleno de confianza—. ¿Qué está haciendo en mi oficina, en mi baño, interrogándome sobre la novia de mi amigo?

Reddick se echó atrás un poco. No podía repetir el error que había cometido en Cask, no quería presionar demasiado. Tenía que retroceder, cambiar de rumbo. Esbozó una sonrisa.

—Tiene usted razón; es raro todo esto. No intentaba acosarlo. Simplemente, he venido a usar el baño mientras lo esperaba.

—¿Es una emboscada preparada?

—Soy amigo de Hannah. Estoy preocupado por ella.

—Bueno, me encantaría ayudarlo. Pero no estoy seguro de por qué desea verme a mí. Yo no la conocía tanto. Con quien debería hablar realmente es con los Seward.

—¿Y la familia de ella? ¿Ha contactado alguien con ellos?

—Sí, claro. Las dos familias trabajan juntas con un investigador privado. Mire, la policía ya está implicada...

—No hay ninguna denuncia por desaparición.

—Tiene que comprenderlo, para un hombre como Buckley... todo esto es carnaza para los medios sensacionalistas. Quieren que se lleve todo con discreción.

—¿Y qué pasa si llevarlo con discreción supone dificultar el hecho de encontrarla?

Franky levantó el brazo, transmitiendo comprensión.

—Eso no pasará. Buckley se preocupa mucho por ella. Hará todo lo que pueda.

—Excepto escucharme.

—¿Cómo ha dicho que la conoció?

—Soy amigo suyo. Nos conocimos en una fiesta en Bed-Stuy.

—¿En Bed-Stuy? ¿De verdad?

—Cerca de Restoration Heights. —Mantuvo la voz tranquila, intentando disimular cada pulla que lanzaba como simples hechos—. Usted estuvo allí hace unas pocas noches, ¿no? Unos amigos míos los vieron a usted y a Hannah en una fiesta el domingo por la noche.

—Yo no vi a Hannah el domingo por la noche.

—Ah, ¿no? Pues mis amigos dicen que lo vieron.

—Mire, seré franco con usted. Voy a fiestas. Llevo a la chica con la que salgo en ese momento. Que no es siempre la misma. —Echó una mirada a Reddick como para buscar una complicidad de mujeriego, una sonrisa de «somos hombres y nos entendemos»—. O sea, que sí, estuve en una fiesta el domingo. Y también en un par de bares. Y quizá la chica con la que iba se pareciera un poco a Hannah. No digo que todas las rubias sean iguales, pero, bueno, igual las demás personas no prestaron la atención suficiente.

—¿Está seguro?

—Por supuesto. Fue la noche anterior a su desaparición. Estoy bien seguro.

—Entonces, ¿cuándo fue la última vez que la vio?

—Pues no lo sé. Salí a tomar copas con ellos la semana pasada, no sé qué día.

—Con Buckley y Hannah.

—Sí.

—¿Y cuándo fue la última vez que la vio sin Buckley?

—No estoy seguro de haberla visto nunca a solas. —Retrocedió hacia la puerta, medio aburrido, como para concluir la conversación.

—¿Quiere que hablemos de eso en su despacho?

—Creo que ya hemos hablado bastante.

—No lo estoy juzgando. Hannah era... es atractiva. Usted la ve mucho, ha llegado a conocerla, quizá no podía contenerse. Usted y Buckley querían que se mantuviera todo en secreto, pero la verdad puede ayudar a encontrarla.

—¿Qué verdad? ¿De qué está hablando?

—Yo sé que estaban saliendo. Y sé que él lo sabe.

—Lo he escuchado, he respondido a sus preguntas, y a cambio usted me lanza acusaciones infundadas. Es hora de que se vaya.

—Sé que Buckley y usted se pelearon en una fiesta, hace tres semanas. Porque él se acababa de enterar.

Él pareció confuso; quizá la primera emoción auténtica que demostraba.

—¿Tres semanas...?, ¿cómo sabe...? Esto es muy violento, ¿no se da cuenta? Está usted invadiendo mi intimidad.

—Dígame la verdad y así podremos averiguar lo que le ocurrió a ella.

—La verdad es que si lo vuelvo a ver por aquí, o me entero de que sigue hurgando en mi vida privada, llamaré a la policía. ¿Lo pilla? —Se volvió y salió; los muelles cerraron la puerta suavemente tras él, amortiguando la fuerza de su salida.

Reddick no lo siguió. No estaba seguro de haber conseguido algo, si sus tiros habían dado en el blanco. Por debajo del encanto de Franky había cierto cálculo, pero no sabía cuál era su alcance, ni lo grande que era el secreto que podía ocultar. Se volvió hacia el lavabo para mojarse la cara un poco.

El teléfono de Franky se encontraba junto al grifo.

Sin pensar lo cogió y pulsó la pantalla de la contraseña. Seis dígitos. Probó con el nombre de Franky, el de Hannah, en forma numérica. Ninguna de esas cosas funcionó. La puerta se abrió y se metió el teléfono en el bolsillo de atrás.

Era el recepcionista.

—Tiene que irse. Ahora mismo.

Reddick mantuvo la cara serena.

—Ya iba a salir.

El recepcionista abrió la puerta, con las mejillas sonrojadas, o bien por ira o bien por el calor residual de una reprimenda. Siguió a Reddick hasta la puerta delantera, hizo guardia junto al perchero. Reddick esperaba que no se diera cuenta de que de su bolsillo sobresalía un teléfono corriente, un modelo común. Llevaba su propio teléfono en el abrigo. Se lo puso y salió, esperando que lo detuvieran a la entrada, en el ascensor, al pasar junto al guardia del vestíbulo. Salió a la calle, se quedó en la acera esperando.

No salió nadie. Cruzó la calle.

«Míralo y devuélvelo. No es robar si no te lo quedas».

Al final de la manzana encontró una entrada de una casa que habían limpiado y dejado sin nieve. Se sentó en el frío cemento y se quitó los guantes. La imagen de la pantalla era la de Franky, unos años atrás, con el pelo muy tupido, apoyándose en un barco, el brazo en torno al respaldo de un banco de un color blanco brillante. Se veían unas cuerdas tensas por detrás de él, y detrás de ellas, un río amplio y oscuro. Probó con otra contraseña: la dirección de ese mismo edificio, de FDP, los números de la calle y del despacho. Nada. Estaba buscando demasiadas cosas, tenía que estrechar el foco. Sacó su propio teléfono, buscó a Franky, miró en todos sus perfiles, en las redes sociales, en busca de pistas. En uno de ellos encontró la fecha de su cumpleaños, su instituto, su ciudad natal. Detalles que estaban a la disposición del público, de una manera casi indecente. Puso el cumpleaños en el teléfono, mes, día y año. Probó de nuevo al revés. Qué más... ¿Le importaba tanto Hannah como para llevarla a su vida de esa manera, como para incorporar una parte de ella en sus hábitos? Le parecía dudoso. De todos modos la buscó a ella en las mismas webs donde había encontrado a Franky, grupos de jóvenes profesionales o colecciones de amistades distantes y atenuadas, ocasiones para fanfarronear un poco. Ya había probado a buscarla allí, pero quizá se hubiera dejado algo la primera vez. Ella tenía un solo perfil, privado en una web. Una sola foto cuadrada disponible para el público. Presionó la pantalla con dos dedos y los abrió, ampliándola. Ella miraba directamente a la cámara, con la piel anaranjada a la luz de un bar, un montón de cuerpos borrosos tras ella. Vio una historia entera en la cara de ella, una línea de éxitos. Licenciaturas, amigos, deportes, clubes, una universidad privada que te suena pero que no sabes muy bien dónde está, Nueva York, un trabajo como becaria, un salario, más bares. Opiniones progresistas. Pasas junto a chicas así cada día en esta ciudad, a docenas. La cuestión es por qué preocuparse de esta en concreto.

Puso el año de graduación de la universidad de Franky en el teléfono.

La pantalla se congeló y le advirtió que estaría apagada durante un minuto. Esperó hasta que estuvo activa de nuevo e introdujo una variante de esa misma fecha. Otra advertencia, cinco minutos esta vez. De nuevo la fecha de graduación, diez minutos y una alerta de que un intento más y se cerraría de manera permanente. Él se apoyó levemente en el escalón que tenía a su lado, sacó su propio teléfono, buscó un contacto y llamó.

—Derek.

—¿Soy tu madre?

—¿Qué? No.

—Porque a la madre se la llama. A los amigos se les manda un mensaje de texto.

—Es importante —le dijo lo que había hecho.

—¿Y ahora mismo dónde estás? —El deje burlón de Derek había desaparecido; su voz sonaba apremiante.

—Estoy a una manzana de su oficina —respondió Reddick—. En la entrada de una casa.

—Tienes que devolverle el teléfono.

—Ya lo sé. Es que... quiero saber lo que hay dentro. Puede haber mensajes quedando con ella. Quizá hasta fotos, no sé.

—Dos cosas. Una, si Franky la mató, no es posible de ninguna manera que dejara mensajes o fotos o nada en su teléfono. Dos, aunque sea el criminal más tonto del mundo y no hubiese intentado ni siquiera borrar todas las pruebas, no puedes abrir su teléfono. No se puede hacer. Ni siquiera el FBI puede hacerlo.

—Pensaba que ellos sí que lo hacían, al final.

—Joder, Reddick, no importa. Tú no puedes. Tienes que devolverlo.

—Solo me queda una posibilidad. Si se me ocurriera cuál puede ser su contraseña...

—¿Y qué pasa si no lo consigues? Él verá que su teléfono está bloqueado y sabrá que alguien ha intentado abrirlo. ¿No crees que lo relacionará con tu visita? Llamará a la policía y hará que te despidan o algo peor.

—Es que lo tengo en la mano...

—Igual podría estar en la Luna.

Reddick gruñó y sopló, formando una nubecilla de vapor.

—Lo devolveré.

—Bien.

—Tienes razón. Probablemente habrá borrado todo lo que pudiera relacionarlos a los dos.

—Ten cuidado. No puedes entrar sin más y entregarlo en el mostrador de recepción.

Reddick colgó y volvió al edificio. Hizo una seña al portero de camino hacia el ascensor, subió hasta el quinto piso. El recepcionista se levantó.

—Le he dejado perfectamente claro que no podía estar aquí. Voy a llamar a seguridad.

No mencionó el teléfono. Reddick levantó las manos.

—Ya lo sé, ya lo sé. Pero es que me he dejado el teléfono en el baño. —Empezó a dirigirse hacia allí.

El recepcionista saltó de detrás de su mostrador y le bloqueó el camino.

—¿Su teléfono?

—Sí. Solo entraré, lo recogeré y me iré, y no volverá a verme nunca más. ¿De acuerdo?

—No puedo dejarle que haga eso.

—Mire, lo siento mucho, pero necesito mi teléfono.

—¿Cómo es?

—¿Perdón?

—Que cómo es su teléfono.

—Pues negro. Con una pantalla. Ya sabe, como un teléfono.

—Espere aquí. Se lo traeré. —Dio dos pasos y luego se detuvo y se dio la vuelta—. Si intenta entrar a las oficinas del señor Dutton mientras no esté, llamaré a la policía. ¿Lo ha entendido?

—Solo quiero mi teléfono.

Reddick lo vio marchar hacia el baño. Se arriesgó a echar una mirada rápida a las oficinas, pero ambas puertas estaban cerradas. En cuanto el recepcionista estuvo en el baño de hombres, puso el teléfono de Franky encima del mostrador de recepción, junto a una pila de documentos. Comprobó que nadie mirase. Dejó el suyo en el suelo, junto al perchero. Al cabo de unos minutos, el recepcionista volvió, negando con la cabeza, frustrado.

—No hay ningún teléfono en el baño. Es hora de que se vaya.

—Le digo que no lo tengo...

—Pues no está en ninguno de los baños.

Él hizo una seña hacia el teléfono de Franky, que estaba encima del mostrador.

—Es como ese.

El recepcionista lo cogió y tocó la pantalla.

—Pues este no es el suyo. No estoy seguro de por qué se lo ha dejado aquí él, pero no es suyo, así que no tiene que preocuparse por eso.

—Joder, tío, ¿me está diciendo que he perdido el teléfono?

—Su teléfono no es problema mío. Mi problema es usted.

—Jodeeer. —Reddick dio vueltas por allí, inspeccionó el banco donde había estado sentado, miró por debajo.

—Señor, ¿qué es eso?

Reddick levantó la mirada.

—¿Dónde?

—Allí. —Señaló el recepcionista, con una irritación absoluta—. Debajo del perchero.

—¡Mierda! —Reddick fue hasta allí y lo cogió—. Sí, es este.

—¿Puede irse ya? ¿O tengo que llamar a la policía?

—¿Tanto lo he alterado?

—¡Váyase!

—Vale, vale. Como ya he dicho, no volverá a verme nunca.

Suspiró en el ascensor, ya solo. No había conseguido nada, pero tampoco había perdido nada. Cuando la puerta se abrió evitó los ojos del portero. Se subió la capucha y salió, pasó muy deprisa junto a un coche negro que se estaba parando ante un semáforo frente al edificio. Oyó que las portezuelas se abrían tras él. Bajó la cabeza y se metió entre dos coches aparcados, cruzó la calle y se arriesgó a mirar atrás. Buckley Seward salía de la parte trasera del coche, y el conductor le sujetaba la puerta. Tenía un aspecto regio, no tocado por el frío, con un abrigo negro de lana y bufanda, pero sin sombrero. No miró a los lados al entrar en el edificio. El conductor volvió a ponerse al volante y Reddick se apartó a un lado para ver pasar el coche. Una nubecilla de humo lechosa del tubo de escape se desangró en el húmedo aire de la mañana.

10

Había provocado que Franky llamara a Buckley. No le parecía que fuese una coincidencia. La sincronización era demasiado perfecta: cuando Reddick dejó de intentar abrir el teléfono y consiguió devolverlo había pasado una hora, tiempo más que suficiente para que Buckley se desplazara, si lo habían convocado en seguida. Algo de lo que le había dicho a Franky había surtido efecto, lo había puesto nervioso, y que llamara a Buckley y que su amigo respondiera viniendo en persona solo podía significar una cosa: que estaban juntos en aquello.

¿Por qué responder cerrando filas si no, a menos que tuvieran algo que ocultar? No se trataba de averiguar cuál de los dos era culpable; lo eran los dos. El agobio de Buckley al día siguiente de la desaparición de ella era una actuación. Quizá Buckley los cogió juntos, se le fue la cabeza, la mató y convenció a su amigo de que solo lo perdonaría si lo ayudaba a arreglar lo que había hecho. Pero la amistad que describía Sarah iba sobre todo en una dirección: ¿podía haberla matado Franky y usado su control sobre Buckley para convencerlo de que mantuviera en secreto la muerte de su propia prometida? No, eso era imposible. La cosa era así:

Buckley estaba celoso desde la gala, pero eso no impidió que Hannah y Franky se siguieran viendo. Quizá lo negaban. De modo que Buckley quería pruebas e hizo que la siguieran... o no, lo hizo él mismo. Después de la fiesta del domingo último necesitaban un sitio adonde ir: ella estaba borracha, él también, no podían aguantar un viaje en taxi, de modo que fueron andando hasta la casa. Quizá la hubieran usado ya antes. Buckley los siguió y los cogió en el acto. La conmoción terrible de que su futura esposa se estuviera beneficiando a su antiguo amigo... Él no está seguro de si quiere ser Franky, que estaba debajo de ella, o Hannah, encima de él, pero su mente se trastorna, lo agita una espiral de rabia, unas emociones tan poderosas que superan su decencia y su timidez. La mata. Le echa la culpa a Franky, pero no lo mata también a él. Se ve traicionado por ambas partes, pero no puede perderlos a los dos. Por el contrario, lo convence para que lo ayude. Reddick se imagina la voz de Buckley, resonante como la de un actor shakesperiano: tú me traicionaste, me lo debes. El flujo de poder entre ellos va cambiando, y resulta repentinamente fluido: Franky queda debilitado por su complicidad. Tenemos que deshacernos de ella. ¿Qué hacemos? La llevamos a la obra en construcción, al otro lado de la calle. La llevamos a Restoration Heights.

Cogió el metro de vuelta a Bed-Stuy, caminó hacia la hilera de casas de piedra rojiza que se encontraban enfrente del proyecto estancado. Allí no había carteles contra la promoción inmobiliaria: los inquilinos habían accedido ya hacía tiempo, se habían tragado sus objeciones y habían unido su destino al proyecto. Se ahogarían o sobrevivirían con él. La casa de FDP estaba rodeada con una valla de contrachapado verde, de la mitad de altura de la que había enfrente, y bastante endeble. Una cadena con su candado envolvía la entrada. Se apoyó en la puerta: la cadena cedía algo más de un palmo, porque quien la usó por última vez cerró con descuido. Comprobó que nadie estuviera mirando y se metió dentro.

La renovación no había tocado el exterior. La entrada se desviaba hacia un lado, y la pintura marrón de la barandilla estaba descascarillada. La puerta era frágil y desgastada, y varias ventanas estaban tapadas con tableros. Pero el corazón del edificio estaba intacto, los ladrillos rojizos eran recios e invencibles. El barrio estaba salpicado de casas como aquella, cáscaras desventradas cuyo interior estaba totalmente reformado. Era un proyecto de sueño, con un atractivo que perduró a lo largo de décadas, para los negros sureños y para los antillanos a mediados del siglo xx, y para artistas blancos y jóvenes profesionales en el nuevo milenio. Coge esos fuertes huesos y hazlos tuyos, revístelos con tu vida. Esa consistencia lo hacía fácil de vender, un símbolo tan claro que se vendía solo. Eran un reducto fácil para la esperanza, aquellas paredes duraderas, lo bastante gruesas para cobijarte de las consecuencias de tu ambición.

Reddick probó a abrir la puerta. Estaba cerrada. Su cabeza y hombros quedaban por encima de la valla, visibles desde la acera opuesta o desde entradas vecinas. Se dio la vuelta buscando testigos, pero las calles estaban vacías, todo el mundo se había refugiado en el interior por la dureza del invierno. Todas las ventanas del primer piso estaban cubiertas con tablas por dentro, selladas con láminas de Tyvek azul sujeto con cinta adhesiva en torno al forro exterior. Meterse ahí exigiría más habilidad que meterse a través de la ventana sin cerrojo de Hannah, un compromiso del que podría resultar difícil librarse luego, pero cada delito hacía más fácil el siguiente. Se subió por la balaustrada y, haciendo equilibrios en el borde de la entrada, se agarró a la barandilla con una mano y alcanzó la ventana con la otra. Quitó el plástico y empujó la madera con el puño. Por arriba cedía algo, un trabajo un poco chapucero. FDP tenía que haber contratado a gente más meticulosa. Soltó más el Tyvek, para hacerse espacio, y golpeó la madera varias veces. Un coche pasó por la calle y él se agachó. Siguió golpeando y, en cuanto hubo un hueco en la costura, metió la mano, agarró y tiró violentamente. El tablero de conglomerado aulló cuando los clavos se soltaron. Trepó al alféizar y se deslizó dentro.

Estaba oscuro, el sol de la tarde era demasiado débil para seguirlo al interior del edificio. Volvió a colocar la madera en su sitio, por encima de la ventana, sacó el teléfono y puso la linterna, y recorrió la habitación con su pálido rayo. Estaba en un vestíbulo abierto, con el techo alto y unos suelos desgastados. Una fina capa de polvo ocre cubría la madera y los alféizares de las ventanas. Había materiales de construcción apilados en una esquina, unos trozos de madera sueltos, una lona impermeable, dos sacos de yeso... Reddick intentó no pensar en su morboso potencial. Pasó a la habitación contigua: no se oía nada, excepto sus pasos, el seco roce de su abrigo. El piso de abajo era un solo apartamento, separado de las escaleras por una puerta de madera sin pintar. Paseó la linterna por el umbral. Las bisagras relucían como joyas. En el vestíbulo había vasos de papel y algunos desperdicios tirados por el polvo. En la cocina no había electrodomésticos, ni puertas debajo de los mostradores; las tripas anudadas de las tuberías de agua y gas estaban expuestas. Abrió el grifo, que resolló y escupió un poco, pero luego salió una corriente constante. Lo cerró bien, fue al baño. Había dos rollos de papel higiénico en el suelo, uno medio gastado, y una bombilla en la lámpara. Encontró el interruptor, encendió y apagó.

En el piso de arriba los suelos estaban terminados y la madera, llena de muescas, revestida de barniz. Las paredes estaban pintadas con colores terciarios: sombra pálido y ciruela. Todas las superficies estaban limpias. Era fácil imaginar traer ahí a alguien, fácil imaginarla impresionada. Pero no había mueble alguno, ni dónde sentarse o tumbarse. La cocina no tenía electrodomésticos, y en el baño no había espejo. Hacía algo más de calor que en la calle, pero no demasiado; él veía claramente las volutas suaves de su aliento al respirar en la oscuridad.

Subió al tercer piso. Se encontraba en el mismo estado que el segundo, renovado y vacío. Dio la vuelta hacia delante, hacia una pequeña habitación. La puerta estaba abierta, las ventanas eran visibles desde la entrada, y a través de ellas, al otro lado de la calle, la llanura blanca y desigual de la obra sin acabar. Entró. Cuando la obra estuviera terminada la vista sería preciosa, si el espacio verde se hacía tal y como se prometía: el parque, los bancos y la zona de juegos. Si se podían aceptar los bloques de pisos como una especie de triunfo. Pero por el momento solo había nieve y tierra pisoteada, estructuras sin terminar, envueltas en plástico, bordeadas por nidos de hierros de encofrado, vigas de metal, redes color naranja y otros componentes indistinguibles.

Temía que la luz de la linterna pudiera alertar a alguien en la calle, de modo que la apagó y se guardó el teléfono. El sol casi había desaparecido, y la luz ambiental se filtraba por las ventanas, refractada y pálida como la mañana. Era la única habitación con muebles: un sofá y tres sillas de plástico estilo Eames alrededor. En la mesa se veían un par de ceniceros, con un puñado de colillas en cada uno. Pensó: ADN, saliva, y las tocó con un dedo enguantado, así descubrió una colilla de porro. La cogió y se la acercó a la nariz: olía a quemado y dulce. Había dos colillas de porro más en el otro. Detrás del cenicero vio un altavoz *bluetooth*, de una marca cara, y al lado una lámpara de sobremesa endeble. En el rincón se veía una papelera de alambre, junto a un calefactor esbelto y negro.

Buscó manchas de sangre en el sofá y en el suelo. Buscó pelos rubios. Se sentó, se inclinó y olió los cojines por si los habían limpiado recientemente. Lo único que encontró fue olor a tabaco viejo y a marihuana. Hizo lo mismo en las sillas. Las paredes estaban muy suaves, con tabiques de cartón yeso nuevos, pintura fresca. Pasó los dedos ligeramente por la superficie en busca de cicatrices, de imperfecciones. Había unas rozaduras en forma de gancho detrás del respaldo del sofá, unos centímetros a la derecha. Reddick se agachó a tocarlas, corrió el sofá hasta que el respaldo se alineó bien con los roces. Miró a la izquierda del sofá. Un par de costras decoraban el trozo de pared recién aparecido: masilla sin lijar, sin pintar. No sabía cuál podía ser la circunferencia de los dos agujeros bajo el torpe remiendo: quizá una moneda de diez centavos, o quizá de cinco. Hizo unas fotos, sin arriesgarse a usar el flash, y luego volvió a poner el sofá de modo que cubriera las marcas. Se dirigió a la ventana y miró hacia abajo.

Una de las torres tenía ocho pisos de altura, la otra era más alta aún, al menos quince pisos. El plástico y los andamios daban la ilusión de paredes, de estar construido. Habían quitado las grúas altísimas, que volverían en primavera, como aves. El suelo era compacto, helado y fosforescente. Se imaginó a Buckley y a Franky discutiendo sobre el cuerpo de ella; el calefactor susurrando, la música sonando en el altavoz, el aire lleno de nubes de humo de hierba y de rabia. El olor del disparo... ¿cómo se llama esa sustancia?, ¿cordita? Y se llega a un acuerdo, se negocia. Quién le debe a quién, y cuánto. Cuál de ellos está en falta, qué traición fue la primera causa. Qué hay que hacer para reparar el daño. Dónde pueden llevar el cuerpo. Y luego mirar afuera y ver aquello, en el que debía de parecer el bloque más vacío de todo Brooklyn.

Abajo, volvió a dar unos golpes a la madera de la ventana y salió hacia la puerta principal, colocándolo todo en su sitio tras él. Tenía que dejar el cerrojo abierto, pero todo aquel sitio estaba descuidado, así que no harían caso. No había cogido ni roto nada. Fuera volvió a colocar bien el Tyvek, se deslizó hacia fuera. Cruzó la calle.

Fue andando a lo largo de la pared verde, junto a carteles que advertían de posibles peligros y aconsejaban el uso de casco. Pasó junto a una lista de empresas que hacían posible el proyecto, junto a las ventanas en forma de rombo abiertas en la madera a intervalos regulares. Al final de la manzana había una puerta, y detrás de ella, una pequeña garita para un guardia. La puerta estaba cerrada con cadenas, bien apretadas, con apenas espacio suficiente para pasar una mano a través de ellas. Reddick miró a su alrededor, a las aceras vacías y las casas del otro lado de la calle. Había luces encendidas, pero no se veían caras, ninguna que él pudiera ver. La valla era tan alta como un aro de baloncesto, quizá incluso más. En la nieve, con sus botas, podía rozar la parte superior con los dedos. Separó la cadena lo que pudo de la puerta, la limpió. Saltó, puso la punta del pie en la cadena, que se resbaló, pero aguantó el tiempo suficiente para que pudiera poner las dos manos por encima del borde de la valla. Se aupó y se deslizó hacia el tejado de la caseta del guardia. En cuanto estuvo despejado saltó y ya estaba dentro.

¿Qué habrían hecho con ella? Digamos que hubieran podido meterla, quizá por un panel de la valla suelto, ¿qué habrían hecho luego con ella? ¿Habría sido realmente ese su instinto, y no meterla en un coche, ir hasta los pantanos del norte de Jersey, llevarla al río, donde existían muchas posibilidades de que no la encontrasen nunca, en lugar de allí, donde solo tenían de tiempo hasta la primavera? Porque estaba cerca, porque no tenían imaginación. Porque no querían meter un cuerpo en ninguno de sus coches, por las huellas que dejaría, por los restos. Porque les entró el pánico. Porque Restoration Heights tenía un apetito sin límite, el hambre de un comercio sin restricciones, apto para sobornos y para tratos secretos, de ambiciones de un ayuntamiento codicioso, de tu historia, tu familia, tu comunidad. Y finalmente ansiaba un crimen, si no el de ella, entonces el tuyo, el de cualquiera, un cuerpo que consagrara el lugar.

Habrían tratado de enterrarla. Había pequeñas depresiones poco hondas en toda la obra, zonas en las que acabarían plantando árboles o las pavimentarían y las convertirían en aceras. Quizá en el fondo de una de ellas, donde era menos probable que se alterase la tierra en cuanto empezasen las obras otra vez, donde serían menos visibles si alguien miraba dentro mientras estaban cavando. Eso habría significado tener que abrir la tierra congelada, con unas palas que habrían tenido que comprar, horas de trabajo duro para unos hombres que no estaban acostumbrados a él. Quizá si no hubiera habido otras opciones o hubieran tenido ayuda... Reddick fue hasta la depresión más cercana, un cráter amplio y en declive, como una parabólica puesta del revés, de tres o cuatro metros de hondo. Se deslizó suavemente hasta el fondo. Fue dando patadas en el polvo, sin saber muy bien lo que buscaba, y nada sorprendido de no encontrarlo. Salió, y un poco de nieve cedió debajo de sus pies; cayó a cuatro patas. Se levantó y soltó un taco. El frío estaba penetrando en su cuerpo, endureciendo sus tendones, volviéndolo torpe. Tendría que haber usado el calefactor del apartamento para calentarse un poco antes de salir al exterior.

Salió como pudo y probó en otra depresión. El terreno estaba áspero por el trabajo realizado, la nieve reciente era demasiado intensa para saber si estaba alterado o no. En algunos lugares el metal brotaba como si fueran algas, conectando con sus extremos el laberinto de infraestructuras debajo del suelo para alguna futura y misteriosa función. Salió e inspeccionó el resto de la obra. Todos los vehículos, las excavadoras, cucharas y palas estaban aparcadas junto a la pared occidental. Había una hilera de remolques junto a ellas, montones de pesados cilindros de cemento y grandes rollos de cincha naranja. En el centro de la obra estaban las torres, cada una de ellas envuelta como un Cristo.

Fue hasta el edificio más bajo y encontró un hueco en el plástico. Dentro había un bosque de vigas y tuberías. El suelo era de cemento basto. Algunos copos de nieve yacían congelados entre un polvo blanco como de yeso. Dio en el suelo con los pies, dejando más nieve aún; el sonido rebotó apagado contra el plástico. Penetró más en el edificio, la oscuridad moldeada por el resplandor refractado. El plástico era del color del hueso. Al cabo de unos pocos minutos vio una figura oscura en el suelo. Casi pronuncia el nombre de ella. Por el contrario, se acercó más. Era una manta pesada, de color verde oscuro, muy sucia, junto a una pila de telas empapadas. Quizá ropas. Dio con el pie a la manta para asegurarse de que no había nada dentro. Páginas rotas de revistas se encontraban tiradas al lado. Se arrodilló y las tocó con el meñique, y sacó una de la pila. Estaba tiesa por el frío, fina y quebradiza como una chapa, la cubierta de alguna revista de cotilleos. Las otras páginas parecía que eran de esa revista. Se incorporó y siguió buscando, a la deriva a través de los polvorientos pasadizos improvisados hasta que llegó al extremo occidental del edificio. Allí vio una jaula oscura, un andamio silueteado a través del plástico lechoso. Encontró un hueco y salió por allí, de vuelta a la nieve.

El andamio subía cuatro pisos de altura, el metal congelado y resbaladizo. Lo cogió y lo sacudió para probarlo. Había escaleras entre la parte superior y los tres niveles, pero habían quitado las que llegaban al suelo. Trepó por un costado, metiendo las botas en las junturas de los puntales, y se deslizó entre las barandillas del segundo nivel para llegar a la plataforma de madera. Desde allí, siguió por las escaleras.

Había huellas de pisadas recientes en el nivel superior, huellas de botas tan grandes como las suyas. Una colección de botellas de cerveza vacías descansaba en un pequeño ventisquero, en un rincón. Se apoyó en la barandilla. Hacía más frío y estaba más oscuro allí arriba. Estaba tan alto como la mayoría de las casas a su alrededor, los tejados planos extendidos como una segunda superficie oculta, una capa de Brooklyn que su vida no tocaba, interrumpida por las torres verticales de los bloques de pisos o las agujas de las iglesias. No veía tan lejos como había esperado. Estaba perdiendo el tiempo. Si había algo que encontrar allí, no podía hacerlo él, no solo, no con aquel tiempo. Quizá en primavera, en cuanto empezase de nuevo la construcción, alguien pudiera dar con algo.

A esas alturas estaba temblando sin parar, un motor farfullante que enmascaró por un momento la vibración de su teléfono contra su pecho. Una llamada entrante. Se quitó un guante, con los dedos rojos y desobedientes, y miró el número. Lane.

No le había costado mucho a Franky imaginar quién era él, en cuanto habló con Buckley. Quizá se hubiera dado cuenta de que le había cogido el teléfono. Seguramente habrían llamado a Lockstone, y ahora Reddick estaba a punto de ser despedido. Se preparó.

—Reddick, soy Lane.

—Sí. Hola, Lane, ¿cómo estás? —Mientras pensaba: «Rápido, que me estoy congelando aquí».

—Pues bien, Reddick, gracias. Mira, tengo un problema, y creo que a lo mejor tú me podrías ayudar, si no es pedir demasiado...

—Te escucho.

—Ese trabajo de los Seward se nos ha ido de las manos. Hicieron algunos cambios de último momento, perdimos un día entero volviendo a embalar dos pinturas que ya se habían colgado, no conseguimos los reemplazos a tiempo... El caso es que tenemos que salir de allí antes del lunes sin falta, porque dan una cena, pero yo no tenía a nadie programado para que trabajara este fin de semana.

Reddick, aliviado, pensó: «Pero ¿qué día es hoy?»

—Y, por supuesto, la gente ha hecho planes. Tengo tres manipuladores, pero necesito un cuarto. He hablado con los Seward. Reconocen que han sido ellos mismos los que han creado esta situación, así que han accedido a dejarte volver a su propiedad mientras no saques el tema de la prometida de Buckley.

—¿Y para cuándo?, ¿para el sábado?

—Sí, el sábado, mañana. Te pagaría una vez y media por ser horario especial. Pero, por favor, no la líes. ¿Me comprendes? Tuve que pelearme mucho para salvar tu trabajo después de lo que hiciste el lunes. Tienes la oportunidad ahora de demostrarme que te portarás bien. Ve allí, trabaja duro, habla solo cuando te pregunten. ¿Podrás hacerlo?

—Está bien, Lane.

—¿Eso es un sí?

—Sí, claro, es un sí. Vale. Iré por allí con un trozo de cinta adhesiva tapándome la boca y solo la podrán quitar ellos para preguntarme algo.

—Lo digo en serio. Hablo en serio.

—¿A que estabas sonriendo un poquito ahora?

—¿Reddick?

—¿Sí?

—Gracias por hacer esto. Pórtate bien y estaremos en paz.

Colgó y se volvió a poner el guante. Si trabajaba tendría menos tiempo para seguir sus débiles pistas, pero también podría entrar de nuevo en casa de los Seward y así se podrían generar algunas nuevas. Acceso a las habitaciones de Buckley, quizá. A su despacho. Podía encontrar tiempo para buscar y desenterrar los secretos de la casa.

Oyó algo, un golpe en la madera por debajo de él. Miró hacia abajo, al solar vacío y luego a lo largo de la valla, los vehículos de la obra, las pilas de materiales. La puerta de uno de los remolques estaba abierta y oscilaba despreocupadamente. Una pequeña figura acababa de salir, envuelta en mucha ropa de invierno, con un sombrero negro. Reddick se quedó helado, luego empezó a bajar por la escalera. El andamio tembló y la figura levantó la mirada.

—¡Eh! —chilló Reddick—. ¡Eh, espere!

La persona echó a correr, tropezando y resbalando en la nieve. Reddick corrió al segundo nivel, fue hasta el borde y bajó a toda prisa por el lado. Se le resbaló el pie, fue a agarrarse pero la punta de un tornillo le desgarró el guante, la tela y la piel. Se dio en la espinilla con el andamio, y la otra mano cedió: cayó hacia atrás en la nieve. Aterrizó sobre los tobillos y luego de culo, por suerte, amortiguado por más de un palmo de polvo, y dio contra la tierra helada. La silueta se detuvo y lo miró, quizá para comprobar si se levantaba o no. Estaba demasiado oscuro para verle la cara, pero la persona era pequeña, de metro sesenta y tantos de altura. Del tamaño de una chica, pensó.

—¡Eh! —Reddick se incorporó, quedando sentado—. ¡Solo quiero hablar!

La figura se volvió y echó a correr hacia el este, a través de la obra, hacia la pared del otro lado. Reddick se puso de pie y corrió detrás, con nieve dentro de la ropa también, la espinilla magullada y la rabadilla dolorida y rebelándose. No conseguía ir lo bastante rápido, porque el terreno blando y pegajoso entorpecía su velocidad, igualándolos a ambos. Volvió a chillar. Se lanzó hacia delante dando grandes zancadas, y fue tambaleándose por el espacio abierto hacia otra zona de almacenamiento, en la esquina: montones en forma de pirámide de bloques de cemento y barras de hierro de encofrar detrás de una valla de tela metálica, a quince metros de distancia del muro exterior. La figura agarró la valla metálica y empezó a empujar a un lado un panel suelto. El cuidadoso trabajo le dio tiempo a Reddick a disminuir la distancia.

—¡No quiero hacerle daño!

Reddick llegó a la valla y la cogió, dispuesto a saltar por encima, pero el alambre que estaba abierto en la parte superior se le enganchó en los vaqueros. Casi se cae de cara, pero acabó aterrizando de espaldas desde más de un metro de altura, una repetición más dura aún de la caída que acababa de sufrir. Esta vez el impacto le vació los pulmones, y sacudió otra vez todo aquello que ya estaba suelto. Tosió y rodó hasta quedar a cuatro patas.

—Eh, ¿está bien? —Era una voz de chico, muy aguda y adolescente.

Reddick intentó responder, tosió de nuevo, luego levantó la mano y asintió. Levantó la vista. El chico miraba por encima de la pila de bloques de cemento, de pie en un hueco que había creado él mismo moviendo el panel suelto. Reddick se puso de pie con dificultad y el chico reculó.

—Solo quería hablar contigo, tío —susurró Reddick al final.

El chico retrocedió y salió de la obra, extendió los brazos y levantó los dos dedos medios.

—Jódete, viejo blancucho de mierda. —Retrocedió dos pasos, regodeándose en su victoria, luego se volvió y echó a correr por la acera de pizarra.

11

—¿Y has pensado que era ella?

—Pues sí. Bueno, no me he parado a considerar lo irracional que era aquello. Pensar en su cuerpo, en dónde podría estar, y luego ver a alguien.

—Un niño. Un chico.

—Sí, pero la silueta encajaba. Y la altura también. Es difícil distinguir mucho con toda la ropa de invierno, ¿sabes?

—A mí me parece una locura. —Derek se inclinó hacia delante en su silla, cogió otro bocado de *ropa vieja*.* Estaban en el restaurante cubano de Bedford. En cuanto recuperó el aliento, Reddick se dio cuenta de que estaba hambriento y mandó un mensaje a su amigo. No se había molestado en pasar por casa a cambiarse. Su ropa se secaba poco a poco mientras iban dando cuenta del primer plato.

—¿Has vuelto a mirar en el remolque?

—Sí. Era solo una oficina. Unos cuantos archivadores, un escritorio casi vacío.

—¿Y qué has pensado?

—Pues no lo sé. Que ella había huido y se estaba escondiendo. Que vivía allí o algo.

—Pero has encontrado una habitación donde crees que Franky la mató.

* En español en el original. (*N. de la t.*)

—O Buckley.

—El que sea. Y dices que aquello eran agujeros de bala.

—Había agujeros, se habían hecho recientemente, porque la habitación estaba recién pintada. No sé... ¿y si la persona a la que estaba siguiendo resulta que no era ella?

—Es que no lo era.

—Vale, pero me he imaginado que, aunque no lo fuera, esa persona quizá hubiese visto algo. A lo mejor no era la primera vez que se metía en aquella obra.

Derek se encogió de hombros.

—A lo mejor. Pero todo esto, todo este caso que has ido construyendo... te lo estás imaginando todo tú.

Reddick partió una *croqueta** en dos con el tenedor, pinchó la mitad y se la comió.

—Eso no es cierto; hay algunos hechos. La señora Leland pensó que era todo lo bastante sospechoso para buscarme. Buckley se mostró tan evasivo que hasta su propio personal se dio cuenta. Esas son respuestas subjetivas, claro; pero Buckley y Franky discutieron. Esos chicos de mi edificio vieron a Franky con Hannah la noche que desapareció. La empresa de él tiene una casa en la ciudad, aquí cerca, y alguien ha entrado en el piso de arriba. Una de las últimas personas que la vio estaba recogiendo sobres con dinero, vete a saber para quién. No tengo ni idea de lo que pasó en Clask, pero no era normal. Y, finalmente, «una chica ha desaparecido», y las únicas personas que la conocen no están haciendo una mierda. Todas esas cosas no me las he imaginado, son de verdad.

Derek levantó las manos, reconociendo si no el contenido de las palabras de Reddick, al menos su pasión.

—Ayer le pediste a Clint que buscara en el entorno de ese tipo. Un poli. Le pediste ayuda a un poli. Y ahora has cometido no un delito, ni dos, ni tres, sino «cuatro».

* En español en el original. (*N. de la t.*)

—¿Cuatro?

—Robaste el teléfono de aquel tío, uno. Y has entrado sin permiso en tres sitios distintos: un piso, una casa y una obra en construcción. O sea, dos, tres y cuatro.

—Devolví el teléfono. No robé nada.

—Allanamiento de morada. No allanamiento y robo. Pero sí que entraste sin permiso.

—Está bien, llama a un abogado, tío.

—No, yo no. —Rio—. Pero tú vas a necesitar uno si sigues así.

—En la casa hice unas fotos. —Sacó el teléfono y le enseñó las imágenes a Derek. Subió el brillo, lo que reveló los detalles con mucho grano.

—No sé qué crees que puede significar eso. Esos agujeros los puede haber hecho cualquier cosa. Tú mismo has dicho que no había señales de sangre, ni de limpieza reciente. En cierto modo tú sabes lo poco coherente que es todo esto, y por eso has pensado que estabas persiguiendo a la chica, media hora después de hacer esas fotos de la supuesta escena de su asesinato.

No hizo caso del escepticismo de Derek. Todo aquello era algo, no lo veía, pero sí lo sentía.

—Alguien ha estado usando esa habitación para pasar el rato, ¿por qué no podían ser Hannah y Franky? Es posible que fueran allí después de la fiesta. Después de que hablásemos ella y yo en el callejón.

—Pudieron ir a cualquier sitio. Pudieron coger un coche e irse a casa de él, o bien ir a cualquiera de las otras propiedades de FDP, que son más de una docena, preferiblemente a una que estuviese un poco más terminada.

—Ya lo sé. No estoy diciendo que esto pruebe que no lo hicieran. Simplemente digo que prueba que no tuvieron por qué hacerlo. Pudo pasar todo aquí mismo. En Bed-Stuy.

—¿Por qué estás tan decidido a conectar su desaparición con este barrio?

—Pues no lo sé... Me parece que debe ser así. Fue mi primer instinto.

—Un instinto no es un hecho. —Derek se encogió de hombros, tomó un poco de plátano macho—. Mira..., lo del crimen, vale. Quizá ocurriera en la casa, aunque no tienes ni una sola prueba que te haga pensar que fue así. Pero no puede ser que Buckley enterrase el cadáver en la obra de un proyecto en el que ha metido tantísimo dinero.

Reddick dejó el tenedor.

—¿Dinero? ¿Cómo?

—Es su empresa principal. No la pondría en peligro nunca en la vida.

—Pero ¿de qué estás hablando?

—¿No lo sabías?

—Ni idea.

—¿No sabías que Buckley Seward forma parte de Corren Capital?

—Pensaba que Corren era ese tío de Nevada; el tipo de los casinos que salía en las noticias.

—Sí, él es el socio principal. Él da la cara. Pero hay otros accionistas.

—¿Y Buckley Seward es uno de ellos?

Derek asintió.

—¿Cómo es que no lo sabías?

—Pues no me ha aparecido la información al investigar su nombre. Quiero decir que sí que sabía algo de Corren, por las protestas. Pero si investigas a los Seward, pues no. No he visto nada.

—Es que no sabes dónde mirar. Todo el mundo lo sabe.

—¿Todo el mundo?

—Bueno, al menos yo lo sé. Y la gente con la que trabajo también. La gente que sigue este tipo de noticias.

—¿Y por qué no me lo habías mencionado nunca?

—Pensaba que ya lo sabías.

—¿Lo has supuesto, y ya está? ¿Y no se te ha ocurrido... no sé, comentármelo para estar seguro?

—¿Se supone que tengo que estar al tanto de lo que sabes o no sabes? Mira... Lo que yo hago, mi trabajo, es algo serio. Todas estas otras cosas son diversiones, nada más. Hacer unos tiros libres, pasar el rato con mi madre, hablar de estas tonterías contigo... es un descanso para mí. Un interludio. Y no pienso demasiado en nada, la verdad.

—Así que piensas que el trabajo que he estado haciendo hasta ahora, intentando averiguar qué le ocurrió a Hannah, ¿no ha sido nada serio?

—¿Quieres que te sea sincero del todo? Pues no, realmente, no. Es otro juego, algo que está fuera de los límites; no afecta para nada a lo que importa. Esta es mi casa. Pero me fui por un motivo. Bed-Stuy no es un sitio donde pasen cosas, sino donde «te» pasan cosas. Es el objeto, no el sujeto. Te empujan, pero tú no puedes devolver el empujón.

Reddick se inclinó por encima de la mesa.

—Por eso exactamente es serio. Esto es devolver el empujón. Ahora más que nunca. Si relacionamos a uno de los socios financieros de Restoration Heights con una desaparición, un crimen...

—¿Y qué? ¿Crees que por eso se pararía? ¿Crees que algo puede parar esto? Tienes que dejar de ver a Sensei. Sus alucinaciones son contagiosas.

—En las otras dos obras todavía no se ha abierto el suelo. Si podemos relacionar el proyecto con un crimen (la publicidad, el escrutinio), quizá al menos podamos parar esas dos. Limitar los daños.

—Un crimen que no tiene nada que ver con el proyecto en sí. Si es que ha ocurrido. En el peor de los casos es un delito cometido por uno de los socios, del que los demás podrían renegar.

Reddick dejó de pensar. La camarera se llevó los platos sucios y les trajo más agua.

—Pero ¿y si no lo era? ¿Y si lo he interpretado todo mal, si no la mataron por celos, por rabia? ¿Y si su desaparición tuviese algo que ver con Restoration Heights?

—Venga ya. ¿Lo del triángulo amoroso? Al menos eso encaja un poco. Me parece que puede tener su lógica, si lo pienso mucho. Pero esto otro te lo has sacado de la manga.

—Desde el principio me pareció que esos dos estaban relacionados. Era un pálpito. Pero quizá estuviera buscando la relación en el sitio equivocado. Yo buscaba en el final, en lugar de buscar en el principio. Los resultados, en lugar de la causa.

—¿Quieres saber por qué tienes ese pálpito? Te lo diré. No te gustará, pero te lo voy a decir. —Se inclinó hacia delante—. Es porque sigues aferrándote a esa idea de que los ricos están invadiendo tu barrio. Una Seward, perdón, una futura Seward está en un fiesta en tu edificio, se está llevando a cabo un enorme proyecto inmobiliario en la misma calle. Y tú no puedes soportarlo. ¿Es este el único apartamento que has tenido en Brooklyn?

—Me alojé con unos amigos en Bushwick los primeros seis meses, cuando me trasladé aquí.

—Pues ya sabes lo que ha pasado, lo rápido que ha cambiado todo. Pero te trasladaste aquí, donde pensabas que estarías a salvo. Pensabas que Bed-Stuy era demasiado negro para cambiar.

—No pensaba tanto en el futuro.

—Contigo, casi me lo creo. Casi. Tienes gente con la que juegas al baloncesto, tienes una tienda de comestibles que te fía cuando te falta un dólar. Las mismas familias en las mismas entradas de las casas, en verano, dándote los buenos días...; tú eres un chico sencillo. No necesitas más. No te fijas en el futuro. Ves este sitio ahora, en el momento. Pero ¿sabes lo que veo yo?

—¿Quiero saberlo?

—Veo capital negro. No hay mucho en este país. Pero está ahí. El tema de la cultura os lo dejo a los románticos, a ti y a Sensei. Lo que veo son pequeñas bolsas de riqueza, de posible riqueza. Para mí no es cuestión de si vender o no vender a un promotor inmobiliario, sino de obtener un buen rédito, y tener algún otro lugar con la misma combinación de seguridad y crecimiento potencial donde invertir ese dinero si vendes. Lo que yo quiero de Bed-Stuy es ver que la riqueza que representa crece y se extiende por la comunidad, entre la gente que ya está aquí. Las fuerzas que te asustan, que te cabrean, eso son oportunidades, tío. ¿Sabes dónde vivía mi madre?, ¿el primer sitio?

—Sí.

—Pues le llaman por teléfono todos los días. No exagero. Recibe una llamada telefónica todos los días de alguien que quiere que le venda el piso. Normalmente ella les dice siempre lo mismo, que no le interesa. Pero alguna vez, quizá cada dos años o así, les sigue el juego, quizá hasta concierta una cita, llega lo bastante lejos para que le den una cifra real. Y luego se retira. Lleva haciéndolo una década y media. Va escribiendo las cifras. ¿Sabes hasta dónde llega cuando las pones todas en un gráfico? —Levantó el brazo oblicuamente en dirección al techo artesonado—. Incluido el crac de dos mil ocho. En la mayoría de las situaciones, en otras ciudades, en los casos de estudio que hemos visto en la universidad, ese tipo de crecimiento sostenido no es bueno. Es ficticio. Pero aquí no, aquí es real, los fundamentos son sostenibles. Todos los barrios se están convirtiendo en Manhattan.

—Lo dices como si no fuera horrible.

—No lo es para la gente que tiene propiedades aquí. ¿Crees que los jasídicos hicieron piquetes cuando pasó esto en Williamsburg? En cuanto ves venir la ola puedes subirte a ella, o bien dejar que te ahogue. Las cosas que os preocupan a Sensei y a ti son imaginarias. ¿Ves esto que estás comiendo ahora mismo? ¿Crees que estaría aquí si no hubiera gentrificación? A la gente negra le gusta también la buena comida. ¿Recuerdas cuando ese sitio jamaicano se trasladó a un local más grande? Añadieron un puñado de mesas, subieron los precios. ¿Cómo crees que pudieron hacer eso? ¿A qué cambios crees que estaban respondiendo? Las fuerzas a las que te opones..., si las manejamos bien, esas fuerzas son un regalo. De lo que estoy hablando es de un auténtico crecimiento económico para los negros. Oportunidades reales de movilidad hacia arriba, de ese tipo que no suele pasar a menudo, no a esta escala, al menos.

—No sé si es justo decir que todo esto es imaginario. Y Franky es un auténtico gilipollas. La mayor parte de esos tipos son auténticos gilipollas.

—En primer lugar, sus personalidades son irrelevantes. Y en segundo lugar, ni siquiera los conoces. Para ti solo es simbólico. Todo esto, lo de la chica, todo.

—¿Hablan de simbolismo en tu programa de MBA?

—Miami es una buena escuela, hermano.

La camarera trajo la cuenta.

—Mira. ¿Quieres un consejo? ¿Quieres que todo esto sea de verdad y no solo una venganza contra personas que te caen mal? Pues investiga a esos dos tíos con los que estaba ella. Tyler y... como se llame.

—Ju'waun.

—Exacto. Investiga a Tyler y a Ju'waun. Ya sabes que, A, están de alguna manera implicados en alguna mierda turbia, y B, están conectados con Hannah, porque alguien le dijo a tu hombre que dejara de preguntar por ellos.

—No preguntes por la rubia.

—Exacto. Eso es sospechoso que te cagas. Ya sé que no quieres que estén implicados, pero les estás dando el beneficio de la duda y no se lo han ganado. Eso de la culpabilidad blanca no te va, Reddick.

—Bueno...

Derek puso los ojos en blanco.

—No lo digas.

—Es difícil sentirme culpable cuando mi abuelo...

Ambos sonrieron.

—Vigila a quién le cuentas ese rollo. Vas a acabar siendo un meme de Black Twitter.

Reddick imitó una pose de Howdy Doody y chilló: «Pero sé hacer mates», parodiando lo mejor que pudo a un tío blanco de los años cincuenta.

—Pues eso es lo que parece, justamente —dijo Derek.

Los dos se echaron a reír y contaron la mitad del dinero de la cuenta en efectivo.

—No estoy pasando de ellos —dijo Reddick—. El impulso del caso hoy me ha llevado en otra dirección.

—Pues baja un poco la velocidad. Estoy empezando a pensar que esto es interesante. Es muy extraña la forma que has tenido de meterte en esto, pero estoy contigo. Al menos, tengo curiosidad. Solo pienso que estás buscando en los sitios equivocados. Mañana podrás seguir a esos tíos. Ve a hablar otra vez con Trisha. Ve a Cask.

—En Cask no me quieren.

—Pues discúlpate. O provócala de alguna manera, a ver qué pasa. Indaga por ese lado igual que has hecho con Franky por otro.

—Vale. Tienes razón. Tengo que trabajar mañana, pero después lo haré.

—¿Trabajar? ¿Te han vuelto a coger?

Reddick le contó la llamada de Lane.

—Déjame que piense. Esperas meter un poco las narices, ya que estás allí.

—Pues no me iría mal.

—No puedo decirte nada para impedirlo. Pero procura que no te cojan. No robes teléfonos. Y mantén la mente abierta.

Le costó una larga ducha, todo lo caliente que pudo soportar, quitarse el frío de los huesos. Buckley había invertido en Restoration Heights. No era posible que enterrase el cuerpo allí, Derek tenía razón, no pondría nunca en peligro su inversión. Esto daba también un nuevo contexto a la intranquilidad de la que dio muestras cuando Reddick mencionó Bed-Stuy. No quería que se relacionase a Hannah con la promoción.

Reddick apagó el agua y se secó bien, con la piel brillante y rosada por el calor. Oía voces en el salón: Dean y Beth debían de haber llegado mientras estaba en la ducha. Se envolvió la toalla en torno a la cintura y salió al salón, seguido por el vapor.

Beth lo vio con la toalla y lo abucheó:

—¿Nos vas a dar un espectáculo?

—Hola, Beth. —Cruzó el estrecho salón para dirigirse a su habitación. Oyó que Dean silbaba cuando cerró la puerta. Estaba cansado por lo ocurrido aquel día y quería tranquilidad, un refugio, el mapa. Intentó trazar las ramificaciones de la inversión de Buckley, ver qué conexiones formaban. Necesitaba descubrir qué significaba aquello para Hannah, cómo cambiaba su relación con los nombres que la rodeaban.

Sacó su foto. Durante unos minutos, mientras perseguía a aquel chico, había creído que ella estaba viva, que podía ayudarla, un atisbo de esperanza que rápidamente se vio desmentida. La única oportunidad que tenía de salvarla llegó y se fue en aquel callejón. Se preguntaba una vez más qué podía haber hecho de otro modo. ¿Y si la hubiera besado? Él no quería, la verdad. Su deseo fue poco hondo, pasajero. Si lo hubiera hecho y la cosa hubiera quedado ahí, ¿qué podía haber cambiado? ¿O habría tenido que ir más lejos? Si él la hubiese llevado al piso de arriba quizá ella ahora estuviese viva, pero a la mañana siguiente, en cuanto ella se hubiese despertado, ya sobria, ¿podrían haber soportado esa decisión alguno de los dos?

Dejó su teléfono, colgó la toalla de la parte superior de un caballete vacío y se vistió.

—Empezaba a pensar que no ibas a salir nunca —dijo Beth. Se ponía coqueta cuando había bebido algo. Reddick echó una mirada a Dean, que estaba sentado con los ojos opacos, mirando su teléfono. Era poco antes de las diez.

—Habéis empezado muy temprano hoy, ¿no?

Beth soltó una risita.

—Síí.

Reddick, al ver que le quedaba mucho terreno para ponerse a su nivel, se sirvió un vaso de bourbon y cogió una cerveza antes de unirse a ellos en el salón.

—Llegamos al nido hacia las cuatro —dijo Dean.

—¿Y lleváis desde entonces bebiendo?

—Síp.

—Bueno, hacia la mitad hemos comido algo, más o menos —dijo Beth.

Reddick tuvo la sensación de que su presencia en aquel apartamento había desbaratado algo, o al menos lo había pospuesto. Beth se volvió hacia él, con el brillo radiante de seis horas de alcohol fijo en él, como si fuera un foco. Dean todavía tenía que levantar la mirada; no parecía molesto, solo perezoso y cansado. Se frotó los ojos por debajo de las gafas. Los dos estaban bebiendo agua, una especie de rendición.

—¿Sabes quién ha estado aquí? —Beth no esperó a que él contestara—. Sarah.

Reddick esperó, expectante.

—Ah, ¿sí?

—No sabía que habías salido con ella esta semana.

—No diría que eso fuera salir. Me ayudó con una cosa.

—Sí, eso es lo que ha dicho, pero ¿sabes?, ya no sale con el tío aquel, ¿cómo se llamaba? —Dio unos golpecitos a Dean, que se encogió de hombros—. Bueno, es igual. Pues ya no sale con él, digo.

—Sí, ya lo sé, es que..., bueno, estoy muy ocupado ahora mismo.

Era la peor excusa del mundo, nadie la creería ni de lejos, pero estaba demasiado sobrio en aquel momento para hablar de su vida amorosa. Levantó su cerveza y vació una cuarta parte de un sorbo.

Beth se dio cuenta de que él la estaba esquivando y suspiró.

—Uf. Mira, hoy ha sido un día divertido y ella ha estado aquí y tú no estabas. Nada más...

Dean la interrumpió, todavía enfrascado en su móvil.

—¿Te ha llamado Lane por el trabajo de este fin de semana? —Reddick asintió—. Bien. Se lo he dicho yo. Me parecía que te vendría bien el dinero, ahora mismo.

—Le he dicho que sí. ¿A ti no te interesaba?

—Tengo mucho que hacer en mi estudio. Le he dicho que cogiera a otra persona.

—Me sorprende que contestaras el teléfono. O sea, en tu estado.

Dean lo miró y sonrió.

—Ha llamado temprano.

—Ja, ja. Así que os lo habéis pasado bien, ¿eh? ¿Cómo ha empezado todo esto?

—Pues estábamos celebrando algo —respondió Beth.

—¿Sí?

—Bueno..., no hay nada que celebrar... todavía. —Dean dejó el teléfono, mirándolo al fin.

—Estábamos celebrando la posibilidad —dijo Beth—. La esperanza.

—¿Esperanza?

—No, eso es demasiado vago. Lo que quiero decir es... es...

—El potencial.

—¡Sí!

Reddick se bebió el whisky, dio un sorbo a la cerveza.

—Sigue siendo algo vago, chicos.

—Pensaba que éramos «chico y chica».

Reddick esperó, en silencio, confiando en que el whisky se llevara su creciente irritación.

—Hemos tenido una persona invitada hoy, en nuestro estudio —dijo Dean.

—Mara Jost.

A Reddick le costó un momento situarla.

—La marchante.

—Sí. —Beth parecía asombrada al ver que no había saltado al oír el nombre—. ¿La de la preciosa galería de Chelsea?

—Sí, sí, la conozco. Vi... alguna exposición ahí en otoño.

—Todo el mundo al que representa es increíble.

—¿Y? —preguntó Reddick.

—¡Le ha gustado nuestro trabajo!

Dean asintió.

—Sí que le ha gustado. El de los dos.

—Pero todavía no nos ha ofrecido nada.

—No nos ha ofrecido nada, es verdad.

—Exacto. Ha sido ambigua a propósito. Pero de una manera buena. Quiero decir que parecía buena. Muy... positiva. Como si tuviera energía positiva.

—Todavía sigo teniendo hambre —dijo Dean. Se levantó y fue a la cocina—. Representa a Caleb... ¿el del quinto piso? Que supongo que le ha hablado de mi trabajo. Ha visto algunas piezas online, ha venido, y Beth estaba allí, conmigo.

—De modo que hemos empezado hablando de «mi» trabajo.

—¿Tus joyas? —preguntó Reddick, confuso.

Los dos lo miraron como si fuera un niño obtuso.

—Mis vídeos.

Él se había olvidado por completo de que ella había empezado a hacer vídeos el año anterior. Había aprendido a usar el *software* en la universidad, y hacía edición y producción por su cuenta, sobre todo bajo cuerda, para amigos, cuando necesitaba algún ingreso extra. Al final decidió intentar hacer sus propias cosas, mezclas de animación en *stop-motion* y *performances*, con muchas facetas y muy barrocos, como sus intrincados anillos.

175

—Y ella ha venido y los ha visto los tres.

—O sea, que lo que estamos diciendo es que todo esto tiene mucho potencial. —Dean abrió el armario de la cocina, lo cerró otra vez, abrió el frigorífico, sacó una cerveza.

—Aunque no sea por otro motivo que por tener esa relación.

—Pues felicidades, chicos. —Reddick sonrió y levantó la botella. Dean se sentó, levantó la suya y entrechocaron las botellas. Beth se unió a ellos con su vaso de agua mientras ya se separaban.

—Por el potencial.

—¿Y qué has estado haciendo tú hoy? —preguntó Dean.

Reddick empezó despacio. Les habló de su enfrentamiento con Franky, del teléfono, de su entrada en la casa, de su persecución del otro intruso en Restoration Heights... A medio camino del relato, Dean empezó a fruncir el ceño. Reddick terminó y se volvió hacia Beth, esperando que ella lo apoyase, pero ella parecía asustada. Ambos parecían mucho más sobrios que cuando empezó a hablar.

Reddick se levantó y abrió otra cerveza.

—¿En cuántos edificios vas a entrar ilegalmente antes de quedar satisfecho? —inquirió Dean—. Tienes que parar ya.

—No puedo creer que lo hayas vuelto a hacer.

—Es una situación completamente distinta. Allí no vive nadie.

—Sí, pero no es lo mismo que meterse por una ventana mal cerrada, tampoco —dijo Dean—. O sea, que has tenido que romper la madera.

—La he vuelto a poner bien.

—Lo dices para que no parezca tan grave —dijo Beth—. Lo que has hecho, lo que estás haciendo..., no está bien. No puedes ir por ahí haciendo lo que te da la gana solo porque estás cumpliendo una misión que te has impuesto tú mismo.

—No me la he impuesto yo mismo. La señora Leland me pidió...

—Que hicieras unas preguntas —dijo Dean—. No que cometieras allanamiento ni que robaras el teléfono de nadie. ¿Y todo para qué? ¿Es una especie de juego?

—No, no es eso; no es ningún juego. —Toda su irritación volvió de golpe. Era obvio que Franky era un villano, la conducta de Buckley era extraña, sin lugar a dudas, y había desaparecido una persona, que probablemente estaba muerta. Añadamos a eso lo que acababa de saber por Derek: que Buckley estaba relacionado con Restoration Heights, el corte más profundo que había soportado ese barrio herido, y había que desenmascarar todo aquello. Sentía una frustración ardiente al comprobar que ellos no lo veían como él.

—Tiene razón, Dean. No es ningún juego. —Beth se volvió hacia Reddick—. Lo que has hecho hoy es grave.

—Podría ser grave. Lo que hice fue adecuado, fue la respuesta que requiere este caso.

—No hay ningún caso.

—Ha desaparecido una persona.

Beth, casi susurrando, añadió:

—Vas a acabar en la cárcel por acosar a ese tío y por todo.

—Se lo merecía, Beth.

—¿Y cómo sabes tú eso? —preguntó Dean—. No sabes nada con seguridad.

—Estaba investigando. Iba a donde me llevaba el caso.

—¿Y los dos tíos esos de la fiesta?

—También los estoy investigando. Esto ha sido solo un día. Pienso...; para ser sincero, creo que todo está conectado de alguna manera.

—¿Como qué?, ¿trabajan para Buckley o algo?

—No creo que sea eso exactamente.

—Dean, no lo animes más. Va a conseguir que lo maten.

—No lo animo. Es que..., Reddick, no creo que puedas confiar en tus instintos. Comprendo por qué dudas en meter en esto a los tipos de la fiesta, es porque son negros y te resistes a la presión heredada de verlos a ellos, quiero decir, a las personas de color, como delincuentes, pero esa manera de perseguir al promotor inmobiliario la verdad es que no está bien. Es resentimiento, o algo peor incluso, no lo sé, amargura. Lo ves como un intruso y quieres convertirlo en villano. Quieres fingir que está motivado por algo más siniestro que el interés económico.

—¿Por qué piensa eso mismo todo el mundo? ¿Porque protesté por lo de Restoration Heights?

—¿Quién es todo el mundo?

—No importa.

—Mira, creo que te has apasionado demasiado con todo este asunto.

—¿Apasionado? Joder, tío. ¿Porque no quiero ver otro barrio más que acaba fulminado y convertido en un páramo sin gluten y lleno de hípsteres blancos? —Parodiando ahora una voz que era medio Buckley, medio Hannah—. «Este edificio tiene taaaaanto potencial... Pondremos un SoulCycle* justo aquí, en el piso de abajo, y quedará el sitio suficiente para un bar de zumos. Y encima, un restaurante monísimo donde serviremos platos clásicos americanos pero haciéndolos buenos, buenos de verdad. Comida basura pero en plan artesano, o sea». —Volviendo a su propia voz, temblaba—. Ensalada de col a treinta pavos la libra porque la col la cultivan a mano unos becarios de una fundación y no la riegan más que con agua de lluvia de Oregón. «Livermush»,** pero hecho con hierba. Y en el tercer piso pondremos algunas oficinas, la sede de alguna empresa, donde los perros sean bienvenidos, claro, y todo el mundo se pueda sentar en sofás *vintage* y hablar muy en serio de música pop. Suena taaaaan maravilloso. ¿Por qué iba yo a luchar en contra de algo así? Sujétame la cerveza, pinto los ladrillos de blanco y listos.

* 'Ciclismo para el alma'. Cadena de *fitness* muy popular en EE. UU. (*N. de la t.*)

** Pastel de maíz con corazón e hígado de cerdo, típico del sur de EE.UU. (*N. de la t.*)

Dean estaba tranquilo.

—Estás demostrando que tengo razón, Reddick. Mira cómo te tomas las cosas, enfadándote. Por eso quieres que ese tío sea un asesino. Por eso actúas de una manera tan irresponsable.

—Quiero proteger el barrio. Obviamente. Pero también ser objetivo. Porque Hannah importa. Lo que le pasó a ella importa.

Los ojos de Beth se entrecerraron, y el miedo y el asombro empezaron a dejar paso a algo más.

—Todo esto es muy cutre. Te lo tomas como algo personal. Es muy..., iba a decir macho blanco, como si fuera responsabilidad tuya de alguna manera. Como si fueras el vigilante del barrio, y, si tú no cuidaras las cosas, nadie más lo fuera a hacer.

—¿Qué tiene que ver eso con lo que estoy diciendo?

—Antes no me había dado cuenta, pero es cierto. Tú eres una especie de Rudyard Kipling. Estás pensando en esto como si tuviera algo que ver directamente contigo, como si tuvieras que ir a caballo con una pistola, o una espada o algo así, y salvar a todo el mundo.

—¿Una pistola o una espada?

—Sí. Es una presunción por tu parte. No habrías hecho nada de todo esto si no fueras blanco. Y no te importaría nada Hannah si no fueras un hombre, si no sintieras esa responsabilidad masculina de cuidar a las mujeres. Es muy...

—No digas que es problemático.

—Pero lo es. No hablo en broma.

—No se me ocurre cómo es posible que todo esto me convierta en racista y sexista.

—No digo eso, y lo sabes muy bien. Aprendiste todo esto en el colegio, igual que yo. Estoy hablando de la estructura social en la que vivimos. En el «sistema».

—Hoy me han dado para el pelo. Intentando ayudar a alguien. A una persona. —Levantó el dedo—. Un individuo. De eso se trata: de una persona, no de un sistema. Se trata de Hannah y de averiguar quién la mató.

—¿Y cómo sabes siquiera si está muerta? Lo siento si no me creo todas estas tonterías. Es absurdo. Siempre hay alguien a quien ayudar, ¿sabes? Nos encontramos todos los días a personas a las que podríamos ayudar y no lo hacemos, no como deberíamos. ¿Por qué ella? ¿Por qué elegirla a ella?, eso es lo que yo digo.

—¡Porque yo estaba allí!

—Venga, Reddick, cálmate. —Dean miró de soslayo a Beth—. Ella tiene razón. Tienes que pensar el cariz que tendría todo esto para alguien que no compartiera nuestros privilegios. No sé, es una especie de tribuna moral.

Reddick se enfadó, abrumado por la frustración y alimentado por una oleada de alcohol.

—Pero ¿de qué cojones estáis hablando? ¿Vosotros me conocéis? ¿Privilegios? Nosotros no tenemos nada en común. ¿Me entendéis? Nada.

Beth protestó.

—Puede que vengas de un entorno distinto, pero estás en el mismo sitio ahora. Somos compañeros de piso.

—Beth, ¿dónde cojones viven tus padres?

—No seas gilipollas.

—No soy gilipollas. Solo te hago una pregunta. Dime dónde cojones viven tus padres.

—En Bradenton.

—¿Y a qué se dedican, exactamente? Ah, espera, espera, esta me la sé. Profesores titulares en el New College. ¿Y tú, Dean?

—Yo no juego a ese juego, tío.

—Alguna puta zona residencial fuera de Annapolis. Ni siquiera recuerdo qué hace tu padre, pero tu madre no trabaja. Podría, si quisiera, pero no tiene tiempo. Tiene intereses.

Los dos se echaron atrás en sus asientos, intercambiaron una mirada, desarmados por su rabia.

—Adivinad qué hace mi padre. Adelante. —Silencio—. Ojalá lo supierais, porque así me enteraría yo. Mi madre tampoco lo sabe, por cierto. No ha hablado con él desde que se largó cuando yo tenía seis meses. Sí, tengo fotos. Tengo un abuelo del que me acuerdo un poco y una abuela que todavía manda cheques a la mujer que nunca fue su nuera, oficialmente. Así que, adelante, habladme a mí de privilegios. Habladme de las ventajas que tengo. Decidme otra vez que estamos en el mismo sitio.

—No lo conviertas en algo personal —dijo Beth—. Estamos hablando de ventajas sistémicas...

—Hablas como un puto libro de texto. Y esto no es teoría, es la vida, la vida real, joder. Es mirar a la gente a la cara. ¿Crees que tener opiniones te convierte en alguien especial? Pasas tanto tiempo luchando en contra de cómo es el mundo, en contra de lo equivocado que está todo, que te olvidas de conectar realmente con las personas que viven en él. Desenchufa tu ordenador y ve a hablar con la gente, gente corriente, negra, blanca, lo que sea. Gente que no sabe quién cojones es y cuyos padres no han podido meterlos en el pequeño círculo de universidades privadas donde aprendiste tus opiniones. Y quiero decir que vayas a hablar con ellos, no que te conviertas en aliada suya, ni que vayas a sus manifestaciones; simplemente, ve a tomarte una cerveza, sin propósito alguno, sin darte palmaditas en la espalda porque has cumplido con tu deber como buena blanquita liberal.

—¿Blanquita liberal?

—Venga, Beth. Tú eres tan blanca como yo.

—Ese es el estereotipo más asqueroso y racista... solo porque a los asiáticos nos ha ido bien en este país, ¿de repente somos blancos?

—Bueno, negra no eres, joder.

—¡Ni tú tampoco! —chilló ella, con la cara contraída.

—¿Sabes lo que soy, Beth? Soy pobre, un puto pobre. Tú no sabes lo que es eso.

—¿Y eso significa que puedes borrar mi patrimonio cultural?

—¿Qué patrimonio cultural es ese? ¿En qué consiste? ¿En ir a escuelas de puta madre, y tener tutores y programas para después de clase. En tener una red de apoyo. En una bonita piel, y un pelo y unos dientes preciosos porque tus padres no te alimentaron con cajas y latas de comida. En hablar mandarín e inglés y un español pasable que aprendiste cuando estuviste un semestre en el extranjero. Es el «éxito», Beth. Ese es tu patrimonio cultural. Tanto hablar de estructuras y sistemas, de género y raza..., ¿cómo podría hacerte daño alguna de esas cosas? ¿Qué es lo peor que te ha pasado nunca? ¿Estar poco representada en las películas? ¿Que alguien te hable como si fueras idiota porque suponen que no entiendes el idioma? Pues cuánto lo siento. Siéntate en el BMW de tus padres y llora un poco. Pon a Brahms hasta que te sientas mejor. Es fácil ver los problemas del mundo desde el piso de arriba.

Beth, asombrada, herida, replicó burlona.

—«Soy Reddick, me crie con negros y mi familia era pobre, así que ninguna de tus mierdas sirve para mí». —Volvió a su propia voz, furiosa y firme—: El dinero no lo borra todo. No ayuda cuando averiguas que solo te han dado una beca porque tu jefe tiene fijación con las asiáticas, y te trata como una especie de botín sexual. No hace que tenga menos miedo de estar sola en el metro por la noche. No me compra la ausencia de prejuicios. Tú crees que eres único en el mundo, que eres un individuo especial, pero no es así, nadie lo es.

Reddick se puso de pie y se dirigió a la cocina.

—Ese es el problema, justamente. ¿No lo ves? Yo soy un individuo, igual que tú. Igual que todas y cada una de las personas que hay ahí fuera. Puedes irnos separando según las normas que quieras: por género, por edad, por etnia, por color de piel, y a lo mejor aprendes algo. Puedes hacer mapas de tendencias, o descubrir injusticias o..., no sé, diseñar putas políticas. Pero todos y cada uno de esos puntos es una persona. Un ser humano real. Tienen una historia que tú no conoces, miedos y esperanzas y problemas para los que no tienes categoría. Quizá tus etiquetas sean buenas. Quizá al final hagan más bien que mal. Pero eso no significa mucho para las personas a las que se las pones.

Beth, infatigable, tenía preparada una respuesta, pero Reddick no quiso oírla. Se fue a su habitación y cerró la puerta.

12

Primero al almacén, en un metro vacío porque era fin de semana. Tenía las piernas rígidas por las aventuras del día anterior, por andar por la nieve y quedar empapado en aquel invierno infatigable. Resacoso por el alcohol de la noche anterior y por las emociones desatadas. Creía todo lo que había dicho y, al mismo tiempo, lo lamentaba todo; aquella discusión jamás habría tenido que ocurrir. Estaba demasiado arraigada en su propio pasado, en sus propias experiencias, para esperar que alguien la pudiera comprender. Necesitaba una hora o dos en la cancha para soltarse, pero no podía ser. Buscó a Harold junto a los torniquetes de entrada y no se sorprendió al ver que no estaba: todas sus relaciones se estaban deteriorando por culpa de su cruzada.

Después del almacén —una reunión muy moderada, sus compañeros de trabajo dudando si hurgar en la herida de su semana de ausencia—, llegaron los Seward. La casa le parecía poco familiar. El exterior de piedra caliza, las pulidas escaleras, las alfombras y los aparadores, la decoración con todo en su lugar, la abundancia de esfuerzos que era aparente en todas las habitaciones, en todos los rincones..., la sensación de que aquel era un espacio mantenido a base de un compromiso y una agudeza visual, nada de todo aquello le parecía ya inofensivo. Había abandonado todo fingimiento de neutralidad, se había convertido en una declaración de carácter, de intenciones. Vibraba lleno de sentido.

No pensaban estar allí mucho tiempo, solo cuatro o cinco horas, solo terminar algunos detalles que el cambio no planeado de pinturas había dejado a un lado. Cuatro cuadros en el comedor del primer piso, una serie de fotografías para un vestíbulo en el piso de arriba. El comedor era el problema, y lo había sido toda la semana. Dottie había hecho que lo arreglaran de nuevo cuatro veces, y en cada caso había quedado insatisfecha con algo: el color, el tamaño, algún problema con el diseño, demasiado Leipzig, un nexo demasiado histórico o conceptual entre los cuatro artistas que estaban presentes a la vez... Intentando que funcionara todo sin parecer que establecía una especie de tesis, la señora Seward habría acabado con aquella discusión días atrás, pero se había ido de la ciudad aquella mañana con su marido, y el apetito de Dottie por encontrarle defectos a todo era insaciable.

Apartó a Reddick a un lado cuando llegaron.

—Usted solo está aquí porque no hay nadie más.

—Ya le he dicho a Lane que no causaré ningún problema —dijo.

—No es asunto suyo. Pero de todos modos se lo diré con la esperanza de que lo ayude a mantener su trabajo. Hemos tenido noticias de Hannah. Se ha disculpado por la forma que tuvo de irse. Se ha ido a casa, con su familia.

—¿Y cuándo fue eso?

—Poco después del incidente.

—¿El martes, entonces? ¿El miércoles? —No cuadraba con su línea temporal. El día anterior, por la mañana, Franky reconoció que Hannah había desaparecido.

—¿Qué importa? —saltó ella—. No tengo que decirle nada en absoluto. Solo lo he hecho porque he pensado que podría ayudarle a dejarlo ya, así que, por favor, déjelo.

Pasaron la mañana en el comedor, luego debatieron si paraban para almorzar o bien seguían y así aprovechaban el fin de semana. Reddick votó por el almuerzo: podía ser su última oportunidad de echar un vistazo. La cosa quedó en empate: dos a favor y dos en contra; pero Dottie los sacó de dudas cuando los volvió a interrumpir. Los llevó a dar otro paseo, se preguntó si debía enviarlos de vuelta al sótano de los Seward en Lockstone a traer un cuadro que lamentaba haber quitado. Finalmente decidió que era demasiado tarde para hacer cambios importantes, que todo tendría que quedarse como estaba, pero su indecisión se comió tanto tiempo que estaban demasiado hambrientos para seguir trabajando.

Se separaron nada más salir y cada uno fue a buscar la comida que prefería. Reddick mintió al decir adónde iba, y volvió hacia la casa. Llamó a la puerta de servicio, esperando que Dottie abriese sin molestarse en hacer preguntas. Aparte de su enfrentamiento inicial, ella no le había dirigido la palabra. Un ama de llaves lo dejó entrar, una mujer rusa muy arreglada a la que no había visto antes. Empezó a ofrecerle una excusa por volver tan pronto, pero ella estaba tan poco interesada que él lo dejó correr.

Buckley tenía que tener un despacho o estudio, pero no lo había visto. Había un puñado de habitaciones que no formaban parte de la instalación, entre ellas unas cuantas en el tercer piso, enfrente del despacho de la señora Seward. Decidió empezar por allí. Subió la escalera de atrás, alerta y dispuesto a contar cualquier patraña si se metía en problemas. La mayor parte del personal había salido para el fin de semana; las habitaciones vacías lo aceptaron con somnolienta indiferencia. Pasó junto al despacho de la señora Seward y miró hacia el interior. El Schnabel le devolvió la mirada, cómplice. Los empastes de color vivo parecían cemento extendido sobre los secretos de la familia. Los padres de Buckley tenían que haber reconocido Bed-Stuy como el sitio donde estaba Restoration Heights, pero siguieron el ejemplo de su hijo y fueron discretos, hasta un nivel de confianza y de lealtad que él ni siquiera se podía imaginar. Pensaba en su propia madre en el lugar de ellos: ella habría desvelado todos y cada uno de los detalles con su ingenua fe en la verdad inquebrantable. Ni se le habría ocurrido que su omisión podía ser una táctica, que él podía estar ocultándole algo por su propio bien. Habría tenido que contárselo todo a ella, ya de entrada. Los Seward habían cerrado filas instintivamente. No los odiaba por eso; era más bien maravilla lo que le producían, como si observase un rasgo excepcional en alguna otra especie.

Probó dos puertas más allá y encontró el despacho de Buckley. Rehuía el imperativo moderno del resto de la casa. Madera oscura, luces bajas, unos títulos de universidades prestigiosas enmarcados y colgados detrás de un escritorio con el sobre forrado de piel...; era una habitación con muestras de una manida masculinidad: cigarros, brandi, solemnidad. Era la única habitación de la casa que mostraba un esfuerzo excesivo. Había un portátil cerrado en el centro del escritorio y pulcras pilas de documentos en torno a él. Reddick escuchó. Lo único que se oía era el latido apresurado de su propio corazón. Se desplazó hasta el escritorio y abrió el portátil.

Estaba protegido con clave. Perdió unos minutos en intentos a la desesperada de adivinar la contraseña de Buckley: la fecha de graduación, el nombre de Hannah, el nombre de Franky... Las opciones que se sabía de memoria después del fracaso del día anterior con el teléfono. Examinó las pilas de documentos, delicadamente, como si estuviera mirando dibujos, dejando cada página boca abajo para conservar el mismo orden. Había tres páginas con el nombre de Corren Capital en el texto. Las fotografió todas y las volvió a colocar en la pila. Quería pruebas para alguna de sus teorías: el crimen pasional o el financiero. Creía que podían ser las dos cosas. Había cuatro cajones a cada lado del escritorio y uno en el centro. Abrió primero el del centro. En el interior se encontraba un desordenado conjunto de artículos de oficina: sujetapapeles, bolígrafos, una grapadora. Un lápiz de memoria que Reddick casi se guarda en el bolsillo. Dos llaves pequeñas en una misma anilla de metal. Probó los demás cajones, empezando de izquierda a derecha, con mucho cuidado. Fotografió todo lo relacionado con finanzas, recibos o facturas. No vio nada personal, ninguna mención de Hannah, nada que indicase una acumulación de rabia o de celos. Pero aquello tenía que haber dejado alguna huella. Una fuerza lo bastante intensa para llevar a alguien a matar... no podía haberlo silenciado absolutamente todo. No esperaba que las pruebas fueran espectaculares: una foto con la cara de ella desfigurada, un diario en el que constara su plan asesino..., eso no, claro, pero sí algo.

Si ella lo engañaba, ¿cómo se enteró él? ¿Contrató a alguien para seguirla?

El cajón de abajo a la derecha había sido equipado con una cerradura. Reddick tiró en vano una vez, dos veces. Abrió el cajón del centro de nuevo y sacó las llaves unidas con el aro de alambre y las probó en la cerradura. Esta chasqueó y el cajón se abrió. Dentro se amontonaban una serie de expedientes, una caja de zapatos y un libro encuadernado en piel. Empezó por la caja de zapatos. Contenía varias fundas de fotografías, de hacía unos años, hechas con película e impresas por un laboratorio. Prácticamente todos los que aparecían en las imágenes eran blancos, atractivos e iban bien vestidos. Familias de catálogo captadas en algo que parecía felicidad. Reconoció a Buckley de adolescente y a una señora Seward más joven, con una belleza menos desarrollada, más superficial. Su hijo ya adoptaba una compostura patricia. Vio ejemplos más antiguos de aquella misma casa con distintas obras de arte, distintos muebles, pero el mismo sentido de cohesión y de preocupación. En la superficie, sus vidas eran extrañas e inaccesibles, galvanizadas por la riqueza que él no tenía medios de comprender. Un tipo de gente a la que solo se representaba como símbolos de cumplimiento de deseos o de villanía, como sujetos de envidia o de culpa; pero en aquellas imágenes, por debajo de las ropas buenas y los emplazamientos bonitos, la verdad era que parecían unidos, a su manera insulsa. Poseían una intimidad que sugería una humanidad compartida.

Al fondo de la pila encontró una foto de Buckley y Franky, serenamente jóvenes, posando con otro chico delante de lo que parecía una casa solariega gótica. Reddick le dio la vuelta, miró por detrás: «Con Franky y Mitchell, el primer año, College Hall», con la escritura de Buckley, que parecía hecha a máquina. Reddick la volvió de nuevo del derecho, examinó la imagen: tres príncipes enmarcados por una mansión de piedra gris. El tercer chico, Mitchell, tenía el pelo oscuro y era grueso, un rostro vagamente asiático con una sonrisa americana y rubicunda. La discusión de la noche anterior regresó a su cabeza, el enfado de Beth, y Reddick volvió a colocar la foto en la caja y la tapó otra vez. No había nada allí que le sirviera.

Sacó el libro forrado de piel. Era más ancho que una libreta, pero fino. Lo abrió. Cheques con el lateral roto, en columnas de tres, con resguardos para registrar el importe y el beneficiario. Las fechas de los resguardos eran erráticas, no más de un cheque cada pocos meses, remontándose a tres años. Trece en total. No había ningún patrón: los beneficiarios y cantidades eran distintas cada vez. Se preguntó si alguno de ellos habría ido a parar a un investigador privado. Tomó fotos de los resguardos.

Le gruñía el estómago, recordatorio de que estaba trabajando en lugar de comer. Echó un vistazo a la hora. El resto de los chicos volverían pronto. Sacó los expedientes. Impuestos, extractos bancarios..., más de lo que podía analizar y más de lo que tenía tiempo de fotografiar. Lo repasó rápidamente, buscando Corren Capital, fotografiando las páginas que tenían ese nombre. No entendía nada. En cuanto hubo terminado volvió a dejar los expedientes y el talonario en la caja de zapatos, cerró el cajón y puso en su sitio las llaves. Buscó en la habitación otras señales de la presencia de él, como si examinara una obra de arte en busca de daños después de desenvolverla. Abrió el cajón central, cambió la posición de las llaves y lo volvió a cerrar. No había huellas en el portátil, ni pelos. En cuanto estuvo satisfecho y vio que la habitación estaba limpia, se fue.

Recorrió sigilosamente el vestíbulo hasta el pasillo de servicio. Oyó que los demás volvían a través de la entrada principal y se apresuró, intentando no perder el agarre con sus cubre-botas azules al bajar corriendo la escalera. Salió a la cocina, pasó a toda carrera por el comedor vacío, de camino al vestíbulo. Oyó la voz de Dottie antes de llegar.

—¿Han vuelto todos? ¿Dónde está el otro?

—Aquí —dijo él, apareciendo desde el comedor. Dottie frunció el ceño, pero no hizo preguntas.

—Bien —dijo, y los convocó a todos al piso de arriba para terminar el trabajo.

A las cuatro ya estaba en casa. Se tomó un café y se quedó examinando el mapa. Estaba dividido en dos, como reflejo de sus esfuerzos desiguales. A la izquierda tenía a los Seward y a Franky Dutton. La superficie blanca a su alrededor estaba garabateada a lápiz: flechas conectando nombres y lugares, texto confuso, borraduras, reconsideraciones. A la derecha solo se veían unos nombres flotando en espacios vacíos, solicitando su atención. Ju'waun y Tyler. Cask. El mapa exponía su sesgo, la asimetría fundamental sobre la que Derek le había llamado la atención, la que había salido a la luz a raíz de los comentarios de Beth. Tenía que desarrollar más aquella mitad, llevarla a la misma situación que el resto del mapa, tenía que hacer que ambos lados hablaran como iguales.

Había buscado respuestas solo en los lugares en los que quería que estuvieran, o sea, solo en Bed-Stuy. Derek tenía razón: lo que le atraía hacia el barrio no era complicado, era el ritmo de la vida, el compromiso con las cortesías más sencillas. Había algo de Gastonia en él, algo que pertenecía al sur, pero despejado de lo peor de su historia, que sobrevivía en los ritmos semanales, en el consuelo que proporcionaba su continuidad. Recordó cómo le temblaban las manos a su madre cuando él le dijo que se iba a Filadelfia, que aceptaba la oferta de la Facultad de Bellas Artes. Ella estaba tan preparada para aquello como él. La beca del campamento de arte, los galardones en baloncesto, el año que casi cateó geometría y ella lo llevaba a casa de su primo segundo en Charlotte todos los domingos, una hora de ida y otra de vuelta, para que le diera clases. Él pagó haciéndole un retrato al primo y su terrier, diestramente realizado en grafito. Todo el trabajo que ella había hecho con él iba acompañado de admoniciones, de consejos de lo que debía hacer cuando su talento se la llevara lejos de ella, de cómo serían las cosas. Pero cuando llegó el momento ella tuvo miedo. Él se preguntaba si no habría empezado a creer que nunca pasaría. Hasta que se fue, él no comprendió qué era lo que la asustaba: que la violencia de la separación no se viera suavizada por el deseo de irse, o de que él se fuera. Que uno pueda echar de menos un sitio del que quiere irse desesperadamente.

Él volvía de visita a casa cuando podía permitirse los billetes de avión, pero no podía volver a vivir allí. Destruiría a su madre, desmoronaría todo el trabajo de su vida. Por el contrario, buscó esa sensación de hogar en Brooklyn y la encontró en Bed-Stuy, en la fácil familiaridad con los desconocidos, en compartir los titulares mientras uno esperaba en la cola del supermercado. Lo encontró en las mujeres caribeñas que ponían sillas plegables en la acera, en los panfletos de Atalaya que llevaban en el regazo, en sus caras serenas como de cristal. En el hiperbólico fervor de los juegos de los niños en la acera. En la audacia de una fiesta callejera, la calle cortada por coches, despejada con señales de no aparcar recuperadas que alguien había robado del último rodaje de una película que había ocupado las fotogénicas calles. Eran los domingos por la mañana, las mujeres perfumadas y con bonitos vestidos; los hombres serios con traje oscuro, sujetando las biblias como escudos; los himnos que se filtraban desde las iglesias hasta la acera como si fueran niebla. Era más que un conjunto de detalles, más que unas semejanzas específicas. Era una sensación, una vibración, un ritmo que a uno se le metía en los huesos. El orgullo desamparado de una comunidad que siempre estaba a golpes. Las cualidades de hogar que había encontrado en Bed-Stuy eran sobre todo cosas que no podía nombrar; eran lo que él temía perder. Pertenecía a ellas por el azar del nacimiento, por el accidente de la biografía.

Y aquello constituía una obligación. Sensei tenía razón. Por eso se había opuesto a Restoration Heights, por eso había arremetido contra Franky y Buckley. Pero ¿cuáles eran los límites de ese compromiso? ¿Estaba protegiendo los nombres del lado derecho de su mapa, dejando en cuarentena los espacios en blanco en torno a ellos? ¿Por qué temía implicarlos, como si se pudiera condenar a toda una comunidad por los actos de uno o dos de sus miembros?

Cogió el teléfono y llamó a Harold.

—¿Hola?

—Hola, tío, soy Reddick.

—Hermano. ¿Qué tal te va? —Su tono era demasiado cálido, compensando quizá la cautela. Unas voces resonaban en el fondo.

—¿Conoces a alguien llamado Jeannie?

—No, tío. ¿Jeannie? Déjame pensar... No. Lo siento.

—¿Gene, entonces? Es que no estoy seguro de haber oído bien.

—Conozco a un Eugene. En... uh, espera. No, tú no puedes conocer a Eugene.

—Joder, déjame pensar...

—Estoy en el bar, jovencito. Así que, si quieres pensar, podemos dejar esto para un momento mejor.

—Intento preguntarte por alguien que quizá estuviera implicado en la desaparición de la chica.

Una pausa.

—Ya lo sé. No soy idiota.

—Entonces, ¿no puedes ayudarme?

—Ya te lo he dicho, no me vuelvas a preguntar por esa mierda.

Te lo he dicho. ¿Y por qué me llamas por eso, aquí? ¿Ahora? Corro un riesgo.

—¿Qué quieres decir? ¿Que te llamo adónde? ¿Dónde estás?

—En la misma calle. Estoy en el meollo del asunto. Y no te voy a decir nada más.

Pensó en los bares que había oído mencionar a Harold.

—¿En Ti-Ti's? ¿Estás en Ti-Ti's?

—No vengas aquí.

—¿Hay alguien ahí contigo?

—No he dicho nada.

—Estaré ahí dentro de diez minutos.

Pasó por debajo del letrero luminoso, Ti-Ti's Executive Inn, las letras formadas por tubos de neón tembloroso curvados. Harold estaba solo. El bar era un reducto cálido en la helada tarde, un estrecho sótano iluminado con luces de Navidad. En la televisión ponían una película antigua, que sonaba a la vez que la máquina de discos, compitiendo con los Impressions por la atención de una sala desinteresada. El nombre aludía a las calles presidenciales que iban subiendo como los peldaños de una escalera hacia el sur, hacia Crown Heights: Monroe, Madison, Jefferson, pero el único presidente al que vio Reddick en el *collage* de antiguas fotos que había detrás de la barra fue a Barack Obama, con su rostro solemne y digno pegado entre un rompecabezas de líderes de los derechos civiles e intelectuales negros. Cuatro personas estaban sentadas a la barra, incluido Harold, todos ellos negros. Dos hombres de espaldas a la puerta y una mujer algo mayor, que hablaba con la camarera ceceando entre sus dientes falsos. Harold estaba en el último taburete. Reddick se sentó a su lado.

—Tú no estás aquí. O, si estás, no esperes hablar conmigo de todas esas tonterías.

—Soy un amigo, vengo a tomarme una cerveza.

—Vale, de acuerdo.

La camarera, una mujer blanca bajita y animosa, sonrió hacia ellos. Él pidió una cerveza; después de servírsela, ella hizo un gesto con la cabeza hacia el letrero de la barra que decía: «Solo efectivo, no se fía, sin excepciones». Él dejó cuatro billetes arrugados de un dólar en la barra.

—Los amigos hablan entre ellos de lo que les preocupa —dijo Reddick.

—Y también piensan en el daño que pueden causar.

—¿Qué daño? ¿Qué es lo que arriesgas tú?

—Me han dicho, «explícitamente», que no hable contigo de esa mierda. Y yo también te he dicho a ti, «explícitamente», que me lo dijeron. ¿Qué es lo que no entiendes de esta situación?

—Dijiste la chica. Que no preguntara por la chica.

—La gente está cabreada, tío. No sé quién era esa chica, pero se metió en algo gordo.

—Pues no hables de ella. No te preguntaré por ella.

—Esos otros dos tipos, también. Ju'waun y... y...

—Tyler.

—Ju'waun y Tyler. No preguntes por ellos.

—Vale, de acuerdo. Nada de Ju'waun. Ni de Tyler.

—Y nada de rubias, tampoco. «Explícitamente», esas palabras.

—Vale. Nada de rubias.

—Así podemos disfrutar de nuestra cerveza.

—Gene. Jeannie. ¿Quién es?

—Tío, no lo dejas nunca.

—Ese nombre no está en tu lista.

Harold miró por encima de los hombros de los dos, miró a la camarera y a los demás clientes, como si temiera que los espiaran.

—Ese nombre no está en mi lista porque ese nombre es el motivo de que yo «tenga» una lista. ¿Me entiendes?

—Jeannie..., ¿de esa persona estaba asustado tu amigo?

Harold negó con la cabeza y suspiró.

—No hay ninguna persona llamada Jeannie, tío.

—Ya basta de tomarme el pelo.

Harold volvió a negar.

—No, es que no es «Jeannie». No es un nombre. Estás hablando de Genie, del «Genio».

—¿El Genio? ¿Qué es eso?

—Quién, querrás decir.

—¿Quién cojones es el Genio?

—El Genio es alguien que te consigue cosas, tío. Tú frotas la lámpara y aparece el Genio y te concede un deseo.

—Pensaba que los genios te daban tres deseos...

—Este Genio te consigue todos los que puedas pagar.

—¿Lo que quieras?

Harold negó.

—El Genio es mortal, hermano. No hay magia que valga.

—Pero ¿de qué estamos hablando? ¿De drogas?

Harold asintió.

—El Genio puede conseguirte drogas.

—¿Y qué? Conozco seis esquinas distintas donde puedo conseguirlas también.

—Hierba, claro. Coca. Éxtasis. Pero ¿y si quieres también pastillas? De esas que necesitan receta. O de esas para las que tienes receta pero no puedes permitirte gastarla. El Genio puede arreglarte todo eso. Compras centralizadas. Pero eso no es todo.

—¿Qué más?

—Coños, para empezar. ¿En qué más puede pensar la gente cuando frota su lámpara? —Se rio como si llevara horas saboreando aquella broma, y bebió otro trago de su cerveza. Reddick se dio cuenta de que Harold estaba bastante borracho.

—O sea ¿que el Genio es un chulo?

—Consigue cosas, ya te lo he dicho. Cuando dices «chulo» pienso en algún idiota con pretensiones y con un arma que nunca dispara, con dos o tres chicas asustadas a las que tiene que pegar para conseguir que no se le escapen. El Genio tiene una lista de tías, claro, pero es más bien como... un rollo familiar. No me interpretes mal, esas chicas saben muy bien quién manda, pero hay cierta reciprocidad. Cierta gratitud.

Reddick hizo una mueca.

—Bueno, el caso es que la cosa no queda ahí tampoco. Tú y yo estamos cabreados, ¿vale?

—¿Lo estamos?

Harold bebió otra vez.

—Lo digo hipotéticamente. Tú y yo estamos cabreados y yo no puedo manejarlo solo, o bien porque tú tienes amigos o porque hay algo de política en lo que no me puedo meter, o lo que sea. Así que voy a ver al Genio para que se encargue.

—¿De qué?, ¿de mandarme matar?

Harold negó.

—No llega a tanto la cosa. Simplemente hago que vengan unos chicos y hablen contigo. Que se pongan un poco duros, quizá, pero no hay por qué ir más allá. Nadie quiere ese tipo de problemas.

—O sea: drogas, sexo, violencia. Parece que son los tres deseos.

—Qué bueno, sí, hermano. Pero ese no es el motivo por el que la llaman «el Genio».

—¿Es una mujer?

—Pues sí. Las mujeres pueden dirigir cosas ahora.

—Vale. Pero ¿por qué la llaman «el Genio»?

—Porque uno no sabe siempre «exactamente» lo que quiere. Puede querer una versión aproximada. Como en esos chistes antiguos, ya sabes: una pareja va andando por la playa y encuentra na botella con un genio dentro y el hombre desea estar casado con una mujer más joven y, ¡puf!, el genio hace que él tenga veinte años más.

—Ah, vale. Como el tipo rico que está supercachas y lleva una gallina que no para de comer.

—No conozco ese.

—Es lo mismo. Un tío pide tres deseos: desea ser rico, quiere músculos y el último deseo es tener «una polla insaciable».

Harold se echó a reír, tanto y tan fuerte que captó la atención de la mujer que ceceaba.

—Qué divertido. Me gusta. Y a eso me refería. El Genio hace cosas como esa.

—¿Por qué? Parece malo para el negocio.

—Lo que consigues está siempre lo suficientemente cerca. A un amigo mío, muy amigo, no se le dan muy bien las señoras. Así que supone que el Genio puede ayudarlo. Le dice: «Quiero una chica con el culo gordo y pecas». ¿Y qué aparece delante de su puerta? Una chica gorda con acné.

—¿Y le parece bien?

—Se rio, porque la verdad es que consiguió lo que quería, y esa chica y él pasaron un buen rato, y él estaba muy contento. Nada es perfecto. La gente que va a ver al Genio lo entiende muy bien. Saben que no pueden conseguir exactamente lo que quieren, pero mientras tengas algo que se acerque, pues vale. Es un mundo de compromisos, este en el que vivimos. Puedes quejarte luego, pero forma parte del riesgo que corres yendo a verla, hay que tomárselo con sentido del humor. Sabes que va a enredar contigo un poco.

—¿Y dónde está su lámpara?

—¿Perdón?

—La lámpara. ¿Cómo se la puede convocar? ¿Para pedirle mis deseos?

—No se puede. Ella no te ayudará.

—¿Porque soy blanco?

—¿Cómo sabes que el Genio no es blanca?

Reddick se sonrojó.

—¿Lo es?

—No, hermano, pero eso no importa. Lo que digo es que pienses por qué has supuesto cosas. De todos modos, ella no elige a sus clientes por el color de su piel. No sería bueno para el negocio. Simplemente, tú no eres su tipo. Es demasiado para ti.

—¿Soy tan distinto de ti? Yo trabajo en un almacén.

—Piensa cómo nos conocimos, antes de hacerme esa pregunta. No tengo nada en tu contra, como hombre, pero América nos trata de una manera distinta.

—No estoy seguro de lo que tiene que ver eso con buscar al Genio.

—Mira, lo que el Genio hace...; sí, tienes razón, hay gente que lo hace mejor por toda la ciudad. Puedes encontrar mejores drogas, mejores chicas, carnés falsos, toda esa mierda. Puedes encontrar a gente que no te engañe en todos esos negocios, también. Pero el Genio lleva toda la vida aquí, desde que este barrio era duro de verdad, y ella respondía ante la gente. Conocía a todo el mundo, y podía sacarte de apuros, mantenerte con vida, conseguirte una dosis si lo necesitabas, o encontrarte un lugar para despejarte, si lo que querías era eso. Tenía un par de edificios que usaba para sus negocios, pero si tú tenías problemas, ella podía dejarte estar allí gratis, a veces. Sí, intentaba hacer dinero, y sí, tenía un sentido del humor un poco raro, pero la gente que recurre a ella ahora recuerda una época en la que no tenía a nadie más. ¿Qué te parece?

Bebieron en silencio. Pasó casi un minuto.

—Simplemente, dime dónde habla la gente con ella. Aunque yo no pueda ir. Solo quiero saber cómo encaja todo esto. —Pensó en las recogidas de Tyler.

—No vas a dejarlo, ¿verdad?

—No puedo.

—Recuerda que ella hace daño a la gente.

—No iré yo en persona. Conozco mis límites. Simplemente, intento ver cómo encaja todo.

—Tienes que jurarme que te mantendrás apartado de eso. No quiero ser responsable de que te maten.

—Harold, te lo juro.

—Hay una tintorería en Grand Street. Hacia Clinton Hill. Clean City.

Reddick apretó la mandíbula.

—Creo que la conozco.

—Pero no vayas.

—Te he dicho que no lo haría.

Harold centró los ojos adormilados y observó la cara de Reddick.

—Pero ¿qué más da?, ¿por qué me preocupo? Si entrases en Clean City, probablemente se limitarían a preguntarte qué prenda quieres lavar. El Genio podrá ser muchas cosas, pero idiota no es. Tal y como ha cambiado este barrio, quizá harán más dinero limpiando la ropa de los blancos.

Se volvió a reír, resignado y anárquico, como un hombre que ha hecho las paces con su desgracia. Reddick esperó, se guardó dentro las risas, mientras pensaba en el chico que le dijo que dejara su abrigo, que rellenara un formulario...; un tipo de broma completamente distinto.

13

Cask estaba a un corto paseo de Ti-Ti's. Eran más de las cinco, pero una neblina de luz solar color malva todavía permanecía en el borde del cielo, como primera señal de que los días se iban alargando. Se preguntó si la nieve dejaría de caer ya, al menos unas pocas semanas. Por ahora, yacía apilada a lo largo de los límites entre la calzada y la acera, color gris antracita por la suciedad. Su romanticismo había quedado sustituido por molestias e imprevistos.

La vio por la ventana cuando se acercó: la misma mujer, en un taburete detrás del mostrador. El ventanal de cristal y la iluminación cálida exhibían su belleza. Los hombres de fuera echaban largas e intensas miradas al pasar. Ella no les hacía ningún caso.

Él entró con las manos levantadas, en señal de rendición. Cuando ella vio quién era, su rostro se endureció. Se puso de pie.

—No es bienvenido aquí. Esta es mi tienda, no hay ningún encargado al que recurrir, si es eso lo que está pensando.

—No estoy aquí para comprar nada.

Ella sacudió la cabeza. El hematoma oscuro que tenía en torno al ojo había pasado al color amarillo. Se echaba la melena rubia hacia ese lado para dejarlo un poco en sombras.

—Quedó bien claro la última vez.

—Y me porté como un idiota. —Bajó la mano derecha, extendiéndola hacia ella—. Me llamo Reddick.

Ella se lo quedó mirando un minuto antes de responder, luego le estrechó la mano sin fuerza, con su escepticismo intacto.

—Mia.

—¿Está de acuerdo, entonces?

—¿En qué?

—En que me porté como un idiota.

Ella suspiró.

—Pues claro, si es eso lo que quiere oír. Si con eso consigo que salga de mi tienda, pues adelante. Es un idiota. ¿Está contento? Y ahora váyase.

Ella tenía un poquito de acento, que él no conseguía localizar. Quizá de Europa del Este, pensó. Lo bastante discreto para no haberse dado cuenta la última vez.

—No estoy aquí por eso. O sea, que no es el único motivo. Estoy aquí para escuchar.

—¿Por qué cree que yo tengo algo que decirle?

—Porque sé quién es el Genio.

Ella no parpadeó al oír el nombre.

—¿Y qué? Ya he preguntado a Ju'waun por usted. No es nadie.

—Entonces no le importará responder a un par de preguntas.

—No me ha hecho ninguna pregunta.

—Vale. ¿De qué conoce a Ju'waun y a Tyler?

—No es asunto suyo. Siguiente pregunta.

—¿Trabaja usted para el Genio?

—No. Siguiente pregunta.

—Esperaba que me diera respuestas de verdad.

—Todos tenemos esperanzas. Siguiente pregunta.

—¿Qué relación tiene con el Genio?

—Es mi casera.

—Ah, ¿sí?

—Pues sí. ¿Ha terminado?

—¿Conoce a una chica llamada Hannah Granger?

Ella no se paró a pensar.

—No.

—Ju'waun sí que la conoce. Y también Tyler.

—Ellos conocen a mucha gente a la que yo no conozco.

—¿Por qué me han dicho que no pregunte por ellos? ¿Ni por Hannah?

—No sé por qué espera que yo lo sepa. O que me importe.

—Porque Hannah Granger desapareció el domingo por la noche. Y Ju'waun y Tyler fueron dos de las últimas personas en verla.

Él pensó que captaba la reacción a la última pregunta: ella parpadeó ligeramente, tensó la boca. Pero quizá fuera solo irritación. Ella fue a coger una copa, se sirvió cinco centímetros de una botella de Malbec abierta en el mostrador y se lo bebió.

—¿Qué es esa chica para usted? —preguntó ella.

—Digamos que era amiga mía.

—¿A qué hora estuvieron esos con ella?

—Al menos hasta medianoche.

—Estuvieron conmigo después de eso. Y no había ninguna chica.

—¿Con usted?

—Fíjese, resulta que podría ayudarle, después de todo. Tendría que haber sido amable desde el principio.

—¿Qué hacían con usted?

—Ahora ha vuelto al principio, y ya se lo he dicho: no es asunto suyo.

—No les estoy intentando culpar de nada. No crea que va por ahí. Simplemente, intento averiguar qué le ha pasado a Hannah. Quizá si pudiera hablar con ellos, si me diera sus números de teléfono...

—Mire, lo siento por su amiga. Espero que averigüe qué le ha pasado. Pero esos dos no están implicados, ¿vale? Y, ahora, vaya a buscar a algún otro sitio.

Levantó la barbilla como para dejar bien clara su postura y se apartó el pelo de la cara. La hinchazón de la carne por debajo del ojo decía que era una mentirosa.

Él compró un paquete de seis cervezas de camino a casa. El apartamento era suyo aquella noche, territorio ganado tras su pelea con Dean y Beth, con las heridas demasiado frescas aún para una reconciliación. Agradecía mucho el tiempo disponible, porque tenía trabajo que hacer.

Primero: intentar rellenar la otra mitad de su mapa, equilibrar su atención desigual. Todavía no sabía los apellidos de Ju'waun y Tyler, pero tenía más datos que la primera vez que los investigó. Fue a Facebook, tecleó «el Genio», consiguió una lista de mujeres. Buscó por ciudad, con referencias cruzadas de amigos que se llamaran Ju'waun y Tyler, por todas las combinaciones posibles de los nombres, uno por uno. Nada. Fue a Instagram, buscó *hashtags* por sus nombres, por la ubicación del Cask. Se enteró del apellido de Mia, lo usó para encontrar una foto suya con otras mujeres, agarradas unas a otras en una selfi, echando besos a la cámara, guiñando el ojo. Tomadas en un club, un bar de Tompkins. Sus amigas eran blancas, negras e hispanas, y la gente que tenían detrás era sobre todo negra. Luego buscó a Ju'waun en la página de ella y encontró una foto de los dos. Reddick se retorció en su asiento, y el impacto de la revelación pasó como un temblor por su cuerpo. Ella lo había etiquetado. Siguió la etiqueta hasta la página de Ju'waun y al final consiguió su apellido: Ju'waun Stills. Peinó sus imágenes, sus etiquetas. Eran cosas cotidianas: amigos, fiestas, memes. Vio una habitación llena de gente, con colchones en el suelo, unos contra otros. Una ventana arriba, en alguna parte, otras torres que llenaban la imagen, con unos ladrillos rojos y una arquitectura sosa que sugería las viviendas de protección oficial. ¿Dónde? Investigó más y acabó encontrándolo. Lafayette Gardens, en la frontera entre Clinton Hill y Bed-Stuy, no lejos de Clean City. Fue a la etiqueta de ubicación, que tenía un puñado de fotos y vídeos de un solo usuario: una organización comunitaria. Una fiesta, una barbacoa, una batalla de los gallos de rap. Un canto a capela, adultos y niños en círculo, dando palmas al unísono, animando los densos juegos de palabras, las agudas resoluciones. Tres vídeos, treinta segundos de música, solo unos pocos compases, cada uno de ellos con un chico distinto. El último era Ju'waun, etiquetado como «el *flow* apabullante de J-Sword». Lo escuchó dos veces: la enunciación era clara; la ejecución, pulida, aunque los ritmos eran algo sencillos. Fue retrocediendo en las búsquedas usando J-Sword en lugar de Ju'waun. Había una segunda cuenta con su apodo, con más fotos de Ju'waun y sus amigos, en Lafayette Gardens, en Fort Greene Park. Los seguían largos hilos llenos de comentarios: fanfarronadas, exhortaciones, algunos insultos ocasionales. Encontró la cara de Tyler unida a un seudónimo: Remy. Vio dos frases repetidas «Sons of Cash Money» y «Heirs to the Throne» en los comentarios, pero también en las páginas de perfil, refiriéndose o bien a un solo grupo con múltiples nombres, o bien a un par de grupos que se superponían.

Al poner «Cash Money, Lafayette Gardens» en su buscador, encontró Cash Money Brothers, una banda violenta que dominó Lafayette Gardens desde los noventa hasta mediados de la década siguiente. El liderazgo había sido erradicado en una serie de acciones judiciales que duraron casi una década, un periodo que coincidió con el auge de la gentrificación de Clinton Hill. Reddick había pasado junto a aquellos edificios una decena de veces: le parecían pacíficos, verdes, cuidados. Desde una ventana que daba al sur se podía ver Restoration Heights, las dos promociones inmobiliarias reflejándose la una en la otra a través de unos bloques de territorio cambiante, su cosmética tan similar que era casi como una broma. Nadie que él conociera había entrado nunca en Lafayette Gardens, porque las viviendas de protección oficial estaban bordeadas por un muro invisible que irradiaba la vergüenza de su contraste con el barrio floreciente, la ostensible declaración de que allí había dos países, con unas fronteras inviolables. Los blancos recién llegados a Clinton Hill cruzaban la calle, caminaban por la acera de enfrente, sin saber qué era lo que les asustaba más: las viviendas de protec-

ción oficial o su propia complicidad en las fuerzas que los sostenían. Sus rostros se nublaban al conocer su propia cobardía.

Reddick no encontró nada sobre Sons of Cash Money o Heirs
to the Throne en las noticias, de modo que fue a los medios sociales y los encontró en Twitter. Fue pasando por las historias de
Remy y J-Sword, crónicas de sus carreras incipientes en el rap, bravatas que podían hacer referencia a delitos reales, o quizá solo fueran metáforas, porque la jerga era tan exagerada que casi parecía
un código. Las narraciones eran distintas de las que manejaba la
cuenta de Ju'waun con su propio nombre, más nerviosas, más fre-
néticas. El chico llevaba una doble vida. Reddick encontró enlaces
a más *freestyle*, todo cosas de rap con etiquetas como *Heirs, Heirs to
the Throne, HTBOYZZ, HTNIGGAZ*, una avalancha de variantes
sobre la misma frase. Se movió hacia atrás, leyendo cada publica-
ción con cuidado, anotando el día. El lunes, la mañana después,
encontró una breve conversación entre las dos cuentas, J-Sword a
Remy: «Hubo mal rollo anoche». Respuesta de Remy: «Sí, la cogieron desprevenida», y J-Sword terminaba con: «Todo bien, quedamos esta tarde», etiquetado «Sons of Cash Money».

Podía no ser nada, podía serlo todo. Si era una referencia a
Hannah, era de una imprudencia suicida. Clicó en la etiqueta de
Sons of Cash Money. Estaba llena de indiscreciones similares.
Todo el mundo que usaba la etiqueta —presumiblemente otros
miembros del grupo—, fanfarroneaba acerca de actos violentos
con eufemismos transparentes. Ajustaban cuentas antiguas, empezaban otras nuevas: robos menores o simplemente puñetazos
en el pecho para marcar el estatus. Sons of Cash Money estaba
vinculado a otros grupos que usaban sus cuentas de la misma manera: como un foro para afirmar su poder, para llegar a la audien-
cia que buscaba sus actos, algunos de ellos escondidos bajo seudónimos; pero muchos de ellos no, cautivados por la arrogancia y la
seguridad en sí misma de la juventud, la pérdida o la desesperación, con una indiferencia genuina a su destino.

Se levantó y abrió otra cerveza. Desde la calle se alzaron voces, risas, traídas por el sábado noche en Brooklyn en lugar del frío afilado. Se acercó a la ventana. Las figuras en la acera iban tapadas y encapuchadas como monjes, con su identidad y su destino ocultos. Reddick se quedó mirando hasta que casi se hubo acabado la cerveza y entonces cogió el teléfono.

—¿Thomas? —Había despreciado la afirmación de Dottie de que Hannah se fue a casa como una obvia mentira, destinada a que las cosas siguieran funcionando con normalidad. Pero valía la pena comprobarlo si podía.

—¿Encontró a su familia, en Oregón? —preguntó.

—La señora Leland nunca supo que nadie mencionara sus nombres. Pero sí que recuerda que eran de Portland.

—Portland. ¿Está seguro?

—Bastante.

—¿Y la fiesta?, ¿de qué discutían Buckley y Franky?

—Hubo un desacuerdo. Sin embargo, nadie está dispuesto a comentar el asunto. Supongo que era algo personal.

Si era una aventura, eso explicaría la reticencia.

—¿Cualquier otra información? ¿Cómo se conocieron? ¿De qué trabajaba ella?

—La señora Leland dice que Hannah había dejado su trabajo recientemente cuando ellos se conocieron, y que se dedicaba al arte. Ella recuerda que la chica hizo una broma, algo restándose importancia acerca de que era un trabajo aburrido para gente creativa. Cree que en realidad nunca mencionó ningún nombre.

—¿Y cómo se conocieron?

De eso sí que tiene más detalles, ella estaba presente cuando ocurrió. Fue en un evento del MoMA, el verano pasado. El señor Seward era uno de los donantes a los que se honraba en el evento.

—Pero no la señora Leland, supongo...

—Por supuesto que no. Sus intereses no tienen intersección alguna con el Modern. El caso es que lo recuerda claramente porque fue el señor Seward quien la conoció primero. Creo que se acercó a él para comentar algo de los cuadros que él poseía, y después de charlar unos minutos, él le presentó a su hijo.

—¿Y Buckley se quedó prendado de ella, sin más? No tardó mucho en intentar comprometerse con ella.

—No sé por qué no iba a ser así. Ella ya tenía lo que más quería: la aprobación de su padre. El resto era inevitable.

No se podía verificar nada de todo aquello, pero sonaba bien. Buckley ansioso por complacer.

—¿Tiene más noticias? —preguntó Thomas.

Él pensó en su visita a FDP, en la revelación de que Buckley y Franky posiblemente se habían peleado, en la casa en construcción, en Ju'waun y Tyler y sus alusiones, en su asociación con la violencia. Pensó que la señora Leland tenía que saber que Buckley había invertido en Restoration Heights y, sin embargo, no se lo había dicho.

—Aún no.

Colgó, fue a las páginas blancas de Oregón. Encendió la lámpara del escritorio, puso un posavasos debajo de su cerveza. Sabía que tenía que comer, pero no podía. Había treinta y cinco Grangers en Portland. Para acceder a sus números de teléfono tenía que crear una cuenta, cargándola a su tarjeta de crédito. El sitio tenía montones de datos personales: direcciones de correo electrónico, registros civiles, todo lleno de descargos de responsabilidad sobre su uso inadecuado. Pagó por un acceso mensual, el mínimo. Marcó el primer nombre de la lista. La web decía que tenía sesenta y nueve años.

—No, no conozco a ninguna Hannah Granger. Mi hermana se llama Anne, pero nunca se lo ha cambiado a Hannah. Annie, durante un tiempo, Annie Granger, pero no cuajó. ¿De qué se trata?

Dejó mensajes cuando no le respondieron, donde aseguraba

que era el jefe de Hannah y que quería adelantarle el pago de su última nómina. La diferencia horaria era excesiva para llamar, y además era fin de semana, de modo que lo recibieron con suspicacia, pero insistió hasta quedar satisfecho. Nadie conocía a ninguna Hannah, nadie tenía ningún pariente con ese nombre.

¿Sabía Dottie que estaba mintiendo, o bien ella repetía lo que le habían dicho sus jefes? ¿Hasta dónde se extendía el encubrimiento?

Finalmente se centró en las fotos que había tomado de los documentos de Buckley. Conectó el teléfono al ordenador portátil y descargó las imágenes. Las ordenó primero por tipo: resguardos de cheques, extractos bancarios, cartas enviadas o recibidas. Todo parecía banal, trivial, las mudas de piel de las transacciones financieras. Él tenía que intentar entenderlas. ¿Por qué llevar un registro de papel?, ¿era algo particular para aquellos documentos o una práctica general? Buscó nombres, memorizó la jerga, se sumergió en manuales financieros online y en Wikipedia. Se dio cuenta de que nunca aprendería lo suficiente para detectar una irregularidad, de modo que trabajó para alcanzar un punto en el que al menos pudiera organizarse, captar un poco lo que andaba buscando. Al cabo de unas pocas horas había llegado todo lo lejos de que era capaz; no había encontrado nada para incriminar a Buckley. Metió los archivos en un lápiz de memoria.

Se dedicó entonces a los resguardos de los cheques. Buscó el nombre de cada receptor. Eran todos nombres personales, no empresas. Todos hombres. No todos los nombres llevaban a una pista, pero los que lo hacían eran como Buckley: la élite de Nueva York, filantropía, arte.

Las notas sugerían préstamos, deudas personales. Uno decía simplemente «apuesta de Navidad», fechado en junio; una broma personal de diez mil dólares. Y estaba también Franky Dutton. Buckley le había hecho un cheque hacía tres años, en agosto, de ciento ochenta y siete mil dólares. El resguardo tenía solamente una línea trazada.

Reddick se echó hacia atrás en la silla. La cifra era como un puñetazo en el estómago: cuatro veces lo que él ganaba en todo un año de manipular arte, y más aún, pasó entre esos dos hombres en una sola transacción. Aquello lo afectó más profundamente que las señales patentes de la riqueza de los Seward: las villas, la enorme casa de la ciudad, el batallón de personal... precisamente porque, en términos de la familia, era una pequeñez. Aquella cifra a Reddick le parecía riqueza, el pago por su duro trabajo, por los sacrificios de su madre. Para Buckley era dinero de bolsillo entre amigos, que ni siquiera valía la pena indicar para qué era.

Reddick cerró el ordenador, se levantó y miró el mapa. Las seis cervezas estaban vacías, había pasado al whisky, los restos de la celebración de Beth y Dean. No se había parado para comer. Escribió la información del día. El Genio, la afirmación de Mia de que Ju'waun y Tyler estaban con ella aquella noche. La asociación de aquella pareja con lo que parecía una banda, y los mensajes que parecían implicarlos. Los bloques de texto adquirían unas formas oscuras y orgánicas en la página en blanco, como manchas de Rorschach. Se concentró en los espacios negativos, el tejido conectivo. Había significado en las siluetas, los esbozos, una unidad de forma y de propósito, hechos que podían vibrar por proximidad, por el tirón que ejercía una gravedad bidimensional. Si conseguía dar con las formas correctas podría encontrarla. Habían pasado seis días. El recuerdo que tenía de ella se iba descomponiendo. En su lugar veía la fotografía: ella se estaba convirtiendo en su imagen. Se olvidan las imágenes con más facilidad que las personas porque el mundo está lleno de ellas, de recopilaciones de luz, datos, información. En una persona hay más cosas. En ella había algo más. Él buscaba a la persona, intentaba olvidar la foto. Se agarró a esa distinción; escribió en el mapa del caso: «Encontrarla a ella, no la imagen de ella», sin comprender muy bien qué quería decir con eso. Se tumbó en la cama y repasó una y otra vez el recuerdo en bucle, intentando fijar cada detalle: los colores, las texturas, como si estuviera pintando, pincelada a pincelada. Intentó posponer la certeza de la muerte, ver el pecho de ella subir y bajar antes de quedarse dormido.

14

Se despertó con resaca. Le dolía el cuerpo: dos días bebiendo, caminando, todavía dolorido por su persecución por la obra en construcción. Desayunó y le envió un texto a Derek, pidiéndole si podía ayudarlo con algo.

Derek respondió: «¿Te olvidas de que hoy es domingo?».

Cinco contra cinco, pista completa, todos los domingos por la mañana hasta que empezaban las clases de *fitness* a la una. Esos eran los juegos con registro, las competiciones para las que se preparaban durante la semana con los dos contra dos y tres contra tres. Duraban alrededor de media hora, y los equipos se reunían junto a las pistas para animar y esperar su turno. Se consignaban las puntuaciones, se registraban los partidos ganados y perdidos, se iban fraguando unas reputaciones gradualmente, forjadas con coherencia y horas anotadas, por las tendencias globales de picos y valles semanales. El domingo era cuando uno se hacía un nombre. Ni Derek ni Reddick se habían perdido ni uno en meses.

«Hablemos después», respondió. Entonces envió un mensaje a Clint para ver si había averiguado algo de Franky. Acordaron reunirse antes de que empezaran los partidos.

Llegó temprano y fue a la sala de pesas. Estaba casi vacía, excepto una joven pareja que se acababa de encontrar en el banco de pesas, un hombre pálido con gafas que leía un periódico destrozado entre series, dos mujeres mayores con acento caribeño y con gorras de béisbol. Clint no estaba. Fue hasta el vestíbulo, atravesó el largo salón más allá de la sala de cardio, un bosque de máquinas de andar y elípticas, de rostros oscilantes, en guerra con el tedio. Media docena de chicas blancas, la mayoría por debajo de los treinta, heraldos del cambio bien embutidas en ropa lululemon o cualquier otra marca de diseño de ropa de gimnasio, como si el Y fuese un gimnasio pijo tipo New York Sports Club o Equinox. También andaban por allí algunos de los habituales, hombres y mujeres, sobre todo mayores, sobre todo negros. Todos ellos, tanto las caras nuevas como las viejas, estaban unidos en su resolución consciente, en su esfuerzo común.

En el vestíbulo el sol brillaba con fuerza, desafiando la temperatura de las calles congeladas. La luz apuñalaba la nube de su resaca, le perforaba los ojos. Clint venía solo, con la parka abierta para que entrase su pecho amplio, con la expresión oculta tras unas gafas de sol de aviador.

—¿No puedes dejar ni siquiera que me instale? —preguntó, indicando la bolsa y el abrigo de gimnasio.

—Tómate el tiempo que quieras. Es que no quería que te me escaparas.

—¿Sabes una cosa? Es mejor que nos ocupemos de esto ahora mismo.

Hizo una seña a Reddick para que lo siguiera. Fueron a la parte superior de la escalera, donde el vestíbulo dominaba el nivel inferior. Estaba muy tranquilo; los clientes pasaban, pero no se paraban. El policía dejó su bolsa en el suelo.

—¿Por qué preguntas por el Genio? —dijo.

—¿Cómo? Te he preguntado por Franky Dutton. —Por un momento le preocupó la posibilidad de haberse equivocado, sin saber cómo, y haberle dado el nombre erróneo a Clint—. Ni siquiera sabía quién era el Genio cuando hablé contigo.

—Y sigues sin saberlo. Lo único que sabes es que lo que te han dicho significa que no sabes una mierda. ¿Te dije cómo me gano la vida?

—Por eso estoy aquí.

—Quiero decir «concretamente». ¿Te he contado lo que hago «concretamente» para la policía? Recuerdo habértelo dicho, pero quiero que quede bien claro. Quiero darte el beneficio de la duda.

—Drogas. Dijiste que algo de drogas.

—Muy bien. Drogas. Así que ¿tú crees que si empiezas a hacer preguntas sobre la condenada Genio no va a llegar a mis oídos? ¿Crees que puedes confiar en que ese borracho de Harold mantenga la boca cerrada?

El mundo de Reddick se iba encogiendo.

—¿Harold? ¿Conoces a Harold?

—Sí, conozco al puto Harold.

—¿De... del barrio?

—Claro, porque todos los negros nos conocemos.

—No quería decir eso.

—Era broma. Conozco a Harold porque es un chivato, porque le encanta hablar y habla con cualquiera. Mira, Harold conoce a gente que no me gusta nada, esa gente que trabaja con el Genio. Porque así es como funciona mi trabajo. Mi trabajo consiste en conocer gente que conoce gente. Y asegurarme de que esa gente suelte la lengua.

—¿Eso es lo que hace Harold? ¿Soltar la lengua?

—Imagina mi reacción anoche cuando va y me suelta todo eso, después de que yo ya hubiera mirado lo del promotor inmobiliario para ti. Yo estaba tomándomelo muy en serio, mi buena obra de la semana, y se me ocurre ir a hablar con el viejo Harold y sentarme justo allí donde lo dejaste tú, en Ti-Ti's, y empieza a decir que ha asustado de muerte a un ingenuo chico blanco, y que no tenía que haberte dicho nada, pero que quería ayudar. Y yo pienso: «Es imposible que Harold y tú os conozcáis», pero no es posible que haya nadie más por ahí preguntando por la misma chica blanca desaparecida, así que quizá no sea tan imposible. Y, efectivamente, así es.

—Lo dejé pasar en el metro unas cuantas veces. Y luego nos encontramos y empezamos a hablar.

—Así que lo dejabas pasar gratis, ¿eh?

—Bueno, a mí no me costaba nada. O sea, que como tengo la MetroCard...

—Sabes por qué lo pide, ¿no?

—Pues nunca se lo he preguntado. Son malos tiempos.

—Sabrás que tiene trabajo y una casa pagada, de cuando murió su madre.

—Sí, me lo dijo.

—Así que probablemente habrás deducido que no es por el dinero, ¿no?

—Bueno... —Reddick se encogió de hombros, sin insistir.

—Cree que hay dispositivos de seguimiento en las tarjetas.

—¿Cómo?

—Cree que fueron Giuliani y Bush. Después del 11-S se asociaron y pasaron todas las ciudades de fichas a tarjetas para poder seguir a la gente. Especialmente, a los negros. Dice que no bastaba con recoger a todos los vagabundos y meterlos en furgonetas, y poner cámaras en todas las calles, en todas las esquinas. Necesitaban también una manera de monitorizar los movimientos de la gente.

Se sentía avergonzado por Harold.

—¿Por qué me cuentas todo esto?

—Para que veas lo poco que sabes. Porque has estado hablando con un paranoico y alcohólico sobre una carrera criminal y, peor aún, has seguido hablando con él, aun después de ver lo mucho que le había asustado todo eso. El Genio no es ese tío de tu residencia de estudiantes que te vendió *kush* y que ponía discos de Phish, ¿vale? Ella maneja muchas más cosas de las que podrías imaginar. No sé qué tonterías te habrá contado Harold de que ayuda a la gente, pero, si alguna vez fue cierto, es algo que pertenece al pasado. Ella no se preocupa por nada salvo por su balance final, desde hace mucho mucho tiempo. Es un mundo con el que no te conviene relacionarte. Haría polvo completamente tu culo flacucho.

Tres chicas pasaron junto a ellos y subieron las escaleras. Clint se inclinó hacia la barandilla, mirando sus caderas que oscilaban.

—Me he enterado de unas cuantas cosas —dijo Reddick—. A lo mejor tienen que ver con el Genio, no lo sé.

—¿Es que no acabas de oírme?

—Te creo. No quiero tener nada que ver con eso, créeme. Simplemente estaba intentando encontrar a los tíos que fueron a la fiesta con Hannah y di con todo esto. Si te pregunto a ti, si eres tú quien me lo cuenta, no tengo que preguntarle a nadie más. No tengo ningún motivo para meter las narices en los asuntos del Genio. Si realmente quieres que esté a salvo, sencillamente, contesta mis preguntas.

Clint parecía escéptico.

—¿Y si coges lo que te digo y sigues buscando más mierdas, ahondando más?

—No soy idiota. Solo estoy decidido.

—En eso puede que estemos en desacuerdo.

—¿Qué es eso de Sons of Cash Money?

—¿Harold también te habló de eso?

Reddick le habló de su investigación, de las etiquetas, de los nombres de la banda, de los seudónimos, de las alusiones a la violencia. Clint escuchaba, con la cara de piedra, y suspiró cuando terminó.

—Tienes razón en una cosa.

—¿En qué?

—Si no te lo cuento acabarás consiguiendo que te maten, intentando averiguarlo. —Clint se quitó las gafas de sol y se apoyó en la barandilla—. Esa gente no tiene relación con los Cash Money Brothers, en realidad... el tío de alguien llevaba una esquina para ellos, hace tiempo, o algo así. Eso ocurre siempre: gente insignificante intentando aprovecharse del mérito de los duros, duros de verdad. Sons of Cash Money fue una de las pocas pandillas que surgió en el espacio vacío que dejó la caída de los Cash Money Brothers. Tyler es uno de los miembros antiguos. Pasó dieciocho meses en la trena. Fue, casi seguro, el que disparó en un homicidio de East New York pocos meses después de salir, quizá haga unos cuatro años, pero no pudieron empapelarlo por eso. Desde entonces ha estado muy callado, pero sigue en mi radar porque está en el juego aún, aunque sea sin armas y sin agresiones. Los tipos como él normalmente a estas alturas ya habrían cumplido alguna otra condena, pero él se ha mantenido fuera. Es un chico muy guapo, ya lo habrás visto, ¿no?, y listo también, y habla muy bien. Se mueve por los bares del barrio, disimula su estilo gangsta, va a por las chicas hípsteres.

—¿Y qué hay de Ju'waun?

—Nunca he oído hablar de él. Eso no significa gran cosa, porque hay miles de chicos a los que yo no conozco y que tampoco importan, a menos que estén relacionados con algún caso más importante en el que estemos trabajando. Pero eso de la identidad dividida es bastante inusual. Esos chicos están metidos en todo, es la única forma que tienen de hacer las cosas, porque no tienen nada más. Y no toleran fraudes. Si me pides mi opinión, yo diría que quizá no fue él quien apareció en esta mierda, que él y Tyler conocían a algún otro, y que su amigo responde por él mientras juega a ser un matón. Podría ser un primo suyo o algo así.

—Dicen bastante abiertamente online lo que hacen.

—Tendrías que haberlo visto antes de que empapelásemos a algunos por sus tuits. —Clint se echó a reír—. Usamos las redes sociales para saber quién está con quién, cuándo y dónde. Montamos casos enteros solo con esa mierda.

—Joder.

—Ponen fotos de ellos mismos enseñando artículos robados, alardeando de golpes. Es un asunto de cultura del honor, por qué hacerlo si no lo pueden publicitar y aumentar su estatus con eso, hacer que sus rivales se lo piensen dos veces.

—Así que el Genio..., ¿son los Sons of Cash Money?

—No, tío. Ya te he dicho que esa mujer es muy buena. Gente como el Genio usa las pandillas como SOCM para que muevan algunos productos para ellos, pero ahí queda todo. A los chicos les gusta la violencia, las armas, las poses de gánster, eso es toda su vida. Así es como se convierten en alguien. Pero los mayores, como el Genio, que llevan ya un tiempo en el negocio, se mantienen bien lejos de toda esa mierda. Se interpone en su camino de obtener beneficios.

Entró Sensei, hizo una seña a Clint y echó una larga mirada a Reddick, luego sonrió y se metió atrás.

—Todo ese metal de ahí no se va a levantar solo —dijo Clint.

—Lo siento. Todavía no hemos llegado a Franky.

—Antes de dejar este tema, si tienes alguna pregunta más sobre esos tipos, sobre el Genio o esa mierda callejera, pregúntame a mí, ¿vale? No a Harold ni a ninguna otra persona. Y si tienes cualquier indicio de que esas personas están relacionadas con la chica desaparecida, o aunque sea solo una sospecha, te pondré en contacto con un detective para que hables y puedan seguir la pista si vale la pena.

—¿Así que me crees?, ¿crees que ella ha desaparecido?

—Si te creyera de verdad ya habría llamado a ese detective.

—¿Y qué tienes de Franky, pues?

—Esto te va a hacer muy feliz. —Parecía resignado, como si le doliera decirlo—. Borrachera y desórdenes. Posesión. Y una acusación de agresión.

—Lo sabía.

—No te regodees. Todas y cada una de las acusaciones acabaron por retirarse al final. Es sorprendente lo difícil que es conseguir que las cosas se peguen a una piel blanca. Es como si estuvierais recubiertos con algo.

—¿Qué es eso de la agresión?

—Una mujer en un bar. Intentó ligársela, ella dijo que no. Ella dice que se enfadó mucho y la cogió por la muñeca. Le dejó un brazalete de hematomas. Él dice que solo le sujetó la mano cuando intentaba darle una bofetada, que quizá al dirigirse a ella fue un poco demasiado atrevido. Tal y como he mencionado, al final ella retiró la acusación.

—Así que se pone violento cuando las mujeres le dicen que no.

—Y hay algo más. Vi que su nombre se mencionaba en relación con un caso con armas en Bushwick.

—¿Tiene un arma?

—Espera, déjame terminar. Dos agentes responden a una llamada sobre un yonqui con un arma que está merodeando frente a un edificio en Bushwick. Cuando llegan allí, el tío está sentado en la entrada de la casa, prácticamente dormido. Vive allí. Tiene un arma metida en la parte de atrás de la cinturilla. Y de inmediato se dan cuenta de que aquello es raro. La llamada fue anónima, el que llamó no dio detalles concretos ni dijo cómo sabía que aquel hombre tenía un arma, por ejemplo. El yonqui estaba demasiado jodido para sacarla. Y no era del tipo de tíos que llevan pistola, simplemente era un adicto. De unos cincuenta años. Sacar armas de las calles es la prioridad número uno de esa brigada, es lo que hacen habitualmente, así que saben muy bien cómo va todo esto. Tienen instinto para ese tipo de cosas. Por supuesto, en cuanto al tipo se le pasa el pedo no recuerda nada de la pistola, parece que está diciendo la verdad, y no les parece adecuado cargarle eso.

—¿Y qué tiene que ver todo esto con Franky?

—Preguntan por ahí y resulta que el edificio está en venta, y los nuevos propietarios quieren echar a todo el mundo para poder limpiarlo y reconstruir, pero unos cuantos se siguen negando, son personas que llevan allí tanto tiempo que están protegidas hasta cierto punto; los acabarán echando al final, pero será un proceso largo y caro.

—La gente normalmente coge el dinero.

—Algunos sí, pero otros no. La gente que lleva mucho tiempo allí, como ese tío, pues no. Recoge su cheque cada día uno y quince, se lo gasta en droga, mendiga un poco cuando anda escaso. Su camello trabaja en el restaurante chino de comida para llevar de la misma calle. No piensa cambiarse de casa, ese edificio es todo su mundo.

—¿Qué quieres decir, entonces?

—Pues que resulta que tenemos un montón de llamadas sobre los inquilinos de ese edificio. Todas anónimas. Varios delitos menores, posesión, lo que sea. Todas han ocurrido después de que se vendiera el edificio.

—A la empresa de Franky, FDP.

—Sí que te ha costado. Tender trampas a los inquilinos para echarlos. Interrogamos a Franky: «¿Ha puesto el arma usted o alguno de sus empleados?, ¿ha llamado por teléfono usted o alguno de sus empleados?». Por supuesto, no hemos sacado nada en limpio. Hablé con los agentes que estuvieron haciéndole preguntas y dijeron que les habría gustado mucho quitarle a bofetadas la sonrisita de la cara, pero que no tenían pruebas. Lo sabían, y él sabía que lo sabían, pero nadie quiere investigar ese tipo de casos. El ayudante del fiscal del distrito preferiría ir a por alguien mucho más peligroso, los federales preferirían ir a por alguien con más influencia.

—Joder.

—Y, además, no hay pruebas. De modo que resulta que ese tío es un auténtico hijo de puta, al final. ¿Te sientes reivindicado?

Reddick se quedó callado medio minuto, intentando asimilarlo.

—Hannah pudo haber dicho que no. Yo había pensado en que fueran celos, connivencia. Pero quizá fue simplemente Franky. No puede soportar no salirse con la suya.

—Hay un largo trecho entre ser un creído y cometer un crimen. Y hay que pavimentarlo todo con pruebas.

Reddick negó con la cabeza.

—De todos modos, no puede ser; hay demasiadas cosas que quedan sin explicar. Como, por ejemplo, por qué Buckley se niega a cooperar.

—¿Y la familia de esa chica? —preguntó Clint—. ¿Y sus amigos?

—No conozco a ningún amigo. Ella solo tiene una cuenta en las redes sociales y es privada. Es como si apenas existiera. Los Seward aseguran que se ha ido a casa con su familia, pero nadie con su apellido en su ciudad natal dice conocerla.

—Quizá no estén en el listín.

—Supongo. Pero el momento, cómo me lo dijo la empleada de los Seward, de esa forma tan despreocupada..., es todo demasiado conveniente. Quieren evitar daños mayores intentando que lo deje.

—Esa chica tiene que conocer a otras personas. La familia de su prometido no puede ocultarlas siempre.

—Me gustaría hablar con algún miembro de su familia, con algún amigo, solo para averiguar qué mentiras les están contando los Seward.

Clint se inclinó hacia delante.

—No es eso lo que tienes que averiguar. Las mentiras que sean no importan. Lo que importa es «por qué» están mintiendo. ¿Qué tienen ellos que ganar retrasando lo inevitable?

—Pareces casi interesado.

—Eh, no te pongas gallito. Solo te estoy dando conversación.

—Ya veremos. —Un niño pasó corriendo, riendo, y su ojerosa madre le chillaba que tuviera cuidado con las escaleras—. Quizá ahí sea donde encaja Restoration Heights. En el retraso. Buckley tenía un montón de dinero metido en el proyecto, no lo sé, quizá haya algún plazo límite o algo. Un hito que alcanzar, después del cual un escándalo sería menos dañino.

—¿Se puede saber cómo has averiguado eso?

—Me lo dijo Derek.

Clint se echó a reír.

—¿Tienes a todo el maldito YMCA ayudándote?

—Supongo que a la gente le hago gracia.

Dos hombres subieron las escaleras. Reddick reconoció una de las caras, pero no pudo situarla de inmediato: joven, piel con marcas, trencitas. Captó la mirada de Reddick.

—Oh, mierda, es Tom Hardy, el Delgaducho —dijo, riendo—. ¿Has venido a jugar, Tom Delgaducho?

Reddick mantuvo la cara impasible, afectando una calma arrogante.

—Ahora subo.

—Me lo debes. ¿Vale? Me lo debes. —Él y su amigo se dirigieron hacia la escalera de atrás, que conducía a las pistas.

—¿Quién era ese?

Reddick hizo una mueca. El sonido de la voz del tío había revivido su resaca.

—Se picó porque le hice un mate. Pasa a veces.

Si Clint estaba impresionado o sorprendido, no lo demostró.

—No te pareces una mierda a Tom Hardy. Ya lo sabes, ¿no?

—¿No somos igualitos?

—Estás de broma, ¿no?

Reddick se encogió de hombros y Clint meneó la cabeza, como si su provocación final hubiera consumido toda su paciencia.

—Tom Hardy —murmuró—. Es un insulto para un buen actor. ¿Acaso ese tío no te ha mirado a la cara?

—Nunca se ha acercado tanto.

—¿Ves?, ese es el problema de la gente. Realmente no se miran los unos a los otros. Simplemente, ven una aproximación que se acerca más o menos a las ideas vagas que tienen ya en la cabeza. ¿Nosotros, los policías? Tenemos que aprender a eliminar cuanto antes esa mierda. Todos los detalles que quedan después de la aproximación son los detalles que resolverán tu caso. ¿Quieres que te ayude de verdad? Lo mejor que puedo hacer por ti es decirte lo siguiente: tienes que ver las cosas como son y no como piensas que son.

Reddick le ofreció la mano, Clint la estrechó.

—Gracias. Lo intentaré.

—Y procura alejarte del Genio.

Fue el último que entró. Los demás jugadores ya se habían reunido formando equipos, haciendo unos tiros de calentamiento bajo la canasta del rival. El Trencitas estaba en el extremo opuesto a Derek. Reddick se unió a su amigo y consiguió tirar unos cuantos ganchos para soltarse antes de que empezara el juego.

«Tienes que ver las cosas como son y no como piensas que son».

Pensaba que había construido su caso objetivamente, usando los hechos como piedras, colocando uno encima del otro. Pero seguían siendo sus decisiones, sus pálpitos, los que determinaban qué piedras usaba, y no podía eliminar los sesgos de ese proceso.

En la primera posesión salió de un bloqueo con la mirada puesta en un tiro abierto. El tiro no era suyo pero estaba allí, esperando, tenía que cogerlo. Dio en el interior del aro, rebotó y se salió.

Por supuesto, había ido detrás del tipo que estaba programado para odiar: un estereotipo de promotor irresponsable. Franky era un chulo y un creído; Buckley, uno de sus compinches, reencarnaciones gemelas de la riqueza despreocupada. No se puede evitar sentir ojeriza por tipos así a menos que seas uno de ellos. Despiertan tus envidias más mezquinas y tu resentimiento.

Pasaron tres posesiones, una tras otra sin tocar la bola. Después del siguiente rebote, dio unas palmadas, recibió un pase, esquivó a su rival fuera de la línea, pero otro defensor se acercó duramente y tuvo que sacar el balón fuera y reiniciar la jugada. Derek le regañó por no esperar a un bloqueo.

Pero la imagen que tenía de ellos era precisa. Sabía que Franky maltrataba a las mujeres, eso no eran imaginaciones suyas. Y ahora sabía también que echaba a la gente de su casa, desplazaba vidas sin consideración alguna de cómo afectase su decisión a nada que no fuera su propio provecho. Esos eran hechos, no estereotipos. No sospechaba de Franky porque fuera un creído, sino que sospechaba de él porque era cruel y no tenía escrúpulos.

El Trencitas se cambió con su compañero para marcar a Reddick.

—Tienes los ojos muy rojos, Tom Delgaducho. Acabamos de empezar a jugar y ya parece que quieras echarte a llorar.

Reddick fue directo hacia él, con dureza, que era lo que quería el Trencitas precisamente, pero el otro había desestimado el explosivo primer paso de Reddick y le metió un codo en el estómago, mientras el transportista de arte lanzaba. Otro defensor se colocó en la zona y Reddick metió un globo por encima.

—¡Eso es! —chilló otro compañero de equipo.

Cuando se volvieron a emparejar, el Trencitas estaba sonriendo.

Aplicando la misma pregunta a Ju'waun y a Tyler (¿era cierta la imagen que había compuesto de ellos dos? Dean tenía razón, claro) había una presión pertinaz para ver a todos los jóvenes negros como delincuentes. Pero él y el resto de los amigos de Bushwick de Reddick se absolvían llevando más allá el origen de la idea: Hollywood, los medios, los estados centrales. Sin embargo, apartaban la mirada si pasaban Ju'waun y Tyler a su lado por la acera de noche, se les aceleraba el corazón y maquinaban excusas sin parar. Antes se dejarían despellejar que reconocerlo. De la gente entre la que se crio Reddick, en su antiguo barrio, dos nunca se graduaron en el instituto. Los dos eran negros. Los dos estaban en la cárcel. Había consecuencias en los efectos desiguales de la guerra de las drogas, del desastre que el encarcelamiento en masa había infligido a determinadas comunidades, y, en cambio, a otras no, y si no se admitía que se había creado una clase criminal de jóvenes negros sin educación no se podía empezar a arreglar. Fingir que el problema no existía, que todo eran sesgos de los medios de comunicación y estigmas, no ayudaba a nadie. Reddick veía a Ju'waun y a Tyler como un recordatorio de haberse salvado por poco de estrellarse, de la suerte que tenía y que no se merecía: se debía a la gracia de Dios, a la gracia de su piel blanca. Arrastrarlos al asesinato de una joven blanca le parecía como acosar a las víctimas de un virus al que él había nacido inmune.

«... sí, la cogieron desprevenida».

Justo en ese momento, el otro equipo falló un tiro en suspensión, Derek y Reddick estaban todavía a media cancha, pero su compañero estaba listo para atrapar el rebote y disparó el balón a Derek. Reddick ya se encontraba dos pasos más allá de la defensa y el pase de Derek fue preciso como el movimiento de un *quarterback*; Reddick lo cogió y lanzó sin oposición. Ni siquiera miró, sino que supo por la forma extraña en que salió de sus dedos, por las reacciones de sus compañeros de equipo, que no había entrado.

—¿Estás bien? —le preguntó Derek.

Reddick hizo un gesto desdeñoso.

La siguiente vez que el Trencitas tocó el balón, lo coló por encima de la mano levantada de Reddick.

Las piezas solo podían encajar de unas pocas maneras, quizá incluso de una sola. Era un tema de puntos de contacto. Franky estaba conectado a Buckley por su historia. Buckley tenía inversiones en Restoration Heights, que estaba en el territorio del Genio, donde Franky tenía también una propiedad. Considerando su historia ilícita, Franky quizá hubiese aprovechado algún servicio del Genio en el pasado; quizá fue ella quien le vendió un arma, que él le puso luego encima a ese pobre yonqui. Ella arreglaba cosas. Harold decía que no cometía asesinatos, pero el temor que invocaba su nombre sugería que él subestimaba su capacidad de violencia.

Reddick estaba presionado. Vio a un compañero de equipo dar marcha atrás hasta la línea de tres puntos, lejos de su defensor, y sabía que tenía que sacar el balón fuera, pero no podía, no con el Trencitas retándolo a que se adelantase. Tiró y falló otra vez. Su compañero de equipo meneó la cabeza, le advirtió. Les ganaban por cuatro puntos.

De modo que Franky contrata al Genio para matar a Hannah. Ella envía a Ju'waun y a Tyler para que hagan el trabajo. O bien ellos mismos, o bien a través de alguien más a quien consiguen atraer, como las moscas a la miel. Es Ju'waun a quien se agarra Hannah, y él, encantado, ansioso por probar que es muy duro, que se merece estar en la banda. Mia, la empleada de Cask, es su coartada; el ojo morado, su estímulo. ¿Y por qué? Porque Hannah, finalmente, ha dicho que no, ha cortado con Franky, ha decidido ser una esposa fiel, aunque no hubiera sido una novia fiel. Buckley estalló en la gala, obligándola a decidir, y ella eligió a su futuro marido. De modo que Franky reaccionó como lo hizo con la chica del bar: con una rabia violenta. Se acercó a Restoration Heights a propósito, quizá para esconder allí el cuerpo, quizá solo para relacionarla a ella con el sitio, porque Buckley es demasiado cobarde para seguir el rastro de ella si lo conduce allí, ya que tiene demasiado miedo de poner en riesgo su inversión. Franky cuenta con el encaprichamiento de Buckley con él para mantenerlo a raya. Su reunión después de la visita de Reddick a FDP era, una vez más, un intento de evitar daños mayores: Franky tenía que asegurarse de que las sospechas de Buckley todavía estaban obstaculizadas por la avaricia y el miedo.

El caso es que el Trencitas sabía tirar. La cháchara es buena para provocar y funciona bien sola, pero es mejor cuando empujas a tu oponente a comerse un gancho por la derecha, cuando puedes capitalizar las reacciones que provoca. Reddick estaba cansado de que lo estuvieran obstaculizando, quería hacer una buena jugada, hacerlo callar. Puso tanta fuerza en una salida cruzada que cayó sobre la rodilla y el Trencitas colocó un suave tiro en suspensión por encima de su espalda. Los espectadores se quejaron, uno de ellos silbó.

—Todavía te lo debo, Tom. Esto no basta. No se ha acercado siquiera.

Su relato hacía caso omiso de la advertencia de Clint sobre las generalidades. Todos los actores estaban en sus papeles más obvios. Hombres blancos ricos, vengativos, intrigantes. Hombres negros asesinos, matones de alquiler. La víctima, una joven blanca, joven, guapa. Era una colección de clichés, de ideas preconcebidas, de los peores estereotipos (algunos los compartía, de otros abominaba), pero había construido todo aquello a base de hechos y de observaciones. A la verdad no le importan en absoluto tus sensibilidades.

Vio un hueco, metió el pie, apartó al Trencitas de su cadera con un bloqueo indirecto, levantó la mano y cogió un pase picado muy agudo. Pero lo recogió por el ángulo equivocado, se precipitó y pasó demasiado bruscamente hacia el aro, quedando delante de la cara del Trencitas. Al final decidió que no le importaba, que ya era hora de acabar con aquello, de meterle el balón prácticamente por la garganta. Sabes que puedes saltar más que ese hijo de puta, así que simplemente salta, salta, salta.

El Trencitas dio al balón con la mano abierta, disparándolo hacia los protectores que había detrás de la cesta.

Los quejidos de ambos equipos resonaron en el enorme gimnasio. El Trencitas también le dio en la mano, quizá antes que al balón, quizá después, y siguió como si estuviera haciendo un pase de béisbol. El movimiento hizo girar a Reddick en el aire, se agitó para hacer pie por debajo, cayó sobre el borde exterior de los dedos de los pies, sin equilibrio suficiente para permanecer de pie. Se derrumbó en el parqué como una pila de platos. El balón rebotó más allá de su cara. Cuando abrió los ojos, El Trencitas estaba de pie a su lado.

—Ya estamos en paz.

—¡Obstrucción! —chilló Derek—. ¡Es una puta falta, tío!

—¡Venga! —protestó el otro equipo.

—Lo ha tirado al puto suelo.

—No lo he tirado, tío, se ha caído él.

—Te he visto, gilipollas.

—Derek, hombre. Cálmate, tío. —Los compañeros de equipo intentaban tranquilizarlo—. Tranquilo.

—Te he visto.

—Eh, Tom Delgaducho, dile a tu amigo que no te he empujado, tío.

Reddick se levantó lentamente, dolorido.

—Vamos a dejarlo así.

—No tienes por qué hacer esto, hermano —dijo Derek—. Te ha empujado.

—Es igual.

—¿Te he empujado o no?

—He dicho que es igual.

El Trencitas adoptó un aire despectivo.

—Eso no es ninguna respuesta.

—Pero ¿tú quién eres? —le gritó Derek a la cara—. Nosotros venimos todos los domingos y no te había visto nunca.

—«Venimos todos los domingos», vaya, como si eso me tuviera que impresionar. Hay algunos que se creen que están en el Gersh, cuando esto es el puto YMCA nada más.

—Si somos tan mierdas, ¿cómo es que no puedes ni siquiera marcar a mi amigo sin obstruir?

El Trencitas puso los ojos en blanco.

—Defiéndelo todo lo que quieras, pero te seguirás levantando mañana tan negro como yo.

—¿Qué me has dicho? ¿Qué me acabas de decir?

—Fíjate cómo hablas, *bro*.

—A ver, que se calme todo el mundo. —Uno de los habituales se metió entre los dos—. Derek, tu amigo ya ha dicho que está bien. Y tú... —Volviéndose hacia el Trencitas—. Tú tienes que aprender cuando hay que parar. ¿De acuerdo?

El Trencitas sonrió.

A Derek:

—¿De acuerdo?

Derek aspiró aire entre los dientes y luego se encogió de hombros.

—Bueno, ¿podemos acabar este partido o qué?

Acabaron de mala gana, ambos equipos jugando balones sueltos, la mayoría en silencio, aliviados cuando sonó el silbato final. El equipo de Reddick perdió. Se alinearon para estrecharse las manos, excepto el Trencitas y Derek. Unos pocos le dieron unas palmadas a Reddick en el hombro, como gesto de consuelo. De camino a la salida, el Trencitas dio una palmada en el umbral de la puerta, un golpe que sonó como un petardo en el silencio del gimnasio. Bajó los escalones de tres en tres. Unos cuantos de los chicos mayores menearon la cabeza.

—¿Seguro que estás bien? —preguntó Derek cuando estuvieron a solas.

—Gracias por respaldarme.

—Ese tío es un gilipollas.

—No, ha sido culpa mía.

—Te ha embaucado para que siguieras su juego. A veces pasa. —Derek se puso su sudadera con capucha. Parecía más tranquilo ya, olvidados los insultos del Trencitas—. ¿Para qué querías que te ayudara?

Reddick le contó que había entrado en el despacho de Buckley y había hecho fotos de los documentos financieros.

—¿Y los tíos con los que estaba ella aquella noche?

—También tengo algunas cosas suyas. Creo que tengo una idea para ver si todo encaja.

—¿Y has dado con esa idea ahora? —Él señaló hacia la pista—. ¿Ahí?

Reddick hizo una mueca, el recuerdo todavía le dolía.

—Sí, en parte sí.

—No intentes andar y masticar chicle al mismo tiempo.

—El caso es que tengo que averiguar algo de los rollos financieros de ese tío, primero. Quizá no valga la pena, pero quiero comprobarlo todo. —Sacó el lápiz de memoria de su bolsillo, por suerte no dañado en la caída—. He puesto todas las fotos que tengo aquí. ¿Crees que podrías echarles un vistazo? Solo mirarlo por encima, para asegurarnos de que no hay ningún fraude obvio o algo...

Derek dudó.

—Vale. De acuerdo. Dudo de que haya algo. Y negaré haberlo mirado si alguien me pregunta.

—Nunca te mencionaría. Te estaré muy agradecido.

—O bien estás mal de la cabeza, o tienes la cabeza muy bien puesta. Te lo haré saber cuando averigüe cuál de las dos cosas es.

15

Fue andando a casa por unas aceras medio descongeladas a lo largo del borde de Restoration Heights. El hielo que se iba fundiendo se recogía en unos estuarios sucios junto al bordillo. Se detuvo a mirar a través de una de las ventanas de la valla de contrachapado. El sitio todavía estaba cubierto por una manta de nieve. Los secretos que pudiera tener estaban a salvo.

Quizá Buckley no tuviera ninguna culpa, a lo mejor era víctima solo de su propia debilidad, pero no le parecía correcto. Tenía los recursos de toda su familia detrás de él; podía protegerse de las sospechas y, al mismo tiempo, hacer un esfuerzo para averiguar lo que había ocurrido.

De modo que ¿cómo encajaba en todo eso Restoration Heights? Los ojos de Reddick se fijaron en la valla y siguieron a lo largo, pasando por los avisos y avales, las promesas de sostenibilidad, la lista de inversores, Corren Capital en cabeza de todos ellos. ¿Quiénes eran los demás? Se acercó a la lista. Había al menos veinte nombres, sobre todo empresas. Estaban en aquello por el dinero, pero también por eso: por la oportunidad de poner su nombre en un proyecto que daría forma al barrio, que dentro de diez años lo definiría. La ambición a esa escala nunca era solo por simple provecho, sino también por un legado, una reputación. Pensó en los Sons of Cash Money y en las bravatas online de sus miembros: eso no era distinto; por qué hacerlo a menos que alguien supiera que lo habías hecho, a menos que pudiera servir como advertencia y para fanfarronear. Era un mismo juego, aunque jugado en distintos terrenos. No reconocía ninguno de los nombres. Tomó una foto de la lista.

Oleadas de dolor latían en su cadera: el Trencitas lo había arrojado al suelo sobre el mismo hematoma que se había hecho persiguiendo a aquel chico en Restoration Heights. Menos mal que Derek había intervenido. Hubo un momento de duda en el que pensó que nadie estaba de su lado: su antiguo miedo de que las habilidades que tenía para captar amistades también sirvieran para crear resentimiento. La ayuda de Derek significaba mucho más para Reddick de lo que había esperado.

Se fue a casa (Dean todavía estaba fuera, dejándole espacio) y se sentó ante el ordenador. Empezó con la lista de inversores y encontró un blog de la oposición. Era tipo *hacker*, algo desmesurado: las páginas de un amarillo chillón, el texto de un azul discordante, salpicadas de imágenes de hombres blancos con traje, lleno de vínculos hacia pruebas de corrupción y mala administración interna. Era una mezcla de manía conspirativa e investigación astuta. Había fotos de líderes negros, representantes del ayuntamiento, miembros de consejos religiosos y listas de lo que costaba comprarlos: citas, sedes, donaciones. A veces derivaba hacia la histeria: antisemitismo, peroratas sobre los caciques neoliberales... Había una lista de direcciones de interés a un lado, vínculos a páginas comunitarias que habían hablado del proyecto, aunque fuera brevemente. Las siguió, intentó corroborar las acusaciones, deslindar los hechos. Las otras páginas eran mucho menos sensacionalistas que la primera, con anotaciones que iban de crónicas de las distintas protestas (incluso reconoció aquella en la que se había encontrado con Sensei) a un enfoque muy duro de los golpes que ya había sufrido la comunidad con respecto al proyecto. Leyó quejas de propietarios que habían vendido demasiado pronto, antes de que se anunciaran los planes, y que contemplaban impotentes que sus propiedades se vendían a su vez por el doble de la cantidad que solo unas semanas antes habían aceptado, llenos de emoción. Testimonios de familias desplazadas a las que se había amenazado para que vendieran su casa, donde habían vivido desde hacía generaciones, intentando asociarse y comprar las empresas porque podían ver el alcance de la presión que se ejercía sobre ellos, la voluntad de un sistema que parecía construido con el único objetivo de quitarles lo que era suyo; una teleología del saqueo. Cuando ya no puedan aprovecharse de su cuerpo, se aprovecharían de su historia: el alma de un lugar, exactamente igual que cualquier otro bien de consumo.

Buscó relaciones con Hannah. Ella no aparecía en ninguno de los blogs. Cambió de rumbo. Quizá trabajase para alguno de los inversores. Fue a la web del estado de Nueva York, donde estaban registradas las empresas de sociedad limitada. Encontró direcciones registradas, ocasionalmente algún nombre. Buscaba las direcciones, a veces señalaban a oficinas de inmobiliarias; a veces, a otro tipo de negocios totalmente distintos. Buscando contexto, encontró que individuos y compañías a menudo creaban una sociedad limitada aparte para sus participaciones en propiedades inmobiliarias, para poner en cuarentena el riesgo. Volviendo a la lista, siguió cada conexión todo lo lejos que pudo.

Al cabo de una hora salió a comer un bocadillo, volvió y siguió trabajando. Pasó otra hora y ya estaba a mitad de la lista y seguía sin haber nada que conectase con Hannah. No ayudaba nada saber tan poco de ella, pero se veía reducido a buscar referencias de Portland o de su nombre. Cogió su balón, lo hizo girar, lo llevó rebotando hacia el salón y de vuelta. Se sentó de nuevo. Un poco más de una hora después había terminado, pero sin encontrar ninguna pista.

Pero en cada transacción había dos partes: compradores y vendedores. Quizá ella y los Seward estuvieran en extremos opuestos. Volvió a los blogs, preparó una segunda lista de propietarios que habían vendido. Dependiendo del blog, los vendedores eran tratados alternativamente como unos chaqueteros o como víctimas. Tomó muchos de los nombres de una web de control bastante cutre. El mantenimiento era escaso: se anunciaban mítines que ya habían pasado y notas sobre leyes que ya se habían derogado. Había vínculos que no funcionaban para recogidas de firmas. La lista de propietarios se había hecho antes de que muchos de ellos vendieran, con la esperanza de animarlos a continuar resistiendo.

Volvió a la web estatal. Repitió su sistema con los vendedores y trabajó en la lista metódicamente, introduciendo las direcciones que estaban listadas. Estaba tan cansado por la monotonía de entrar la información, por lo infructuosa que era aquella tarea, que casi se lo pierde.

Tompkins Mac S. L., registrada en la calle Segunda, 229 sur, quinto piso, Brooklyn.

Era la dirección de Franky Dutton Properties.

Volvió a la página de control. La propiedad de Tompkins Mac ya se había vendido cuando la persona responsable compiló su lista. Mirando el momento de las otras anotaciones, parecía que aquella S. L. fue una de las primeras en vender de la zona. ¿Cómo afectaría eso a su balance final? ¿Tendría que haber esperado a que le hicieran una oferta mejor? ¿Le presionó Buckley para que vendiera rápidamente? Tompkins Mac no se mencionaba en ninguno de los otros blogs o webs. Estaba fuera del juego mucho antes de que la mayoría de los que protestaban empezaran a catalogar víctimas y traidores. Y no veía a FDP en ninguna lista: Franky había usado Tompkins Mac para proteger sus participaciones personales, manteniendo su compañía al margen.

¿Se la jugó Buckley a su amigo en el asunto de Restoration Heights? ¿Fue Hannah una simple prenda de su venganza? ¿Qué influencia habría tenido eso sobre Franky si ella luego lo hubiera rechazado, frustrando la retribución de él con sus deseos? Quizá hubiese exacerbado su rabia, quizá fue lo que acabó por impulsarlo a él por el camino del crimen, una forma de vengarse de ambos, saciando al mismo tiempo su ira.

Así se ampliaba el motivo, pero no era ninguna prueba. No era nada que pudiera llevarle a Clint, todavía no, pero valía la pena seguir investigando.

Llamó a Derek.

—¿Así que ahora hacemos estas cosas? ¿Hablar por teléfono, como si estuviéramos en mil novecientos noventa y tres?

—Es por Franky.

—Solo han pasado unas horas, tío. No he tenido tiempo aún de mirar el lápiz.

—No, no es eso. —Le contó lo de la otra S. L. de Franky, y que tenía unas propiedades que se habían visto devoradas por Restoration Heights—. Por lo que parece, vendió en seguida. Pensaba que quizá Buckley lo hubiese presionado o algo; quizá se perdió algún cobro importante.

—Lo dudo. Estos tratos normalmente van en el otro sentido, los amigos y los de dentro son los que se ponen las botas.

—Bueno, ¿existe alguna manera de comprobar si fue una cosa u otra?

—Podría hacerlo. Bastante fácilmente, en realidad. Hay registros públicos de esas transacciones.

—Dime dónde tengo que mirar.

—Sería más fácil que lo hiciera yo. —Suspiró como si fuera una carga, pero Reddick notó un entusiasmo subyacente—. Podría costarme un poco de tiempo hacerlo.

—Te agradezco tu ayuda, de verdad. Y no solo por esto.

—¿Quieres decir por lo de esta mañana? Ya te he dicho que no ticnc importancia.

—Ya lo sé. Es que... fue agradable que alguien me respaldara.

—*Bro*, ese tío es un gilipollas. Lo hice por todo el mundo.

—Gracias de todos modos. —Sonó su teléfono—. Eh, tengo otra llamada entrante. Hablamos luego.

—Que te vaya bien.

Reddick colgó y cogió la llamada entrante.

—¿Reddick? —Era Lane.

—Eh, Lane, ¿qué pasa? ¿Necesitas que vaya esta semana?

—Lo siento pero no. —Su voz sonaba nerviosa y firme.

—Vale. ¿Qué pasa entonces? —Reddick estaba efervescente, lleno de optimismo debido a la nueva información. No sabía lo que preocupaba a Lane, pero seguramente no le afectaría.

—Te llamo para que me des tu versión.

—¿Mi versión de qué?

—De por qué ibas merodeando por la casa de los Seward mientras los demás estaban comiendo. Por qué no hiciste caso de lo único que te pedí que hicieras. ¿Cómo es posible que seas tan egoísta para poner esa ridícula agenda tuya por delante de la relación de Lockstone con nuestro cliente más importante?

—¿Agenda?

—No sé cómo llamarla. ¿Obsesión? O sea... ¿qué te pasa?

La confianza de Reddick quedó deshecha. Luchó para recuperarla.

—Lane, yo...

—Para.

—Pensaba que querías oír mi versión.

—He cambiado de opinión.

—Simplemente salía del baño, por eso llegué más tarde.

—Necesitaré que me cuentes una historia bastante mejor que esa, si quieres salvar tu trabajo. Dottie mandó un correo a la señora Kruger. —Los Kruger eran los propietarios de Lockstone. Seguían el progreso de su empresa desde su pueblecito de Westchester y raramente se veían implicados en el día a día—. Me llamarán mañana por la mañana. ¿Te preocupa aún lo que pueda decirles a ellos?

—Pues claro que sí. Necesito el trabajo. Necesito el dinero.

—Ya. Bueno, pues no esperes demasiado. Eres un chico simpático, trabajas bien, pero solo eres manipulador de obras de arte. No sería difícil sustituirte.

—¿Ahora me insultas, Lane?

—Tú eres el que está interesado en saber toda la verdad.

No había otra cosa que hacer que esperar; esperar a Derek, a Lane. Casi eran las seis y ya estaba tan oscuro como si fuera medianoche, la tarde brillante perdida ante su ordenador portátil. Estaba sin pistas, pero inquieto. Se puso el abrigo y las botas y salió.

Fue a su sitio habitual en Tompkins, un café estrecho que llevaba en el barrio tanto tiempo como él. Su inquietud se manifestaba en forma de energía nerviosa; se puso a hablar con la camarera, le siguió la corriente cuando ella respondió con aburrimiento a su flirteo. Se llevó su café y se fue.

Alguien lo esperaba en la esquina, alto, con una parka oscura abrochada en torno a su cuerpo delgado. Reddick no le veía la cara, pero notó que lo miraba, notó su postura agresiva, concentrada. Su primer pensamiento fue el Trencitas: no se sabía cómo podría haber averiguado dónde vivía y venía a decirle más gilipolleces. Pero el tío este era demasiado alto y, a medida que se acercaba, Reddick pudo verlo con mayor claridad.

—Ju'waun. —Parecía más joven en persona y más guapo aún que su amigo. Unos ojos grandes, femeninos, los pómulos como acantilados, el pelo hueco y muy levantado por arriba, afeitado recto por los lados. Su pulcritud rebajaba un poco su aire amenazante.

—Eres Reddick, ¿verdad? —dijo—. El hombre que hace preguntas.

Reddick mantuvo la cara serena, obligando a sus músculos a relajarse. Sintió que se deslizaba dentro de su propio cuerpo, lo mismo que sentía a menudo durante un partido, pero que no había conseguido hacer aquella mañana. Estaba tanto hiperconsciente como distante.

—Intento averiguar qué le pasó a Hannah.

—Sí, a eso me refería.

—Tú eres la última persona que la vio. Tyler se fue a casa con Trisha.

—No estoy aquí para ayudarte, tío. —Ju'waun lo empujó para dejarlo bien claro. Reddick se apartó el café del cuerpo para evitar que el líquido hirviente le salpicara la ropa—. Estoy aquí para decirte que lo dejes de una puta vez.

Su voz era suave y relajada, de una forma que hizo pensar a Reddick en la playa. A pesar de eso, y a pesar de su rostro romántico, parecía convencido de su capacidad para inspirar miedo. Pero no había nada duro en él, parecía exactamente lo que Clint decía que sería: uno que se las da de interesante. Empujó a Reddick de nuevo, pero este apenas se movió. Había recibido empujones mucho más duros cuando le hacían obstrucciones.

Aquel chaval no podía haber matado a nadie.

—Primero recibes un aviso. —Inclinó la cabeza a un lado—. Sigue metiendo la nariz donde nadie te llama, y volveré.

—¿Por qué?

—¿Qué cojones quieres decir con eso de «por qué»?

—Quiero decir que ¿por qué solo un aviso? ¿Has venido hasta aquí solo por eso?

—Así entenderás que sé dónde vives.

—Si quieres que algo quede claro, pues dilo. ¿Por qué irte y volver luego? Ahórrate los problemas y hazlo ahora mismo.

—¿Pero qué coño te pasa a ti, tío? Estoy tratando de ponértelo fácil.

Había que reconocerlo: no se echaba atrás. Parecía sorprendido, pero sin miedo. Reddick no se había metido en una pelea con puñetazos desde que iba al instituto. Se preguntó si aún sería capaz de apretar el puño.

—¿Necesitas ayuda? —Ninguno de los dos se había percatado de que una mujer se acercaba. Era de mediana edad, y su rostro pálido brillaba de preocupación, entre el gorro de punto de ochos y el cuello alto. Se quedó de pie delante de un cochecito doble, ambos asientos sellados para el invierno, sujetando el café en un vaso que hacía juego con el de Reddick—. ¿Quieres que llame a la policía?

—¿A quién de los dos está hablando? —preguntó Reddick.

Ju'waun lo miró.

—¿En serio?

—Estoy bien —le dijo Reddick a ella—. Era solo una broma. Estoy bien.

—Te ha empujado. Lo he visto.

—Somos amigos. ¿Verdad, Ju'waun?

Ju'waun se volvió y sonrió a la mujer.

—Viejos amigos, señora.

Ella los miró a los dos un momento, meneó la cabeza, se volvió y empujó su cochecito.

—Qué racista —dijo Ju'waun.

La interrupción había filtrado el aire de toda violencia, dejando a Reddick una sensación optimista, traviesa.

—La verdad es que sí me estabas amenazando —dijo—. A lo mejor no es racista, a lo mejor es observadora nada más.

—Venga, tío. Quería llamar a la policía para ayudarte a ti, no a mí. Ese empujón podía haber sido de autodefensa. Es racista, te lo juro.

—¿Y empujar a alguien cuenta como autodefensa?

Los dos sonreían ahora, la tensión reemplazada por una especie de atolondramiento infantil.

—A lo mejor... —dijo Ju'waun—. Esa señora no está en posición de saberlo.

—Al menos me dice que ves la ironía en lo que estás diciendo.

—No es ironía, es...; todo esto no es ninguna broma. —Ju'waun pareció recordar su objetivo de repente. Intentó fruncir el ceño otra vez, pero no le salió.

—¿Por qué estás aquí? —le preguntó Reddick—. De verdad.

—Pues te lo acabo de decir, joder. —Ju'waun intentaba sobreponerse—. Deja las preguntas.

Reddick vio que estaba despistado y presionó.

—¿Te ha hablado de mí Mia? ¿Me estaba acercando a algo?

—No te estás acercando a una mierda.

—¿Fuiste tú quien le puso el ojo morado?

—Venga, tío...

—¿Pues quién, entonces? ¿El Genio? ¿A quién cabreó ella?

Él apartó la vista, medio murmurando.

—¿Tú qué sabes de toda esa mierda?

—Sé que el Genio proporciona cosas. Drogas, armas... Sé que tú y Tyler y quizá el resto de los Sons of Cash Money trabajáis para ella a veces, haciendo recados desde Clean City. Sé que tú no eres de Lafayette Gardens, como los demás, y pensaba que quizá te hubieras llevado a Hannah para probarte ante ellos, pero ahora sé que es imposible que ocurriera eso, porque, si tú fueras tan duro como para hacer eso, ya me habrías dado un puñetazo en la boca, a estas alturas, por muchas señoras blancas que pasaran por aquí con cochecitos.

Durante medio segundo parecía que iba a hacerlo; aquel encuentro se apartaba de todo lo que él pudiera haber ensayado, y Reddick veía que estaba buscando una forma de recuperar el control.

—Pero si no estás implicado, ¿por qué decirle a mi amigo Harold que no pregunte por Hannah? ¿Y por qué le mandaste un tuit a Tyler diciendo que a ella «la cogieron desprevenida»?

Ju'waun se detuvo. El momento quedó tan congelado como el aire frío... hasta que él lo deshizo con una carcajada.

—Qué cojones... —dijo entre jadeos, doblado en dos, apartándose por la fuerza de la risa. Le tocó el turno a Reddick de quedar desequilibrado, humillado de repente, con sus posiciones invertidas—. Oh, tío... —dijo Ju'waun, limpiándose los ojos—. ¿Qué es eso que dicen de que un poco de conocimiento... no sé qué?

Reddick esperó, sin otra opción que dejar que Ju'waun disfrutara de su victoria.

—Estábamos preocupados, por eso es tan divertido. Por nada. Por una mierda.

—Cuéntamelo.

—Mia, tío. Hablábamos de Mia. Llevamos semanas viéndonos. Si vas y haces que tu hombre pregunte por una chica rubia, poniendo mi nombre al lado de ella, ¿qué va a pensar la gente si no?

—Le dije que ella se llamaba Hannah.

—¿Piensas que ese borracho de Harold se iba a acordar de esa mierda? —Pasó a una imitación poco amistosa de Harold—. «Eh, quería saber algo de Ju'waun y esa chica blanca, eeeh... ¿Mia? Sí, eso es, así se llama. Ju'waun y Mia, ¿qué pasa con ellos?» Y además vas y le hablas del domingo por la noche. Qué locura.

—¿Qué pasó el domingo por la noche?

—Robaron a Mia, tío. «La cogieron desprevenida» significa que la atracaron, ¡mira que eres torpe! Eso fue lo que le pasó en la cara.

Finalmente, Reddick empezó a entenderlo.

—La recaudación. Alguien robó el dinero que ella le debía al Genio, por eso estaba tan preocupada.

—No era dinero que ella le debiera. Era dinero del Genio. El dinero sale sucio de la lavandería y vuelve limpio. Hasta tú apreciarás esa ironía.

—¿Lava el dinero en una tienda de licores? ¿En la consulta de un dentista?

Ju'waun se encogió de hombros.

—Así es el barrio ahora. El Genio se adapta. Ese dentista está pagando unas deudas, tío. Y Mia..., bueno, ella y Mia tienen un rollo antiguo. Así son las cosas.

—¿Y el Genio se iba a preocupar tanto? ¿No podía ir a verla y decirle sencillamente lo que había pasado?

—Tío, está claro que todo esto no tiene que ver nada con esa chica, Hannah, así que, ¿no podemos dejarlo ya? Hace mucho frío aquí.

—Solo dime dónde no debo buscar. Dónde no debo perder más tiempo.

Ju'waun consideró su lógica, luego se encogió de hombros.

—Mi primo y yo estábamos en Black Swan, ese sitio de Bedford.

—¿Tu primo? ¿Tyler?

—¿Quieres que te cuente esa mierda o no? Esa chica de la que hablas, Hannah, la conocimos en el bar. Tyler intenta hablar con ella, ya sabes. Ella dice que va a pasarse por una fiesta, así que vamos con ella. A mitad de la noche ya no importa, porque Tyler está por otra chica y le va muy bien con ella. Pero ahí está el meollo. Se supone que yo tenía que ir a buscar a Mia antes, aquel mismo día, pero no fui porque sabía que iba a verla aquella noche, después de que cerrase la tienda, a las diez o así. Pero a las diez, Tyler no quiere irse, ¿sabes? Está a punto de conseguirlo con la chica. Así que le mando un mensaje a Mia, le digo que se lleve la recaudación a casa y que yo iré después de salir de la fiesta.

—¿Y qué hacía Hannah entre tanto? ¿Con quién más hablaba?

—No lo sé. Dejé de prestarle atención. Era una fiesta. Y la historia no va de eso.

—Porque a Mia la atracaron de camino a casa.

—Ahora, por fin, lo estás entendiendo. Dos tíos fueron tras ella, uno le dio un puñetazo en el ojo, el otro le quitó el bolso y echó a correr.

—¿Fue un golpe planeado? ¿Sabían que ella tenía el dinero?

—No, tío. No son de por aquí, o hubieran sabido que ella estaba con Sons of Cash Money. Lo más probable es que fueran un par de capullos que intentaban coger un móvil y una cartera, y que acabaron con el dinero del Genio.

—Pero el Genio te hace responsable a ti.

—A los dos, para ser sincero. Perdimos el dinero; además, bueno, ella tiene una norma estricta de no confraternización, ¿vale? Yo estaba mezclando negocios y placer, y a ella no le gustó. Dijo que podía causar complicaciones; y, sí, tío, causó complicaciones. Tuvimos que confesar que nos estábamos viendo para explicarlo todo.

—O sea, que Mia estaba muy cabreada.

—Sí, y por eso mi hombre echó atrás a Harold cuando preguntó por mí; no quería que corriera por ahí lo que le pasó a ella.

—¿Y cómo conoces tú a Harold? Ni siquiera sabía tu nombre cuando se lo pregunté yo.

—Porque no me conoce. Yo lo conozco a él, pero él a mí no. Siempre anda por ahí rondando, hablando de cómo eran las cosas antes, dejando caer los nombres de la gente que contaba en sus tiempos; como si él fuera uno de ellos. —Vio la mirada de simpatía de Reddick y suavizó el tono—. No quiero faltarle el respeto al tío, es que no puede dejar atrás el pasado. Ese mundo ya se fue. Y, además, no importa. Todos estamos bien con el Genio, ahora.

—Tú recogiste dinero el jueves.

—Joder, qué mal rollo me da todo esto, eso de que lo sepas todo. Pero sí, fue el jueves. Mia me dio parte del dinero que saca en su tienda; ella sabe que Tyler y yo vamos a encontrar a los tíos que la atracaron y se lo devolveremos. Así que todo está bien, excepto que tú andas metiendo la nariz y removiendo la mierda, causando problemas y no sabes ni siquiera en qué coño te estás metiendo.

Reddick retrocedió, tanto que Ju'waun casi lo sigue, y miró hacia su calle, donde vio por primera vez a Hannah, con el coloso a medio terminar de Restoration Heights alzándose por detrás.

—¿Estaba ella todavía en la fiesta? —preguntó—. Cuando Tyler y tú os fuisteis al final, ¿ella se quedó allí?

Ju'waun se encogió de hombros una vez más, sin dejarse coartar por la distancia entre ellos, casi desorientado.

—Pues creo que sí. Sí. Sí, estaba allí.

—¿Y qué hora era? —La voz derrotada de Reddick apenas le llegó.

—Hacia medianoche, supongo. —Reddick se volvió y empezó a caminar hacia su casa, pero Ju'waun lo interrumpió—. Eh, tío, Reddick.

—¿Sí?

—No te agobies. No es tan malo como tú crees. Te lo prometo. No es en absoluto como tú crees.

16

En el espacio ocupado por la adrenalina —en cuanto estuvo en casa, en cuanto hubo aceptado las revelaciones de Ju'waun—, notó una fatiga que lo abarcaba todo y los restos de una resaca que volvían a la superficie. Se acabó el café tibio. Primero verificó la historia de Ju'waun, buscó un registro de los delitos cometidos en el barrio: atracaron a una mujer el domingo por la noche en el límite de Fort Greene, sin nombre; pero los detalles coincidían. Lo escribió todo en el mapa del caso, y ahora las dos mitades ya estaban llenas, aunque desconectadas, un par de círculos cuyos bordes apenas se cruzaban. Todas las conexiones estaban cortadas. Trasteó en su mesa de dibujo hasta que encontró un cúter, desatornilló la sujeción y puso una cuchilla nueva. Volvió al mapa, colocó el borde de metal contra él y cortó el papel por el medio. En la izquierda tenía Bed-Stuy y el Genio, Ju'waun y Tyler, todos ellos ahora ya libres de Franky y Buckley, de la señora Leland y de su hijo y su riqueza. Le entregó a Hannah a su prometido y a su amante. Cortó Restoration Heights por la mitad: concebido por una de las partes, soportado por la otra. Habría deseado extirparlo del todo.

Tras la operación no quedó casi nada. En Bed-Stuy estaba una historia en la que él no pintaba nada, que no podía usar. En el otro lado, ese tipo de personas que solo se preocupaban por él mientras pudieran usarlo: disponer los muebles, colgar cuadros en las paredes, hacer recados... Ninguna de las cosas de las que se había enterado le servía para nada y, mucho peor aún, tampoco le servían a Hannah. Ella se estaba desvaneciendo: existía un poco menos cada minuto. Él no podía impedirlo.

Sonó su teléfono: Sarah.

«Eh, qué haces esta noche».

«Intentando poner fin a un día muy largo».

Ella le devolvió un emoji con el ceño fruncido, y al cabo de unos minutos:

«Esto a lo mejor te anima. ¿Sigues interesado en Franky Dutton? Porque estoy en una fiesta con su exnovia».

Era un apartamento largo y estrecho, en el primer piso. Los cuerpos apretados generaban tanto calor que alguien había abierto una de las ventanas de madera, derramando música y conversaciones hacia la acera. Reddick pasó a través de la cocina, fue al dormitorio de atrás y añadió su abrigo a la pila que había en la cama, y luego fue a buscar a Sarah.

Sorteó la espesura de caras sobre todo blancas, una multitud casi toda por debajo de los treinta años, lo bastante jóvenes para descuidar sus ambiciones sin sentir culpabilidad, sin dejarse turbar por la perspectiva de trasnochar en domingo. Los hombres llevaban bigote espeso o barbas cuadradas; las mujeres, vestidos ajustados o vaqueros de cinturilla alta. Encontró a Sarah en un grupo junto a la ventana. Era la persona de más edad de toda la fiesta casi por una década, pero eso no le molestaba, era como una gurú o una anciana venerada, una precursora. Llevaba un vestido estrecho, estilo años cincuenta, y se había soltado las trenzas.

Lo abrazó.

—No puedo creer que hayas venido. «Nunca» vienes.

—Necesito oír alguna buena noticia.

—¿Tan mal lo has pasado hoy?

—¿Podemos hablar de eso en otro momento?

—¿Estás intentando salir conmigo?

—¿Cómo?

—Es la tercera vez que nos vemos en una semana, pensaba que querías mantener el impulso. Antes venías mucho. Parece que no te interesa la pornografía con caballos.

—No, no es eso, es que...

—¡Es broma! Vamos, ven a coger una cerveza.

Ella lo cogió de la mano y lo condujo a la cocina. Él se había bebido una segunda taza de café de camino hacia allí, intentando revivir su concentración perdida, pero lo único que había conseguido era aumentar su ansiedad. Quería saber todo lo que pudiera de la ex de Franky, irse a casa y dormir.

Ella le tendió una botella de cerveza abierta; los dos brindaron y bebieron.

—¿Dónde está ella? —preguntó él.

—Adivina.

—¿Adivina?

—La vemos desde aquí donde estamos. Llevas una semana jugando a los detectives, ¿no? Pues a ver lo que has aprendido. —Se echó a reír—. Encuentra a la exnovia.

—No creo que haya aprendido nada, ese es el problema.

—¿Y cómo lo sabrás si no lo pruebas?

—Sarah...

Ella lo cogió por el bíceps, lo apretó y no lo soltaba.

—Va, sígueme la corriente.

Él bebió un poco más de cerveza.

—Vale. La vemos desde aquí, ¿no?

—Tan clara como la luz del día.

—Vale, de acuerdo, pues hay... doce chicas. Al menos a la mitad de ellas las podemos eliminar directamente, por motivos obvios.

—Qué superficial eres.

—No, yo no, Franky. Salió con ella más de una vez, ¿no? Es demasiado inseguro para perder mucho tiempo con una mujer que no sea guapa de una manera obvia. Así que nos quedan... cinco. A ver, cuando tú viste la foto de Hannah dijiste que era «demasiado americana», así que dos más desaparecen.

—¿Qué dos?

Él señaló a dos chicas blancas, una rubia y una morena, del tipo de residencia universitaria, con un aspecto clásico que sin embargo había atraído a una multitud de jóvenes pretendientes hípsteres.

—Vale.

—¿Qué tal voy hasta ahora?

—Es demasiado fácil. —Ella todavía no le había soltado el brazo.

—Bueno, pues tenemos tres candidatas. Todas tienen estilo. Todas tienen los atributos tradicionales que se podría esperar que atrajeran a Franky.

—Quieres decir tetas y culo.

—Y también una bonita sonrisa y bonitos ojos.

—¿Así se ven las cosas desde el otro lado, desde la mirada masculina? Me siento ya mucho más tonta.

Una de las chicas notaba que la estaban mirando y se volvió hacia ellos. Sarah le sonrió y la saludó con la mano. La chica no reaccionó y regresó a su conversación.

—Una sospechosa más eliminada —dijo Reddick.

—¿Siempre tienes tanta suerte?

Él miró a las otras dos, una latina alta y una chica blanca y pálida, ambas con el rostro pequeño y una cascada de pelo negro y espeso.

—Ella —dijo, señalando a la chica blanca que estaba de pie en el cuarto de estar, junto a los altavoces.

—Vale, pero ¿por qué? No cuenta si lo adivinas por casualidad.

—Mira ese tatuaje que lleva en el antebrazo: «Je suis un autre».

—«Soy otro».

—Es Rimbaud.

—¿Y?

—Y alguien que salió con ese gilipollas tiene que saber apreciar una temporada en el infierno.

Ella se echó a reír.

—Ven, os voy a presentar. Pero no creo que importe.

Se llamaba Marie, y era francesa. Tenía los ojos oscuros, bordeados por sombras, y un símbolo egipcio de la vida tatuado detrás del lóbulo de la oreja. Ellos se entrometieron en su conversación, intentaron trasladarse lejos de los altavoces retumbantes.

—Este es el chico del que te hablé, que quería saber algo sobre Franky.

—Ah, de acuerdo. ¿Qué crees que ha hecho esta vez? ¿Secuestrar a tu novia o algo?

—No, yo...; es complicado.

—¿Sabes qué? No me lo cuentes. En realidad me importa una mierda. Ja, ja. ¿Qué quieres saber?

—¿Cuánto tiempo salisteis?

—Todavía salimos, en realidad.

—Me dijiste que eras su ex —le dijo a Sarah.

—Ex quizá sea la palabra adecuada... Al principio nos veíamos mucho, pero ahora nos vemos muy de vez en cuando. —Ella captó la preocupación en la expresión de Reddick—. No, no voy a contarle a Franky nada de esto, a menos que queráis que se lo cuente. Las cosas no son así. No hay emociones. Salimos sobre todo la primavera pasada, pero también unas pocas veces desde entonces. Lo vi hace... ¿dos semanas? Sí, hace dos semanas.

—¿Dos semanas? ¿Conoces a esta chica? —Le enseñó la foto de Hannah. La cafeína lo ponía nervioso, ligeramente histérico. Intentó no parecer un loco—. ¿Erais amigos de ella?

—Ah, sí, es Hannah. No, solo la vi un par de veces. Ella no estaba cuando empezamos a salir Franky y yo. ¿Es amiga tuya? No es que sea una cabrona, pero no me gusta. Es una de esas chicas que no quieren que haya otras chicas alrededor. Demasiado absorbente. Quiere toda la atención, de todos los hombres. No tenía bastante con tener un perrito faldero de novio.

—¿Buckley?

Ella bufó.

—Ella lo tenía en el bolsillo, pero él parecía ese tipo de tíos, ya sabes, tipos fáciles. De esos que quieren seguirte, pero que también creen que se supone que es él quien tiene que llevar la voz cantante, así que ella lo trataba como a un príncipe, y él hacía todo lo que ella quería. Así es como lo trata también Franky normalmente. Le haces un poco la pelota y el otro se rebaja por ti. Algunos hombres tienen una debilidad con las mujeres. Hannah conocía la suya, y no le gustaba que yo anduviera por ahí para ver su juego.

—¿Crees que Franky se acostaba con ella?

—No me habría sorprendido. Él es cruel; es una de las cosas que encuentro sexi de él. Pero es también uno de los motivos por los que en lo nuestro no hay emociones. Buckley provoca especialmente esas cosas en él. Hay una historia entre esos dos, y Franky le envidia a Buckley su familia, su posición... y también su dinero, por supuesto. Creo que por eso lo atormenta, para aliviar esos celos. Él me dijo..., no tendría que contar esto...

—¿De verdad? —dijo Sarah—. ¿Después de todo lo que has contado ya?

—Tienes razón. Joder, qué más da. —Ella se sirvió otra bebida en su vaso de plástico—. Franky me dijo que Buckley le chupó la polla estando en la universidad. Que estaban borrachos, y él le pidió que se lo hiciera, dijo que lo querría siempre si lo hacía. Sobre todo para atormentarlo, sin pensar que el otro lo haría, pero lo hizo. Y nunca hablan de eso. Pero no hace falta, es otro cuchillo más que tiene Franky para clavárselo y retorcerlo.

—¿De verdad? —Sarah se mostró escéptica—. Pensaba que los únicos que se preocupaban todavía por ese rollo de chuparse la polla eran los políticos republicanos.

—No has estado mucho con la gente rica de toda la vida —dijo Marie—. Tienen una moral propia. Quieren artistas gais, amigos gais, pero no hijos gais. Hay que preservar un legado.

—Y Franky usaba la intransigencia de su familia para controlarlo —dijo Reddick.

—Más bien para jugar con él. No me mires como si fuera horrible. Como he dicho, esa indiferencia... puede ser muy sexi. Es como pegar con los puños en una pared. Es frustrante y doloroso, pero tiene una fuerza, es tan implacable... —Sonrió y se terminó la bebida—. No importa siquiera que esté arruinado.

—¿Franky está arruinado?

—Sí. Mira, necesito otro whisky.

Siguieron a Marie hacia la cocina. El licor estaba en la mesa; el cuenco de hielo, vacío. Ella sirvió tres Jameson mientras Sarah y Reddick iban al frigorífico. Habían abierto sus cervezas antes de darse cuenta de lo que ella había hecho.

—No, es perfecto —dijo Marie—. Dadme una cerveza también y ya estaremos bien servidos.

La multitud había aumentado mientras hablaban, llegando a meterse en el dormitorio de atrás. Fueron allí y se sentaron en la cama, entre los abrigos. Marie levantó su vaso.

—¡Por los hombres malos con buenas pollas! —dijo.

Sarah se echó a reír y levantó su bebida. Un grupo de chicas que estaban cerca lanzaron vítores. Reddick meneó la cabeza.

—Tú lo has provocado —dijo Marie.

Él levantó su vaso.

—Por las verdades duras.

Vaciaron sus whiskies y luego dieron un trago de cerveza. Reddick se sintió mejor al momento, animado por el licor y el flujo de información.

—¿Así que Franky está arruinado? ¿Y su empresa? ¿Sus propiedades?

—No conozco los detalles. Él nunca lo ha dado a entender

exactamente, pero se nota. La manera que tiene de hablar de dinero, como dando rodeos, las excusas. Intenta encontrar formas de impresionarte sin pagar nada en realidad.

—¿Como llevar a las chicas a edificios que pertenecen a su empresa?

—Conmigo hizo eso. Porque a la empresa le va bien. Lo que pasa es que él no tiene dinero. Siempre está cogiendo dinero prestado sin devolverlo. Lo averigüé en seguida. Estábamos en un bar una vez, quizá en nuestra segunda cita, y se acercó a él un tío chillando por no sé qué de un trato y que tenía que pagar de inmediato. Franky se agobió mucho.

—¿Recuerdas cómo se llamaba?

—Sí. Mitchell algo. ¿Yang? Mitchell Yang. Parecía asiático, pero hablaba como Franky y Buckley, en plan pijo. —Ella juntó los dedos—. Muy preciso. Sin acento.

Los pensamientos de Reddick eran suaves, afelpados: resultaban difíciles de precisar

—¿Mitchell? —preguntó, despacio.

—Sí. Un tío fornido, con mucho pelo oscuro —dijo Marie—. ¿Lo conoces también?

Al final cayó. Mitchell Yang, la foto en el escritorio de Buckley.

—Es otro amigo suyo —dijo Reddick—. Del colegio.

Sarah frunció el ceño.

—¿De Penn? Creo que no lo conocí. ¿Cómo lo conoces tú?

—Pues no lo conozco. Vi una foto en..., bueno, no importa.

Sarah frunció el ceño otra vez, preocupada por tantos secretos, y él deslizó su mano hasta la de ella y la apretó para tranquilizarla. Los huesos de los dedos de ella parecían muy delgados y frágiles, y la piel en torno a ellos estaba áspera por los años de trabajos diestros. Ella le devolvió el apretón.

Marie continuó.

—Mitchell no era el único. Supongo que él y Buckley se metieron también en eso.

—¿Franky y Buckley discutían por dinero?

—Franky me lo contó la última vez que nos vimos; se pelearon mucho en una gala navideña.

—¿Y era por dinero?

—¿Lo sabías? —preguntó Sarah.

—Lo de la pelea sí. Pero yo pensaba que era por Hannah. Lo había supuesto.

—No, claro que no —dijo Marie—. Buckley no tiene agallas para hacer una escena por una mujer, no con Franky. Me dijo que era por negocios, intentaba no contar demasiado; pero, definitivamente, tenía algo que ver con un dinero que Buckley le había dado.

Reddick pensó en el resguardo del cheque que encontró, de hacía tres años. Si Franky estaba arruinado, ¿no podía haber estado extorsionando a su amigo para que le diera efectivo?

Entró un hombre con una botella de whisky en alto, como si fuera un trofeo, y fue saludado por vítores. Dio la vuelta a la habitación, sirvió un chorro en los vasos de todos y se unió al grupo de chicas.

—¿Ya hemos terminado? —preguntó Marie—. No quiero pasar toda la noche en la habitación de los abrigos.

Sarah miró a Reddick.

—Por mí sí —le respondió él a Marie—. ¿Me das tu número por si se me ocurre algo más?

Ella se lo marcó en el teléfono, los besó a los dos en la mejilla y se fue.

—Si no tuviera conciencia —dijo Sarah—, esa chica y yo acabaríamos siendo las mejores amigas.

—Podría ocurrir de todos modos.

Ella arrugó la nariz.

—Me parece bien el libertinaje, pero solo hasta cierto punto. No entiendo cómo alguien puede tolerar a un ser tan egoísta como Franky.

—Ella ha dejado muy claro por qué lo tolera.

—Hay infinidad de buenas pollas por ahí que no están unidas a un gilipollas.

—Anatómicamente hablando.

—Ya has visto mis cuadros. Las pondré donde me dé la gana.

Se acabaron el whisky y Reddick esperó mientras ella iba a por dos cervezas más. Media hora más tarde, el tío de la botella de whisky les puso otro chupito, las chicas y él salieron de la habitación y los dejaron a los dos solos. Media hora más tarde se estaban besando.

Él se preguntaba por qué no lo habría hecho antes. Era fácil, casi como si estuviera ensayado; la boca de ella era sabia y flexible. Él se notaba como de goma por el licor, entumecido; se apretaron más fuerte para sobrellevarlo. La cosa siguió. Le pasó el brazo alrededor. Los besos despertaron el cuerpo de ella, sus hombros se arqueaban como alas, su columna ondulaba como una cinta. Ella le mordisqueó la oreja, el cuello; él la correspondió, como si jugaran al juego del caballo, en baloncesto: igualar el tiro, superar la apuesta. Tócame el muslo y yo te tocaré el tuyo.

Al final pararon para coger aliento.

—¿Cuál es el tuyo?

—¿Cómo dices?

—Tu abrigo. ¿Cuál es tu abrigo?

Él encontró su parka junto a las almohadas, bajo una pila de abrigos de lana. Ella cogió el suyo y salieron por en medio de la fiesta, que ya se disolvía, hacia la puerta.

—No estoy muy cerca —dijo ella—. ¿Quieres coger un taxi?

Ella llevaba el teléfono ya en la mano, el taxi estaba pedido antes de que él pudiera contestar.

—No tengo dinero para mi parte.

Ella lo atrajo hacia otro beso.

—Cómprame café mañana.

Ella vivía en un cuarto piso sin ascensor en Greenpoint, pequeño y asfixiante como un ataúd. Su compañera de piso dormía o no estaba, dijo. Llenó dos vasos con agua del grifo. Bebieron y los rellenaron.

—¿Quieres fumar un poco de hierba?

A él la cabeza le daba vueltas.

—No, gracias.

Ella abrió una ventana junto al sofá. La pared de ladrillos del edificio de al lado estaba tan cerca que casi se podía tocar. Había una pipa de cristal en una mesa cercana, ya cargada. Ella la cogió y la encendió.

Reddick sacó la cabeza por la ventana.

—¿Y cómo se puede salir a ese patio? Si se te cae algo, desaparece.

—Hay un edificio —dijo ella—. Por ahí, ¿los ladrillos grises? Hay una puerta de atrás. Y puedes dejarte caer desde las ventanas del primer piso, pero es complicado salir, sí.

—Me encantan estas mierdas. Los espacios raros que quedan cuando va creciendo el barrio. Los de las inmobiliarias matan por esto.

—Pues, la verdad, no estoy segura de que los callejones sucios e inaccesibles estén muy arriba en la lista. Va, entra, tonto. He abierto para que saliera el humo.

—Perdona.

Ella se desplazó hasta el brazo del sofá y él se sentó en el cojín junto a ella. El radiador abrasaba y superaba el aire frío que entraba por la ventana. Ella le pasó a él los dedos por el pelo.

—Bueno, ¿quieres contarme algo de este día tan largo o mejor lo dejamos?

—Mejor lo dejamos.

—¿Te ha dicho algo Beth?

Él se apoyó contra la cadera de ella.

—No. ¿Por qué?

—La dejó muy preocupada vuestra pelea.

—Ah, ¿sí? Pues no fue la única.

—Ya me he enterado. Por eso está preocupada, en parte. Creo que le diste miedo.

—¿Miedo? Eso es ridículo.

—Para ti es ridículo porque sabes que jamás le harías daño, y en cierto sentido ella lo sabe también, o lo cree, pero cuando un hombre está enfadado puede dar algo de miedo. Es como si saltara alguna alarma, recordando a las mujeres las verdades descorteses que tenemos que reprimir.

—¿Como qué?

—Como que si hay una pelea a puñetazos, nosotras tenemos casi siempre las de perder. Y por muchos progresos que hagamos, ese desequilibrio no desaparecerá nunca, y eso es una mierda, y no es justo, y que te lo recuerden te hace sentir como si todo el poder que hubieras conseguido reunir desapareciera de repente.

—¿Y qué se supone que tengo que hacer? ¿No enfadarme nunca?

—No me lo preguntes a mí; yo soy una cínica. No creo que mejore nada de toda esta mierda. Ya encontrarás una forma de vivir con eso. Lo único que hago es describírtelo para que sea más preciso.

—Igual sí que me apetece algo de eso —dijo él. Ella le pasó la pipa.

—A ella tampoco le falta razón del todo —añadió ella.

—¿En lo de tenerme miedo?

—No, me refería a la pelea.

Él bufó.

—Ya lo sé. Es que salió a la luz toda esa mierda hípster, y es irritante. Citan las teorías como si fueran las Escrituras, o peor, te dicen que vayas a leerlas.

—El argumento de «no me corresponde a mí educarte».

—Exacto. Es tan pretencioso todo, cuando la mayoría de esos chicos fueron a escuelas donde todos eran blancos. Leen como sustituto de la vida. Es lo que estaba intentando explicarle. —Le devolvió la pipa.

—Ya lo veo. Pero la mayor parte de esos libros son de autores negros. Gente como Beth y como... tu compañero de piso...

—Dean.

—Beth y Dean no pueden cambiar cómo los educaron. Pero sí que pueden escuchar cuando tienen la oportunidad. Para eso son esos libros también, para exponer a la gente puntos de vista que quizá de otro modo no conocerían nunca. Sí, puede ser molesto: un montón de chicos de veintidós años que acaban de descubrir el racismo sistémico y no paran de señalar a todas partes donde lo ven, como un bebé que acaba de aprender una palabra nueva; pero sus intenciones son buenas.

—Claro, pero cuando tú no les respondes repitiendo todo eso como un papagayo, suponen que tus intenciones no son buenas. Como si no hubiera más que una forma de tener razón.

—Puede ser, pero es una mierda de estás dentro o estás fuera del grupo. Es la naturaleza humana, que como ya te he dicho algunas veces es algo que tenemos que aceptar. Sí, son pretenciosos, y cortos de miras y, en cierto modo, notablemente cerrados de mente. Pero al menos lo intentan.

Una ráfaga de aire frío azotó el regazo de ella, despejando su neblina de whisky. Él apretó el hombro contra el muslo de ella, notó la blandura de su carne. Suspiró.

—Beth quiere que deje lo que estoy haciendo.

—Lo dice en plan amistoso. Me contó lo que hiciste; tiene miedo de que te arresten o te hagan daño.

—¿Y tú? Tú me estás ayudando.

—Yo no tengo miedo del mundo —dijo ella—. Es una de las ventajas que tiene hacerse mayor. Te das cuenta de que hay pocas cosas de las que tener miedo. Todo está muy abierto. Yo te ayudo porque creo que puedes tener éxito, y, aunque tus motivos sean confusos, parece algo bueno, algo que vale la pena. —Rozó la cara de él con los dedos—. No hace ningún daño tampoco que me parezca que eres muy mono.

—Ojalá pudieras decirle eso a Beth. —Ella levantó las cejas—. Quiero decir... eso de que vale la pena —dijo él.

—Bueno, pues sí que lo hice, no sé si valdrá de mucho.

—Le debo una disculpa, lo sé. —Él se incorporó y se puso frente a ella. Las rodillas de ella se apretaban contra las caderas de él.

—Ella cree que tienes una especie de rabia blanca, como la que corre por ahí.

—No es eso. Es que dio en un punto doloroso. Odio esa sensación de que te están juzgando pensando en la categoría a la que perteneces, porque creo que esas categorías se han dispuesto de una manera muy descuidada.

—Claro, eso piensas. Un chico blanco de un barrio negro, como si eso te hiciera diferente. —Ella sonreía.

—Todos somos diferentes.

—En el piso de una chica negra a las tres de la mañana. Resolviendo los asuntos que tengas que resolver.

Ella estaba de broma, juguetona, pero había un punto tenso. Era demasiado tarde para todo aquello, habían bebido demasiado, fumado demasiado para estar tan susceptibles. Bordeaban el desastre.

—No, no es eso —dijo él.

—Somos... ¿cuántas?, ¿dos las que tenemos estudios en ese edificio?

—¿Dos qué?

—Chicas negras.

—¿Qué es lo que estás diciendo?

—Que es un edificio muy grande, con muchas chicas. Todas esas otras chicas, blancas, asiáticas, hispanas, podrías estar en uno de sus apartamentos ahora mismo.

—Me halaga mucho, pero estás sobrestimando muchísimo mi atractivo.

—Nueva York es un mercado duro para las señoras. Los números juegan a tu favor. Pero ¿con quién sales a tomar copas... la primera semana que tu compañero de piso se traslada contigo? Una de las pocas de todo el edificio. ¿Y con quién estás de fiesta ahora mismo? Con la misma.

—No es nada de eso. No estoy aquí para resolver cosas pendientes, ni para intentar fingir que soy quien no soy. Simplemente, me gustaste en cuanto te conocí. Disfruto de tu compañía. Y esta noche..., no lo sé..., ¿acaso no me has besado?

Ella lo miró a la cara y suspiró.

—Supongo que te creo.

Se levantó y fue al frigorífico.

—Tengo solo una cerveza. ¿La compartimos?

—Claro.

Ella la abrió y regresó.

—¿Sabes quién fue a una escuela en la que todos eran blancos? —Se señaló a sí misma al pecho—. Así que se podría pensar que tengo una especie de radar para este tipo de cosas: chicos blancos que solo hablan conmigo por mi madre negra, para cumplir una tarea pendiente o para remarcar no sé qué rollo político papanatas. Prueba de su pureza, de lo distintos que son de todos los demás chicos blancos que intentan hacer las mismas cosas, como si follarse a una chica negra les diera un pase para la vida. Yo tenía que haber desarrollado un instinto para distinguir toda esa mierda, pero no fue así. Por el contrario, me puse muy paranoica con todo eso. —Lo miró con una mirada imposible de descifrar, toda su picardía desaparecida—. Sobre todo intento apartarme de ti.

—Sarah. Estoy aquí por ti, no porque seas negra.

—Eso es lo que pasa. Que no puedes separar esas dos cosas.

Ella se sentó, le quitó la cerveza, bebió y se la devolvió. Se quedaron en un silencio incómodo unos minutos, y luego:

—Yo servía mesas en la universidad.

—Ah, ¿sí?

—Quiero contarte una cosa, ¿vale? Eran un par de turnos por semana, dinero para mis gastos. Era un sitio bonito, elegante, junto a la orilla. No te olvides de que soy mayor que tú, esto fue hace..., bueno, no hace tanto. Lo recuerdo como una época ingenua, pero probablemente era yo la ingenua. Bueno, el caso es que los negros no daban propina. Eso es lo que se creía. Yo también. Quiero decir que lo creía. Teníamos pruebas, todos teníamos los datos de nuestro lado. Turno tras turno de trabajo de campo, y aquel sitio no era pequeño, quizá sirviesen cientos de cubiertos cada noche, una muestra realmente significativa. El resto del personal era blanco. Todos éramos amigos, salíamos después del trabajo, esas cosas, y hablábamos de los que daban buenas propinas y los que no, ya sabes, yo también. La jefa de sala te dice que han llegado unos clientes, y tú miras en tu sección y hay una pareja negra allí, y piensas: «Estupendo. Ahí viene el diez por ciento». Servir mesas es un trabajo de mierda, realmente, o sea, que es duro para el alma, ¿lo has hecho alguna vez?

Él negó con la cabeza.

—Bueno, pues te desgasta, y por eso desarrollas un humor más sarcástico para tolerarlo. Tú y el resto del personal, todos intentan superarse los unos a los otros a ver quién es más cáustico, más harto de todo. No sé, a lo mejor ya no es así. Bueno, entonces, una noche tengo una mesa de cuatro hombres de negocios negros. Con trajes realmente bonitos. No sé si lo sabías, pero eso es lo que realmente sale a cuenta: hombres con traje. No parejas, ni familias. Una mesa llena de hombres ricos es la apuesta más segura para conseguir el máximo de dinero por mesa, que es lo que intentas. No se te ocurre pensar en que detrás de todo eso hay una situación política. Solo que tienes muchas mesas cada noche, de modo que hay que sacar el máximo dinero posible de cada una de ellas. Así que cuatro hombres con traje, estupendo, pero ¿cuatro negros? Una apuesta nada segura. ¿Qué estereotipo ganará hoy? Digo «estereotipo», pero recuerda: eso es lo que vemos realmente.

Está basado en experiencias vividas, de modo que quizá sea más bien una tendencia. El caso es que esos hermanos piden vino caro, aperitivos, carne poco hecha. Y les encanta que yo les sirva la mesa. Todo el rato están como «hermanita, por favor», o «hermanita, gracias». Y yo tengo la sensación de que estamos juntos en nuestra negritud, pero sobresaliendo al mismo tiempo en un mundo blanco, como si lo estuviéramos recibiendo todo sin haber tenido que ceder nada. Ellos me preguntan por la universidad, me dicen que no pueden esperar a ver mis cuadros en Nueva York, todo eso. «Hermanita, puedes traer la cuenta».

—Sarah no tienes que...

—Sí, lo voy a contar todo. Y tú tienes que escuchar. Veinte dólares de un total de trescientos cincuenta de la cuenta. Me cuesta un minuto procesar las cifras. Tengo que volver al ordenador y cerrar la cuenta. Tengo que introducir esa propina, verla en la pantalla delante de mí, y me siento tan humillada que tengo que luchar para contener las lágrimas, y la otra camarera, que está detrás de mí, y ve la cantidad en pantalla, ve el número de mesa y bufa, y dice: «Ya se veía venir». Y luego se va. Esa chica era amiga mía.

Cogió la cerveza y no se la devolvió.

—Ella no creía que hubiese hecho nada malo. Probablemente habíamos hecho bromas antes con cosas como aquella: «Ah, sí, quiero mucho a mis hermanos y hermanas, pero ojalá dejaran propina, ja, ja, ja», pero la broma siempre era sobre mí. Solo que no me había dado cuenta hasta aquel momento. Porque para todos los demás que trabajaban en el restaurante, todo iba de «mí» y de aquella mesa. Una persona blanca te racanea por algún defecto de carácter, porque son cutres, o egoístas; pero cuando una persona negra te racanea, su único defecto es su negritud. Te están negando tu dinero en nombre de toda tu raza. De modo que al mismo tiempo que estoy recibiendo la mierda de propina también la estoy dando, al mismo tiempo que hago valer esas normas de mierda acerca de cuánto dinero se supone que tienes que poner aparte de lo que dice la factura (una cifra arbitraria que inventó no sé qué persona blanca, de todos modos), al mismo tiempo que estoy obligando a cumplir esa norma, la estoy violando. Estoy implicada en ambos lados. Me vendo, pero no me pagan lo suficiente. Porque yo quería tener algo de dinero para mis gastos.

—Sarah, lo siento mucho.

—No te he contado esta historia porque quiera tu simpatía. —Ella se levantó y desapareció en el dormitorio. Cuando regresó traía una sábana y una almohada. Tenía los ojos húmedos—. Te la he contado para que sepas de qué hablo cuando digo que no se pueden separar las dos cosas. Para que sepas lo que me cuesta decir que no se puede hacer otra cosa que vivir con esto.

Le tendió a él la almohada y la sábana.

—Es muy muy tarde. Duerme un poco.

17

Él se despertó el primero, después de soñar con agua. Una cancha de baloncesto en un barco, unas olas como rascacielos que no acababan de echarlo. Sus disparos no acertaban en la canasta ni en el tablero, por mucha distancia.

Medio dormido, él había oído a alguien (la compañera de piso, en casa al final) soltar tacos, hurgar en la cocina, irse. Algún tiempo después se levantó, se sirvió un vaso de agua y miró hacia el pasillo. La puerta de Sarah estaba cerrada; la luz, apagada. Se quedó sentado con el teléfono, tapándose la erección con una almohada. Había dormido con los calzoncillos, pero solo tenía recuerdos neblinosos de haberse desnudado. Eran más de las once.

Las llamadas que estaba esperando (Derek, Lane) no habían llegado todavía. Como tenía que matar el tiempo, se preguntó si debía buscar a Thomas, preguntarle por qué la señora Leland no había nombrado lo de la inversión de Buckley en Restoration Heights. Había una posibilidad remota de que ella no hubiese reconocido el barrio cuando hablaron por primera vez, aunque parecía demasiado astuta para eso, pero Reddick se había referido al complejo por su nombre ante Thomas, y el encargado no había dicho una palabra. Quizá ella le hubiera pedido que lo mantuviera en secreto, pero ¿por qué? La omisión ensanchaba más aún el muro en torno a los motivos de la señora Leland. Había algo que él no podía ver, algo que moldeaba la conducta contradictoria de ella. ¿Por qué contratar a Reddick pero darle tan poca ayuda? Era hora de averiguar de qué se trataba. Había sido demasiado indulgente con sus secretos.

Cogió el teléfono y abrió una ventana de búsqueda, puso el nombre de la familia, vio los mismos resultados que la primera vez que lo había intentado: una página entera solo sobre su hijo, antes de cualquier dato de la familia como conjunto. Antes había pasado por encima las páginas sobre Anthony Leland, ahora ahondó más. Republicano de Rockefeller, el senador del estado estaba a mitad de su segundo mandato. El *Times* decía que tenía asegurada la reelección para un tercero. Vestía como una extensión de la casa de su madre: majestuoso, inmune a las tendencias. No tenía mala prensa. Había fotos suyas estrechando la mano del presidente Bush, de su esposa y de la actual primera dama en una escuela elemental del Bronx. Su presencia online estaba tan bien hecha y tan planchada como sus trajes.

Reddick oyó que se cerraba una puerta en el pasillo. Alguien abrió la ducha. Él se apretó la almohada. Tendría que haberse vestido, pero no estaba seguro de dónde había dejado su ropa.

Añadió Restoration Heights a la búsqueda, vio que Anthony Leland apoyaba el proyecto. Su posición tenía sentido, políticamente hablando: Restoration Heights tenía el respaldo del alcalde, el respaldo de los donantes de la campaña del senador. Ahí estaba, en una cena de hacía tres años, con el director de Corren Capital, después de que se anunciase la urbanización. Estaba sentado al lado de Buckley. Y luego ahí estaban también, mucho después, Buckley y Anthony Leland en un porche en los Hamptons. La imagen insertada en una página de Tumblr, una serie de anotaciones centradas en explicar el dinero que estaba detrás de Restoration Heights, insinuaciones de connivencia, imágenes del alcalde con los directores de Corren, de varios inversores con diversos propietarios. No era nada nuevo, ni en tema ni en contenido; alegaciones sin pruebas. Había seis fotos de Buckley, y Anthony Leland estaba en cinco de ellas: diversidad de lugares, en la ciudad y fuera de ella. Buscó sus nombres juntos, encontró una breve anotación de un blog de estilo de vida sobre su amistad, cómo Anthony estaba tomando a Buckley bajo sus alas, posiblemente preparándolo para la política.

Reddick se esforzaba para intentar encajar todo eso. La señora Leland había asegurado que conocía bien a los Seward: se había imaginado galas, comités de fundaciones, comidas de beneficencia, cualquier cosa excepto una sociedad entre Buckley y su hijo. La relación abría nuevas posibilidades y evocaba la amenaza de la conspiración.

Envió un mensaje a Thomas, le dijo que necesitaban hablar. Se dio golpecitos con los dedos en la rodilla desnuda, se quedó mirando por la ventana los destartalados ladrillos del edificio cercano. Ojalá tuviera su mapa.

—¿Tienes hambre?

Dio un salto, no había oído llegar a Sarah.

—Me comería un caballo —dijo ella.

Se dio la vuelta. Vestía unos pantalones de deporte que quedaban bajos por sus caderas estrechas, y un top con unos tirantes delgados como un cordón. Llevaba el pelo seco y cortado formando rizos color caramelo en torno a su cara. Tenía los ojos hinchados y con ojeras, por haber trasnochado, y los labios pálidos pero llenos. Sus pecas eran como una celebración: un brochazo a través del puente de la nariz y una cascada por sus hombros desnudos.

—¿Qué miras? —Se sentó y él se acercó, con la almohada todavía en el regazo.

—Me estaba preguntando cómo conseguimos estropearlo tanto anoche...

—Ah, ¿sí? —Él vio alivio en la cara de ella, un atisbo de que la confianza que sentía era tan precaria como la de él; una improvisación. Le sorprendió.

—Intentando ver cómo apretar el botón de *reset*.

—La vida no tiene *reset*.

—¿Sería muy terrible intentar recoger las cosas donde las dejamos?

—No sería terrible. Pero tengo una idea mejor. —Ella buscó por debajo del sofá, sacó los vaqueros de él tirando de la anilla del cinturón—. Póntelos y prepara el desayuno conmigo. Luego, esta misma semana, ven a verme a mi estudio y podemos hablar de arte, tomarnos una copa y ver adónde conduce esto.

Él no estaba seguro de si debía sentirse decepcionado o no. Se inclinó hacia delante y la besó. El cuerpo de ella se ablandó; su resolución vacilaba. Aunque tenían los ojos cerrados, él le cogió los pantalones de la mano.

—Trato hecho —dijo cuando se separaron.

Él se vistió y se refrescó en el baño. Cuando salió, ella ya estaba en la cocina, preparando platos e ingredientes.

—Gracias otra vez por llamar —dijo él.

—No llamé por eso...

—Ja, ja. Me refiero a Marie, por lo del caso. —Se unió a ella y empezaron a cascar huevos, a cortar verduras...—. Necesito toda la ayuda que pueda.

—Qué sinvergüenza es Franky. Yo sabía que no era un buen tío ya en Penn. Pero supuse que al hacerse mayor lo habría superado. O sea, todo el mundo es un poco gilipollas, a los veinte; pero es que él se ha vuelto peor.

Él le contó lo de los arrestos de Franky y lo de colocar un arma a un inquilino para poder echarlo.

—Creo que él la mató. Realmente lo creo.

—Es demasiado horrible solo pensarlo. ¿Asesino? No es que fuera muy amigo mío el tipo, pero nunca me lo habría imaginado.

El teléfono de Reddick empezó a vibrar. Él lo cogió, vio el nombre de Thomas, luego vio la comida a medio preparar en el mostrador de Sarah. Lo mandó al buzón de voz.

Cogió un tomate.

—¿Lo quieres muy pequeño? ¿A daditos?

—¿No era importante?

—No, yo... puedo ocuparme luego.

—No me importa si quieres devolver la llamada. Puedes ir a mi habitación. Así tendrás más intimidad.

—Tal y como lo dices me hace dudar.

—Estabas un poco reservado anoche; no contaste cómo sabías lo del compañero de clase de Buckley.

—Mitchell Yang.

—No es raro que yo no lo conociera. Los únicos chicos de Wharton que conocí eran los que iban de caza al edificio Morgan con la polla en la mano. Pero el hecho de que tú sí lo conocieras..., ya sé que has trabajado mucho en este caso. Ya te lo dije, Beth me lo ha contado.

Él empezó a explicarse, pero ella lo cortó.

—No, no te voy a juzgar o, si te he juzgado, has salido absuelto.

—No soy el único que busca a Hannah. A mí me... me contrató alguien. Otra familia del Upper East Side. —Le contó su reunión con la señora Leland el día después de que desapareciera Hannah.

—¿Y no te parece algo raro?

—Muy raro. Pero no me importa.

—Pero sus motivos...

—No tienen ningún sentido. Pero mientras queramos lo mismo... creo que podría ayudarme. Que podría ayudar a Hannah.

—Pero ¿estás empezando a dudarlo?

—Debería haber dudado desde el principio. Estaba demasiado ansioso. —Le enseñó el artículo sobre Buckley y Anthony, las fotos de los dos juntos—. No sé qué relación hay entre las dos familias. Pero no estoy seguro de que a ella le importase en ningún momento encontrar a Hannah.

Sarah fue pasando los resultados de la búsqueda.

—Podría ser algo completamente benigno; quizá el hecho de que sean amigos es lo que le interesó a ella desde el principio.

—¿De verdad? —Él se fue pasando el tomate de una mano a otra, con un ritmo preciso, de izquierda a derecha, como un metrónomo para sus pensamientos desbocados—. Estoy empezando a pensar que ella solo me contrató porque ya andaba husmeando en sus negocios.

—Al menos tienes que poder escuchar lo que ella tenga que decir. —Señaló el teléfono con el cuchillo—. Ve. Yo me encargo a partir de ahora.

Él lanzó el tomate formando un arco hacia Sarah, ella lo cogió ágilmente junto a su cintura. Él marcó el número, fue hacia el pasillo mientras sonaba. Respondió Thomas.

Reddick no hizo caso del saludo.

—Hábleme de Restoration Heights.

El administrador respondió lentamente, con su reserva intacta.

—¿Qué quiere saber?

—La obra principal está a una manzana de donde desapareció Hannah. ¿Pensó que no valía la pena contarme que Buckley era un inversor principal?

—Supuse que si usted era bueno ya lo averiguaría por su cuenta.

—¿Y lo del hijo de la señora Leland? Ha estado jaleando el proyecto. Un senador del estado..., quién sabe qué teclas habrá tocado.

—No estoy seguro de que la señora Leland quiera que le hable de este tema.

—Entonces, que me llame ella misma y me lo diga.

—Tiene la agenda muy llena. Ya le hablaré de su preocupación por la relación de su hijo con Restoration Heights, y ella comentará el asunto con usted en el momento apropiado.

—¿Y la relación de su hijo con Buckley Seward? Los dos parecían muy colegas. ¿Cuándo quiere comentarme todo eso ella?

Hubo una pausa al otro lado de la línea, y después:

—Espere un momento.

La señora Leland cogió el teléfono casi inmediatamente.

—Reddick. Entiendo que quería usted hablarme del caso.

—Pensaba que estábamos del mismo lado.

—Creo que compartimos un objetivo común, sí.

—Entonces, ¿por qué se ha dado tan poca prisa para ayudarme? ¿Por qué he tenido que averiguar lo de Buckley y Restoration Heights por otra persona? ¿Por qué he tenido que enterarme por internet de que Buckley contempla a su hijo como una especie de mentor suyo? ¿Por qué no me ha contado usted todo eso?

—Ya le informé de que tenía asuntos con los Seward el día que lo contraté. Los dos son amigos. No es ningún secreto.

—Pero de eso se trata. ¿Por qué contratarme a mí? Si quería averiguar lo que le pasó a Hannah, ¿por qué no llamar a un profesional? Supuse que tenía usted algún plan, pero que yo no sabía cuál era; me imaginé que mientras estuviéramos del mismo lado no importaba. Pero ahora lo veo con total claridad. Usted pensaba que Buckley podía estar implicado en la desaparición de Hannah, su conducta sospechosa le preocupaba tanto como a mí, quizá más, porque usted también tenía que pensar si habría implicado él a su hijo o no. Quizá incluso se preguntaba si no habría hecho algo su hijo; si ella no habría averiguado algo que no debía, alguna connivencia entre los dos que iba más allá de los habituales sobornos. Así que tenía que saber qué esperar, qué daños había, para hacer sus planes. ¿Era solo que su reputación estaba en juego?, ¿su proximidad a un escándalo?, ¿o era algo peor?, ¿algo criminal? Quizá Buckley ni siquiera fuese sospechoso. Quizá no estaba implicado o, si lo estaba, quizá su cobertura pudiera funcionar. Yo era el único que hurgaba en todo esto, así que usted me contrató, en parte para mantenerme vigilado, para saber lo que yo sabía, y en parte para controlarme. Un investigador privado habría ahondado demasiado, habría averiguado más de lo que usted quería y habría acudido al final con chantaje o, algo peor, a la prensa. Pero yo... no era más que un idiota.

Silencio total. Tanto que él pensó que ella había colgado. Luego:

—Supongamos por un momento que esas fueran mis motivaciones. ¿Qué tiene que ver todo eso con Hannah?

—Pues que ella sigue desaparecida. Que fue a una fiesta con Franky Dutton y no se ha vuelto a saber nada más de ella. Y que quizá yo ya podría haber averiguado lo que pasó si usted no me hubiese ocultado cosas todo este tiempo.

—Es todo lo que necesitaré de usted.

—¿Qué significa eso?

—En cuatro generaciones, los Leland han pasado de ser sirvientes domésticos al Senado del estado. Mi hijo es el resultado de décadas de trabajo duro. Su legado no es responsabilidad suya únicamente. Sí, ha sido defensor ardiente de Restoration Heights, de la revitalización que un proyecto semejante ofrece a ese ignorante barrio. Y sí, él y Buckley son amigos íntimos. Anthony ve algo prometedor en ese joven y solo quiere ofrecerle una influencia positiva que, francamente, nadie más en esa casa decadente es capaz de proporcionarle. Así que, naturalmente, me preocupaba que la desaparición de Hannah resultase un escándalo. No permitiré ningún escándalo. Afortunadamente, este no alcanzará a mi familia. Está quedando cada vez más claro que la novia de Buckley sencillamente decidió dejarlo, cosa que no me concierne en absoluto, ni tampoco a usted, desde luego. Ha actuado usted de la manera adecuada, y yo tengo la conciencia tranquila. Así que no veo necesidad de que siga investigando.

—¿Y qué espera que haga ahora? ¿Que me quede calladito? Han asesinado a esa chica.

—No creo que haya pasado nada semejante. Usted mismo lo dijo: se fue su casa, a Oregón.

—En Portland no vive ninguna Hannah Granger. Solo lo dijeron porque está muy lejos de Nueva York y no puedo buscarla allí.

—Está usted exagerando su importancia. La propia Hannah me dijo que era de Portland, cuando la conocí, hace meses.

—Eso no significa que esté allí ahora.

—Bueno, ciertamente, tampoco significa que no esté. Usted no tiene prueba alguna de violencia. Por el contrario, tiene a varias personas diciéndole que se ha ido, que está a salvo y que es un asunto privado. ¿Y qué pasa si esa historia no cuadra con los datos que tiene a mano?

—No parece que sea eso. No es eso lo que ocurrió en realidad.

—Dígame, Reddick, ¿leen a Wittgenstein los estudiantes de arte?

—No lo sé. —La pregunta lo puso nervioso—. Sí. Lo leíamos. Un poco.

—Hay una anécdota sobre una conversación que tuvo y que me gusta creer que es cierta. Le preguntó a un colega por qué la mayoría de las personas dicen que es natural que la gente supusiera que el Sol giraba en torno a la Tierra, en lugar de creer que la Tierra rotaba. Su amigo replicó que, obviamente, era porque parece que sea el Sol el que da la vuelta en torno a la Tierra. A lo cual, Wittgenstein replicó: «Bueno, ¿y qué aspecto habría debido tener para parecer que era la Tierra la que giraba?»

—¿Qué tiene que ver eso con lo que estamos hablando?

—Pues que lo que parece una cosa, lo que da a entender, no es una cuestión absolutamente clara. Si se alinea o no su interpretación de un evento con su intuición depende de sus ideas sobre la intuición.

—Nosotros no hacemos nuestra propia verdad, señora Leland.

—No me ha entendido en absoluto. Yo no he dicho lo contrario. La verdad existe, pero su capacidad de percibirla depende de las suposiciones con las que empiece. Salga y mire al sol. Ese es el aspecto que tiene cuando la Tierra gira a su alrededor.

—Vale. No tiene usted que creerme. Si quiere que acabemos, pues bien. —Su teléfono zumbaba con otra llamada entrante. Comprobó la identificación. Lane.

—Los dos hemos terminado —la oyó decir.

Se puso el teléfono al oído otra vez.

—No, yo no. Yo voy en busca de algo. Y seguiré investigando.

—Como he dicho, ha trabajado usted bien. Estoy muy tranquila en ese sentido, y es justo que a usted se lo compense. Le haré un cheque. Por ejemplo, que compense tres meses de dedicación al arte a tiempo completo. Sencillamente, dígame qué cifra se requiere para que suceda eso.

Su teléfono vibraba: Lane dejaba un mensaje en el buzón.

—¿Está usted intentando sobornarme?

—No es ningún fallo moral aceptar pago por el trabajo de uno. Es una oportunidad que la mayoría de las personas en su situación envidiarían. Nadie ha sido asesinado, al contrario de lo que usted cree, y si sigue trabajando en esto no conseguirá más que molestias innecesarias para todos los implicados.

—O sea, para usted, ¿no? ¿Y si le cuento a la policía lo que hemos sabido? ¿O a la prensa?

—Las insinuaciones de ese tipo nunca desaparecen del todo en cuanto salen en las noticias.

—No.

—Seis meses.

—No.

—Tengo otras opciones. Esta es la más amable, la única en la cual usted gana. No permitiré que vaya a la policía ni a la prensa.

—Le debo a ella más que eso. Más que venderme.

—Pobre hombre... ¿Sabe usted quién se preocupa por venderse? La gente sin ambición. Le doy hasta finales de esta semana para decidirse. No hable con nadie antes de eso. O, si no, la cosa no acabará bien para usted.

Ella colgó. Sarah lo estaba mirando, con las tortillas enfriándose en los platos.

—He oído tu mitad de la conversación.

—Joder... —Le contó lo que le había dicho la señora Leland.

—¿Y cuánto te ofrecía?

—Seis meses.

—¿Seis meses de qué?

—Seis meses de lo que quiera. Dice que me hará un cheque, cubrirá mis gastos, alquiler, todo. Probablemente le podría pedir sesenta de los grandes, y ella me los pagaría.

Sarah se llevó la mano a la boca.

—Ay, Dios mío...

—No puedo cogerlo.

—¿Y si ella tiene razón? ¿Y si Hannah sencillamente se fue?

—Entonces, ¿qué es lo que la asusta tanto? ¿Por qué intenta sobornarme si no hay nada más ahí?

—Es lo que ella ha dicho: insinuaciones. ¿Recuerdas a aquel congresista cuya becaria fue asesinada? Todavía hoy la gente sigue creyendo que fue él quien lo hizo. Es probable; yo también lo creo, y no recuerdo nada del caso, ni una sola prueba. En cuanto conectas a una persona con algo públicamente, no importa si es cierto o no, lo único que recordará la gente es la acusación.

—Pero ¿y si ella cree que Hannah está a salvo?

—Ese tío es un político. El daño podría hacerse antes de que nadie averiguase que Hannah simplemente se fue a casa de sus padres. Y, de todos modos, siempre existe la posibilidad de corrupción.

—Es más que una posibilidad. No hay nada en Restoration Heights que no sea corrupto.

—Eso es lo que tú dices, pero nadie ha encontrado nada que lo pruebe todavía. La oposición estaba bastante hambrienta, ha buscado muchísimo, pero no han encontrado nada que se sostenga, nada que pueda frenarlo. Quizá haya algo y quizá tenga que ver con Anthony Leland.

—No lo sé. A mí me parece muy flojo. Y rendirse con Hannah..., ¿cómo voy a considerarlo siquiera ahora? Todo este tiempo he estado muy seguro, pero en cuanto me tiran dinero a la cara, ¿empiezo a dudar? ¿Cómo podría vivir conmigo mismo?

—Podrías dejar tu trabajo.

—Mierda. Mi trabajo. —Cogió el teléfono—. Lane me ha llamado mientras yo estaba hablando. —Puso el buzón de voz.

—«Soy Lane. Acabo de hablar con los Kruger. No he podido salvar tu trabajo esta vez y, sinceramente, no lo he intentado demasiado. Ya hemos hablado de todo esto, así que lo resumiré. Que tengas mucha suerte y, de verdad, espero que consigas resolver tus cosas. Te mandaré tu cheque por correo».

—Reddick, lo siento mucho.

—Acaban de despedirme dos veces por teléfono. —Que ya esperase la llamada de Lane no amortiguaba el impacto: no estaba seguro de cuánto le durarían sus magros ahorros. Se preguntó brevemente por la coincidencia en el tiempo, si se podía conectar todo de alguna manera, si la señora Leland no habría aumentado así la presión. Pero la llamada de Lane había llegado antes de que ella hiciera sus amenazas. Era pura y simple mala suerte; sus decisiones precipitadas obtenían su fruto inevitable.

—¿Te interesa el desayuno o no? ·

—¿Cómo? Ah, sí. Vamos a comer.

Comió despacio, con el apetito estrangulado por los nervios. Cuando acabaron, ella hizo té y se trasladaron al sofá.

—¿Quieres contarme el resto? —preguntó ella—. Cuéntamelo. Todo el caso.

Él no sabía cómo empezar.

—Podría ser más fácil si..., ¿no tendrás un bloc de dibujo por aquí? ¿Te importaría que lo usara?

—Claro. Voy a buscarlo. —Ella desapareció por el pasillo hacia su dormitorio.

—Y un lápiz.

Cuando regresó, abrió la libreta por una página en blanco y la guio a través del caso, reproduciendo su mapa a medida que avanzaba, paso a paso. Algunas partes ella ya las conocía, pero él lo incluyó todo. El apartamento abandonado de Hannah. Que él había hablado con los chicos de su edificio que dieron la fiesta, que Hannah había estado con Franky aquella noche, pero había llegado con otros dos tíos, Ju'waun y Tyler, que había seguido a Tyler e inadvertidamente había descubierto que era un recaudador de alguien llamado el Genio. Que alguien había advertido a Harold que no preguntase por la rubia. Su enfrentamiento con Mia. Franky y FDP, su teléfono y su casa. El nombre de Hannah estaba en el centro, Ju'waun y Tyler a la derecha y a su lado, Mia y el Genio. Escribió Restoration Heights debajo del nombre de Hannah, le contó a Sarah su encontronazo allí, el descubrimiento de que Buckley era inversor, que Franky podía haber usado el enamoramiento de Buckley para aprovecharse de él con el trato sobre la propiedad. Escribió el nombre de Buckley a la izquierda, los Leland por encima, Franky por debajo, unió los tres nombres con Restoration Heights con unas líneas para poner énfasis. Le contó que había buscado registros financieros en el despacho de Buckley y había puesto a Derek a descifrarlos. Su creencia de que el Genio estaba implicada, que usaba a los Sons of Cash Money para dar golpes en beneficio de Franky, una línea curva a través de la parte superior de la página que era la única conexión real entre las dos mitades..., y luego la destrucción de esa creencia por la revelación de Ju'waun de que Hannah no era la rubia correcta, de que Harold había metido la pata y que la advertencia era sobre otro incidente completamente distinto. La noticia de un atraco lo confirmaba. No se molestó en borrar la conexión, solo rasgó la página en dos, una recreación del momento en que cortó en dos su mapa del caso.

—Todo lo demás lo has visto tú misma.

Ella toqueteó la página rasgada.

—Así que toda esta mitad, la de la derecha..., ¿no tiene relación con nada?

Mirándola, él recordó la futilidad que sintió antes de que Sarah le mandara su mensaje. Días de trabajo que se veía obligado a dejar a un lado.

—Eso creo. Ella estaba en una fiesta con ellos, pero podían haberse encontrado en un bar, como dijo Ju'waun.

Ella volvió boca abajo la mitad del mapa.

—Así que nos queda la relación entre Franky y Buckley, que es ya lo bastante jodida como para hacer que simpatice con Hannah.

—Según Marie, ella encajaba muy bien —dijo él.

—No lo sé. Quizá fue ella la que sedujo a Buckley, pero eso no significa que supiera hasta dónde llegaban las cosas entre esos dos.

—A lo mejor subestimó a Franky, pensando que podía controlarlo de la misma manera que controlaba a Buckley. —Él pasó sus dedos por encima de los nombres. Tenía que esforzarse para descartar la sensación de que no había allí nada notable, nada siniestro—. Quizá todavía no tenga claros los motivos. Pero hay un triángulo amoroso, y alguien ha desaparecido. ¿No basta con eso?

—Mira. Te diré esto como amiga: es posible que ella lo haya dejado, sin más.

—No te creerás eso, ¿verdad?

—La señora Leland tiene razón, en cierto modo. No he oído nada que no se pueda explicar fácilmente por el hecho de que ella se ha ido. La reacción de Buckley, que fue lo primero que te extrañó: eran celos, porque sabía que Franky tenía una casa allí mismo. ¿La reunión de los dos después de que tú fueras a FDP? Eso pudo ser una coincidencia.

—¿Coincidencia?

Ella levantó la mano.

—No te enfades, escúchame un momento. Pudo ser una coincidencia o bien pudo ser que Franky avisara a Buckley, como tú decías, pero no porque alguien se diera cuenta de que la habían matado. Mira lo mucho que los aterroriza el escándalo: si Hannah lo dejó por una aventura, entonces claro que no querrían que esa información saliera a la luz. Sé que Franky es un gilipollas y que se aprovecha de Buckley, pero son amigos, al menos lo eran cuando yo los conocí, y si Buckley se enfrenta a alguna amenaza, como la posibilidad de que tú inadvertidamente hicieras que apareciera su nombre en los periódicos, entonces no veo nada alarmante o fuera de lugar en que Franky le advirtiera. Y en cuanto a los asuntos financieros entre los dos y Restoration Heights, no has encontrado nada que la conecte a ella con eso. —Mientras ella hablaba, señalaba cada nombre que aparecía en la página, descartándolos por turno—. Ya has hablado de la señora Leland. Puedes resultar bastante convincente cuando estás obsesionado con algo, así que quizá ella te creyó durante un tiempo, pero eso es más bien un mérito tuyo, y de cualquier tensión preexistente que tuviera ella con los Seward, que por la existencia de alguna prueba de que alguien la matara. Has hecho muchísimo trabajo, es asombroso ver cuánto, realmente, y no has dado con nada que indique que Hannah fue asesinada. ¿No crees que las cosas hablan por sí solas?

Reddick se sintió apuñalado, su convicción eviscerada.

—Pero ella desapareció.

—Quizá fue por voluntad propia. Todavía hay gente por ahí a la que le gusta la privacidad. —Ella vio que el rostro de él se endurecía—. No te estoy atacando. Simplemente, creo que hay que considerarlo.

—¿Qué son?, ¿las dos o así?

—Reddick...

—Tengo que irme.

Él se puso de pie, empezó a ponerse las botas y el abrigo.

—No seas así. Querías mi ayuda y te estoy ayudando.

—Sí.

—Si lo que querías era a alguien que estuviera de acuerdo contigo, se lo has pedido a la persona equivocada.

—No estoy enfadado.

—No te he preguntado si lo estabas.

Él se abrochó el abrigo, se puso el gorro de lana tapándole las orejas.

—Pensaré en todo lo que me has dicho. Lo prometo.

18

El dinero era una avalancha que socavaba su objetividad. Había vuelto a su mapa del caso, pero ya no confiaba en lo que veía. Con el cúter, recortó a Hannah de Franky y de Buckley, una línea cuidadosa en torno a su nombre y las notas que quedaban debajo. Retrocedió un poco, sujetándola, y miró lo que quedaba. Nada se dañaba por su ausencia. Sarah tenía razón, la señora Leland tenía razón: su caso había producido un par de narraciones completas en sí mismas, viables por su propia lógica, pero ¿pensaba esto él solo porque era el primer paso para aceptar el dinero?

Recibió un mensaje de Sarah diciendo que esperaba que fuera a verla aquella semana.

Se puso el abrigo y se fue. La tarde ya oscurecía, el día se había gastado antes de que pudiera usarlo. El cielo y la nieve endurecida eran de un lavanda vibrante e idéntico, las ventanas de la casa de la ciudad rezumaban color naranja como grietas en la cáscara del invierno. Atajó hacia Madison y fue andando hacia el este, a Franklin. La última vez no se había fijado en que había una mezquita en la esquina. Un hombre con un abrigo andrajoso iba echando sal a la acera por delante, con movimientos rígidos y pausados. Reddick intentó establecer contacto visual con él, saludarlo con un gesto, pero el hombre no levantó la mirada. Finalmente, se rindió y cruzó la calle hacia el neón que parpadeaba y que lo había llamado hasta allí, y bajó las escaleras hacia Ti-Ti's.

La camarera estaba con los codos apoyados frente a la única clienta, una mujer negra de unos sesenta años; ambas levantaron la mirada cuando entró, pero solo la camarera sonrió. Reddick fue al abollado cajero automático, luego pasó junto a ellas y ocupó un taburete en la barra. La camarera se acordaba de él.

—Usted estuvo aquí con Harold el otro día, ¿verdad?

—Sí.

—Qué majo es.

—¿Cree que pasará hoy por aquí?

—Pues depende. ¿Es hoy un día de la semana? Porque entonces sí. —Ella le guiñó un ojo—. ¿Qué le pongo, cariño?

Le trajo un bourbon y lo dejó bebiendo en silencio. Llegó gente, sola y en parejas. Él se tomó un segundo whisky, notó que se iba deslizando en otra tarde etílica, lleno de culpabilidad por gastarse un dinero que iba a necesitar hasta encontrar otro empleo. Probablemente, mucho. Mantenía un ojo en el líquido del vaso, que iba en descenso, y otro en la puerta.

Cuando entró Harold, Reddick lo examinó en busca de síntomas del diagnóstico de Clint. Algún tic, algo que traicionara la paranoia que le partía la mente. ¿Temería otras conspiraciones?, ¿estarían agrupadas en torno a los mismos temas —un gobierno panóptico, una raza como objetivo—, o bien sus temores serían vagos y difusos, conformando todos sus hábitos? Reddick se imaginó hojas de papel de aluminio arrugadas colocadas en forma de cortina en sus ventanas, lo imaginó agazapado bajo los toldos cuando los helicópteros recorrieran el cielo de la ciudad. Imaginó brotes de rabia y de terror al leer los anuncios personalizados. Pero él le parecía el mismo de siempre, porque sus creencias, irracionales o no, resultaban invisibles dentro del caparazón carnoso y exhausto de su cuerpo. Con los pies pesados, casi arrastrándolos, su gran envergadura le hacía parecer un hombre que era todo espalda, que se veía abrumado por una capacidad casi ilimitada de trabajo físico, aunque su rostro o su actitud flaquearan por la fatiga. Un hombre castigado por su propia resistencia. Vio a Reddick. Sus ojos se deslizaron por encima de la estrecha habitación, como si buscara otro asiento, sopesando sus opciones de huir, y luego volvió la cara hacia Reddick. Sonrió.

—¿Estás pensando en hacerte habitual, joven?

Cogió el taburete que estaba junto a él, colocó su casco lleno de rozaduras sobre la barra.

—Me gusta el sitio.

—Ajá. Bien.

—No he venido a hablar del Genio, si es eso lo que te preocupa.

—Entonces, ¿por qué mencionas siquiera su nombre? —Colocó una pila de billetes pequeños junto a su casco. La camarera se acercó con una cerveza abierta. Él le sonrió y, cuando la dejó en la barra, la vio coger un par de billetes de la pila—. Muchas gracias, Natalie.

Ella asintió y se alejó, y Harold se volvió hacia Reddick.

—La gente te puede oír. —Miró hacia Natalie.

—Ella estaba aquí el otro día. Eso no te impidió hablar entonces.

—No estaba necesariamente en buen estado mental... para ser sincero, tengo la sensación de que te aprovechaste de mí.

—No me había dado cuenta de que hubieses bebido tanto, al menos no al principio.

—¿No te diste cuenta o no te importó?

—¿Qué quieres que te diga? Estaba buscando algo.

—¿Estaba? ¿Entonces ya no lo buscas más? ¿Y por qué estás aquí?

—Porque tenía sed. —Reddick bebió un poco de whisky, como si su afirmación requiriese pruebas.

—Has pasado por delante de muchos bares hasta llegar a este.

Reddick no estaba seguro de qué era lo que esperaba conseguir. Harold era la primera persona a la que le había hablado de Hannah, el primero en ofrecerle su ayuda. Ahora que estaba allí, vio que quería hablar de cualquier otra cosa. Dejó que las insinuaciones de Harold se desvanecieran entre los tintineos y los murmullos de las escasas personas que disfrutaban de la *happy hour*. Bebieron con silenciosa resolución.

—Bueno, el caso es que estuve en la casa de una chica, anoche —dijo Reddick, finalmente. Era un intento de revivir la conversación, de hablar como amigos.

Harold soltó una risita, miró la cara enfurruñada de Reddick.

—A mí eso normalmente me pone de mejor humor.

—Bueno, es que no pasó nada en realidad; sí que ocurrieron cosas, pero luego se complicó.

—¿Se complicó? ¿Por qué dejaste que se complicara?

—Nos quedamos despiertos hasta tarde, demasiado tarde, y hablamos demasiado.

Harold pensó en esto último.

—¿Y es una cosa de un día nada más o vas a volverla a ver?

Reddick pensó en la invitación de ella, se imaginó a sí mismo en su estudio, con el dinero de Leland en el bolsillo, hablando de sus cuadros, quizá preparando él también una nueva serie. Una oleada de felicidad acompañó esa imagen. Lo único que tenía que hacer era dejar una investigación que nadie creía que fuera a conducir a nada. Sabía que no era justo vincular esas cosas. Sarah le había dejado bien claro que ella lo vería otra vez, no importaba lo que decidiera hacer con la oferta de la señora Leland, pero él no podía evitar unir esas dos contingencias. Daban claridad a las opciones que podía tomar.

—La veré de nuevo, espero.

Los interrumpió el sonido de las risas de unas chicas. Tres chicos blancos entraron seguidos por una bocanada de aire invernal. Se sentaron en el extremo de la barra, el puesto del diablo, las dos chicas siguieron soltando risitas y el chico fue a la máquina de discos. Apenas parecía que tuvieran la edad legal para beber.

Harold sonrió irónicamente.

—Ahí va el barrio.

Él iba ya por su cuarta cerveza; Natalie le quitaba cada botella, se la sustituía en silencio y le cogía los billetes necesarios de la pila de efectivo, que iba disminuyendo. El proceso era sistemático, como una máquina. Sus efectos empezaban a ser visibles ya: las sospechas se habían evaporado, el efecto vibrante de su fatiga había quedado amortiguado. Tenía una lucidez, una calma que Reddick asociaba con sus conversaciones matutinas, antes de que las exigencias del día laboral se hubiesen tomado su peaje. Un pico final antes de deslizarse en un sueño alcohólico.

—¿Así que realmente has venido aquí a tomar una copa? —dijo Harold—. ¿Es verdad?

Los chicos blancos ponían éxitos en la máquina de discos, alguna canción de *West Side Story* que se abría con una larga parodia, que al parecer nadie del bar sabía que estaba en la máquina. El chico y sus amigas se pusieron histéricos, gritando y con la cara roja, mientras las palabras de los actores, sin sentido fuera de contexto, resonaban en el bar. Las actitudes de los otros clientes iban desde la diversión hasta la molestia. Natalie buscó algo detrás de la barra, para controlar los altavoces, y bajó el volumen. Los chicos se reían demasiado para darse cuenta.

Harold frunció el ceño, y Reddick miró su vaso, sintiéndose de repente fuera de lugar, silenciado por algo que se parecía a la vergüenza del intruso.

—¿La verdad? —dijo—. Pues no solo tenía sed. La verdad es que he venido aquí a pensar.

Harold miró a los chicos que se reían y luego a él otra vez.

—Antes era un buen sitio para hacerlo.

—¿Me estás comparando a mí con esos?

—¿Es que te sientes distinto? O sea, veo que intentas..., a veces lo intentas demasiado, y otras veces no lo suficiente. Pero esas diferencias que tú sientes no se ven, no se ve ninguna, desde el exterior. Pareces un poco mayor que ellos. Un poco más triste. Pero así

285

es Brooklyn ahora. Un lugar donde los chicos blancos se vuelven viejos y tristes. ¿Tú y esos tres, hermano? Solo parece que estáis en puntos distintos de la misma vida.

Reddick se quedó callado, bebió un trago de bourbon.

—Sabes que estaba equivocado.

—¿En qué?

—En todo. Tyler y Ju'waun. El Ge... La mujer para la que ellos trabajan a veces. Era otra rubia, completamente distinta.

—¿Una rubia distinta?

—Esa sobre la que alguien te advirtió. Supongo que nunca les dijiste su nombre, el mensaje se confundió; no importa. Nada de esto tiene que ver con la chica a la que yo iba buscando.

Harold frunció el ceño.

—Yo dije Ju'waun. Dije Tyler. Eso sí que lo sé. ¿A cuántas chicas blancas rubias conocen esos tíos?

—Al menos a dos, parece ser.

—Ah. Maldita sea.

—No importa. La chica a la que buscaba yo, Hannah, ni siquiera sé en realidad si está desaparecida o no.

—Era una buena historia la que me contaste. Me gustaron los detalles, la forma en que la relatabas, con toda la nieve a tu alrededor y los cubos de basura. Romántica, pero corrupta. La cuestión es, hermano, ¿cómo pensabas que iba a terminar? Quiero decir, para ti. ¿Qué pensabas que iba a pasar? ¿Qué la ibas a rescatar y ella iba a estar tan agradecida que se iba a convertir en tu novia?

—Yo creía que ella estaba muerta.

—Pues entonces, ¿qué era? ¿Te gusta la tragedia?

—Solo quería saber qué había pasado.

—No, no. Eso no te lo acepto. Es demasiado limpio. Tío, escucha. Yo veía lo que todo esto significaba para ti, así que me ofrecí a ayudar. Pero en un momento determinado..., ¿qué encontraste? O sea, hazte esa pregunta honradamente. Porque si hubieses encontrado algo no estarías aquí sentado. Y si realmente no había nada, ¿por qué no te ha ayudado también todo el mundo?

—Hubo una persona que sí me creyó. O al menos actuó como si me creyera: se ofreció a ayudar, a intercambiar información. Pero averigüé que solo lo hizo para asegurarse de que no era un escándalo que pudiera afectar a su familia... su hijo es político. Ahora que ella está satisfecha porque ve que no va a haber escándalo, a menos que yo lo organice, quiere que deje de investigar. Me pagará para que pare.

—¿Y qué tiene eso de malo?

—El hecho de que esté dispuesta a pagarme me hace pensar que hay algo más.

—Cierto. Podría ser. —Frunció el ceño, pensativo, con la cabeza inclinada—. O bien podría ser que lo hiciera porque sabe que a ella no le ha pasado nada.

—Es demasiado sencillo, me deja fuera con demasiada facilidad.

—A veces la verdad es sencilla. Y lo sencillo puede parecer fácil, pero no lo es. Es sencillo, nada más. Tendrás que encontrar una manera de aceptar eso.

—Lo estoy intentando.

—Pero mira: tienes una manera de aprovecharte de esta mierda ahora. Esa señora te está ofreciendo dinero. Ya sé que haces alguna otra cosa..., esto es Nueva York. Todo el mundo tiene una obra de teatro, o un blog o alguna mierda.

Reddick estaba seguro de haberle contado que pintaba, ¿o no? ¿O acaso no le había parecido lo suficientemente importante para contárselo?

—Pinto cuadros.

—Pues sigue pintándolos. Deja de preguntar por esa chica blanca desaparecida que, la verdad, parece que ni siquiera ha desaparecido.

Compró comida china de regreso a casa y comió en silencio en el sofá. Eran casi las nueve en punto. Harold se fue en cuanto se acabó su pequeña pila de dinero, un límite autoimpuesto, dijo, para evitar futuras indiscreciones, mientras Reddick se quedaba a tomar otra copa. El alcohol no hacía otra cosa que confundirlo más aún.

Al cabo de unos minutos oyó el ruido de las llaves de Dean en la puerta.

—Eh, tío, esperaba que estuvieras por aquí... —Venía con Beth. Reddick se disculpó el primero; Beth y Dean, a continuación, cada uno de ellos teniendo mucho cuidado de reconocer la legitimidad de los sentimientos ajenos, sin concederle la razón del todo al otro. Beth hasta hizo una broma. Abrieron cervezas mientras Reddick acababa de comer.

Les contó la conversación que había tenido con la señora Leland.

—¿Y qué vas a hacer? —preguntó Beth, precavida, como si el tema pudiera hacer explotar su frágil distensión.

—Pues no sé qué pensar. No puedo confiar en mi propio juicio. He hablado de todo esto con Sarah.

—¿Sarah? —Beth sonrió tímidamente—. Sigue.

—Pues nada. Quiero decir, que a lo mejor sí hay algo, pero eso es otra historia. —Notó que se sonrojaba—. Lo que quería decir es que ella vio lo mismo que la señora Leland. Y por eso no puedo confiar en mí mismo, porque si me resisto a sus versiones, ¿no estoy demostrando en realidad que el dinero puede hacerme cambiar? Pero si lo acepto, ¿no estoy dejando que me cambie?

Dean asintió.

—Ya entiendo lo que quieres decir. Tienes el juicio debilitado.

—Dean...

—No pasa nada, Beth —dijo Reddick—. Sí, está debilitado. A eso me refería.

—Podría haber pensado en una forma más amable de expresarlo.

—Lo siento —dijo Dean—. Es que... Esto mismo me pasa en mi estudio. Me encariño mucho con una escultura pequeña, algún elemento con el que quizá he pasado un montón de tiempo, y cuando la pieza no funciona, no puedo decidir qué elemento es el que falla, porque he invertido demasiado tiempo en ella.

—Claro —dijo Beth—. Eso pasa muchas veces.

—Sí. Y cuando pasa, hago que lo mire otra persona, porque aunque no sean totalmente objetivos son más ecuánimes que yo.

—Ya lo he hecho así, con Sarah.

—Pero no confías en lo que ella te ha dicho.

—Quiero hacerlo, pero no sé cómo.

—Necesitas más perspectivas —dijo Beth—. ¿Y si nos lo cuentas a nosotros y le echamos un vistazo?

Él lo pensó.

—Sí, a lo mejor tendría que enseñároslo.

Lo siguieron hacia el dormitorio. Encendió la luz y los dejó mirar, silenciosamente, sin dirigirlos en ningún sentido. Beth en seguida se dio cuenta de lo que era, mientras que Dean todavía seguía las líneas a lápiz y medía las relaciones de formas a las que todavía no había otorgado ningún sentido. Ella fue derecha hacia los nombres.

—Lo has puesto todo en un mapa. Tus teorías, todo.

—No es un dibujo, en absoluto —dijo Dean.

—En las películas tienen fotos y alfileres, pero yo solo tenía un lápiz y una goma. Me pareció que así adquiría más sentido que en una libreta. Está más cerca de la manera que tengo de pensar.

Intentó verlo como ellos, como extraños: líneas cruzadas, nombres rodeados con círculos, anotaciones garabateadas, los tonos apagados del borrado precipitado... Tenía esa sensación de desnudez en público que ocurría al enseñarle su arte a alguien, mucho más fuerte que con sus cuadros incluso, como si el mapa del caso lo desnudase a él completamente.

—¿No es raro que ahora lo entienda por fin? —preguntó Beth.

—¿Qué quieres decir?

—Bueno. Que ha habido una actividad generada por esto. En cuanto lo pienso así, todo tiene sentido para mí. Has estado haciendo arte todo este tiempo.

—Intentaba encontrar a alguien. A una persona.

—Claro. Pero ¿qué significa eso? Y, más específicamente, ¿qué lleva consigo? Tienes ese objetivo, esa obsesión... que no se limita a permanecer ociosa en tu mente. Respondes a ella. Y eso es lo que veo en tu muro. Es arte, Reddick.

Dean saltó.

—Pero no solo es eso. Más bien son dos actividades paralelas. Veo perspicacia, ¿sabes? Hay elementos aquí, gestos, que van más allá de registrar simplemente los movimientos de otros, que son movimientos en sí mismos y para sí mismos.

—No hables así. Eso no es lo que he estado haciendo todo este tiempo. No es arte.

—Sí, sí que lo es.

—Yo pensaba que ibais a ayudarme.

—Estamos respondiendo justo a lo que vemos —dijo Beth.

—Entonces no lo estáis viendo de la manera correcta. Estáis tratando esto como si fuera un fin en sí mismo, y no lo es. Esto solo sirve para ayudarme a encontrarla.

—Pero puedes dejar a un lado eso —dijo Dean—. ¿Por qué tu búsqueda tiene que ser el final? Quizá sea el punto de partida para volver a iniciar tus prácticas de estudio.

—Estáis hablando de usar la desgracia de otra persona...

—No, no habla de eso. Lo que él quiere decir, lo que yo veo aquí, es tu propia fascinación. Eso es muy distinto.

—Somos amigos desde hace diez años. Nos hemos visto el uno al otro hacer buen trabajo y un trabajo de mierda. Yo creo que esto probablemente es el trabajo más interesante de estudio que has hecho nunca.

—Lo mismo digo. —La expresión de Beth era solemne.

—Bueno, es una posibilidad solamente, ahora mismo. No me entiendas mal. Pero veo cosas aquí que no he visto en ti desde hace mucho mucho tiempo. Veo pasión. Veo inversión personal. No deberías desaprovecharlo.

—No quiero que esto sea arte. No me he preocupado por eso.

—Eso es lo bueno, justamente —dijo Beth—. Cuando eres un artista, esta es la única forma que tienes de preocuparte por algo. Cualquier cosa importante se mete en tu trabajo. Ese es tu trabajo, para eso sirve. Es la forma que tienes de preocuparte, literalmente. Cuando algo te atrapa, tiene que entrar en el trabajo, por definición, o bien es que realmente no te ha atrapado. Porque eso es el trabajo, la fascinación manifestándose.

—Hay mucho de ti en todo esto.

—Todo el tema racial es muy potente. Es todo lo que tú sacaste la otra noche. —Ella sonrió—. Mira todo esto, la forma en que literalmente has cortado a todas las personas negras, las has desempoderado por completo. Les están quitando su barrio. Y el formato evoca una investigación policial, que implica que se ha cometido un delito, lo cual lleva toda la historia de injusticia racial a manos de la policía. O sea, es este momento mismo, ¿sabes?

—Clint es el único policía implicado hasta el momento. Y es negro, y vive aquí, o sea, que las cosas no son tan sencillas.

—Vale, vale. Esa complejidad es una bonita capa más, sin embargo. La injusticia sistémica enfrentada a los vínculos personales. Algunos de esos elementos tendrás que aclararlos, tomar una posición. Es solo un principio. Pero es muy prometedor.

—Y mira, esta es una coincidencia muy notable —dijo Dean—. ¿Recibir esa oferta de esa mujer ahora mismo? Podrías dejar Lockstone. —Reddick casi lo interrumpe para decirle que lo habían despedido, pero se lo pensó mejor. Dean continuó—: Es el momento perfecto. Podrás dedicar toda tu atención a trabajar en el preciso momento en que tienes un trabajo que merece toda tu atención.

—Vale. Bueno, con lo de la oferta..., quería, que me dieseis vuestra opinión los dos.

Dean lo cortó en seco.

—Mi opinión es que lo cojas y sigas con esto. Deja lo de Hannah, tío.

—Oportunidades como esta no se ofrecen a menudo —dijo Beth.

—¿Seis meses? Oportunidades como esta no surgen nunca.

—Y hablando de oportunidades... —Beth miró significativamente a Dean.

—Ah, sí —dijo él—. Deberíamos coger primero otra cerveza.

—Yo también necesito una. —Reddick los siguió a la cocina, mareado al ver que la noche se le estaba escapando de las manos con tanta rapidez. Lo que decían no podía ser verdad: él nunca había pensado en aquel caso como en arte, pero su confianza lo había cogido por sorpresa. Necesitaba apartarse, ir a dar un paseo o jugar al baloncesto y procesar sus reacciones.

Por el contrario, abrió una cerveza.

—¿Recuerdas a Mara Jost? —Dean se apoyó en el mostrador.

Le costó un momento recordarla.

—¿Aquella marchante que fue a tu estudio?

—Esa misma.

—Pues Dean ha recibido un mensaje de correo de ella hoy.

Dean asintió.

—Quiere ponerme en una exposición con otra persona, el año que viene. En su espacio principal, en Chelsea. Si la cosa va bien...

—Que por supuesto irá...

—Si va bien, está interesada en añadirme a su escudería. Permanentemente.

Reddick hizo una pausa, intentando procesar aquello. Se volvió hacia Beth.

—¿Y tú...?

Ella negó con la cabeza.

—No me nombró siquiera, lo cual está bien. Está bien. Estoy muy ilusionada por Dean, ahora mismo. —Ella le cogió las manos y las apretó para dejarlo bien claro.

Reddick se quedó un momento quieto y luego fue a abrazarlo. No sentía envidia alguna, cosa que le sorprendía, solo una especie de alegría y estupefacción de que Dean, que había conseguido superar todas las oportunidades que tenía en contra, consiguiese eludir a los guardianes del éxito profesional. Tenía toda la emoción de una hazaña atlética.

—Es fantástico, tío. En serio. Es enorme, de verdad. Has trabajado muchísimo para conseguir esto. —Lo soltó—. ¿Y ahora qué? ¿Estás preparado?

—Bueno... —Dean fue hasta el sofá y se sentó, con Beth a su lado. Reddick lo siguió—. Es la otra parte del asunto. Sabes que me cuesta muchísimo tiempo montar esas piezas. Tengo que acabar al menos dos más para la exposición, y, al paso que llevo ahora, eso no es posible. Así que voy a tener que dejar Lockstone.

Beth le cogió la mano, sonriendo. Tan orgullosa de su éxito como si fuera propio.

—Es una apuesta enorme, ya lo sé. Pero tengo algunos ahorros, he hablado con mis padres y ellos creen que es buena idea. Esta oportunidad solo se presenta una vez. Tengo que ir a por todas.

—Definitivamente. Tienes que ir a por todas. —Reddick hizo una pausa—. ¿Se lo has dicho ya a Lane?

—Lo llamaré mañana. Le ofreceré dos semanas, pero probablemente no las quiera. Estoy seguro de que hay cola de gente para ese mismo trabajo.

Reddick hizo una mueca.

—Sí, yo he tenido esa impresión también.

—¿Qué quieres decir?

Reddick le dijo que lo habían despedido.

—Mierda —dijo Dean—, ahora tienes que coger la oferta de la señora Leland sí o sí.

—Yo no diría que tengo que cogerla; no estoy completamente pelado. Puedo aguantar un mes, quizá. No te preocupes, podré cubrir mi mitad del alquiler, desde luego.

El que hizo una mueca entonces fue Dean.

—El caso es que… a eso quería ir a parar, con todo esto… dejar Lockstone hace que mi presupuesto sea muy justo. Y… no puedo permitirme pagar dos alquileres.

—Ah.

—Tendré que irme.

—Vale.

—Tengo que hacerlo. Te daré un mes, o más de un mes, hasta primeros de marzo, para encontrar a otra persona que coja la habitación. No será difícil, porque hay mucha demanda en este barrio.

—No, está bien. Claro.

—Lo siento, tío. Pero entiendes que es la decisión correcta, la que debo tomar, ¿no?

—¿Y qué harás?

—Pues dormiré en el estudio.

—Vale, si necesitas algún sitio donde ducharte…

—Uno de los tíos del mismo pasillo se ha puesto una ducha en el estudio. Tiene un espacio en la esquina, con un lavabo y todo, así que simplemente ha conectado unas cosas.

—Es fontanero de verdad —dijo Beth—. O sea, que se gana la vida con eso.

—Y además es muy simpático —continuó Dean—. Llevamos un par de días usándolo. Se lo ha ofrecido a toda la planta.

—Entonces ya lo tienes todo pensado. —Reddick se echó atrás en su asiento. La sensación de alegría compartida se iba disipando. Dean se llevaba su éxito con él y con Beth. Reddick lo había visto venir, pero esperaba que se integrase con sus vidas actuales, que ofreciera mejoras de superficie, reformas, no una revolución. Aquello era algo mucho más grande; iba a separar sus respectivos futuros. Su relación, ya tensa, contra el impulso de unas trayectorias separadas.

Quizá algún día, en alguna casa, no la de los Seward, pero sí una parecida, instalaría una de las esculturas de Dean. Todavía había cervezas para reflotar el optimismo, para contribuir al optimismo natural de las buenas noticias. Hablaron sin parar mientras se bebían un par de paquetes de seis. La conversación volvía ocasionalmente a la oferta de la señora Leland. Dean y Beth insistieron en su postura: no podía dejar pasar una oportunidad como aquella.

—Nunca has carecido de talento —dijo Dean—. Solo de tema. Solo de algo que te apasionara de verdad.

Y así fue como acabó la noche. Tras una ronda final de felicitaciones por el sorprendente cambio de su amigo, Reddick fue dando tumbos a su habitación pensando en la pasión, pensando en el error que había cometido. Lo malo no era acabar consumido por el caso, lo malo era intentar contenerlo.

19

En sueños vio disolverse el cuerpo de Hannah bajo una avalancha de agua. Los trozos de carne se los llevaban unos torbellinos. Se despertó con resaca, su cuerpo adaptado a la frecuencia en aumento de la bebida, aceptando el abuso nocturno como una rutina. Beth había dormido en la habitación de Dean, y no en el sofá. Él se preparó un café y se lo llevó a la ventana. Había llovido por la noche; la nieve y las aceras estaban empapadas y el cielo, de un color gris ceniza. Su macabro sueño persistía aún, rogándole que leyera sus detalles: Hannah disuelta por el agua, un cuerpo femenino vencido por el agua, Coney Island, una y otra vez. Su caso le había parecido tan concreto como aquel, el crimen igual de obvio, pero ahora veía que eran solo sus propias conjeturas, su deseo inútil de convertir aquello en algo, en hacer cuadrar lo que quería que fuese.

Dean y Beth se levantaron y los tres desayunaron juntos. Encontraron una variante más apagada del buen humor de la noche anterior y se agarraron a ella. Beth se fue la primera; Dean, media hora más tarde, su ética de trabajo no mermaba por su éxito. Él aseguraba que las largas horas en el estudio eran precisamente lo que lo había llevado tan lejos, pero esa era una verdad parcial. La capacidad torrencial para el trabajo duro era solo el precio de entrada. Te compraba el billete de lotería, pero no determinaba qué número tocaba. Eso quedaba sometido a fuerzas más vagas, a la alquimia de un sistema inescrutable, a motivaciones demasiado subjetivas e innumerables para poder prepararse para ellas. Toma quince años de tu vida, mételos en plomo y déjalos caer en el fuego. Quizá se conviertan en oro.

Pero para Dean el milagro había ocurrido. O bien estaba en proceso de ocurrir, y Reddick quizá hubiese sido demasiado pesimista sobre lo que podía significar para él. Quizá se extendiese. Quizá, si tenía el tema adecuado. El consejo de Harold apareció en su mente, con su claridad cerril. «Ve y haz esa mierda».

Pensó en las manos de ella desintegrándose, los detalles de la película de serie B. ¿Qué costaba intentarlo? Podía ser simplemente una forma de dejar de pensar en la aparición de ella en su sueño.

Fue al estudio.

Se imaginó una instalación, una colección de objetos que pudieran funcionar individualmente, pero que trabajasen juntos. Empezaría con lápiz, porque era fácil. Bocetos rápidos, una extensión natural del mapa. La obra de construcción, aumentando su recuerdo con fotografías, trabajando de una forma suelta, juguetona, no constreñida por el naturalismo. Volvió a él con gran facilidad. Un reflejo táctil almacenado en las fibras de sus manos, independiente de la mente. Dibujando se sentía fantásticamente. Esa sensación era la faceta de la que nadie hablaba suficiente, el placer físico de los movimientos. Restoration Heights, una calle de Brooklyn..., ¿tenía alguna foto de Sensei? Búsqueda, búsqueda..., allí, en un blog documentando la última protesta. Espera, no, ese no era él. El *kufi* lo confundía. Pero no importaba, porque solo necesitaba la sugerencia de un hombre. Por el momento. Los hechos más duros de la individualidad podían esperar a más tarde.

Dibujó el callejón, y a Hannah al final. Pegó la página a la pared y encontró un tubo de acrílico negro, y llenó el espacio en torno a ella, marcó todas las líneas alrededor a su cara, el drama y la composición, haciendo un guiño a la época en que copiaba a Frank Miller; no, espera, a Eddie Campbell. Mucho mejor. Ni siquiera lo pensó, no pensaba en nada. Trabajó por instinto una hora y media, se detuvo a mojarse la garganta. Volvió y miró a Franky y a Buckley.

Y esos dos, ¿qué? Quizá debería construir algo para ellos. Una estructura física que encarnara a dos hombres haciendo carrera con la erección de estructuras físicas. «Erección» tocaba una tecla fálica que rápidamente descartó; demasiado torpe. Recordó que uno de sus profesores decía que hay que empezar siendo obvios, porque si no te arriesgas a que no se entienda lo que quieres decir; pero no, ahora no. Tenía que construir algo destartalado, alborotado, algo que aspirase a la grandiosidad, pero que estuviera teñido por una corrupción obvia, inherente. La ambición como una flaqueza moral. Pero no tenía materiales con los que construir. Podía hacer una lista, ir de compras, pero ahora no podía dejar aquello, no podía romper el ritmo que le salía de dentro. Decidió esbozar solo las estructuras y, al ir cogiendo forma, se dio cuenta de que los bocetos podían funcionar por sí solos. Quizá. ¿Qué tipo de edificio era Buckley?, ¿qué tipo era Franky? ¿Se pudrirían de distintas maneras? Eran decisiones que parecían correctas, sobre el papel.

Notó un poco de hambre, pero decidió no hacer caso. Su confianza fue en aumento. Parte de aquel material le parecía realmente bueno. Mejor que nada de lo que había hecho desde hacía unos años, eso seguro. Dean y Beth enterraban lo que querían decir realmente en una jerga espesa, pero eran perspicaces. Debía confiar más en ellos; ¿qué había dicho Sarah de que el mensajero no afecta a la verdad del mensaje? Sarah. Era demasiado temprano para enviarle mensajes, pero estaría encantada, él lo sabía. Con el resplandor del trabajo, todo parecía posible: trozos de su vida se fusionaban dando paso a algo que podía soportar. Como cuando estás jugando a algún deporte, y el aro se hincha hasta alcanzar dos veces su diámetro, y tiene el tamaño de un cubo de basura... y no puedes fallar. Sí, era solo un principio. Unas pocas horas con algo a lo que tendría que dedicar cientos, y sabía que vendrían malos días, pero eso era todo lo que necesitaba. Sentía como si hubiera estado dormido durante meses, años.

Se vació al cabo de cuatro horas, quedó en carne viva, tierno, calmado, moviéndose con una claridad un poco como a cámara lenta, sin la posibilidad de frustración o decepción. Retrocedió a mirar lo que había hecho. Todo eran ideas en ciernes, primeros pasos, pero estaba repleto de promesas.

Necesitaba aire. Salió, se dirigió a su café favorito. La lluvia había parado, la tarde era cálida —diez grados por encima de la congelación—, y húmeda. Las calles parecían menos carreteras y más una serie de vías fluviales entrecruzadas, canales navegables a través de islas de pizarra y ladrillo, coches salpicando por su superficie, apuntando a ilusorias profundidades. Los ventisqueros empapados se desintegraban, alimentando los charcos que corrían a lo largo del bloque. La camarera estaba fuera, fumando.

—Eh —le dijo—, ¿vas a entrar?

—Sí, pero no hace falta que corras. De hecho... —Señaló el paquete que ella llevaba en la mano—. ¿Te importa que te gorree uno y me quede contigo?

Era un hábito con el que jugaba en la universidad: reiniciar la mente con nicotina después de unas horas de trabajo, y luego volver y evaluar lo hecho. Al final se cansó de que el humo socavase su resistencia y lo dejó. Ese era su primer cigarrillo en cinco años; sabía a basura quemada, pero le permitió charlar un poco con la camarera, pasar el rato. Entraron, ella le puso un café y él echó unos dólares más en la lata, por el cigarrillo, y fue hacia las mesas de atrás.

—¡No jodas! —Clint estaba sentado de espaldas a la pared de atrás, y su gran volumen empequeñecía aún más la diminuta mesa. Estaba leyendo en su teléfono, pasando del libro de bolsillo de Walter Mosley que tenía delante, el *Daily News* doblado por debajo. Sus gafas de sol descansaban en la cúspide de la cabeza afeitada, innecesarias con aquel clima tan malo, pero preparadas. Había quitado la tapa de su enorme vaso de café; el líquido lechoso que se veía dentro parecía tibio y nacarado. Dejó el teléfono, se echó atrás y cruzó las manos por encima de su trabajado estómago—. ¿Es que no puedo ir a ningún sitio sin encontrarme contigo? Estoy haciendo planes para salir a cenar con mi mujer por ahí esta noche, ¿aparecerás tú en la mesa de al lado?

—Solo si crees que no habrá sitio en la tuya para que nos sentemos los tres juntos.

Clint dio una patadita a la silla que estaba en la mesa de al lado, opuesta en diagonal a la suya, y señaló hacia ella.

—Ahora no me apetece joderte —dijo Reddick.

—Vamos, tío, siéntate ya.

Reddick no quería quedarse, se sentía en las nubes, demasiado elevado para tener aquella conversación. Quería mantener el subidón, amplificarlo. Su estudio lleno de arte nuevo lo llamaba. Clint era un recuerdo de compromisos, fracasos de los que súbitamente quería liberarse.

Pero el policía no se daba por aludido.

—¿Has pensado en lo que te dije? ¿Que tenías que mirar las cosas con mucho cuidado? ¿Prestar atención a los detalles?

—Sí, lo he hecho. Y he conseguido algunos progresos, en realidad.

—Eso está bien, porque hay hechos, si quieres llegar a ellos. Eso es lo que intentaba decirte, lo que hacen los buenos policías. Tenemos testigos a los que no siempre podemos creer, pruebas en las que no siempre podemos confiar, y además tú tienes tu interés propio, que distorsiona el diminuto fragmento de información consistente que consigues desenterrar. No se trata de si estás haciendo algo mal o no, solo de cuánto haces. Pero escúchame: eso no significa que no haya una verdad detrás de todo esto. Siempre hay algún hecho..., siempre, aunque no puedas verlo. Lo que hay que hacer es continuar eliminando toda la mierda para acercarse lo más posible.

Reddick se retorcía, nervioso por revelar lo que sabía a Clint: que todos los favores y apoyo del policía no habían servido para nada.

—Empiezo a pensar que todo el asunto no ha sido más que una pérdida de tiempo.

—¿No decías que habías hecho progresos?

—Sí, los he hecho. Ese tío, Ju'waun, vino a verme.

Clint parecía preocupado.

—¿Estás bien? ¿Te ha amenazado?

—Al principio sí que lo intentó. Era como tú dijiste: duro, pero no ponía el corazón. Acabamos hablando, sencillamente.

—Le contó las revelaciones de Ju'waun, que las conexiones que había imaginado Reddick entre los dos lados del caso eran casi un malentendido—. Estoy empezando a creer que tenías razón en lo que me dijiste la primera vez que fui a verte. Quizá ella simplemente lo dejó, y no haya nada más en toda esta historia.

—¿Entonces le crees?

—Lo he comprobado. Hubo un atraco aquella noche. Y su reacción..., no estaba fingiendo.

—Parece algo que podría hacer Harold. —Clint frunció el ceño—. ¿Y lo de la fiesta, entonces? Ella estuvo allí con esos dos, eso es cierto.

—Si estaba a punto de dejar a su prometido, no lo sé, parece lógico que se pegara a un tío que conoció en un bar, ¿no? Recuerda que ella me dijo que estaba muy cansada y que se lo había ganado. Eso parece exactamente lo que diría alguien si estuviera a punto de dejar una relación poco feliz, ¿no? Se había ganado una noche fuera, se había ganado un ligue al azar. Si decidía, a pesar del dinero, que no era feliz con Buckley... no habría sido fácil dejarlo, pero ella lo estaba haciendo. Había encontrado las fuerzas, lo estaba celebrando. No pensé en ello entonces. No quise pensarlo. Parecía demasiada coincidencia. Pero cuanto más lo examino, menos misterio veo ahí.

—¿Sabes quién pareces ahora? Pues yo mismo, hace una semana.

Reddick lo miró, esperando ver una satisfacción llena de suficiencia, pero lo único que vio fue decepción.

—Pensaba que disfrutarías diciendo eso una vez más. Siento haberte hecho perder el tiempo.

—¿Estás de broma? Gran parte de lo que hago es una pérdida de tiempo. Ese es mi trabajo, tachar todas las cosas que no importan, hasta que solo queda lo que sí importa. —Miró su teléfono, su libro—. Entonces, ¿ya está?

—Todavía no me he decidido del todo. Pero creo que podría ser.

—¿Y qué vas a hacer ahora?

Reddick pensó en la señora Leland, en el dinero. En la posibilidad de seguir el ejemplo de Dean, darle duro en el estudio, tener más días como aquel, esos momentos en que el trabajo se convierte en catalizador de una calma beatífica. Pensó en Sarah, y que su mundo estaba floreciendo de algún modo, lleno de promesas.

—Sabes que me encontrarás en el Y, ¿no?

—Ya lo sé. Deberías probar la sala de pesas algún día. Añadir un poco de músculo a tu culo delgaducho, probablemente te ayudaría en el juego.

Reddick se levantó, tendió la mano a Clint y se la estrechó por encima de la mesa.

—Cualquier cosa es posible.

La tarde se abría ante él. Tenía que tomar una decisión: llamar a la señora Leland y o bien tragarse su orgullo, o bien sacrificar el dinero a sus principios; pero por qué hacerlo aquel día precisamente, arruinar todo aquello. Se fue a casa, decidió echar un vistazo más al trabajo, recuperar la euforia que Clint había interrumpido. El dibujo de Hannah estaba metido entre las dos mitades del mapa original. Había pegado un nuevo papel a su alrededor, variaciones sobre el original, anotaciones exploratorias. Había estado pensando en texturas, en el leve brillo del grafito y la suavidad pilosa del papel. Aquel dibujo de Sensei era un poco vacilante. Lo quitó. Pasó otra hoja para llenar el hueco, pero ahora el lado izquierdo quedaba desequilibrado. Vale, de acuerdo, había que retocar unas pocas cosas; no tenía nada mejor que hacer con su tiempo. Fue a quitarle los alfileres a otro, pero se dio cuenta de que no ganaba mucho con el arreglo. Eran los dibujos mismos los que no estaban bien. Carecían de fibra. Había optado por una invocación despreocupada de su estado de ánimo, pero parecían frívolos. Las pocas zonas en las que había insistido estaban demasiado trabajadas, rayando lo académico. Fue a Hannah, el nexo. Vale, seguía estando bien. La composición era bonita. Pero su cara no estaba bien. ¿Cómo no se había dado cuenta? Había una marca extraña que él se proponía que fuese el pómulo, pero que parecía un trozo de oreja desplazado. Podía parecer una mejilla si guiñaba los ojos, pero solo si lo trabajaba bien. El cigarrillo había dejado un montón de ceniza en su estómago que el café empujaba hacia sus miembros y su cabeza. Cogió los planos esbozados de las construcciones. Había en ellos algo fresco, una exagerada curiosidad gestual que le recordaba al mapa; pero no se sostenían solos, en realidad no. Quizá serían conceptos buenos para planificar estructuras desde las cuales actuar, pero no tenía la habilidad suficiente para refinarlos y convertirlos en auténticos planos, y mucho menos construirlos.

Se apartó de todo el trabajo para verlo en conjunto. Se sentía hueco. Lo de la habitación no estaba mal; sencillamente era mediocre. Nada estaba tan bien hecho como prometía al hacerlo. La discrepancia lo dejó hecho polvo: una actividad tan emocionante, ¿cómo podía producir aquellos resultados tan mediocres? Estaba horriblemente avergonzado. ¿Cómo había podido pensar siquiera en dedicar su vida a eso?

Reunió los dibujos sueltos en una pila, dejó el mapa todo desorganizado y se fue al salón. Quizá aquello fuera una oportunidad, pero no importaba si no había dedicado el tiempo suficiente para estar preparado, o, peor aún, lisa y llanamente, si no tenía talento. No recordaba cuándo había cambiado la pintura por el baloncesto. No había sido una decisión consciente sino una elección paulatina, una secuencia en continua expansión de diminutos fracasos de la voluntad. No podía revertir todo aquello a capricho, siguiendo un impulso mercantil. De algunas decisiones no se puede volver. Quizá el mundo aceptase tal oportunismo, pero el trabajo lo rechazaba de plano. La inautenticidad impregnaba todos y cada uno de los dibujos de aquella habitación, página tras página, todos llamándolo mentiroso. El trabajo te lo dirá, aunque no te lo diga nadie más.

A la mierda el arte, a la mierda Hannah y, por qué no, a la mierda también el dinero. Tenía que encontrar trabajo; peor aún: tenía que encontrar una carrera. Con más de treinta y apático, había hecho solo una apuesta, pero esta le constreñía a la irrelevancia. En realidad, nada de mandar a la mierda el dinero; quizá sería mejor cogerlo para otra cosa y dejar el arte. Se preguntaba si podría hacer un trato con la señora Leland para que le diera lo suficiente para la entrada de un apartamento en el barrio. Echar raíces allí. Derek podía ayudarlo con la financiación, con la búsqueda. La idea rebotó en el espacio que había quedado libre del entusiasmo de aquella mañana: necesitaba algo que lo llenase. Aunque fuera algo en lo que no creyera en realidad.

Sería terriblemente estúpido no aceptar el dinero.

Cogió el balón y fue a las canchas que había en su calle. El hielo había desaparecido. Los charcos conservaban la pintura como defensores con los pies de piedra. Al cabo de unos minutos, dos chicos se acercaron y entre los tres improvisaron un juego sin palabras ni marcador. Empezaron dubitativos, pero luego fue subiendo la emoción con una sucesión de tiros cada vez más elaborados hasta que todos estaban lanzando tiros sin mirar, giros y dobles pasos en ganchos improvisados, medio fanfarroneando y medio probando los límites de la mala suerte. Los tres se reían; la alegría desnuda de Reddick fue cubriendo delicadamente su angustia. Los niños eran muy buenos, pero tan pequeños que aún era imposible saber si su talento llegaría a algo o no. Quedaba demasiado tiempo y su cuerpo podía traicionarlos, quedarse en una altura por debajo del metro noventa y parar ahí, por mucho que comieran o rezaran. Demasiado tiempo para ir adquiriendo unas proporciones que podían resultar raras: las piernas demasiado cortas, las manos demasiado pequeñas; demasiado tiempo para volverse más lentos, más torpes. Cuántas cosas podría haber hecho Reddick si hubiese sido cinco centímetros más alto, esos colegios de la Segunda Division podían haberle pedido que fuera a marcar, que jugara en su posición natural, en lugar de ofrecerle hacer de él el típico jugador animoso para cubrir las apariencias; un chico listo que hace bloqueos y juega una defensa esforzada. Cinco centímetros más y un poco más rápido, un poco más explosivo, una gota más de suerte genética y podía haber llegado hasta allí, o incluso posiblemente hasta la Primera Division, hasta los partidos televisados. No importa que hubieran pasado ya años desde ese momento, al menos habría tenido los recuerdos para sustentarlo.

Los niños se fueron, él se fue a casa también. Comió algo, se duchó sin mirar los restos de su mapa, y luego, cuando estuvo dispuesto, se armó de valor y fue a su dormitorio. Se sentó en el borde de la cama y se quedó mirando. En parte esperaba una recuperación, que todo adquiriese un aspecto mejor, dadas las nuevas expectativas. Por el contrario, se sintió algo violento al ver la desorganización, los días de trabajo cuidadoso borrados por unas pocas horas de actividad frenética. Se sintió avergonzado al ver que el dinero lo había expuesto de una forma tan completa: lo que pensaba que era valor moral no era en realidad sino autoengaño, la dedicación a la ignorancia de su propio y colosal fracaso. Se puso de pie y se fue a la otra habitación.

20

Durmió diez horas después de su primera noche sin beber en una semana. La temperatura había bajado de nuevo; la mañana era fría y blanca como un cadáver. Preparó café y el desayuno, y se preguntó dónde andaría Dean.

No había decidido todavía si cogería el dinero o no, pero necesitaba un trabajo, de todos modos. Abrió su ordenador, cerró ventanas y lengüetas que había mantenido vivas hasta entonces, al estilo zombi, para marcar su progreso en el caso. Rescató su currículum, se tragó el horror de ver su vida condensada en una sola página, de tener que reconocer su pasión por las empresas inútiles. Fue revisando listas. Un artista de Hoboken necesitaba a alguien para poner orden y redactar, un servicio de mudanzas necesitaba una espalda y un par de manos fuertes. Qué parte de su cuerpo podría alquilar. Pasó unas cuantas horas mirando todo aquello y sonó el teléfono.

Era Derek.

—¿Ves? —dijo Reddick—. A veces no basta con un mensaje.

—Disfruta de tu triunfo. Sinceramente, esperaba que me saliera el buzón de voz. Entonces, ¿no has vuelto al trabajo?

—Sí. A propósito... —Le contó que lo habían despedido, y su teoría de los motivos de la señora Leland y su oferta.

—Parece más una amenaza que una oferta.

—Decía que tenía otras maneras de evitar que hablase y que esa era la única de que yo pudiera beneficiarme además.

307

—Ya te lo dije desde el principio: estabas por encima de tus posibilidades negociando con gente como ella.

—No esperaba que ella apostase tan fuerte.

—A mí me parece una exageración; no veo qué es lo que le preocupa tanto como para reaccionar de esa manera tan fuerte. Pero tomemos su palabra. Ella ha pensado cuánto vale su tiempo, y ha decidido que es mucho más barato para ella que tú aceptes su oferta.

—Y entonces, ¿qué? ¿Eso es todo?

—Podrías intentarlo y presionarla para que te dé más dinero. A ver cuánto significa todo esto para ella, realmente.

—Sabes que a mí me importa.

—Pero estás pensando en serio en coger el dinero.

—Es de esas decisiones que parecen claras hasta que realmente tienes que tomarlas. No es solo que tengas que sopesar el dinero contra tus creencias; es que el dinero hace que desconfíes de la escala.

—No tienes por qué avergonzarte por eso. Es mucho dinero para ti.

—«Para ti».

—Venga... Hay que ser sinceros y darnos cuenta de dónde estamos.

—Sí. No se me da demasiado bien eso.

—Tu problema es que haces las cosas bien, pero no piensas bien.

—Gracias por llamar, de verdad.

—No me estoy metiendo contigo, tío. La mayoría de la gente es así, al menos de jóvenes. La proporción cambia cuando te haces mayor, pero entonces ya es demasiado tarde: estás atrapado por decisiones que tomaste cuando todavía se te daba muy mal el asunto de tomar decisiones. Yo tuve suerte. Mi madre me enseñó lo que era tomar buenas decisiones, lo que puede significar pensar estratégicamente. La vi rascarse y quitarse de encima la pobreza como una piel vieja y, más importante, vi «cómo» lo hacía. Eligió un sitio y diseñó un camino hacia él. Buena suerte y trabajo duro no significan una mierda si no tienes tus objetivos muy bien planteados.

—¿Así que me estás diciendo que coja el dinero?

—Te estoy diciendo que pienses bien lo que quieres. Me refiero a que lo pienses a largo plazo no solo en este momento. Decide dónde quieres estar dentro de cincuenta años, y haz que todas las elecciones que tomes vayan en ese sentido.

—Eso suena fabuloso, pero no tengo tanta capacidad de concentración.

—Nunca es demasiado tarde para aprender.

—¿Y tú recibes clases de eso? ¿De pensamiento estratégico?

—¿Qué te digo siempre, hermano? La Universidad de Miami es buena, joder.

Reddick calló un momento.

—Tengo una semana.

—Pues aprovéchala bien. Pero escucha: ¿quieres saber por qué te he llamado o ya has acabado con eso?

—¿El caso?

—Al final he conseguido repasar todos los archivos que me pasaste.

—¿Y?

—No he visto nada. Era todo contabilidad simple. Un rastro de papel que no conduce a nada interesante.

Reddick fue hasta la ventana, vio que los peatones tiritaban y corrían bajo las ramas como telarañas de los árboles sin hojas.

—Es bonito saber que me despidieron por nada.

—Lo siento, tío. Pero esto creo que te va a gustar: también he buscado la venta de Franky de Restoration Heights.

—¿Y?

—Y él creó Tompkins Mac solo una semana antes de que se hiciera la venta. Eso no significa nada necesariamente, porque crear una sociedad limitada es bastante corriente entre los nuevos propietarios. Es lo que te recomendaría cualquier asesor.

—Pero él no es un nuevo propietario.

—No, pero, aun así, si quería mantener esos asuntos separados, ya sea por sus activos personales o por los de su empresa, así es como lo haría. Créeme cuando te digo que no hay nada sospechoso, en sí mismo.

—En sí mismo.

—Ah, sí. Porque «tres días después» de la venta, hay un vicepresidente adjunto de Corren Capital en escena con el alcalde anunciando Restoration Heights; la primera vez que se hace público el proyecto.

Reddick daba vueltas por la cocina, su entusiasmo de nuevo encendido, a pesar de sí mismo.

—Él sabía lo que se avecinaba. Compró esas propiedades sabiendo que podía volverlas a vender a Corren.

—Por casi el doble de lo que había pagado.

—Obviamente, Buckley le dijo que estaba a punto de ocurrir. ¿No es eso información privilegiada?

—Eso solo vale para el mercado de valores, no para las propiedades inmobiliarias. Hay leyes de no revelación, eso sí, ese tipo de cosas, y si hay alguna irregularidad se podría presentar una demanda. Pero necesitarías mucho más que simplemente una coincidencia en el tiempo para que hubiera una acusación en firme. Actuar con información a la que solo tú tienes acceso es bastante común en el mundo inmobiliario; normalmente es difícil de demostrar que ha ocurrido algo ilegal.

—Gente rica ayudando a otra gente rica a hacerse más rica.

—Eso es. Nada raro por ahí. Excepto...

—¿Excepto qué?

—Excepto que en Tompkins Mac usaron un apalancamiento en el noventa y cinco por ciento del trato.

—¿Y eso qué significa?

—Significa que Franky usó un préstamo bancario para cubrir casi todo el coste.

—Espera..., ¿eso es normal?

—Es muy muy raro, pero no completamente desconocido. El apalancamiento es la manera de manejar el riesgo. Piénsalo de esta manera: yo quiero hacer una apuesta. Si pongo todo mi dinero y pierdo, todo mi dinero habrá desaparecido, no podré hacer más apuestas.

—Ni comer. Ni pagar el alquiler.

—Ja, ja. Supongamos que ese dinero lo tienes aparte, ¿vale? Es solo lo que has destinado a inversiones.

Reddick pensó en su cuenta bancaria, casi rebañada hasta el hueso el día 1 de cada mes.

—Vale, de acuerdo —dijo.

—Y ahora, si yo te digo que me prestes la mitad, y pierdo, seguiré teniendo la mitad de mi dinero. Tengo que devolverte lo que me diste, pero al menos puedo seguir haciendo más apuestas, sigo en el juego. No arriesgo demasiado.

—Pero ¿por qué te voy a dejar yo apostar con mi dinero?

—Porque te pagaré por hacerlo. Eso son los intereses. Te pago por el derecho a usar parte de tu dinero en lugar del mío propio. Pues bien, para que tú me des ese préstamo tienes que estar bastante seguro de que yo puedo hacer esos pagos a tiempo, y que cuando el término acabe, o bien puedas repagar el préstamo o refinanciarlo. ¿Me sigues? Bien. En el caso de las inmobiliarias, eso significa que necesitas estar seguro de que la propiedad que quiero comprar, la apuesta, va a generar las ganancias suficientes, a través de alguna combinación de rentas y valor de reventa, para que yo pueda pagar los intereses de esa deuda y al final volver a pagar el préstamo. Estoy simplificando, pero ese es el cálculo básico.

—Lo que estás diciendo es que la apuesta de Franky se basaba casi enteramente en el dinero de otra persona.

—Exacto. Pero lo que es importante es de quién era ese dinero: del banco. Los inversores inmobiliarios compran propiedades con el dinero de otras personas todo el tiempo, pero recurren a parientes ricos, clubes de inversión o alguna otra fuente de capital, no hacen que el banco les de un préstamo al noventa y cinco por ciento de su coste. Eso no es normal. Combina eso con el momento tan oportuno y resulta todo extremadamente sospechoso. Porque para que un banco adopte un riesgo semejante es que han tenido que hacer los deberes. Recuerda que Franky creó la sociedad limitada solo una semana antes de la venta. Para una propiedad ya dentro de la industria estándar de la ratio préstamo-valor, no, perdón, quiero decir para un préstamo de tamaño normal, a un banco le podría costar fácilmente dos o tres semanas hacer una revisión adecuada. Si le añades el riesgo en aumento, sencillamente no tiene sentido.

—¿Y si ellos tenían la misma información interna que él? ¿Y si sabían que se iba a doblar el valor en un par de semanas?

—Eso habría eliminado parte del riesgo; pero, aun así..., ¿qué motivación podían tener? No ganarían más dinero para el banco, porque, recuerda, el prestador se aprovecha al cargarle al prestatario el préstamo, no porque el prestatario utilice bien el dinero. A escala mayor, los bancos han hecho dinero con apuestas arriesgadas agrupando los préstamos y vendiéndolos a otros, y ese fue el origen de la crisis de las hipotecas *subprime*, en resumen; pero esto es una oportunidad única. No hay ganancia obvia para el banco aquí. Al menos, legal.

—No es legal... O sea, te refieres a un soborno. A que el banquero es quien ha hecho el préstamo.

—Un soborno, un acuerdo verbal de repartirse los beneficios, el arreglo que sea. Seguro que hubo algo. Ocurre habitualmente en mercados muy calientes, como Florida, o Arizona justo antes de la crisis: connivencia entre un banquero y alguien que quiere traspasar una propiedad.

—Y todo porque Restoration Heights necesitaba todos esos terrenos.

—En esos bloques, la cosa estaba que ardía. Todo acabó muy rápido. Franky crea Tompkins Mac, consigue la financiación y hace la compra en el plazo de una semana, y luego dos días después se anuncia Restoration Heights. No hay forma de que eso pudiera ocurrir sin que hubiera dinero cambiando de manos. Y el dinero cambiando de manos, a diferencia de la información interna, sí que es ilegal, muy ilegal.

—¿Sabes quién le concedió el préstamo?

—Hay unos cuantos tíos que me deben favores, así que sí, lo he averiguado. Se hizo en el banco United, en el centro de Brooklyn. El empleado que firmó el crédito se llama Mitchell Yang.

A Reddick casi se le cae el teléfono.

—Ese tío.

—Parece que sí.

—Sí, te lo estoy confirmando. Es ese tío. Cuando encontré todo eso, el rollo financiero, vi una foto: Buckley, Franky y un tío llamado Mitchell. No volví a pensar en eso. Y la otra noche conocí a una chica que salía o todavía sale, digamos, con Franky. Y lo que cuenta ella respalda todo lo que estás diciendo tú. Uno: Franky está arruinado. Así que, si quería entrar en Restoration Heights, tenía que pedir el dinero prestado. Y dos: como Franky tiende a hacerse el remolón a la hora de pagar sus deudas, a la gente le ha empezado a preocupar que no les pague, entre ellos a Buckley, y también a un tío al que ella no conocía, un tipo llamado Mitchell Yang.

—¿Estás seguro de que ella dijo ese nombre?

—Al cien por cien. Lo describió, y desde luego era el mismo tío de la foto. Así que esos tres se conocen desde hace tiempo. ¿Podía deberle todavía Franky dinero de ese trato?

—¿Cuándo oyó ella hablar de todo eso?

—En otoño.

—No es posible que lo retrasara tanto, pero si todavía anda

mal de efectivo, podría haber conseguido que lo hiciera de nuevo. Podría ser algo habitual en él. Pero la venta fue hace tres años.

Reddick hizo una pausa. El marco temporal no encajaba del todo en su cabeza.

—Tres años... ¿Qué mes?

—Dame un segundo. Agosto.

Reddick puso el teléfono en altavoz, cogió sus fotos y buscó hasta encontrar la imagen de los resguardos de cheques de Buckley. El cheque que le hizo Buckley a Franky, por ciento ochenta y siete mil dólares, tenía la fecha de agosto de hacía tres años.

—Cuando estuve en el despacho de Buckley también encontré un talonario de cheques.

Dejó el teléfono en altavoz y marcó la imagen para enviársela.

—Sí.

—Tomé fotos de los resguardos de los cheques. Te estoy mandando uno.

—Espera... —Una pausa—. Esto está fechado cuatro días antes de la venta.

—Tiene que estar relacionado, ¿no? Quizá Buckley quisiera meterse en ese negocio también.

—Él sabía que propiedades Corren estaba buscando espacio para Restoration Heights. De modo que si quería hacer un poco de dinero mientras tanto..., ¿cómo saldrían las cuentas?

—¿Me lo preguntas a mí? —dijo Reddick.

—No, solo pienso en voz alta. Tengo el precio de venta: tres millones setecientos cincuenta mil. El cinco por ciento son... ciento ochenta y siete mil.

—Ese cheque era la paga y señal. —Reddick se detuvo, intentó asimilarlo todo—. Tres amigos, compañeros de colegio. Cada uno de ellos representaba un papel. Buckley tenía la información y suministraba el pequeño capital que necesitaban. Mitchell aseguraba los préstamos. Pero Buckley no podía ver su nombre en los periódicos, no debido a su conexión con Corren.

—Ahí es donde entra Franky. Buckley canaliza el pago a través de él. Y ahora Franky aparece como comprador, y Buckley queda limpio.

—Es más que eso —dijo Reddick—. Todo el plan era idea de Franky. Lo sé.

—¿En qué te basas?

—¿Qué beneficio total había ahí? ¿Por cuánto vendieron?

—Corren pagaba seis millones setecientos cincuenta mil. Se embolsaron tres millones limpios.

—Así que, digamos, que lo repartieron en partes iguales; ¿qué significa un millón de dólares para Buckley? Con toda su riqueza... ¿por qué arriesgarse a algo sucio?

—Porque el hecho de que tengas dinero no significa que no quieras más —dijo Derek—. En realidad, según mi experiencia, es justamente lo contrario.

—Pero a Buckley, ¿qué le queda por desear? Hay menos de dos docenas de familias ricas en el mundo. Un millón en efectivo no va a cambiar eso, ni siquiera se va a registrar. Yo lo he conocido, he hablado con él, con él y con Franky. Sé cómo lo trata Franky. Fue idea suya, de eso estoy seguro.

—¿Qué saca entonces Buckley de todo esto, si no es el dinero?

—Está enamorado de Franky. Siempre lo ha estado. Y Franky probablemente estaba tan desesperado por tener efectivo hace tres años como lo está ahora. De modo que trama este plan: Buckley no podría decir que no, lleva una década dejando que lo mangonee.

—¿Buckley Seward es un blanco tan fácil?

—Para Franky sí. Tengo que hablar con Mitchell Yang.

—Espera un segundo... ¿De qué estábamos hablando? Tenías que marcarte unos objetivos, tomar decisiones para encaminarte a ellos. Si la señora Leland sabe que sigues trabajando en esto, puede retirar su oferta. Perderás el dinero.

Reddick se quedó callado un momento.

—A la mierda el dinero. De todos modos, ¿qué haría yo con toda esa pasta?

—Si quieres que te sea sincero... te la gastarías jugando al baloncesto.

—Ja. Bueno, tengo que irme.

—Sí, escucha... te recojo dentro de veinte minutos.

—¿Cómo?

—¿No has salido hoy o qué? Hace un frío terrible. No pienso coger el metro.

—¿Vienes conmigo?

—Venga, hermano. Tú y yo sabemos que no entenderías una mierda de lo que dijese ese banquero si yo no lo te lo tradujera. Dame veinte minutos. Ah, y Reddick...

—¿Sí?

—Vístete bien.

Derek apareció con un traje muy entallado color antracita, sin corbata. Parecía un hombre distinto, mayor y decidido, lleno de poder, adecuado como compañero de clase en Wharton de Franky y Buckley o para ayudar a Reddick a empapelarlos por fraude. Reddick había rebuscado en su armario y había descubierto unos pantalones beis, una camisa de rayas que no recordaba que tenía y una corbata estrecha, oscura.

—Pareces un niño de quinto curso que va a la iglesia —dijo Derek.

Se quitó la corbata en el coche. Encontraron aparcamiento en la calle, ante unos edificios que se vendían por pisos, al este de Borough Hall, salieron y fueron andando hasta que los escaparates de joyerías y tiendas de zapatillas deportivas dejaron paso a brillantes rascacielos. El banco United estaba incrustado al pie de una torre de acero y cristal. Había un par de guardias de seguridad en la puerta y un aire de burocracia mecanizada en la mujer que se encontraba detrás del mostrador. Derek preguntó por Mitchell Yang. Reddick se quedó de pie tras él e intentó no parecer una mancha en la chaqueta de alguien.

Mitchell era una versión amplificada de su foto escolar: bajo y ancho, con la mandíbula amplia y el pelo abundante y negro. Los invitó a entrar en su despacho. Un diploma de Wharton enmarcado en una pared, el escudo azul marino y azul claro de la Universidad de Pennsylvania en la alfombrilla del ratón.

Derek le estrechó la mano y se presentó junto a Reddick como investigadores financieros y contratistas privados. No dio sus nombres reales.

—Tendrían que haberme mandado un mensaje antes. —Mitchell parecía escéptico, como si estuviera decidiendo hasta qué punto seguirles la corriente—. Encantado de ayudarlos.

—Prefiero el cara a cara —dijo Derek—. Estoy investigando la financiación de algunas propiedades en Bedford-Stuyvesant, sobre todo en la zona noreste de Restoration Plaza.

—¿Está hablando de Restoration Heights?

—Me gustaría que esta conversación fuese lo más reservada posible. Quiero concentrarme en las propiedades específicas que preocupan a mi cliente, y no verme arrastrado por temas generales de esa urbanización.

—Está bien, adelante.

—Estamos aquí porque creemos que quizá usted pueda ayudarnos. Hay algunas irregularidades financieras que mi cliente querría aclarar, sobre todo en lo relativo a un préstamo que permitió que fueran traspasadas tres propiedades de esa zona.

Yang miró a Reddick y luego de nuevo a él.

—¿Cómo puedo ayudarlos?

—Tompkins Mac. Tengo su firma en un préstamo que recibieron de este banco, hace tres años.

—No recuerdo ese nombre, la verdad.

—Franky Dutton —dijo Reddick—. ¿Y este le suena?

Yang se arrellanó en su silla, con la cara tranquila. El nombre pareció centrarlo.

—Pues sí, claro que conozco a Franky.

—¿No fueron compañeros de estudios?

—En años distintos, pero sí.

Derek volvió a atacar.

—¿Tuvo influencia su relación personal en su decisión de extenderle un préstamo que cubría el noventa y cinco por ciento del valor de las siguientes propiedades en Tompkins Street? —Y dejó una lista de direcciones en el escritorio. El banquero las miró sin mucho interés.

—Solo en el sentido de que fue eso lo que lo motivó a venir a verme en lugar de ir a ver a otra persona. Los negocios se basan en las relaciones.

—Su relación con él era tan fuerte que no solo se sintió cómodo financiando gran parte de la compra, sino que le costó menos de una semana revisar la venta.

—No pienso comentar con ustedes los detalles de nuestras políticas. Pero sí, el hecho de que confíe en Franky ayudó a acelerar las cosas. Este tipo de apalancamiento no es raro.

—Está muy por encima de los habituales en la industria.

—En un mercado así de sólido, nos sentimos cómodos con nuestra decisión.

—¿Se sentía usted cómodo después de una semana de investigación?

—Uso todos los elementos de juicio que puedo en todos los préstamos que origino. Y si lo financiamos o no es algo que no depende de mí.

—¿Usted se limitó a pasar la solicitud? —preguntó Reddick—. Con un guiño y un codazo, eh, chicos, esto es un poco raro, pero ¿vamos a dejarlo pasar? ¿O hay documentos falsificados por algún sitio con su nombre?

Mitchell se removió en la silla.

—¿Quiénes son ustedes, realmente? No me han enseñado ninguna identificación, ninguna tarjeta de visita.

—¿Cuál es la tasa por fraude bancario? ¿Puede sacarse una cuota de tres millones?

Reddick vio que el número abría una brecha en su compostura de chico universitario. Mitchell parpadeó, apareció su sonrisa indignada, pero no bastaba para ocultar su miedo repentino.

—Ustedes no son investigadores, ni hablar —dijo.

—Si no quiere hablar, podemos hacerlo con su director —dijo Derek—. O con la Oficina de Protección Financiera del Consumidor.

—No estarían en mi despacho contándome esa historia de mierda si pensaran hacerlo. —Estaba aterrorizado por aquel entonces, un miedo desproporcionado a cualquier cosa que representasen ellos dos—. ¿Qué quiere? ¿Quién lo envía?

—No nos envía nadie —respondió Reddick.

—Se lo dije a ustedes desde el principio: no es culpa mía que el trato fuera así.

—¿A nosotros?

—Se lo dejé bien claro la primavera pasada. Dijeron que sería el final.

—¿Qué fue lo que nos dejó claro? —Reddick se inclinó hacia delante, confuso, pero lleno de ansiedad—. ¿Con quién habló el año pasado?

—Con esa rubia hija de puta. ¿No lo sabe usted ya?

—¿Hannah? —No había sospechado que ella estuviera implicada en eso. ¿Estaría ella detrás de Franky de alguna manera?

—No sé cuál era su nombre auténtico.

Reddick sacó la foto de Hannah en su teléfono y se la puso al banquero en la cara.

—¿Esta?

Mitchell guiñó los ojos.

—¿Qué? Se ha equivocado de foto, colega. Yo conozco a esta chica. Es la novia de Buckley, de mi amigo.

—¿Y no es esta la chica que vino a verlo?

—Claro que no. Pero mire, le diré lo que le dije a ella: voy a pasar por alto esto una vez, pero no pueden desangrarme siempre... No estoy indefenso. Tengo amigos, ¿vale?

Reddick buscó otra apertura para que siguiera hablando hasta que todo encajara, pero Mitchell se cerró en banda.

—Y ahora salgan de aquí cagando leches, antes de que llame a seguridad.

—Mire. —Reddick se puso de pie—. Fuera cual fuere su papel aquí, no me importa. Estoy intentando ayudar a alguien que quizá haya quedado atrapada en este trato; estoy hablando de la vida de una chica, así que si tiene un solo gramo de compasión humana dentro de ese puto pecho gordo y grasiento de chico rico, me dirá la verdad. —Sujetó de nuevo la foto de Hannah—. Dice que conoce a esta chica, que es a quien estoy intentando ayudar. ¿Vino a verlo a su despacho? ¿Trató ella de hacerle chantaje?

Mitchell hizo una pausa, dejó que el vitriolo de Reddick resbalara de su piel como si fuera grasa.

—No tiene ni idea de lo que está diciendo.

Derek puso la mano en el hombro de su amigo.

—Vamos. Vámonos.

Reddick buscó en la cara de Mitchell señales de una mentira. El banquero se mantuvo firme. Reddick retrocedió hacia la puerta.

—Si vuelvo a verlos por aquí, llamaré a seguridad.

Derek levantó el dedo medio, y luego abrió la puerta del despacho.

—Espera —dijo Reddick.

—Tenemos que irnos.

—No, espera. —Cogió el teléfono, empezó a tocar el teclado.

Mitchell pulsó el botón del teléfono que tenía en su mesa.

—Tyrell, ¿quieres mandar a los de seguridad a mi despacho, por favor?

—En serio, tío —le instó Derek—. Ya no podemos quedarnos aquí.

—Te he dicho que esperes.

Entraron dos hombres muy altos con trajes baratos.

—¿Pueden acompañar a estas dos personas a la salida, por favor? —dijo Yang.

—Vámonos —exclamó Derek.

—¡La tengo! —Reddick se lanzó hacia Mitchell y los dos hombres con traje lo siguieron. Levantó la pantalla—. ¿Era esta? ¿Esta era la mujer que intentó... —miró a los dos guardias de seguridad— que entró en su despacho?

—Sacadlo de aquí.

Los guardias les pusieron las manos en los hombros y los arrastraron hacia la puerta.

—Venga, Mitchell. ¿Es esa maldita mujer, sí o no?

—No nos busques problemas, tío —susurró Derek.

—Mitchell... —rogó Reddick.

El banquero dudó, luego medio se encogió de hombros.

—Pues sí, era esa. Como si no lo supieras ya...

Los guardias sacaron a Reddick, uno a cada lado. Intentó fingir que estaba tranquilo. Derek iba delante de ellos sin mirar atrás. En cuanto estuvieron fuera, esperó en la esquina más cercana a que Reddick se uniera a él.

—¿Estás bien?

Reddick echó una mirada tras él a los guardias que bloqueaban la puerta principal, fulminándolos con la mirada.

—Sí, estoy bien.

—Sí, es verdad que llevo traje y todo eso, pero no quiero que alguien me eche encima a la policía. —Derek tenía la cara muy seria—. Y no porque me preocupe mi carrera. ¿Entiendes lo que te digo?

—Ya lo sé, lo siento. Es que tenía que enseñarle esa última foto.

Derek se abrochó bien el abrigo, miró por la acera como si la policía pudiera aparecer en su camino.

—¿Así que al final ha dicho que sí? ¿Que fue Hannah la que fue a verlo?

Reddick desbloqueó la pantalla y le tendió el teléfono. Derek lo miró.

—¿Cask? ¿No es esa licorería que hay en Clinton Hill?

—Sí. —Reddick hizo zum en una foto de la web de la tienda tomada durante una cata de vinos—. Y esta es la propietaria, Mia. Que, al parecer, chantajeó a Mitchell Yang la primavera pasada.

21

—¿Y cómo lo sabías?

Se sentaron en el salón de Reddick, en extremos opuestos del sofá, tomándose unos cafés que se habían comprado de vuelta a casa. La conversación en el coche había sido rápida, caótica; Reddick arrojaba hechos sin parar a su amigo, detalles que, con la emoción que sentía, no estaba seguro de si ya se los había contado en anteriores conversaciones. Apenas habían ahondado un poco cuando ya habían llegado al piso de Reddick, de modo que este lo invitó a subir. Una energía vertiginosa rebotaba entre ellos, un brote de descubrimiento, aún sin acabar de tomar forma, pero potente.

—Ya me había pasado otra vez —dijo Reddick—. Confundir a esas dos.

—Pero en realidad no se parecen.

—El mismo sexo, el mismo pelo. Cuando la información viene de segunda mano, las personas se reducen a generalidades.

—Así que estabas en guardia esta vez. Pero, aun así, ¿qué te ha hecho pensar que podía ser Mia? Hay muchas mujeres rubias en Brooklyn...

—Porque no podía ser otra persona distinta. Tenía que ser alguien ya relacionado. —Los hechos del caso se estaban acercando, uniéndose entre ellos. No había sitio para introducir novedades—. Ya cometí ese mismo error: creer que medio caso era un callejón sin salida. Confiar en Ju'waun.

—Decías que su historia estaba comprobada.

—El atraco sí. Eso pasó de verdad. Y la confusión entre Mia y Hannah, también. Pero él consiguió engañarme con lo de Hannah y Franky, diciendo que no sabía nada. No me contó ninguna mentira, para que yo no pudiera pillarlo; sencillamente, no me contó toda la verdad. Por eso me contó tantas cosas; pensó que si me daba suficiente información, yo supondría que no había más, y tenía razón.

Pensó en la advertencia final de Ju'waun: «Las cosas no son como tú crees».

—Quizá sea verdad —dijo Derek—. De modo que Mia chantajeó a Mitchell Yang la primavera pasada.

—Cosa que provocó la pelea que oyó la chica a la que conocí en la fiesta. Mitchell no estaba preocupado porque Franky no le devolviera un dinero que le debía, sino que estaba preocupado porque por culpa del trato que hicieron, tres años antes, estaba sufriendo el chantaje de Mia, presumiblemente en nombre del Genio.

—Bien. Pero todavía no estoy seguro de la relación que tiene Hannah con todo este asunto. Veo dos incidentes separados; por una parte, una chica desaparecida, por otro lado, un fraude inmobiliario.

Reddick retrocedió en su mapa bifurcado.

—Pero ambos implican al mismo grupo de personas. ¿Es probable que ese mundo de gente retorcida y mala de las finanzas entre en contacto con alguien como el Genio, no una sola vez, sino nada menos que dos veces?

—Supongo que depende de lo malos que sean.

—Tienen que estar relacionados. Ju'waun estaba ahí fuera con Hannah la noche antes de que ella desapareciera.

Derek se inclinó hacia delante, se frotó la barba que le crecía en el cuello. Era un aspecto de él que Reddick no había visto antes: analítico, serio. Estaba captando las alocadas suposiciones de

Reddick y dándoles la vuelta, sacudiéndolas bien en busca de coherencia.

—A menos que esté diciendo la verdad al respecto, también... ¿Y si Tyler y él simplemente la conocieron en un bar?

—Imposible.

—Entonces lo que tienes es una cadena. Buckley y Franky se relacionan con Hannah, que a su vez fue a esa fiesta con Ju'waun, que a su vez sale con Mia.

—Y Mia intentó chantajear a Mitchell Yang por echar mano del dinero de Restoration Heights con la ayuda de Buckley y Franky. No es una cadena, es un círculo.

—Y alguien ha sacado una pieza.

Una pieza con nombre.

—Hannah.

—Ahí tienes el motivo —dijo Derek—. Si ella es realmente el único vínculo entre los dos grupos, entre Franky y Buckley por un lado, y el Genio y Mia por otro..., entonces quizá alguien quisiera cortar esa conexión.

—¿Y quién saldría ganando haciéndolo?

—Pues el bueno de Franky, por ejemplo. Si te parece que podría ir tan lejos para cubrirse.

—Podría ser. —Mentir para desahuciar inquilinos, agredir a una chica en un bar, maltratar a su mejor amigo cuando está desesperado... sí, pero había mucha distancia entre todos esos actos y el asesinato. Pero ¿y si estuviera protegiéndose él mismo o su negocio? La gente mataba por mucho menos—. Tiene un motivo.

—Podría ser, pero en esto yo veo dos grandes problemas. Uno: que no necesitaba ir a por nadie, porque sería difícil probar que hizo algo equivocado, traspasando esas propiedades a Corren. Habría que tener pruebas concretas: un buzón de voz, un correo electrónico, algo, y Franky indudablemente lo sabe. En ausencia de tales pruebas, no hay motivo alguno para asesinar a nadie, y mucho menos a Hannah, que parece una conexión bastante insignificante entre las dos partes. Y dos: ¿por qué intentó chantajear Mia a Yang?

—¿Por qué tener como objetivo a Hannah? Lo ignoro. No sabemos lo que ella sabía, qué pruebas podía haber tenido. Quizá tuviera un correo electrónico o algo por el estilo. Por lo que dijo Marie, parecía bastante manipuladora, quizá estuviese también preparando algún chantaje.

La alarma del teléfono de Derek empezó a sonar.

—Mierda, tío, tengo que irme... Voy a mirar un sitio en el East Village hoy.

Se pusieron de pie, se estrecharon las manos, entrechocaron los hombros. Reddick le dio las gracias.

—Creo que casi lo tengo.

—Ya te he dicho que me necesitabas —dijo Derek.

—¿Te lo he discutido acaso?

—Me ha parecido, por tu tono.

—Toda la ayuda que tenga me vendrá bien. —Se estrecharon las manos otra vez y Derek se fue.

Reddick volvió a su habitación y empezó a restaurar el mapa. Apartó los dibujos, guardó las tintas y otros materiales, alineó las piezas en la forma original. A Hannah, que estaba en el centro, se le unió Mitchell Yang, por la trama de los tres amigos, la fortuna rápida que había hecho aprovechándose del dinero de otros: todos los hilos que pudo encontrar que conectasen Bed-Stuy y el Upper East Side, quizá los únicos posibles: dinero, explotación, sexo. Un cóctel americano clásico de barrios bajos y gentrificación, con víctimas clásicas americanas. ¿Era así?, ¿era la historia de Hannah sencillamente una repetición más de aquella más antigua, uno de los pocos mitos fundacionales de la nación que realmente habían llegado a ser ciertos, que los poderosos despojan a los débiles, que no hay nada que no se pueda vender —ni el hogar, ni la cultura, ni las personas— si se hace la oferta adecuada?

Notó que Hannah se le escapaba y se alejaba de él. Notó que perdía el contacto con las personas implicadas ante una marea de fuerzas muy superiores, el tirón impersonal de las convenciones sociales. Ju'waun, Hannah, Franky, Buckley..., todos ellos tenían nombre, eran individuos que tomaban decisiones, no podía dejar que se convirtiesen en simples depositarios de teorías sobre la justicia o la historia. Sabía que eran personas porque los había conocido, tenían comportamientos, singularidades, olores, defectos. Todos eran diferentes. La clase y la raza agrupaban a las personas en círculos donde la probabilidad de determinados resultados era radicalmente distinta, pero perder la sensación de que dentro de esos círculos hay individuos, de que son personas con su propia mente, significaba rendirse enteramente a una lectura anónima de la historia que no podía aceptar, que traicionaba su propia experiencia. Esas eran verdades que no podía reconciliar.

¿Por qué Hannah? La respuesta estaba en el mapa. Tenía que estar. Trazó las líneas que irradiaban desde su nombre hacia fuera, murmurando una serie de posibles motivaciones: «Celos, venganza, secreto, temor, engreimiento, rabia. Celos, venganza, secreto». Venganza secreta. Venganza.

Venganza.

Cogió el teléfono y llamó a Derek.

—Eh. No estarás en un embotellamiento de tráfico, ¿no?

—La interestatal no para nunca, tío. ¿Por qué?, ¿qué pasa?

—Esperaba que pudieras comprobar una cosa. Cuando accediste a esas cifras de ventas, de Tompkins Mac..., ¿viste quién era el vendedor?

—Sí. Lo tengo en el asiento, a mi lado. Dame un segundo.

Se oyó un roce de tela sobre asientos de piel, luego volvió la voz.

—Veamos. Era un individuo privado, una mujer; recuerdo que pensé que me habría disgustado mucho que fuera mi madre.

Pero ella no habría vendido, claro. A ver... Ah, sí, aquí. Parece que pone... ¿Jeannie Tucker?

—¿Jeannie Tucker?

—Sí. Una propietaria local. Como he dicho, me recordaba a mi madre, así que hice una búsqueda rápida para ver si poseía algo más. Tiene un par de propiedades cerca.

—¿Algo sentimental?

—A veces pasa.

—¿Tienes una lista de sus otras propiedades?

—Sí.

—¿Está Cask entre ellas?

—Sí. Ah, mierda. Sí.

—¿Y una tintorería que se llama Clean City?

—Sí, aquí hay una también. ¿Quién es?

Jeannie, el Genio.

—Tengo que irme.

—Reddick, ¿qué piensas? ¿Quién es esa? —Una pausa, y luego—: ¿Jeannie Tucker es el Genio?

—Tengo que irme ahora mismo.

—No hagas ninguna tontería. No sé lo que estarás pensando, pero... no hagas tonterías.

Pero Reddick apenas lo oyó, porque ya había colgado.

Escribió todos esos hallazgos en el mapa y diez minutos más tarde lo tenía. Sabía por qué había desaparecido Hannah, por qué Buckley reaccionó como lo hizo; todas las piezas encajaron en su lugar, como mecanismos.

Llamó a la señora Leland. Respondió Thomas.

—Que se ponga.

—Buenos días, Reddick.

—Que se ponga al teléfono, Thomas. —Hubo una pausa mientras él le llevaba el teléfono—. ¿Señora Leland?

—Espero que haya llegado a la conclusión correcta, Reddick.

—Sé dónde está Hannah.

Ella suspiró.

—Ya veo. Estoy muy decepcionada de que no haya entrado en razón.

—Sé quién está detrás de todo esto y voy a ir allí ahora mismo. Solo le pido una cosa. Pregunte por mí. Después del trabajo que he hecho por usted, al menos eso me lo debe. Asegúrese de que vuelvo. Eso es todo. Si no vuelvo... llame a la policía, y cuénteles lo que estoy a punto de contarle. ¿De acuerdo? Dígaselo, y procure que esto no vaya más allá después de mí.

—Se está poniendo melodramático. La prometida de Buckley está en Oregón.

—No, la prometida de Buckley no está en ningún sitio, en absoluto.

—¿Así que rechaza mi dinero?

—Con todos los respetos, señora Leland..., a la mierda su dinero. —Y entonces le contó lo que sabía y adónde iba.

—¿Tiene pruebas de todo esto?

—Clean City. Recuérdelo. Si no vuelvo, encontrará allí todas las pruebas que necesita. Clean City.

Colgó y se puso el abrigo.

22

Estaba encajada en el final de una hilera de casitas adosadas de ladrillo, achaparrada y cuadrada. El tejado era un piso entero más bajo que el resto de la manzana. Había sido una especie de garaje. Era uno de esos edificios anodinos que sabes que desaparecerán al cabo de cinco, diez años. La extraña asimetría de acabar toda una manzana con una nota baja, como un sujetalibros que mantuviera erguidas las demás casas, no tenía ni remotamente el carácter suficiente para sobrevivir a lo que se avecinaba. Era, sencillamente, una esquina más que no llamaba la atención de nadie.

El vestíbulo estaba tal y como él lo recordaba. Los folletos anticuados, la silla solitaria, la pila de revistas destartaladas. La sensación de un negocio sin clientes, los días pesados, deslizándose unos tras otros. Nadie detrás del mostrador. Hizo sonar la campanilla. Pasó casi un minuto antes de que apareciera alguien: el mismo chico que la última vez, que pasó arrastrando los pies hacia el mostrador, apáticamente.

—¿Cree que es primavera ya?

—¿Cómo?

—La última vez que vino. Dijo que quería que le limpiaran ese abrigo, pero dijo que esperaría a que hiciera más calor.

—¿Eso dije?

—Dijo que hasta la primavera.

Reddick se recompuso.

—No estoy aquí por mi abrigo.

331

—No me diga.

—Tengo que ver al Genio.

—Aquí limpiamos ropa, tío.

—¿Qué pasa?, ¿hay una especie de código o algo? ¿Tengo que decir una palabra deprisa tres veces? ¿Con los ojos cerrados?

—No tengo ni idea de lo que me está diciendo —respondió el chico pacientemente

—Hablo de Jeannie Tucker. Hablo de Hannah Granger. Hablo de los Sons of Cash Money, y de Mia, y de todos los que hacen recados para ella. Hablo de toda la mierda que ya he encontrado y de todos los aros por los cuales he tenido que pasar hasta saber todo esto. ¿Crees que puedes desanimarme? Pues prueba.

Se dirigió hacia las puertas batientes que había en un extremo del mostrador. El chico se adelantó para impedirle el paso.

—Pero, tío, ¿qué cojones...? No te atreverás. No tienes ni idea del lío en el que te puedes meter.

Reddick apretó la mandíbula y pasó por la puerta. El chico levantó el brazo para bloquearle el pecho. Reddick pasó a su lado.

—¡Eh, eh, tío...! —Reddick notó la mano de él en el hombro, intentando darle la vuelta, y apretándole tanto que se dispuso a intentar esquivarlo.

—TJ.

Reddick se detuvo en seco, miró hacia atrás. El puño del chico estaba levantado para golpearlo. Reddick se lo quedó mirando, inexpresivo.

—TJ. —De nuevo una voz de mujer ronca, de contralto, que venía desde la puerta de atrás—. No importa, déjalo pasar.

TJ soltó a Reddick con un empujón indiferente.

—Ven atrás —dijo ella.

Él pasó por la puerta de atrás hacia un garaje reformado. La transformación era un poco caótica y estaba incompleta. El suelo de cemento había recibido una capa de barniz espeso, y algunas manchas de aceite habían quedado atrapadas en él, como fósiles.

El fantasma de una puerta metálica de persiana sobrevivía en la silueta de los ladrillos nuevos que habían rellenado su hueco. No había ventanas que dieran al exterior. Piezas de maquinaria sin identificar se amontonaban en un rincón, bajo una manta de polvo, junto a unas taquillas de metal desgastadas. En el centro de la habitación se veía un sofá que hacía bolsas, unas sillas a juego, el cuero color canela brillante como piedras de río. Un cenicero grande y un porro sin encender descansaban en una mesa ante ellos. A la derecha, una puerta conducía a una habitación pequeña, un añadido. Unas ventanas interiores revelaban una mesa y unas sillas. Encima de la mesa se encontraba una pila de dinero. Dos hombres lo estaban contando. En la pared, detrás de Reddick, se veía un televisor enorme de pantalla plana que mostraba una imagen captada en vivo de la entrada de la tintorería, de los hombres contando dinero y de otras habitaciones. La pared entre la tintorería y la casa vecina había desaparecido; una escalera conducía a los pisos superiores del edificio de al lado.

El Genio estaba sentada en el sofá de cuero, sola.

—Bueno, aquí estoy, Reddick.

—Sabe mi nombre.

Llevaba el pelo peinado en trenzas tirantes que rozaban su largo cuello. Tenía la boca grande, los ojos plácidos. Por debajo de sus hombros angulosos se veía que era de constitución recia, una mujer gruesa de sesenta y tantos años. Entre los pliegues de su vestido vaporoso revoloteaban colores intensos, y la tela formaba un abanico sobre el sofá por encima de sus piernas cruzadas. Un par de mocasines marrones descansaban en el suelo, a su lado. La voz de ella salió directamente de su pecho, profunda, pero ronca.

—Como has estado husmeando en muchos de mis negocios, creí que era mejor saber tu nombre. Ven a sentarte.

Ella le ofreció una de las sillas. Reddick no se movió.

—He dicho que vengas a sentarte. Estás aquí, ¿no? En mi sanctasanctórum. La madriguera del horrible monstruo que has estado persiguiendo. Será mejor que aproveches. Reúne toda la rabia y la superioridad moral que te quede.

—Estoy bien aquí, gracias.

—¿Por qué no ponerse cómodo?

—Usted quería vengarse.

Ella sonrió, se movió en su asiento.

—Pues sí. A ver, cuéntamelo.

—Averiguó que algo iba mal en la financiación. Cuando Franky traspasó la propiedad tan deprisa, usted comprendió que la habían engañado, y siguió investigando; no sé cómo, pero averiguó lo de Mitchell y Buckley. Así que decidió hacerles pagar. Encontró algo que podía usar contra Mitchell (o simplemente lo amenazó) y envió a Mia, porque podía confiar en ella. Ya tenemos uno, faltan dos. ¿Qué tal voy hasta el momento?

—He dicho que te escucharía.

—No sé lo que tenía de Mitchell, pero no era bastante para exprimir a Franky o a Buckley. Necesitaba más información. Necesitaba a alguien más cercano a ellos. Necesitaba a Hannah.

El Genio cogió el porro y lo encendió. Él temía más lo que pudiera decir que lo que pudiera hacer. Temía su conocimiento, la iluminación que podía aportar; temía la decepción punzante de la resolución. Eso no podía terminar de otra manera: había ido retrocediendo a lo largo de una maraña de actos conectados, había perseguido un acto desde el cual fluía todo lo demás, escondido bajo una lógica retorcida y complicada, así que lo que encontrase no podía proporcionarle satisfacción. Lo que viene primero es lo más duro con lo que tienes que vivir. Hay que aceptarlo sin recurrir a explicaciones, sin metafísica, sin teoría, una piedra sorda y muda llena de verdad. Dijera ella lo que dijese, tenía que bastar para sostenerlo.

—Probablemente te sientes muy valiente —dijo ella—. Por venir aquí. Esta es tu verdad, la que da poder al momento, ¿no? Te quedas ahí de pie delante de mí, desenredas este enorme complot y ¿qué hago yo exactamente? ¿Cuál es mi papel? —Ella dio una larga calada al porro, se echó atrás en el sofá y exhaló el humo—. Te proporciono satisfacción. Te doy la certeza moral que querías con tanta intensidad que crees que hasta serías capaz de morir por ella. Porque ese sería el paso siguiente, ¿no? Sueltas tu discurso, yo lo confirmo, quizá amplío algún pequeño detalle aquí y allá solo para que cuadre mejor, solo para comprometerme activamente en tu construcción de la verdad, y luego llamo a alguien, no sé a quién, TJ u otro, y él te apunta con una pistola a la cabeza, y apago las luces, y justo antes de que todo se vuelva negro tú sonríes. Ya lo estoy viendo. Una bonita sonrisa cinematográfica. Un primer plano para que todo el mundo sepa que has muerto con la paz de un mártir. Porque has encontrado la verdad. —Ella sonrió y le tendió el porro—. Porque has tenido valor, chico.

Él rechazó su oferta.

—¿Qué pasa? No quieres la silla que te ofrezco. Tampoco quieres mi cigarrito. A los chicos blancos les gusta la tensión, ¿eh?

—No estoy aquí buscando su perdón.

—Venga, chico, que te estoy tomando el pelo. Siéntate de una puñetera vez.

—Y tampoco estoy aquí para morir, ni en paz ni de ninguna otra manera. Le dije a alguien dónde estaba, alguien a quien usted no puede tocar; si no vuelvo, la policía llamará a su puerta. Encontrarán todo esto. —Hizo un gesto hacia la sala donde contaban dinero.

—Pues claro, me has tendido una trampa. Para que haya más satisfacción aún durante tu primer plano.

—Déjeme verla.

—Ah, no podía esperar a esto.

Ella cogió el teléfono, tecleó un breve mensaje, luego se quedó fumando tranquilamente mientras esperaban. Él oyó pasos en la escalera. Bajó una chica.

—Hannah. Este es Reddick. Te ha estado buscando.

Él había combinado las dos versiones de ella: la realidad estaba en algún punto entre la chica de la foto y la chica del callejón. Se había teñido el pelo de un negro regaliz; el contraste disminuía un poco sus pómulos de portada de revista y hacía bajar un poco más la línea oscura de su boca flácida. Era más baja de lo que él recordaba, tenía la piel más fea, sus rasgos eran menos definidos. Se dio cuenta de que su cara era muy parecida a la suya propia, no por ningún parecido concreto, sino por su americanidad deshilvanada, por su extraña mezcla de piezas incongruentes. Cada uno de ellos tenía detrás una historia de partes incompatibles.

—¿Sí? ¿Nos conocemos? —Sobria, su voz había perdido parte de su acento nasal, su caricatura de niña mimada.

Era la prueba que él quería, la confirmación de lo que había visto en el mapa. Conseguirlo lo ponía muy nervioso.

—Sí. Hace dos semanas. Casi dos semanas.

—Jeannie, ¿qué querías? —preguntó ella.

—Esto. Quería exactamente esto.

—Era un domingo por la noche —dijo Reddick—. Tú estabas fuera, sin abrigo. Borracha. Había una fiesta en mi edificio, y tú habías salido a por... no sé, aire, un cigarrillo. Fuimos juntos hasta el callejón. Yo iba a sacar la basura. Tu teléfono..., alguien te mandó un mensaje. Y te fuiste.

Era el relato más conciso que había hecho hasta el momento. Vio que era muy escaso, muy corriente. Un encuentro casual en una ciudad compuesta enteramente por encuentros casuales. De pie delante de ella ahora, no podía articular lo que en aquel momento le había conmovido, no podía separarlo de una serie de incidentes que habían pasado sin ser observados. No podía conectar el cuerpo que tenía ante él con la persona a la que había estado buscando.

Hannah se echó a reír, una risa ronca, de chico, que procedía de su pecho, con un registro más bajo que su voz.

—Lo siento, chico, pero no me acuerdo de nada de eso. Supongo que estaba bastante pedo.

—Pues sí.

Ella rio un poco más, cautivada por la comedia de sus recuerdos perdidos.

—A lo mejor me había tomado unas pastillas. ¿Fue en sábado?

—El domingo. Hace dos semanas.

Finalmente ella captó cuál había sido el momento y se vio en su cara un relámpago de reconocimiento.

—¿Dónde fue?

—En Bed-Stuy. Junto a Restoration Heights.

Ella frunció el ceño.

—¿Estás seguro de que era yo?

—Desapareciste al día siguiente. Buckley estaba frenético.

—¿Buckley? —De repente le entró el pánico—. ¿Qué mierda es esto, Jeannie? ¿Quién es este tío?

—¿Quieres contárselo tú, Reddick, o lo hago yo?

—No sé si queda algo por decir.

El Genio se echó a reír.

—¿Has venido aquí para decir la verdad al poder o para que el poder te diga la verdad a ti?

—Simplemente quería verla. Saber que yo tenía razón.

—¿Quieres informarme de lo que está pasando? —preguntó Hannah.

—¿Por qué no os sentáis los dos?

Reddick, finalmente, obedeció. Hannah y él se sentaron en sillas opuestas, formando un triángulo, con el Genio en el vértice. Hannah recogió el porro humeante del Genio.

—Hannah, fuiste descuidada. Te dije que te quedaras dentro hasta que te pagásemos.

—Quería celebrarlo. Ese trabajo me costó..., no sé, ocho meses. No dijiste que sería tan largo. Me pareció como salir de la cárcel.

Reddick pensó en la casa de los Seward, en el lujoso arte.

—¿Tan mal te fue?

—Es difícil ser alguien que no eres. Más difícil de lo que tú crees.

—Podrías haberlo tenido todo.

Ella se burló de él.

—No habría aguantado a largo plazo, y, con esos abogados, no habría salido de ese matrimonio más rica de lo que entré. No me importaba nada ser la novia falsa de alguien, ni tener que fingir que quería follármelo. Pero, sinceramente, odiaba estar en medio de todo aquel arte de maricas.

—He intentado darle un poco de cultura —dijo el Genio—. Pero hay quien no aprende nunca.

—Aprendí lo bastante para que él creyera en mí, para poner de mi parte a sus padres, que eran unos esnobs. Aprendí tanto que a él no le importó que yo fuera follando por ahí, mientras no desvelara a Tony.

«Novia falsa». «Tony». Reddick iba un paso por detrás de todo aquello.

—Tony..., ¿te refieres a Anthony Leland, el senador del estado?

Hannah se encogió de hombros, indiferente.

—El auténtico amor de Buckley. Todo el mundo lo sabía: las madres de los dos, el personal... —Hizo un gesto de desdén—. Uf, el personal. Tendrías que haberlos oído, como si estuvieran viendo *Romeo y Julieta*. —Ella bajó la voz una octava, se cebó con sus vocales sueltas—. «Ah, ojalá Buckles y Tony pudieran estar juntos, ¿no es trágico?»

Los blogs de estilo de vida, las imágenes de ambos hombres en el trabajo o en los deportes..., ¿cómo se le podía haber pasado por alto? Eran amantes. Buckley estaba atrapado en una mentira. Eso explicaba el poder que Franky ejercía sobre él. Su aventura en la universidad había sido solo un juego cruel para él, pero para Buckley había sido entrever la libertad, una vida compatible con sus instintos. También explicaba la urgencia en la implicación de la señora Leland, porque había un escándalo que temer. Su hijo podía librarse de que lo relacionaran con una promoción inmobiliaria corrupta, podía sobrevivir a las acusaciones de tener algún papel en la desaparición de la novia de su amigo, pero un amante enterraría todas sus ambiciones. Estaba casado, tenía una familia, y había elegido el partido político equivocado. Volvieron a él las palabras de Sarah: «Los únicos que se preocupan por el hecho de chupar unas cuantas pollas son los políticos republicanos».

—Podrías haberlo estropeado todo —le riñó el Genio—. Dejaste que Franky te viera con dos de mis chicos.

—Le dije que los había conocido en un bar —dijo Hannah—. Franky está tan metido en sí mismo que mientras me fuera a casa con él, no se cuestionaba nada más. No lo iba a volver a ver nunca más, y me merecía un último trocito de carne fresca. Como recompensa por los servicios prestados.

—Qué trampa tan obvia —dijo Reddick—. No sé cómo me ha costado tanto verla.

—Esos hijos de puta me debían dinero —saltó el Genio—. Un montón de dinero.

—Franky, Mitchell, Buckley..., todos la engañaron con ese negocio —dijo Reddick—. Pero ¿por qué vendió? ¿Por qué les venden ustedes siempre a esos promotores arrogantes cuando saben que no les importa nada el barrio?

—«Ustedes» —se burló ella—. Los misterios del corazón negro, ¿verdad? Quieres que hable en nombre de mi pueblo.

—No quería decir eso.

—Ese «ustedes» no existe. Yo sé por qué vendí. ¿Vale? Sé cuáles son mis motivos. Si quieres saberlos, te los diré. ¿Quieres saber algo más?, ¿quieres comprender las motivaciones de un pueblo? Pues tengo malas noticias para ti: no hay tal «pueblo». Esa es la dura lección que me ha enseñado este país. Esa es la base de mi éxito. Quieres que esto sea una comunidad, pero solo es un territorio. Los individuos se quedan en el mismo sitio, maltratados por las mismas fuerzas. Por supuesto, responden de la misma manera. Si el edificio en el que estás se quema, intentarás salir, y todo el mundo que esté allí contigo lo intentará también, pero eso no significa que seáis una comunidad, sino solo un puñado de individuos intentando no quemaros vivos. Comportándoos racionalmente. Por eso vendí. Porque era racional. Compré estos edificios cuando tenía veinte años, cuando todavía llevaba un arma, cuando no se podía salir sola por este barrio. Compré tres edificios por sesenta y cinco mil dólares, y mis chicos menearon la cabeza, me dijeron que estaba tirando el dinero, que estaba imitando a mis inexpertos vecinos antillanos que pensaban que podían comprar su acceso a la respetabilidad. Que se postraban ante el falso ídolo del trabajo honrado. Tú tratas con chicas, me decían los míos, tratas con drogas, ¿para qué quieres propiedades inmobiliarias? Para eso están los judíos. —Miró a Reddick a ver si se reía, pero él no se rio. Ella suspiró y continuó—. Saqué las primeras chicas con las que trabajé de estos edificios. Cultivé hierba, acumulé dinero y lingotes de cualquier cosa que se pudiera trasladar. Quince, veinte años así, y me di cuenta de que las propiedades eran mucho mejores. Por aquel entonces tenía edificios en todo Bed-Stuy y Clinton Hill, algunos en sitios que se habían vuelto buenos, otros en zonas que todavía seguían siendo duras. La mayoría tenían inquilinos viejos, que vivían un tiempo prestado. Llegaría un día en que alguien aparecería con un montón de dinero y yo solo estaba esperando ese momento para vender. El dinero que nos echaban encima, y que nos echan todavía, habría sido una locura rechazarlo. Además era un dinero de blanquitos, bien limpio. Tan limpio como el de Buckley y el de Franky. ¿A mí qué me importa lo que ocurra con este barrio? ¿La historia? Este es simplemente un sitio donde me gano la vida. Cuando ayudo a las personas, cuando les tiendo una mano, es solo porque estamos todos metidos en el mismo infierno. Pero llega un momento en el que tienes que salir.

—Entonces él lo vendió por el doble.

—Yo nunca tuve buena suerte. Trabajé mucho, tuve un espíritu generoso, pero nunca tuve buena suerte. Pensaba que eso era todo. Pasaron meses, luego años, y vi que los edificios iban subiendo, y a los pisos les llovían ofertas que cubrían el dinero que pagaron por esa tierra, y los que se negaban sacaban el triple en el mercado de valores. Esas torres eran como dos estacas clavadas en mi corazón. No como les pasa a esos idiotas de manifestantes, porque yo sabía que me habían estafado.

»El nombre de Franky era el único que aparecía en los documentos, pero sabía que tenía amigos. Información interna, así es como juegan los blancos, todo el mundo lo sabe. Pero a mí también me gusta jugar. Y me imaginé que podía salir bien de esto. Así que envié a Mia a por él. Ahora está retirada, pero en sus tiempos era imparable. Yo sabía que ella lo haría hablar. Unas cuantas citas y él se lo contó todo. Alardeó, esa es la palabra adecuada. Ella averiguó quiénes eran sus socios, llegó primero al banquero gordo, y apenas tuvo que susurrar «fraude» y él contestó de inmediato, no importa que ella no tuviera ninguna prueba. Él es deshonesto. Pero soy justa. Me enorgullezco de ello. De modo que le he dejado a Mitchell que se quedase algo, un cuarto del millón que hizo con mis propiedades, para quitar hierro a mi propuesta.

—Pero de todos modos necesitaba el dinero de los otros dos.

—Yo tenía un problema... ¿Cómo podía arreglar las cosas con Franky si estaba arruinado? El dinero que me sacó a mí se lo gastó hace tiempo. Entonces Mia me dijo que el tercer hombre de nuestra pequeña conspiración era... Buckley Seward. «Seward», nada menos. Reconocí ese nombre. A diferencia de Hannah, aprecio la cultura; he estado en nuestro tímido museo de Brooklyn, que busca atención a la sombra imponente de sus hermanos de Manhattan. ¿Vas a museos? Ves nombres importantes en las galerías, en los pasillos. Pero los Seward..., esos tienen un ala entera. Así que pensé: «Ese chico puede ayudar a su amigo. Los Seward tienen dinero de sobra para cubrir la parte de Franky». La cuestión es cómo podía llegar hasta él.

—Envió a Hannah a buscar algo con que poder exprimirlo.

—Ya había usado a mi mejor chica con Franky.

—Eh... —dijo Hannah.

—Es la verdad, chica. Lista, ambiciosa y con unas tetas bien gordas. Cuando le dejé que abriera esa tienda, perdí un arma. Pero tú no careces de talentos.

Hannah frunció el ceño y dio otra calada al porro.

—A ella se le da mejor representar el tipo de Seward, de todos modos. Parece muy basta ahora, pero las pijas son su especialidad. Mira los dientes perfectos que tiene. —Hannah, obediente, sonrió.

—Alquiló un apartamento para ella, le creó una identidad falsa...

El Genio hizo un gesto con la mano como despreciando el esfuerzo.

—Yo ya tenía un apartamento en la ciudad, de cuando pensaba que la isla era el camino para legitimar el dinero. Le procuré un apellido nuevo, una ciudad natal al otro extremo del país, para que no pareciera sospechoso que no conocieran a sus amigos.

—Y luego la metió en esa recepción, hizo que se acercara al padre de él...

—Esta vez investigué bastante. Halagar a su padre, que es un vanidoso, someterse a su regia madre... al principio bastó para captar su interés. No pensaba que tuviera que llegar tan lejos. No pensaba que tuviera que llegar a prometerse con ese hijo de puta, pero entonces no sabía nada de Tony. Mi mala suerte apareció de nuevo. Pensé que podía estropear todo el plan: ¿cómo se iba a acercar ella a Buckley si él prefería un hombre mucho más varonil sobre el que llorar? Pero hay que reconocer los méritos de Hannah: ella representó bien su papel, hizo que la situación de él funcionara a nuestro favor. Porque sus padres querían que Tony quedase a un lado, querían que su hijo tuviese una mujer como es debido, querían una madre para sus nietos, y mi chica se aseguró de que ellos supieran que ella estaba perfectamente capacitada para el puesto. En cuanto ellos estuvieron de su lado, el chico no pudo decir que no durante mucho tiempo.

—Cuando fue a buscarla aquella mañana... le dejó una nota de chantaje —dijo Reddick—. Por eso él estaba tan afectado cuando volvió.

—No, una nota no. Un correo electrónico. —El Genio se volvió hacia Hannah—. ¿Borraste ese archivo?

—Todavía lo tengo. —Ella tecleó un momento, puso un archivo de audio y levantó el teléfono, con el altavoz hacia Reddick. Él oyó una conversación, dos voces. Le costó un momento reconocer la de Hannah. Su pronunciación era más limpia, más precisa, inconfundiblemente de clase media alta, de universidad privada. La segunda voz era la de Buckley.

«—¿Por qué os peleabais?

»—Sinceramente, no quiero meterme en eso. Franky puede ser terriblemente frustrante.

»—Buckles. Has estado muy tenso últimamente. ¿No crees que te sentirías mucho mejor si habláramos del asunto?».

Hubo una pausa, roce de ropas. Reddick miró a Hannah. Estaba sonriendo, como una estrella regodeándose en su actuación de Oscar.

«—Tienes razón, Hannie. —Un largo suspiro—. Es ese dinero que le di.

»—¿Se niega a devolvértelo?

»—No es eso. Es que no era un préstamo, era para un negocio. Para esa idea que tenía y que nunca debí respaldar.

»—No lo entiendo.

»—Fue hace tres años, antes de que se anunciara Restoration Heights... No quiero aburrirte.

»—Quiero ayudarte.

»—Vale, pero espero que no te resulte difícil de seguir. Bueno, por aquel entonces, Franky y un amigo nuestro, Mitchell, tuvieron una idea, que era negociar con algunas propiedades que quedaban dentro del territorio que se había marcado para Restoration Heights. Querían comprar antes de anunciarlo y luego venderlas a Corren. Yo les dije que Corren tenía mucha prisa. Había asistido a sus reuniones estratégicas y sabía que querían aprovechar el primer impulso antes de que hubiera resistencia local. El valor de mercado sería el doble para todo lo que quedase dentro de la zona en cuanto Corren empezase a comprar. El plan de Franky no parecía tan malo, aparte de que hacía falta algo de efectivo.

»—¿Y cuál es el problema, entonces?

»—Que Mitchell aprobó la financiación y luego se llevó un tercio de los beneficios; sería muy fácil para los abogados demostrar que pagamos a Mitchell para que aprobase nuestro préstamo. Eso es ilegal, Hannie. Luego, el año pasado, un matón local exprimió a Mitchell por eso... Franky confesó todo el asunto a una..., no sé, a una acompañante con la que estaba, y ella se lo dijo a su jefe. Al menos eso es lo que dice Mitchell. No sé cómo pudo ser Franky tan estúpido. Intentaron ocultármelo, pero al final Mitchell me lo dijo, me advirtió y yo me he enfrentado por eso a Franky esta noche. Es todo tan sórdido..., siento mucho haberte metido en todo esto.

»—Mi pobre Buckles..., no importa. Cuanto más sepa, mejor podré ayudarte».

El Genio señaló con un dedo y Hannah detuvo la grabación.

—Y sigue así, balbuceando más detalles, echando la culpa a Franky de todas las cosas que él estaba haciendo. La ironía de todo esto es lo que más me gusta. Le envié un correo con mis exigencias, con este audio unido. Era importante que supiera exactamente por qué se le castigaba, que yo no estaba usando contra él nada que no se hubiese ganado. En cuanto estuvo hecho, dejé que Hannah decidiera cómo quería salir del asunto.

Hannah exhaló una pequeña nube de humo.

—Siempre he sido muy partidaria de las despedidas a la francesa.

Reddick se volvió hacia ella.

—Apenas he reconocido tu voz.

—Los acentos son lo mío. Puedo poner acento del sur de Boston, de Boston pijo, de Long Island, de Ohio, lo que quieras. —Se encogió de hombros, despreocupada—. Siempre me ha gustado fingir.

—¿Esa grabación fue suficiente, entonces, para obligarlo a seguir el juego?

—Él me pagó hace tres días —dijo el Genio—. No sé si por miedo a verse expuesto o por la intensidad de su vergüenza al haber sido engañado tantísimo y con tanta facilidad, al final no importa. Porque pagó toda la cantidad.

—Al enfrentarse a mí... lo que intentaba era solo cubrir sus huellas.

—Tú no se lo ponías fácil. Ciego como estabas. Mi gente se puso como loca pensando que ibas a desenmascarar a Mia y a Ju'waun, como si yo no supiera ya lo que estaban haciendo esos dos... Si ella quiere jugar a los amantes desgraciados con el supuesto primo de Tyler, la verdad es que no me importa en absoluto, pero me gusta cultivar cierta reputación, mantener a todo el mundo a raya, así que cuando tu cómplice borracho empezó a hacer preguntas sobre algunos de mis chicos, supongo que era natural que estos se pusieran nerviosos. En cuanto Ju'waun me contó a quién buscabas realmente, supe que llegaríamos a este punto. Te entendí ya antes de verte, comprendí quién eras solo por tu descripción. Serio y despistado, desesperado por encontrar algo que te importe de verdad, demasiado tonto y demasiado tozudo para acabar en ningún otro sitio que no fuera ahí sentado, enfrente de mí.

—Jeannie, ¿por qué le estamos contando todo esto a este tío?

—Porque ha hecho algo muy curioso, Hannah. Se lo ha ganado. Ha pasado los últimos nueve días enterrándose vivo, una palada tras otra, intentando averiguar lo que le pasó a esa pobre chica rubia que quiso besarlo en el callejón.

—¿Que yo quise besarlo?

—Intentando «salvarla», ¿te lo puedes creer?

Reddick notó que su cuerpo se hundía en el generoso cuero. Había descubierto una trama sin villanos. No había nadie a quien echar la culpa, solo una red de agravios cada vez más complicada, llena de gente desolada, de heridas pagadas con la misma moneda. Había pensado que se trataba de venganza, pero la venganza siempre es personal, siempre es intuitiva, una expresión de emoción, como las lágrimas. Allí no había nada semejante. Solo fríos negocios y modelos de explotación, un ciclo en el cual todos los nombres se podían reemplazar. No había nada que exponer, nadie que necesitara que lo salvasen, que necesitara justicia. Y, por último, tampoco había Hannah. Solo una chica con su nombre y su cara.

El Genio se inclinó hacia delante.

—Ahora ya lo sabes. La cuestión entonces es: ¿qué vas a hacer con todo esto?

—Ya se lo dije. Solo he venido a ver. A saberlo con seguridad.

—Podrías ir a la policía.

Pensó en Clint y en su amigo detective, el sesgo que podían darle a todo aquello, qué delitos podrían investigar y cuáles desechar, quién sufriría el que más. Si cogía todos los nombres de su mapa y los arrojaba al molino de la justicia, sabría quién iba a salir indemne y por qué. No había forma de decírselo a alguien sin escoger un bando.

—O podrías ir a la prensa. Añade todo esto al caso contra Restoration Heights. El pequeño plan de Buckley Seward de timar a una pobre mujer negra. Intenta dirigir la llama de la indignación a tu causa favorita. Sabes que no puedes detenerlo. Quizá creas que puedes contenerlo.

—No hay forma de hacerlo sin exponerla.

—Probablemente no.

—No creo que usted me dejara.

—¿Y qué podría hacer yo para evitarlo? No soy ninguna asesina, Reddick. Solo una mujer de negocios. Si no sabes eso ya, a estas alturas, me pregunto para qué habrá servido todo esto.

—Entonces, ¿puedo irme?

—Primero respóndeme. ¿Qué vas a hacer?

Él se levantó.

—Creo que ya lo sabe.

El Genio sonrió. Hannah había vuelto a su teléfono, moviendo el pulgar en busca de una diversión que tuviera más sentido o interés que la persona que estaba a pocos palmos de su cuerpo.

—Crees que no podrías demostrar nada.

—Peor que eso. No hay nada que crea que valga la pena demostrar.

Él se dio la vuelta y salió, volviendo a pasar entre las filas de prendas de ropa selladas en plástico. TJ no estaba por ninguna parte. Reddick pulsó la campanilla del mostrador, y su única nota resonó como un breve grito en el pequeño vestíbulo. La volvió a golpear con violencia, y luego dos veces más, en rápida sucesión, y más veces, martilleando repetidamente el fino metal hasta que los timbrazos aterrorizados quedaron convertidos en un clic árido, roto. Cogió el timbre y lo arrojó contra la pared, y se vio recompensado por un desesperado chasquido final, y luego salió a la calle.

Las nubes eran bajas y espesas, y se movían con el viento húmedo.

Una primavera que todavía no podía notar estaba preparándose ya. Fue paseando, aturdido. Buscó en su bolsillo y sacó el teléfono. Había siete mensajes, todos ellos de Derek, que iban desde la preocupación hasta el miedo y, finalmente, una súplica. «Voy para allá. Por favor, llámame y hazme saber que no te han matado». Levantó la mirada y vio que estaba de pie ante la entrada del metro de la Bedford Avenue. Acababa de llegar un tren en hora punta. Los cuerpos salían a borbotones desde el túnel, casi todos ellos blancos, jóvenes, de vuelta a casa tras un largo día luchando en la ciudad. Fluían hacia el este y el oeste por las arterias de su nuevo barrio, despojos de su conquista sin sangre. Se quedó quieto en la esquina, los vio llegar a todos: caras como la suya, piel como la suya, hablando una lengua que nunca había aprendido. Se metió el teléfono en el bolsillo. Quedó rodeado por ellos, consumido. Puedes mirarlos una y otra vez, pero nunca verás la diferencia.

AGRADECIMIENTOS

Estoy en deuda enormemente con Kate Garrick, que hizo esto posible y que no solo comprende de dónde vengo, sino que también entiende por qué importa. También tengo que dar muchísimas gracias a John Glynn, de Hanover Square Press, por su entusiasmo y su lucidez, y por haber tenido la visión de sacar lo mejor de este libro. Gracias a todos mis lectores por sus reacciones sinceras, Rachael, Ben, Ivanny y, especialmente, Eli. Soy mejor escritor gracias a su franqueza. Gracias a Brian y a Mark por su manual sobre el NYPD y las bandas, a Ray por ayudarme a desenredar el nudo de las propiedades inmobiliarias en Brooklyn, a Josie y a Agnes por ayudarme a sacar este libro de mi apartamento y hacerlo salir al mundo, y a todo el mundo en el YMCA de Bedford-Stuyvesant, mi hogar fuera de casa, por tratarme como una verdadera familia.

Y, lo más importante, me gustaría darle las gracias a mi mujer, Holly Frisbee, por su optimismo, su creencia inquebrantable y su amor constante a lo largo de todos estos años, cuando no teníamos nada más que esas cosas para mantenernos. Lo conseguimos, cariño.